Von Hef Buthe sind bei Bastei Lübbe Taschenbücher lieferbar:

15 599 Das Erbe der Loge
15 783 Im Schatten des Münsters

Über den Autor:

Hef Buthe, geboren 1946, durchstreifte von 1968 bis 1975 die USA, Südamerika und Asien und berichtete als Reporter über den Vietnamkrieg, den Bürgerkrieg in Nicaragua und den Jom-Kippur-Krieg. Danach folgten Zeiten als Aussteiger auf Borneo, in Japan und Sibirien. Während seines anschließenden Studiums der Wirtschaftswissenschaften gründete er mit einem Geschäftspartner eine Beraterfirma in Hongkong. 2000 zog er sich aus dem Geschäftsleben zurück. Heute wohnt er wieder in Deutschland und widmet sich dem Schreiben von Krimis.
Besuchen Sie den Autor auf seiner Webseite www.hef-buthe.de!

HEF BUTHE

DER BRENNENDE DORNBUSCH

THRILLER

BASTEI LÜBBE

BASTEI LÜBBE TASCHENBUCH
Band 15 938

1. Auflage: Dezember 2008

Bastei Lübbe Taschenbücher in der Verlagsgruppe Lübbe

Originalausgabe

Lektorat: Helmut W. Pesch
Titelillustration: HildenDesign, München
Umschlaggestaltung: HildenDesign, München
Satz: Urban SatzKonzept, Düsseldorf
Gesetzt aus der Adobe Garamond
Druck und Verarbeitung: GGP Media GmbH, Pößneck
Printed in Germany
ISBN 978-3-404-15938-3

Vorwort

Der brennende Dornbusch war, der Überlieferung nach, das »Sprachrohr« Gottes, durch das er Moses den Auftrag gab, die Kinder Israels aus der ägyptischen Knechtschaft zu befreien und in das gelobte Land Kanaan zu führen.

Frühchristliche Mönche, die sich auf der Flucht vor den »ungläubigen« Römern befanden, siedelten sich als Eremiten um diesen heiligen Ort an, der unweit des Berg Moses in der Wüste Sinai liegt, auf dessen Gipfel Moses von Gott die Gesetzestafeln erhielt.

Um sich vor räuberischen Nomaden zu schützen, erbaten die Mönche den byzantinischen Kaiser Justinian (527–565) um Schutz. Unter seiner Herrschaft wurde die große Schutzmauer errichtet, die die Ansiedlung zu einer Festung machte, die von da an, wundersamer Weise, niemals angegriffen und geplündert wurde. Die Mönche leben seit 1400 Jahren in Eintracht mit allen Herrschern und den Beduinen.

Das Katharinenkloster – es hat seinen Namen nach der heiligen Katharina, die etwa 320 n. Chr. als Märtyrerin von den Römern hingerichtet wurde – ist seit Ende des Zarenreichs von russisch-orthodoxer Verwaltung in griechisch-orthodoxe übergegangen. Es ist das einzige Kloster der Christenheit, das von einem Erzbischof als Klostervorsteher geleitet wird, der nur Gott Rechenschaft ablegen muss.

1

Sinai, 5 Kilometer vom Suez-Kanal, 8. Oktober 1973

Niemand hatte sie hören können.

Es war nicht wie in schlecht gemachten Filmen, in denen sie pfeifend und jaulend, auf reine Effekthascherei getrimmt, den Zuschauer in Angst und Schrecken versetzen sollten. Nein, sie waren für den, den sie trafen, lautlos. Geschosse, die man hören konnte, waren immer für andere bestimmt. Dieses hatte keiner von uns gehört. Vielleicht war es nicht für uns bestimmt gewesen, einen kleinen Haufen von Menschen in Geländewagen, mitten in einer Steinwüste. Aber es hatte uns getroffen. Jetzt nach dem Warum zu fragen hatte keinen Sinn mehr.

Der Sprengkopf hinterließ ein Loch im Sandstein, ausgekleidet von zerfetzten Blechteilen, an denen sich Blut seinen Weg nach unten suchte.

Die Materie war zu sich selbst zurückgekehrt. Asche zu Asche, Blut zu Staub.

Tel Aviv, 6. Oktober 1973, 14.30 Uhr

Das Land war in einen vierundzwanzigstündigen Schlaf gefallen. Die letzte Maschine für diesen Tag hatte mich ausgespuckt, das letzte Taxi für diesen Tag in die Stadt gefahren. Es war Jom-Kippur. Der höchste Feiertag im Land. Nichts ging mehr. Einkehr und Besinnung übernahmen für einen Tag von Sonnenuntergang bis Sonnenuntergang die Staatsmacht.

Menachem kraulte sich den schwarzen Bart und sah dem Kaffee zu, wie er durch den Filter rann.

»Du siehst schlecht aus. Dünn geworden. Gefällt mir nicht ...«, begrüßte er mich. »Musst du dir ausgerechnet mit Krieg dein Geld verdienen?«

»Nicht mit ... *im* Krieg ...«, verbesserte ich und setzte mich an den wackeligen Küchentisch.

»Wir spinnen doch alle ...«, knurrte Menachem und schüttelte unwillig den Kopf. »Ganz Israel ist durch diesen Feiertag lahmgelegt, und was machen die Ultraorthodoxen? Sie sperren ihre Ghettos mit Drahtseilen ab, denen die Polizei Stacheldrahtrollen entgegensetzt, und schlagen jedem den Kopf ein, der es wagt, ihre Feiertagsruhe zu stören. Konntest du wenigstens Zigaretten mitbringen?«

Ich nickte. Es waren Lucky Strike aus amerikanischen Armeebeständen, die ich für wenige Cent im Armeedepot in Saigon bekam. Aber an diesen Krieg wollte ich nicht erinnert werden. Ich lebte als Journalist davon, über die Niederungen des menschlichen Daseins und seinen wirren Kampf und irgendwelche Dogmen zu berichten. Hier hatte ich für ein paar Tage Urlaub eingelegt, um mir darüber klar zu werden, was ich meinem Anwalt in Baden-Baden sagen würde, der mich ausgiebig über die Unterhaltsforderungen meiner Frau informiert hatte.

»Habt ihr hier wenigstens Ruhe?«

Menachem schüttelte bedenklich den Kopf.

»Nicht wirklich. Im Gaza, der Westbank brodelt es. Jerusalem gleicht einem Heerlager. Auf dem Golan schieben ein paar Blauhelme Wache. Ägypten rasselt mit dem Säbel, und wir haben uns finanziell noch nicht wieder vom Sechstagekrieg erholt. Aber was soll's. Wir leben noch.« Er lächelte. Aber es war eine Maske.

»Fahren wir an den Strand? Mehr können wir heute nicht tun. Es ist heute alles geschlossen.«

Ich nickte.

14.50 Uhr

Das schwarze Bakelit-Telefon im Hausflur hatte einen widerlichen Ton. Fast wie eine Feuerwehrglocke.

Menachems Gesicht verfinsterte sich mit jedem Wort des Anrufers mehr. Er nickte und knurrte nur als Bestätigung des Gehörten. Seine Hand zitterte, als sie abwesend die Gabel für den Hörer suchte.

»Tut mir leid. Wird nichts aus dem Strand. Bestehst du auf deinem Urlaub, oder willst du der erste ausländische Journalist vor Ort sein?«

»Journalist für was?« Mein fünfjähriger Aufenthalt in allen Krisengebieten der Welt hatte mich für solche Fragen sensibel gemacht. Das hörte sich nicht gut an.

»Seit 14.00 Uhr greifen uns die Syrer im Osten und die Ägypter im Sinai an. Wir haben Generalmobilmachung.«

Sinai, 5 Kilometer vom Suez-Kanal, 8. Oktober 1973

Es hatte einige Stunden gedauert, bis jeder Reservist aus der Stadt seiner Kompanie zugeteilt war und Menachem einen Offizier gefunden hatte, der die Befugnis für meine Akkreditierung als ausländischer Journalist hatte. Menachem war einer Panzerabteilung an den Golanhöhen zugewiesen worden, und zusammen waren wir in einer Staubwolke Richtung Süden gefahren. In Richtung des Krieges.

Und so saß ich jetzt in einem Jeep in der Steinwüste des Sinai und suchte mich nach Verletzungen ab. Ich fand nichts. Nur das Blut der anderen. Meine Zeit war noch nicht abgelaufen.

Der Fahrer war auf das Lenkrad gesunken, der Offizier auf dem Beifahrersitz stöhnte. Beide hatten als mein Splitterfang herhalten müssen.

»Hallo, Deutscher. Nimm das. Es muss in das Katharinenkloster. Nur wenn der gleiche Anhänger präsentiert wird, darf dieses Amulett unter bestimmten Auflagen, die ich dir noch sage, ausgehändigt werden.«

Der Offizier riss sich einen silbernen Gegenstand vom Hals, der wie die Miniausgabe einer Thorarolle aussah.

»Komm näher ...«

Der Mann, etwa vierzig, hatte nicht mehr lange zu leben. Er wusste das.

Hamburg, 2005

Die Redaktionskonferenz hatte länger gedauert. Wie jede Woche. Die Telefonanlage auf meinem Schreibtisch zeigte mir, dass die Zentrale mehrfach versucht hatte mich zu erreichen. Ich drückte den Anwesenheitsknopf.

»Himmel, was quatscht ihr nur immer. Ist ein reines Wunder, dass wir jede Woche eine Zeitung rausbekommen. Da versucht dich seit Stunden ein Dimitri Papadop..., was weiß ich zu erreichen. Sein Englisch ist mir zu schnell.«

Rebecca war wütend. Sie verstand immer noch nicht, wie ein Zeitungsverlag funktionierte und warum es nur einen einzigen Termin gab, der sklavisch eingehalten werden musste, die Deadline für die Fertigstellung des Wochenjournals.

»Was wollte er...?«

Rebecca atmete tief durch. »Du kannst mich jetzt erschlagen, aber ich weiß damit nichts anzufangen. Er ruft auf jeden Fall noch einmal an. Es geht um ein Kloster, ein Amulett und dass jetzt das fünfte aufgetaucht sei. Kannst du damit was anfangen? Was möchtest du heute Abend essen? Mir wäre nach Pizza. Einverstanden?«

Ich nickte und legte auf. Die Vergangenheit meldete sich zurück. Nach zweiunddreißig Jahren.

Dimitri Papadopoulos. Das Amulett, der sterbende Offizier der israelischen Armee, der Jeep. Ich hatte es die ganzen Jahre verdrängt.

Seitdem war viel geschehen. Ich hatte mich zum Chefredakteur hochgedient. War etwas aus dem Leim gegangen, wie die Badezimmerwaage meinte, und nicht mehr ganz so sicher, ob ich es mir früher einmal so vorgestellt hatte, von meiner Tochter Rebecca bekocht zu werden. Die Dame hatte mir zu viel Flausen im Kopf und kam immer mehr auf ihre Mutter heraus, meiner zweiten Liebe, von der ich mich ebenfalls hatte scheiden lassen. Eine Familienkrankheit. Diese Göre hatte jedenfalls nach ihrer eigenen Scheidung Geschmack an Papas Hotel gefunden und machte nicht die geringste Anstalt, das auf absehbare Zeit zu ändern. Dreißig Jahre, und ich hatte die Mutter wieder im Haus und jemanden, der hinter mir hertelefonierte, der nur Ärger versprach. Im nahen Osten brodelte es. Eine gute Story. Aber das war nicht mehr meine Aufgabe. Darum kümmerten sich jüngere Leute, die genauso hirnlos wie ich damals in die Krisengebiete der Welt reisten. Für Geld. Nur war ihr Risiko heute weitaus größer als meines damals. Die Waffentechnik hatte sich verbessert. Aber die Vernunft der Menschen war nicht mitgewachsen.

Das Telefon summte.

»Paps, da ist er wieder. Soll ich durchstellen, oder bist du noch in der Konferenz?«

Ich atmete tief. »Stell durch.« Es gab keine andere Möglichkeit. Ein Versprechen war ein Versprechen, und das war ich dem Mann schuldig, der mir mit seinem Körper das Leben gerettet hatte.

Dimitri, er mochte jetzt an die siebzig sein, sprach noch genauso schnell wie früher.

»Peter? Peter Stösser? Es hat mich Wochen gekostet, dich ausfindig zu machen. Erinnerst du dich noch an das Amulett? Es ist so weit. Wir brauchen das Codewort, sonst hat das Kloster ein Problem ...«

Und wie ich mich an damals erinnerte ...

Sinai, 9. Oktober 1973

Die herbeieilenden Sanitäter hatten nichts mehr für den Offizier tun können.

Ich hatte Stunden gebraucht, um im Chaos der durch die Suez-Verteidigungslinie durchbrechenden Ägypter einen Funkwagen zu finden. Es hatte nochmals einen halben Tag gedauert, bis ich mit Menachem Funkkontakt bekam. Der Offizier war sein älterer und einziger Bruder gewesen. Ein Chemiker und Dozent an der Jerusalemer Universität.

»Warte. Ich kümmere mich darum ...«, hatte der Lautsprecher im Funkwagen gequäkt. Wenige Stunden später war ich im Besitz eines Jeeps mit Drehkranz und Maschinengewehr, zwei Ersatzrädern, zwei Fünfzig-Liter-Benzinkanistern und der Erlaubnis, mich auf vorgeschriebenen Wegen zum Katharinenkloster aufzumachen.

Zwei Tage hatte es gedauert, bis ich das Ziel erreichte. Tagsüber hatte mich die Sonne gegart, die unbefestigten Pisten an die Grenze der körperlichen Belastung getrieben. Nachts hatte ich versucht, mich in einem Armeeschlafsack auf der warmen Motorhaube vor Frost zu schützen. Umherziehende Nomaden versorgten mich mit Wasser oder süßem Tee. Sie wussten nichts von einem Krieg oder winkten ab. Ihr Leben war hart genug. Sie kannten seit Jahrtausenden keine Grenzen, Streit um Besitztümer. Sie waren sie und zogen weiter, wenn ihre Ziegen die spärliche Pflanzenwelt der Steinwüste vertilgt hatte. Bei der nächsten Regenzeit würde es auch an diesem Ort wieder genügend Nahrung geben. Glückliche Menschen ... und ich Idiot fuhr eines Versprechens wegen ein Amulett spazieren, dessen Bedeutung mir nicht einmal richtig klar geworden war. Die Lebensdauer des Offiziers hatte nicht mehr gereicht, um mich in das Geheimnis dieses Kleinods einzuweisen. Nur, dass es noch irgendwo jemand geben würde, der ein vergleichbares Schmuckstück trug und nur *alle* zusammen ein Geheimnis besonderer, gefährlicher Art, preisgeben konnten.

Hamburg, 2005

»Peter ... bist du noch dran?«, rief mich Dimitri in die Gegenwart zurück. »Das Codewort, sonst kann ich die Echtheit dieses Mannes nicht überprüfen. Ich rufe über Satellit an. Das kostet das Kloster ein Vermögen.«

Hier stimmte etwas nicht. Auch wenn es über dreißig Jahre her war, hatte die Vereinbarung zwischen Dimitri und mir anders gelautet. War das überhaupt Dimitri, jener junge Priester eines griechisch-orthodoxen Ordens, der sich 1950 entschlossen hatte, die Großstadt Athen gegen die Einsamkeit der Wüste zu tauschen?

»Dimitri, wann haben wir uns unter welchen Umständen getroffen?«

Die Gegenseite atmete schwer. Sagte aber nichts.

»Hast du Probleme? Wir hatten vereinbart, dass dieses Codewort nur persönlich übermittelt wird oder, sollte ich vorher sterben, bei einem Notar hinterlegt ist. Was ist los?«

Dimitri senkte die Stimme. »Komm her. Sofort.« Die Verbindung brach ab.

Irritiert sah ich den Telefonhörer an, als könne er mir Auskunft darüber geben, was dieses Gespräch bedeuten sollte. Meine Gedanken blätterten im Buch meiner Geschichte.

Sinai, 10. Oktober 1973

Etwa zehn Kilometer bis zum Kloster. Ich hatte wieder einen Platten und die Reservereifen verbraucht. Das Armeematerial war schlecht, die Route schlecht, und meine Gedärme rebellierten. Irgendein Wasser, das mir ein Beduine gegeben hatte, war nicht abgekocht gewesen. Ich saß in einem Wadi fest. Mit einem Jeep, der nicht mehr wollte, einem Maschinengewehr ohne Munition, ohne Proviant und ärgerte mich über mich selbst. Es half nichts. Es gab nur eine Richtung, und die war laut Karte das Katharinenkloster.

Zehn verfluchte Kilometer durch eine Landschaft, die nur aus Steinen, Bergen und einer Temperatur bestand, die das Blut eines nicht an dieses Klima gewöhnten Europäers zum Kochen brachte.

»Schwachsinn. Dies ist totaler Schwachsinn, was du hier machst«, haderte ich mit mir. Das Gelände war mit einem allradgetriebenen Wagen nur im Schritttempo zu bewältigen. Auf zwei Beinen wurde es zur Tortur.

Vier Stunden war ich vorwärts gestolpert. Das Tal wollte kein Ende nehmen. War ich hier überhaupt richtig? Im Schatten eines Felsens ließ ich mich nieder und verglich die Karte mit dem Kompass. Die Zunge begann vor Durst ungeahnte Formen anzunehmen und erschwerte das Atmen.

Das Amulett. Ich zog es aus der Brusttasche und betrachtete es genauer. Was war an diesem Ding so wichtig, dass es in einem Kloster am Ende der Welt auf seine Dublette warten sollte? Warum hatte Menachem sofort auf meine Botschaft reagiert und vermutlich die höchsten israelischen Stabsstellen verrückt gemacht, die momentan bestimmt etwas anderes zu tun hatten, als sich um dieses Schmuckstück zu kümmern?

Der kleine Zylinder war nicht massiv, wie ich durch Abwägen des Gewichts befand. Er hatte einen Hohlraum. Vorsichtig versuchte ich oben und unten gegenläufig zu drehen. Er ließ sich öffnen. Der Stoß der beiden Teile war geschickt in einer umlaufenden Sicke verborgen. Der Inhalt: ein hauchdünnes Seidentuch. Ich entrollte es. Es war etwa einen halben Quadratmeter groß und eng beschrieben in einer Schrift, die nicht hebräisch war. Es war auch keine asiatische Schrift, die ich glaubte zu kennen. Kyrillisch schied ebenfalls aus. Was ich lesen konnte, waren unzählige Formeln, deren Sinn sich mir entzogen. Sorgsam faltete ich das Tuch zusammen und verschloss die Kapsel.

Wie viele Kilometer hatte ich in den Stunden zurückgelegt? Das Kloster würde ich heute nicht mehr erreichen, und den Schlafsack hatte ich im Jeep gelassen. Das konnte eine Horrornacht werden. Es war Selbstmord, sich in diesem Gelände bei Nacht weiter vorzutasten, die sofort mit dem Sonnenuntergang begann. Mit den Händen grub ich mir eine Mulde und bedeckte mich mit dem, was der warme Boden hergab.

11. Oktober 1973

Zwei Paar brauner Augen. Zwei Männer, die um mich herum hockten und sich auf ihre Gewehre stützten. Ich wühlte mich aus dem Staub, der mich besser als jeder Schlafsack gewärmt hatte. Mit dem kleinen Nachteil, dass ich mir allerlei Sandflöhe eingefangen hatte, die sich meinen Schlaf widerstandslos zunutze gemacht hatten. Was aus den Kleidern ragte, sah wie ein Streuselkuchen aus. Nur juckende Streuselkuchen hatte ich noch nie gegessen.

Wer waren die Männer? Sie machten keine Anstalt, ihre Waffen zu benutzen. Sie waren wie Beduinen gekleidet. Einer reichte mir einen Ziegenbalg. Er enthielt Wasser. Womöglich wieder nicht abgekocht. Aber ich trank. Mein Immunsystem war zweitrangig. Es würde sich schon wieder bekrabbeln. Der Durst ging vor. Dehydrierung mit Nierenbluten war angesagt. Dann war ich in diesem Gebiet nicht mehr zu retten. Drei Liter, Minimum, hatte mir Menachem eingebläut. Besser das Doppelte. Du schwitzt, ohne zu merken, dass du Körperflüssigkeit verlierst. Du schläfst wie ein Erfrierender einfach ein ... du verdurstest, ohne es zu merken.

Einer der Beduinen hielt das Amulett und meinen Pass in seinen rissigen Händen. Sie hatten mich im Schlaf durchsucht. Keiner von beiden sagte etwas. Sie sahen mich nur an, reichten mir beides zurück, erhoben sich aus der Hocke und bedeuteten mir zu folgen.

Ihre Kamele lagen in Warteposition und wiederkäuten.

Der Größere der beiden bedeutete mir, auf das Tier des Kleineren zu steigen. Ich hatte noch nie auf einem Kamel gesessen.

»Jellah ...«

Der Kleinere hatte sein Gewehr am Sattel befestigt und schwang sich hinter mir in die Höcker. Das Tier erhob sich hinten, um sich dann über die Vorderbeine hochzustemmen. Beide schienen es eilig zu haben. Sie trieben ihre Tiere zu einer schnellen Gangart an. Weiter und weiter durch das Wadi. Hier wäre ich auch mit intakten Reifen nicht weiter gekommen. Entweder stimmte meine Karte nicht, oder ich hatte mich schon vorher verfahren. Wohin ging meine ... nein, unsere Reise? Ich musste an die Bücher von Karl May denken, die ich als Kind verschlungen hatte.

Der schnelle Passgang des Kamels forderte all meine körperliche Koordination heraus. Krampfhaft versuchte ich mich am Sattelknauf auf dem Tier zu halten. Ich bekam die Balance in der Schrittfolge des Wüstenschiffs nicht hin. Der Mann hinter mir schlug seine Arme um mich. Wie ein Sozius auf dem Motorrad sich der Fahrerlage des Lenkers anpasste, indem er ihn umschlang und so mit ihm eins wurde. Nur hier war es umgekehrt. Der Sozius hielt mich im Sattel.

Die Sonne stand hoch. Meine Uhr hatte den Geist aufgegeben. Ich war zeitlos, als wir die Klostermauern erreichten. Das Katharinenkloster. Ich hatte es vorher nur auf Fotos gesehen. Der ganze Komplex lag unwirklich wie eine Fata Morgana in einem engen Tal. Hohe Mauern. Ein Glockenturm und das Minarett einer Moschee lugten über die Zinnen. Woher hatten meine beiden »Begleiter« gewusst, dass dies mein Ziel war? Wie hatten sie mich überhaupt in dieser Einöde finden können?

Mir war schlecht. Ich war seekrank. Der Ritt musste ein paar Stunden gedauert haben, und die Kamele begaben sich vor dem kleinen Holztor, das den Zugang durch die Mauer bildete, endlich in Parkposition, sodass ich wieder festen Boden unter die Füße bekam. Aber der schwankte auch.

Der größere der Beduinen schlug mit dem Gewehrkolben im Takt gegen die Tür. Ich setzte mich in den Schatten der Mauer und tastete nach dem, wozu ich hergekommen war. Es war noch da. Die Tür öffnete sich quietschend. Es wurden Worte gewechselt, die ich nicht verstand. Der Kopf eines bärtigen Mönches sah um die Ecke und winkte mir zu folgen. Ich trat ein. Die Tür schloss sich hinter uns. Die Beduinen blieben draußen.

»Ich hoffe, Sie hatten eine gute Reise?« Der Mönch ging voran und wies mich an, eine hölzerne Treppe hinaufzusteigen. Sein Englisch war schnell. »Wasser ist hier kostbarer als Gold. Aber Gäste dürfen bei ihrer Ankunft duschen. Bitte ...« Er überließ mich einem seiner Brüder, der mich in einen kleinen Raum führte, der wie eine mittelalterliche Dusche aussah. Holzplanken. Ein Duschkopf, der mittels eines Schlauches mit einem Holz-Bottich in Kopfhöhe verbunden von der Decke hing. Es war auf jeden Fall komfortabler als die Waschmöglichkeiten, die ich in Vietnam erlebt hatte. Hier schoss niemand. Noch nicht. Die Kleider blieben nach dem Duschen dieselben.

»Ich bin Pater Dimitri. Sie können wirklich von Glück sagen, dass sie von unseren Dschebelija-Beduinen gefunden wurden.«

Das Alter des Mannes war schwer einzuschätzen. Er trug die Kleidung der griechisch-orthodoxen Mönche und einen schwarzen Bart.

»Diese Beduinen gehören schon seit dem Bau des Klosters durch Kaiser Justinian vor anderthalbtausend Jahren zum Personal. Sie arbeiten und beschützen uns. Vererbt von einer auf die nächste Generation. Die beiden, die Sie gefunden haben, sind Vater und Sohn. Sie waren auf der Suche nach ein paar verirrten Ziegen und haben einen havarierten Armee-Jeep der Israelis gefunden. Sie sind dann den Spuren des Fahrers gefolgt. So hat man Sie gefunden. Ich hoffe nicht, dass Sie auf die Rückgabe des Maschinengewehrs bestehen ...« Der Pater verzog das Gesicht zu einem Grinsen. »Das könnte Ärger geben. Und den können wir hier nicht gebrauchen. Die beiden sagten mir, dass Sie Deutscher sind und einen gewissen Gegenstand dabeihaben? Darf ich ihn sehen?«

Er legte seine offene rechte Handfläche auf die alte Tischplatte. Sie war genauso mit rissiger Hornhaut überzogen wie die des älteren Beduinen. Dimitri bemerkte meinen fragenden Blick und zog die Hand zurück.

»Dieses Gemäuer ist sehr alt. Ständig geht was kaputt, und wir sind zu wenige Brüder, die noch körperlich arbeiten können. So bleiben der Garten und die Reparaturen an den wenigen jungen Mönchen und den Beduinen hängen. Darf ich das gute Stück nun sehen?«

Es klang wie eine Entschuldigung, dass Mönche sich nicht nur dem Gebet und dem seelischen Wohlergehen ihrer Anvertrauten widmen konnten.

Er besah sich das Schmuckstück und nickte nachdenklich.

»Ich gehe davon aus, dass der Besitzer dieser Kapsel nicht mehr lebt. Stimmt das?«

Ich nickte. Der Mönch stellte das Amulett wie einen Lippenstift auf die Tischplatte. Es fiel um. Die Planken waren nicht mehr im Lot. Dimitri suchte etwas in einem mit Büchern vollgestopften Regal hinter sich. Es war ein reich mit Schnitzereien versehener Kasten, der wie ein schwarz-brauner Sarkophag in Buchgröße aussah. Er öffnete den Deckel.

»Sehen Sie ...?« Er drehte das Behältnis so, dass es vom Sonnenlicht beschienen wurde, das durch das einzige Fenster im Raum drang.

Der Kasten war mit Samt ausgeschlagen. Sein Inhalt: zwei gleich aussehende Amulette, die in eigens für sie angefertigten Mulden ruhten. Drei Mulden waren noch leer. Wie kleine Gräber, die nur darauf warteten, gefüllt zu werden. Meinem Amulett gehörte das dritte Grab. Dimitri legte es hinein und schloss den Kasten.

»Zwei fehlen noch«, murmelte er. »Wer weiß, wann die kommen ...«, und an mich gewandt ... »Welches Codewort hat man Ihnen für diese Kapsel mitgegeben?«

Der Offizier hatte mir das Passwort genannt, aber irgendwas hielt mich davon ab, es weiterzugeben. Ich verstand den Sinn dieser Kapseln, wie sie der Pater nannte, nicht. Ich verstand überhaupt nichts. Am wenigsten mich, warum ich mich auf solch ein Abenteuer eingelassen hatte.

»Kein Passwort. Der Mann ist zu schnell gestorben.«

Pater Dimitri verzog kurz das Gesicht. Er glaubte mir nicht.

»Keine der Kapseln ist ohne ein Code oder Passwort. Aber ich verstehe. Sie wollen die Hintergründe wissen. Kommen Sie. Wir gehen essen, und dann möchte ich Ihnen etwas zeigen.«

Eine Glocke mit einem seltsamen Klang schlug die Uhrzeit.

Dimitri lächelte. »Mein Magen geht etwas vor oder die Glocke nach. Das ist unsere *Talanton.* Eine Holzglocke aus dem 19. Jahrhundert. Die anderen acht Glocken sind aus Messing und wurden dem Kloster, das damals ein russischer Orden führte, vom Zaren gestiftet ...«

Er schritt voran. Mir fiel auf, dass seine nackten Füße in Sandalen steckten, die Eigenbau sein mussten. Zwei Riemen, die irgendwie mit einer Sohle aus der Lauffläche eines alten Reifens verbunden waren. Sein schwarzes Gewand war abgewetzt und glänzte an den Ärmeln und am Gesäß langsam grau.

Der Raum war lang. Ein hölzerner Tisch mit Bänken, er mochte an die zehn Meter messen, war das einzige Mobiliar. Es waren etwa dreißig Mönche anwesend, die ein Gebet über leeren Tellern sprachen. Dimitri stockte im Eingang und hielt mich zurück, bis das Gemurmel aufgehört hatte. Ein Beduine trug eine Schüssel herein und setzte sie mitten auf den Tisch. Es folgte eine zweite und dritte. Die Mönche langten zu.

Dimitri zupfte mich am Ärmel.

»Ich möchte Sie dem Erzbischof vorstellen, bevor der Hauptgang kommt. Er hat es nicht so gerne, beim Essen gestört zu werden.«

Der Erzbischof – ich hatte nicht gewusst, dass es so etwas im griechisch-orthodoxen Bereich gab – war der alte Mann am Kopfende der Tafel, der erfolglos versuchte, seinen weißen Bart aus der Suppe zu halten.

»Patriarch, unser Gast ...« Dimitri verbeugte sich kurz und begab sich an den Platz, der ihm wohl in der Rangordnung bei Tisch und überhaupt zustand.

Der alte Mann schaute kurz auf, nickte, löffelte weiter in seinem Teller und bedeutete mir, mich neben ihn zu setzen. Ein Mönch rückte etwas zur Seite und schob mir seine Suppe hin.

»Wir hatten nicht mit einem Gast gerechnet«, murmelte der Bischof. »Essen Sie schon. Die Portionen sind genau abgezählt. Jeder der Anwesenden wird wegen Ihnen auf eine seiner verzichten. Sie können sich also satt essen.« Er löffelte seine Suppe weiter. Der Mönch, der mir seinen Teller zugeschoben hatte, steckte die Hände in die Ärmel seiner Kutte und schwieg.

Ich verstand nicht, traute mich nicht, die Suppe anzurühren. Diese Leute waren entweder noch freundlicher als meine ärmsten Asiaten, oder ich hatte dem Kloster etwas gebracht, was von unschätzbarem Wert war.

»Essen Sie schon. Sonst wird sie kalt«, brummte der Bischof mit vollem Mund.

Ich aß die Gemüsesuppe, schon um nicht aus Unkenntnis unhöflich zu wirken. Sie schmeckte nicht. Eine Dose Armeefutter, mit dem Bajonett geöffnet, hatte mehr Nährstoffe. Diese Mönche waren arm. Bettelarm. Ihre Kleidung war abgewetzt. Die Mehrzahl der Anwesenden war wirklich zu alt für harte körperliche Arbeit.

Suppe, Vorspeise, Hauptgang und Nachtisch. Alles nur Gemüse. Gesalzen, gepfeffert in gesüßte Ziegenmilch eingelegt. Mit Aprikosen, Feigen, Oliven und Datteln. Kein Fleisch. Vier Mönche hatten jeweils auf einen Gang für mich verzichten müssen. Nur Kaffee war für alle da. Ich kämpfte mit meinem Gewissen. *Ich* war es nicht gewohnt zu teilen. Aber das schien diesen Männern nichts auszumachen. Ich war Gast, mit dem man das Vorhandene teilen musste. Praktizierter Glaube. Oder einfach nur Tradition. Oder beides.

»Können wir?« Pater Dimitri legte seine Hand auf meine

Schulter. Sein Blickkontakt zum Bischof, der noch auf einem Stück Weißbrot kaute, fragte um Erlaubnis. Der Bischof nickte. Wir waren vom Dankgebet befreit.

Pater Dimitri schien es eilig zu haben. Mit großen Schritten verließ er das Refektorium. Zur linken Seite war eine Baustelle. Beduinen zogen ein neues Gebäude hoch. Wir mussten um die Kirche nahe der Mauer, die das Kloster umgab. In einer Ecke pflanzten arabische Helfer einen Busch. Ich blieb stehen. Der Pater bemerkte erst ein paar Schritte später, dass ich nicht mehr folgte.

»Ist das der ›brennende Dornbusch‹?«

Dimitri schüttelte ärgerlich den Kopf.

»Nichts auf der Welt lebt ewig. Er ist eingegangen. Jetzt muss er erneuert werden. Haben Sie ein Problem damit?«

Nein, damit hatte ich kein Problem. Ich lächelte in mich hinein. Die Show für die Touristen musste weitergehen. Auch wenn es jetzt eine Weile dauern würde, dass sich jemand bei diesen Kriegswirren hierher verirren würde.

»Es ist ein Ilex, kein Dornbusch«, gab ich zu bedenken.

Der Pater rang sichtbar um seine Fassung.

»Dann ist es eben ein Ilex. Die Ziegen haben alle Dornbüsche im Umkreis gefressen, und nicht jeder Tourist ist ein Botaniker. Kommen Sie jetzt mit oder nicht?«

Lächelnd folgte ich ihm. *The show must go on.*

Wir verließen das ummauerte Bollwerk durch das Tor, durch das ich gekommen war. Es schien der einzige Zugang zum Kloster zu sein. Ein kleiner Park mit Zypressen, Olivenbäumen und allerlei Gemüsebeeten tat sich vor uns auf.

Die brütende Hitze, die von den Gebäuden abgestrahlt wurde, war hier erträglicher. Dimitri mäßigte seine Schritte aber nicht, sondern strebte gezielt einem kleinen, weiß getünchten

Gebäude am Ende des Gartens zu. Aus seiner verschlissenen Kutte zog er einen altertümlichen Schlüssel und drehte ihn in einem ebensolchen Schloss. Ein muffiger Geruch sprang mich aus dem Inneren an. Es gab nur das Licht, das die Sonne spendete. Dimitri zündete zwei Kerzen rechts und links des Eingangs an und bedeutete mir einzutreten.

Kein Filmregisseur hätte sich ein besseres Horrorszenario ausdenken können. Mich schüttelte es bei vierzig Grad Temperatur. So etwas würde man höchstens nach irgendeinem Krieg tief in der Erde verbuddelt finden. Ein Massengrab. Ich musste mich als altgedienter Kriegsreporter zwingen hinzusehen.

Ein Totenschädel stapelte sich neben und auf dem anderen. Es waren Hunderte. Gleich nebenan waren die Gebeine wie Holzscheite geschichtet.

Der Pater nahm eine Kerze und suchte unter den Schädeln, die etwas abseits in einer Nische gelagert waren. Er prüfte die kleinen Tonschilder, die in den Augenhöhlen an Wollfäden befestigt waren und nickte zufrieden.

»Um diesen Mann geht es.« Er drückte mir den Schädel in die Hand. Mir wurde schlecht.

»Das ist unser vorletzter Erzbischof. Sie können seinen Namen auf dem Täfelchen lesen, wenn Sie Griechisch können.«

Ich drehte den Schädel in der Hand. Er sah aus wie alle anderen auch, wenn keine Haut und Gewebe mehr daran waren. Ich würde in diesem Zustand auch nicht anders als durch eine Inschrift in den Augenhöhlen erkennbar sein. Angewidert reichte ich das Relikt zurück.

»Was soll das?«

Der Pater legte den Erzbischof an seinen Platz zurück, löschte die Kerzen und verschloss die Tür wieder.

Seine Schritte hatten sich verlangsamt. Wir schlenderten nahezu durch den Garten.

»Das ist das Gebeinhaus des Klosters.« Er deutete mir, auf einer kleinen Bank im Schatten einer Zypresse Platz zu nehmen.

»Das Kloster steht auf Granit. Es war nie leicht, darin Gräber auszuheben und die nötige Erde dafür zu beschaffen. Also bleiben die Verstorbenen nur solange im Grab, bis alles Verderbliche zu Staub geworden ist. Der Rest kommt hierher und wird gestapelt.«

»Ja und?« Ich war verwirrt. Hatte seit vier Jahren geglaubt von Beruf wegen jede morbide Situation im gleichzeitig tobenden Vietnam-Krieg dokumentiert zu haben.

»Ja und? Du verstehst nicht ...« Das Gespräch hatte plötzlich eine persönliche Wendung bekommen. »Du hast doch die Kapsel aufgemacht. Sonst wärst du kein Journalist. Und was war da drin?« Ohne meine Antwort abzuwarten gab er gleich selbst die Antwort. »Ein hauchdünnes Seidentuch, das du nicht lesen konntest, mit einer Formelsammlung. Stimmt's?«

Ich nickte. Der Pater schmunzelte.

»Wie bei den anderen zwei auch. Und nun kommen wir zu dem Erzbischof da drin.« Er deutete kurz auf das Beinhaus.

»Der Erzbischof Dimitri, es ist nur eine zufällige Namensgleichheit, hatte sich als junger griechischer Soldat zur englischen Armee gemeldet. 1915 wurde er an die Westfront in Belgien abkommandiert. Dort herrschte bereits der Abnutzungskrieg. Graben gegen Graben, Mann gegen Mann. Keine Partei kam einen Meter vorwärts, bis ... ja bis sich die Deutschen etwas einfallen ließen, was bis dahin unvorstellbar war ... Giftgas.«

»Giftgas?«, entfuhr es mir. »Was, zur Hölle, hat das mit den Kapseln und dem Kloster zu tun?«

Dimitri zuckte mit den Schultern und wackelte mit dem Kopf.

»1918 trat ein total verstörter junger Mann dem Orden bei. Der Krieg hatte ihn gezeichnet. Körperlich wie seelisch. Dimitri, der spätere Erzbischof. Er brachte die erste Kapsel mit diesen auf Seide geschriebenen Informationen mit. Es ist übrigens Katharévousa, neugriechische Hochsprache. Aber mit den Formeln kann niemand etwas anfangen. Kurz vor seinem Tod, er wurde nicht alt, prophezeite er, dass es noch vier weitere Kapseln geben würde, und ordnete die Anfertigung dieses Kastens an.«

Der Pater machte eine Pause und sah einer Wüstenmaus zu. Sie war noch nicht einmal halb so groß wie eine Handfläche und mühte sich mit einer viel zu großen Dattel ab.

»Die zweite Kapsel erreichte uns 1948. Da war der Bischof schon gestorben. Seither haben wir ein Problem. Wir wissen nicht, was das soll. Wir folgen nur dem Letzten Willen des Verstorbenen, wonach jede Kapsel ein Passwort haben muss. Jetzt kommst du noch mit solch einem Ding ...«

Der Pater seufzte tief und zündete sich eine Zigarette an.

»Im Kloster ist Rauchverbot«, kommentierte er meinen fragenden Blick.

»Wir können eigentlich mit den Kapseln nichts anfangen ...«, fuhr er fort und blies den Rauch in die noch heißere Luft. »Wir können den Text lesen, aber wir verstehen ihn genauso wenig wie die folgenden Formeln. Wir wissen nicht, woher diese Dinger kommen. Wir wissen immer erst, wenn sie hier landen, wer dahinter steckte. Wie bei deinem Exemplar sind es bei den beiden anderen namhafte Wissenschaftler. Der ersten Kapsel hat der Bischof seinen Code mitgegeben. Die zweite wurde, laut Überlieferung, von einem jüdischen Offizier mit einem Code übergeben. Jetzt haben wir wieder eine, aber ohne Code.« Er trat die Zigarette aus und sah mich bittend an.

Mein Gehirn spielte verrückt. Sollte ich ihm das Passwort geben oder nicht? Was war, wenn nicht? Was würde dann passieren? Offensichtlich hatte der verstorbene Bischof ein Geheimnis gehütet. Es fehlten noch zwei Amulette der gleichen Art. Warum benötigte jedes einen Code? Das konnte nur bedeuten, dass sie jemand irgendwann abholen würde.

»Warum gebt ihr die Kapseln nicht einem kompetenten Wissenschaftler, der sie auswertet?«

Dimitri zwirbelte seinen Bart und zog die Stirn in Falten.

»Diese Kapseln sind das Vermächtnis eines unserer Bischöfe. Das können und dürfen wir nicht. Sie sind wie ein in der Beichte anvertrautes Geständnis, das wir niemals ohne Genehmigung des Eigentümers weitersagen würden ... und das alles macht uns langsam Sorgen.«

Ich sah nachdenklich der Maus zu. Sie hatte schnell gelernt und die Dattel in kleine Teile zerlegt, die sich besser transportieren ließen. Nur musste sie jetzt noch schneller sein, da sich auch eine Horde von Ameisen über ihre Beute hermachten.

»Ein Spiel ... es ist ein böses Spiel ...«, sinnierte ich laut. »Und wenn ich euch das Passwort zu meiner Kapsel nicht gebe? Dann wäre doch ein Kreislauf, den wir alle nicht kennen, unterbrochen.«

Dimitri klopfte sich den Staub aus dem Gewand.

»Nein. Das denke ich nicht. Das Katharinenkloster ist seit seiner Gründung eines byzantinischen Kaisers mit allen Eroberern des Sinai gut ausgekommen. Was glaubst du, warum wir neben dem christlichen Glockenturm ein Minarett stehen haben? Selbst Mohammed hat 641 n. Chr. dem Orden Schutz gewährt, und Napoleon hat 1798 bei der Instandhaltung der

Außenmauer Hilfe geleistet. Das Kloster darf nicht in irgendwie geartete Machenschaften geraten.« Dimitri atmete tief durch. Es klang wie ein abgrundtiefes Stöhnen der gesamten Christenheit.

»Na gut. Dann behalte das Passwort für dich. Ist vielleicht besser so. Aber wir treffen eine Vereinbarung, die schriftlich festgehalten wird. Komm ...«

12. Oktober 1973

Wenn ich mir das Leben in einem Kloster als ruhig und erholsam vorgestellt hatte, war ich auf einem falschen Pfad.

Weit vor Sonnenaufgang, mir fehlte mangels funktionierender Uhr die genaue Zeit, läuteten die Glocken zum Gebet. Es war noch stockfinster.

Der Pater hatte mir nach einem sehr schmalen Abendessen eine Zelle zugewiesen, die nur aus einem Feldbett, einem Stuhl mit Tischlein und einem Kleiderhaken bestand. Für diesen Tag hatte er mir nach dem Frühstück die beiden Beduinen angekündigt, die mich zum Jeep zurückbringen würden.

Es war ein Rauswurf, da ich das Passwort nicht genannt hatte. Dafür hatte ich einen Zweizeiler unterschrieben, der sogar auf Deutsch abgefasst war, dass ich in der Not des Klosters dieses Wort persönlich überbringen und es für den Fall meines frühzeitigen Todes bei einem Notar hinterlegen würde, den ich sofort dem Kloster bekannt geben musste ...

Tel Aviv, 13. Oktober 1973

Die Beduinen hatten mich auf die bekannte Art zu meinem Auto zurückgebracht. Das Maschinengewehr war tatsächlich verschwunden. Dafür waren die drei platten Reifen repariert und die Benzinkanister gefüllt. Ein seltsames Volk.

Diesmal dauerte es nur einen Tag und zwei Reifenpannen, bis ich wieder physisch an dem Platz war, den ich verlassen hatte. Mein Geist war im Kloster geblieben. Ich trug ein Geheimnis mit mir herum, über das ich nicht glücklich war. Es wäre besser gewesen, es im Kloster zu lassen, den Code loszuwerden und meine Ruhe zu haben. Aber mein Dickkopf hatte es anders gewollt. Oder war es Vorsehung?

Die israelische Armee schien den Meldungen nach bereits alles im Griff zu haben. Die Syrer hatten bereits mehr als die Hälfte ihrer Panzer verloren, und zwischen die ägyptischen Truppen hatte man einen Keil getrieben, dessen Spitze bereits wieder den Suez-Kanal erreicht hatte. Hier gab es für mich nichts mehr zu tun.

Ich fuhr in Menachems Wohnung, um den Hausschlüssel zurückzugeben. Mein Flug nach Deutschland ging in sechs Stunden. Wenn er denn überhaupt stattfand. Die Luftbehörde ließ momentan nur ausgesuchte Maschinen starten oder landen, und das nur in Begleitung von Militärmaschinen, bei denen ich mir nicht sicher war, ob sie die Zivilmaschine sofort vom Himmel schossen, sollte diese nur mit den Flügeln wackeln.

Tel Aviv wirkte wie ausgestorben. Es fehlten die Männer. Das ganze Land schien an den Fronten zu sein und hatte gleich seine Privatfahrzeuge als Transportmittel mitgenommen.

Menachems Wohnung war nicht verschlossen. Die Haustür stand offen. Koffer stapelten sich im Hausflur. Es sah wie ein

Umzug aus. Eine alte Frau räumte Menachems Kleiderschrank aus. Sie war seine Mutter und hatte Tränen in den Augen. Sie erschrak, als ich sie ansprach.

»Peter, mein Gott, du lebst wenigstens noch.« Schluchzend ließ sie sich auf das Bett fallen. Ich kannte sie nur als Mama Judith und als die einzige Israelin, die ihren deutschen Stamm nicht verleugnete, die deutsche Sprache allem vorzog und stolz darauf war, ein Konzentrationslager überlebt zu haben. Die Tätowierung am Arm zeugte noch davon. Dass sie dabei auch ihren ersten Mann verloren hatte, erwähnte sie nie. Der zweite Mann und Vater ihrer Kinder war im Oktoberkrieg 1967 gefallen. Beides wusste ich nur von Menachem, der mich ihr gegenüber zum Schweigen verpflichtet hatte. Es sollte noch irgendwo eine Tochter aus der ersten Ehe geben, über die Judith aber selten sprach. Sie war eine bemerkenswerte Frau. Stark und stolz. Nun weinte sie. Ich setzte mich zu ihr aufs Bett und konnte nicht anders, als sie in den Arm zu nehmen.

»Menachem ist tot. In seinem Panzer verbrannt. Ist das nicht schrecklich? Jetzt habe ich alle Männer verloren ...« Judith brach in einen Weinkrampf aus. Sie hätte lieber geschrien. Aber sie hatte sich unter einer unmenschlichen Kontrolle. Ich fühlte es am Beben ihres Körpers. Sie nahm meine Hand und trocknete ihre Tränen mit einem der Handtücher aus Menachems Schrank.

»Peter, dies ist ein böses Spiel, und es geht zu weit. Meine beiden Söhne haben sich da auf etwas eingelassen, was sie ihr Leben gekostet hat. Jetzt ist Schluss. Du bist ein Deutscher. Ihr könnt doch sonst alles. Also beende diesen Schwachsinn. Es geht vermutlich um neue Waffen. Halte sie auf.«

»Giftgas ...?« Ich folgte einer Eingebung, die auf der kurzen Information des Paters beruhte.

Judith zuckte schluchzend mit den Schultern.

»Woher soll ich alte Frau das wissen? Aber mein ältester Sohn hat in Chemie promoviert; etwas in der Richtung liegt also nahe. Es ist doch logisch, dass wir kleines Land nicht in der Nachbarschaft eine Atombombe fallen lassen können. Die würde doch auch uns treffen. Also, was muss her? Ein billig herzustellendes Mittel, das lokal begrenzt alles auslöscht.«

Es ging um chemische Kampfstoffe. Da war ich mir jetzt sicher. Die Amulette oder Kapseln, wie sie der Pater nannte, hatten etwas damit zu tun. Vielleicht waren sie sogar der Schlüssel zu allem. Wer steckte dahinter? Es musste eine Organisation sein, die alle Zeit der Welt zu haben schien. 1918 ... 1948 ... 1973, und es fehlten laut der Prophezeiung des ehemaligen Erzbischofs des Katharinenklosters noch zwei Kapseln.

Die Fragen in mir türmten sich auf. Warum mussten die Kapseln ins Kloster und warum erst nach dem Tod der Männer, die sie zu Lebzeiten als Amulett getragen hatten und die offensichtlich als Chemiker an einem Kampfstoff geforscht hatten, den es bisher noch nicht gab? Was konnte man da Neues erforschen und erfinden? Laut Genfer Konvention waren chemische Kampfstoffe verboten. Selbst im Zweiten Weltkrieg hatten sich nahezu alle Parteien daran gehalten.

Doch es gab solche Stoffe. Ich hatte dokumentiert, wie die amerikanische Luftwaffe Entlaubungsmittel über die Urwälder von Vietnam versprüht hatte. Sie nannten es *Orange Red*. War das ein Kampfstoff? Was war überhaupt ein Kampfstoff?

Ich ließ Judith los. Ich musste weg. Die Sicherheitskontrollen am Flughafen würden Stunden dauern. Das verfluchte Passwort! Warum hatte ich es nicht im Kloster gelassen? Ich ahnte, dass meine dickschadelige Entscheidung noch Folgen fur mich haben würde. Aber zu diesem Zeitpunkt wollte ich das nicht wahrhaben.

Raus hier. Mehr wollte ich nicht. Zu Hause wartete mein ganz privater Bürgerkrieg: Mann gegen Frau.

»Kommst du wieder? Ich hätte gerne einen Sohn, den ich bekochen kann ...«, waren Judiths letzten Worte, die sie mir mit tränenerstickter Stimme im Treppenhaus nachrief.

Den Jeep ließ ich vor dem Flughafen stehen. Armeefahrzeuge brauchten keinen Zündschlüssel. Irgendwer würde ihn schon abholen.

Die klappernde Anzeigetafel im Abflugbereich wies schon darauf hin, dass es der einzige heute in Richtung Deutschland sein würde. Die Sicherheitskontrollen waren wie befürchtet. Mein Presseausweis und die Akkreditierung als Journalist in der israelischen Armee machten die Kontrollen nicht einfacher, im Gegenteil. Ich hielt den ganzen Flug auf. Dutzende von Telefonate gingen zwischen den Sicherheitskräften und dem Hauptkommando der Armee wegen mir hin und her.

»Sie scheinen ein begehrter Mann zu sein. Möchten Sie einen Kaffee.«

Eine schlanke, dunkeläugige Frau mit kurzem, schwarzen Haar reichte mir einen Pappbecher und lächelte.

»Mein Name ist Rebecca. Wie heißen Sie?«

Mein Gehirn beruhigte sich langsam wieder ob dieses Aufwandes, den man wegen mir trieb. Die Frau war eine Schönheit und als Diplomatentochter auf dem Weg nach Bonn. Unverheiratet, wie sich schnell herausstellte ...

2

Hamburg – Sinai

»Paps … es ist seit zwei Stunden Feierabend.«

Ich schrak aus meiner Gedankenwelt hoch. Rebecca sah mich vorwurfsvoll an.

»Ich wollte doch Pizza machen.«

Ihr Gesicht und die braunen Augen sagten alles. Sie war wütend. Es war zu spät für ihr Vorhaben, uns zu bekochen.

»Ich lade dich ein.« Mehr konnte ich momentan als Entschuldigung nicht vorbringen.

Das Telefonat mit Pater Dimitri ließ mich nicht in Ruhe und trieb mich auch während des Essens um. Die fünf Kapseln schienen komplett zu sein und jemand wollte sie haben … nach fast siebzig Jahren. Wer war dieser Jemand? Eine staatliche Behörde, eine geheime Organisation …?

»Warum habt ihr mir Mamis Namen gegeben? Rebecca ist doch jüdisch? Oder nicht?«

Heute schien nicht mein Tag zu sein. Angewidert schob ich meine halbe Pizza von mir, über die sich Rebecca sofort hermachte.

Ja, warum trug sie einen jüdischen Namen? Wieder schlugen die Seiten meiner Erinnerung auf. Dieses Mal mit einer Lautstärke, als seien sie in Granit gemeißelt.

»Hat dich deine Mutter nie informiert?« Ich versuchte mich möglichst behutsam an das heranzutasten, was ein Vater eigentlich wissen sollte.

Rebecca schüttelte kauend ihren schwarzen Lockenschopf.

Es war wirklich nicht mein Tag. Eine einunddreißigjährige Tochter, deren Heranwachsen ich als ehemaliger Auslandskorrespondent kaum wahrgenommen hatte, und jetzt sollte ich ihr das erklären, was ihre Mutter offensichtlich nicht geschafft hatte ihr zu sagen. Einer erwachsenen Frau, bereits selbst von einem gleichaltrigen Unternehmersohn wegen Unverträglichkeit geschieden, mit abgeschlossenem Medizinstudium, jetzt übergangsweise Telefonistin im Verlag.

»Ich habe deine Mutter in Israel kennengelernt. Auf dem Flughafen, bei meiner Abreise, kurz nach dem Jom-Kippur-Krieg.« Auf die genaueren Einzelheiten ging ich nicht ein. »Es war Liebe auf den ersten Blick.«

»In Israel?« Rebecca löffelte ein Tiramisu. »Davon hat sie mir nie erzählt. Warum eigentlich nicht? Und wieso habt ihr euch dann so verkracht, dass ihr kein Wort mehr gesprochen habt und du dich dann wieder hast scheiden lassen?«

Das war genau die Frage, die ich nicht beantworten wollte, da ich sie mir selbst noch nicht gestellt, sondern sie immer wieder zur späteren Verwendung abgelegt hatte. Und das Wort »wieder« hing wie eine unausgesprochene Anklage im Raum. Tatsächlich hatte bei meiner ersten Ehe ich die Scheidung eingereicht, aber beim zweiten Mal war alles anders gewesen ... Ich fingerte nervös an der Gabel herum.

»Schon gut. Die Frage gilt nicht.« Rebecca stocherte in der

Süßspeise und schob sie von sich. »Mami ist eine Nervensäge, seit sie diesen Staatssekretär geheiratet hat. Sonst wäre ich nicht bei dir. Also bin ich eine Halbjüdin?«

Ich nickte stumm. »Eigentlich Volljüdin, denn nach jüdischem Recht zählt allein die Mutter.«

»Dann fliege ich mit.«

»Wohin? Du hast doch Flugangst.«

»Ich habe das Telefonat mit diesem Dimitri mitgehört. Du fliegst in den Sinai? Was war damals? Ich möchte mein Ursprungsland mal kennenlernen.«

Das fehlte mir noch. Ich verzog das Gesicht und besah mir meine Tochter. Sie war genauso schön und bockig wie ihre Mutter. Unzähmbar und seit ihrer Scheidung noch eigenwilliger. Kein Mann würde lange Freude an ihr haben. Sie bestimmte, wo es lang ging. Sonst niemand.

»Komm mir jetzt nicht mit den alten Kamellen, dass ich mir lieber einen Job als Assistenzärztin suchen soll. Wenn die Zeit dazu reif ist. Vielleicht. Aber vielleicht studiere ich auch noch Medienwissenschaft.«

Es war sinnlos, ihr einen einmal gefassten Entschluss auszureden. Ihr jetzt vorzuhalten, dass sie bereits mehr Zeit mit dem Studium und ihrer Ehe vertrödelt hatte, als einer jungen Frau diesen Alters zustand, würde in einem Wutausbruch und einem Lokalverbot enden. Ich probierte es dennoch.

»Nein. Du bleibst hier. Ich weiß auch nicht, was mich im Sinai erwartet, und schon gar nicht, wie ich der Buchhaltung erklären soll, dass ausgerechnet meine Tochter mitfliegt. Außerdem ist das Kloster für Frauen nicht zugänglich. Nein. Basta.«

Rebecca schob das Geschirr beiseite und lehnte sich über den Tisch. Ihre grau-blauen Augen, die sie mit Sicherheit von mir geerbt hatte, funkelten.

»Hör zu, alter Herr ...« Wenn sie mich so nannte, war der Angriff nicht mehr aufzuhalten. »Mach jetzt ja keinen Stress. Ich brauche eure Buchhaltung nicht. Den Flug bezahle ich selbst. Habe mich schon mit Erika im Reisebüro kurzgeschlossen. Alles schon perfekt. Wir fliegen über Kairo nach Scharm El-Scheich. Von da ist das Kloster gut mit einem Leihwagen zu erreichen. Urlaub habe ich schon eingereicht.«

Es war nicht zu fassen. Meine Tochter verbündete sich mit Erika, meiner ersten Frau, die bald nach unserer Scheidung den Inhaber eines Reisebüros geheiratet hatte. An die Zeit erinnerte ich mich nicht gerne. Wir waren nach damaligem Recht auseinandergegangen. Es war eine Schlammschlacht vor Gericht gewesen, und ich war als Verursacher der Scheidung verurteilt und zu einer nicht unerheblichen Zahlung verdonnert worden.

»Nein, meine liebe Tochter. So nicht. Flieg, wohin und wann du willst. Aber nicht mit mir.«

Warum hatte ich in meinem ganzen Leben immer nur Probleme mit Frauen? Meine Sturheit ließ es einfach nicht zu, dass ich mit ihnen klarkam. Aber ich hatte mir immer Frauen ausgesucht, die mich mit ihren Eigenheiten herausforderten. Selbstbestimmt und zielstrebig. Vielleicht lag da das Problem: Für selbstbewusste Frauen musste ich nicht die Verantwortung übernehmen und konnte weiterhin meine eigenen Wege gehen. Eine Familie haben und trotzdem frei sein. Ich sollte bei Gelegenheit mal darüber nachdenken ...

Rebeccas feingliedrigen Hände huschten über den Tisch und suchten meine Pranken. Ich hasste meine Hände. Sie waren die eines Schwerarbeiters.

»Paps ...« Sie kramte in ihrer voluminösen Umhängetasche. Ihre wütenden Augen füllten sich mit Tränen. »Paps, lies das.

Dann wirst du manches verstehen.« Sie reichte mir ein Papier. Es war von einem onkologischen Institut mit einem Begleitschreiben einer Frauenärztin.

Ich las, war erschüttert und wütend zugleich. Wütend auf mich und die gesamte Welt. Ein unbändiger Zorn und eine nicht kontrollierbare Verzweiflung packten mich, wie ich sie zuletzt bei meinem Vietnam-Einsatz vor über dreißig Jahren empfunden hatte. Wenn die Napalm-Angriffe der Amerikaner ganze Dörfer niederbrannten. Die Leichen der Bewohner wie verbrannte Schweine am Spieß vor sich hinkokelten. Der Phosphor selbst auf toten Körpern weiterbrannte. Und ich das fotografiert hatte …

Die Schrift auf dem Papier verschwamm in meinen Tränen.

»Weiß deine Mutter davon?«

Rebecca schüttelte vehement den Kopf. »Nein. Sie würde solch eine Schwäche nicht verstehen. Sie ist eine Sabra.« Damit bezeichnete man in Israel nach der Staatsgründung 1948 im Land geborene Kinder. »Deswegen bin ich bei dir.«

»Na gut. Ich rede mit der Buchhaltung …« Zu mehr war ich nicht fähig.

Die Buchhaltung hatte den Verlagsleiter gefragt, und der hatte mit dem Kopf geschüttelt. Ich hatte zehn Tage Urlaub beantragt und Rebecca die Reiseplanung überlassen. Über Erika. Meine Exfrau. Exfrau Nummer eins, um genau zu sein. Mit der sich meine Tochter ausgesprochen gut verstand, was die Sache nicht einfacher machte.

Meine Tochter war etwas aufgeblüht, ich kämpfte dagegen mit aufkommenden Depressionen. Hatte versucht, eine Telefonnummer des Katharinenklosters ausfindig zu machen. Aber die Mönche schienen immer noch nicht über irgendwelche Kommunikationsmittel zu verfügen. Eine Homepage hatten sie, aber die wurde vom ägyptischen Tourismusministerium verwaltet. So war ich nicht weitergekommen. Mein persönliches Erscheinen war unumgänglich.

Auf dem Flug hatte ich Rebecca über die Vorkommnisse 1973 informiert und versucht, mir über meine Gefühle zu ihr und ihrer Krebserkrankung ein Bild zu machen. Sie nahm es gelassener als ich. Es schien wenigstens so. Ich war hilflos. Hatte noch Stunden vor dem Abflug versucht, irgendeine Information aus dem Internet zu ziehen, die mir und ihr Hoffnung hätte geben können. Da war nichts. Sie würde sich operieren lassen müssen und nie Kinder in die Welt setzen können. Rebecca schien mir mit ihrem Wissen voraus zu sein. Sie tröstete mich. Der Operationstermin war bereits festgelegt.

Das Hotel, das sie ausgesucht hatte, lag direkt am Meer. Es war kein Hotel im üblichen Sinn. Ein flaches Haupthaus, umgeben von einem Park, in den Dutzende von Bungalows gestreut waren. Dazwischen Bougainvillea-Hecken und sorgsam gepflegte Rabatten. Die Temperatur kannte ich. Es war Sommer und heiß. Sehr heiß. Wer sich jetzt, in der Mittagshitze, am Strand tummelte, war entweder Selbstmörder oder Tourist. Unsere Pässe hatte die Rezeption einbehalten. Der Sinai war seit der Rückgabe von Israel an Ägypten militärisches Sperrgebiet.

»Ich habe für morgen, nach dem Frühstück, einen offenen Jeep gebucht. Ist dir das recht?«

Ich hätte ihr nichts von meiner damaligen Tour erzählen sollen. Es war mir recht, die Wüste wieder zu riechen, zu fühlen.

Aber ob meine Bandscheiben die Sand- und Felspisten überstehen würden? Ich hatte meine Zweifel. Aber ich sagte nichts und nickte nur.

Rebecca saß auf dem Bett und studierte die Karte und Prospekte aus dem Hotel.

»Wie es aussieht, sind deine Informationen reichlich überholt. Wir brauchen etwa drei Stunden zum Kloster. Alle Straßen sind befestigt. Nach dem Prospekt wird der Berg Moses inzwischen jeden Tag von ein paar hundert Bussen angefahren. Es wird also ein schöner Ausflug für uns.«

Ich hatte gerade ausgiebig geduscht und suchte Wäsche im Koffer.

»Mama hat mir gesagt, dass du ein Chaot im Kofferpacken bist. Daher habe ich mir erlaubt, ihn etwas umzuräumen. Die Unterwäsche ist in der Seitentasche ...« Sie grinste und beschäftigte sich weiter mit den Prospekten.

Die Gegend hatte sich verändert. Berge waren weggesprengt worden, um asphaltierten Straßen Platz zu machen. Die Minengebiete, die die Israelis hinterlassen hatten, waren eindeutig gekennzeichnet. Kolonnen von Bussen beförderten Touristen in Richtung Kloster. Es war wirklich eine Spazierfahrt. Das Wadi, in dem das Kloster bei meinem letzten Besuch als einziger Bezugspunkt zwischen den Bergflanken gelegen hatte, hatte sein Gesicht verändert. Am Nordhang, dem Ausgang des Tals, war ein Hotel entstanden. Auch weiß. Terrassenförmig an den Berg geschmiegt. In die Talsohle waren Parkplätze für Busse, Souvenirshops und Restaurants gepflanzt worden. Die Zufahrt zum Kloster war gesperrt. Die *Talanton* schlug. Es war Mittagszeit. Wir mussten warten. Das Kloster würde erst in drei Stunden wieder zugänglich sein. Die Mönche wollten ihre Ruhe in dieser Zeit. Hunderte von Touristen, mit Kameras behängt, wuselten durch die Gegend und fotografierten sich gegenseitig vor irgendwelchen nichtssagenden Steinen.

»Komm, ich weiß ein ruhiges Plätzchen.«

Ich nahm Rebecca an die Hand und zog sie den Schotterweg zum Kloster hinauf.

Das Tor zum Klostergarten war nicht verschlossen. Die Gemüsebeete lagen ungepflegt und verwildert da. Das Kloster hatte die harte Arbeit um das tägliche Brot gegen Touristen eingetauscht. Aber die Bank im Schatten der Zypresse stand noch. Wir ließen uns schweigend nieder und plünderten unsere Lunchpakete, die wir vom Hotel mitbekommen hatten. Eine Wüstenmaus kämpfte mit einer Dattel. Die wievielte Generation mochte sie sein?

Rebecca sah dem Tierchen interessiert zu, wie es sich mühte, die Frucht in transportable Einzelteile zu zerlegen. Es hatte sich nichts geändert. Nur wir waren anders geworden.

»Kann sich ein Mann vorstellen, dass eine Frau in meiner Situation eine Freundin braucht?«, unterbrach Rebecca die Stille.

Das konnte ich mir sehr gut vorstellen und nickte stumm.

»Ich habe mit Erika über alles gesprochen. Sie versteht mich. Wusstest du, dass sie Volljüdin ist, aber ihre wirklichen Eltern nicht kennt? Die sollen im KZ umgekommen sein.«

Nein, das wusste ich nicht, und es interessierte mich auch nicht. Ich hatte nach unserer Scheidung den Eindruck gehabt, dass nicht alles mit rechten Dingen zugegangen war. Aber hatte es nicht beweisen können. Bei der Nennung ihres Namens tauchten nur die Schecks vor meinem geistigen Auge auf, die ich damals für sie und unsere Anwälte hatte ausstellen müssen.

»Sie hat mich ermutigt, mit dir hierherzufliegen. Du weißt doch, meine Flugangst. Du seiest der beste Schnüffler der Welt ...« Sie nahm meine Hand.

Ich wehrte ab. »Wie hat sie das gemeint? Der beste Schnüffler ...«

Rebecca zuckte mit den Schultern. »Weiß nicht. Vielleicht wollte sie mich beruhigen, dass an deiner Seite nichts passieren kann. Auch kein Flugzeugabsturz.«

Ich schüttelte unwillig den Kopf. Erika kannte ich. Hinter dieser Aussage steckte etwas anderes. Sie tat und sagte nichts ohne Hintergedanken.

»Komm, wir gehen vor der Öffnung rein. Die Zeit drängt.«

Wenn sich bei meinem ersten Betreten des Klosters etwas eingeprägt hatte, dann war es das, wie sich damals die beiden Beduinen bemerkbar gemacht hatten. Ich hatte zwar keinen Gewehrkolben. Aber Steine lagen genug herum. Es wirkte. Die Holztür öffnete sich. Ein bärtiges Gesicht sah mich fragend an. Ich nannte meinen Namen und fragte nach Pater Dimitri Papadopoulos. Der Mann winkte uns einzutreten und rannte über den Hof. Mönche steckten neugierig ihre Köpfe aus Türen und Fenstern. Hier hatte sich nicht viel geändert. Man hatte nur neben die Kirche ein neues Gebäude gesetzt, dessen Baubeginn ich erlebt hatte. Wie lange war das her? Und ... der Ilex war wieder einem Dornbusch gewichen.

Rebecca setzte sich auf die steinerne Einfriedung des Busches, in den Schatten der Klostermauer.

»Ist das der geheimnisvolle Dornbusch? Das Wahrzeichen des Klosters?«

Ich nickte. »Ja, sein unergründliches Geheimnis ist, dass er nie eingeht. Niemand kann erklären, warum er immer noch existiert.«

»Und was machen wir jetzt hier?«

»Warten. Ich sagte doch, dass Frauen keinen Zutritt zu den privaten Räumen der Mönche haben. Sie werden jetzt mit dem Patriarchen beratschlagen, ob sie dich wieder vor die Tür setzen.«

Rebecca zog die Augenbrauen in die Höhe und die Mundwinkel hinab.

»Verarschen kann ich mich selbst. Also, was soll das Prozedere. Die wollen doch was von dir.«

Ja, sie wollten etwas von mir. Das Codewort. Ich horchte in mich hinein. Mein Gefühl spielte Jojo. Es konnte sich nicht entscheiden, ob hier etwas schieflief, ob dies alles nur eine Fassade für was auch immer darstellte oder ob meine Reise hierher wirklich von äußerstem Interesse für das Kloster gewesen war. Diese Mönche hatte alle Zeit der Welt, bis sie im Gebeinhaus landeten. Dimitri hatte sich am Telefon aber sehr hektisch angehört, als ob er unter großem Druck stünde. Wie ein Mensch, dem keine Möglichkeit mehr geblieben war, über sein Wohl und Weh selbst zu entscheiden.

»Du machst ein Gesicht, als würde gleich der Himmel einstürzen«, riss mich Rebecca aus den Betrachtungen.

»Was ist los? Stimmt was nicht?«

»Peter, der Erzbischof möchte Sie jetzt empfangen. Aber die junge Dame muss hierbleiben.« Ein relativ junger Mönch reichte mir die Hand. »Bitte machen Sie es kurz. Er ist sehr krank und sehr schwach.«

»Dann komme ich mit«, trumpfte Rebecca auf. »Ich bin Ärztin.«

Der Mönch war irritiert und trat von einem Bein auf das andere. »Verzeihung, das geht nicht. Frauen haben keinen Zutritt zu den Räumen der Mönche.«

»Hat das Kloster einen Arzt?« Rebecca spielte einen ihrer Trümpfe aus.

»Nein. Aber wir sind alle ein wenig in Heilkunde ausgebildet«, stotterte der Mönch.

»Das habe ich mir gedacht. Ein wenig ausgebildet. Euer Gottvertrauen bringt euch noch um. Los, führen Sie uns zum Bischof.« Rebecca schulterte ihre Tasche und sah den Mönch durchdringend an. Dessen Blick huschte Hilfe suchend zwischen mir und dem Himmel hin und her. Ich nickte betont streng.

»Führ uns zum Bischof. Es ist meine Tochter. Vielleicht kann sie helfen. Es ist kostenlos ...«

Der Mönch rang mit sich. Er stand zwischen seinem Gewissen und den Klosterregeln.

»Folgt mir bitte ...« Er hatte sich gegen die Regeln entschieden.

»Peter, dass du so schnell reagiert hast ... ich danke Gott, dass er meine Gebete erhört hat.«

Der kranke Patriarch, der vor mir in seiner kargen Zelle auf dem Feldbett lag, war Dimitri. Er war dürr geworden. Seine Hand, die er mir zum Gruß reichte, bestand nur noch aus Haut und Knochen. Seine Wangen waren eingefallen, die Haut mit Geschwüren und Pusteln bedeckt. Er würde sehr bald im Gebeinhaus landen. Da war nicht mehr viel, was zu Staub zerfallen konnte.

»Was ist hier los?« Ich kniete mich neben seine Lagerstatt. Rebecca schüttete ihre abgrundtiefe Tasche lautstark auf dem Boden aus.

»Bevor ihr das klärt, untersuche ich den Mann ...«, schob sie mich beiseite. »Bischof, würden Sie sich bitte mal das Hemd ausziehen lassen. Mein Vater und der Mönch helfen. Los, was ist . . .?«

Der junge Mönch stand wie angewurzelt in der Tür, als erwarte er jeden Moment ein Donnerwetter von seinem Oberhaupt. Die Regeln. Was ist mit den Regeln? In seinem Gesicht spiegelte sich die Verzweiflung eines Gläubigen, der die Welt nicht mehr verstand. Eine Frau untersuchte einen Erzbischof und befahl auch noch, dass man ihn auszog. Eine fremde Frau, die hier keinen Zugang haben durfte.

Dimitri war so schwach, dass er die Prozedur über sich ergehen ließ. Sein ganzer Körper war mit diesen Pusteln bedeckt.

»Raus hier . . .«, befahl Rebecca. »Das unterliegt ab sofort der ärztlichen Schweigepflicht. Ich muss mit dem Bischof allein sein. Besorgt schon mal einen Krankenwagen. Nein, besser gleich einen Hubschrauber. Der Mann muss sofort in ein Krankenhaus.« Damit schob sie mich zur Tür hinaus. Der Mönch benötigte keine zusätzliche Aufforderung.

»Wer ist der Stellvertreter des Erzbischofs?« Ich legte meinen Arm um den Mönch, der am ganzen Leib zitterte. Wenn der Zustand des Bischofs mit dem Code zusammenhing, dann war ich zu spät gekommen. Mein altgedienter Instinkt sagte mir, dass hier durch meine Dickköpfigkeit, damals das Passwort nicht gegeben zu haben, gewaltiges Unheil in der Luft lag.

»Wer vertritt den Erzbischof?«, wiederholte ich meine Frage. Der Mönch druckste herum.

»Eigentlich niemand. Aber vielleicht ist Bruder Christos der nächste Patriarch. Der Bischof ist nämlich erst seit drei Tagen so plötzlich erkrankt. Da hat man sich hier noch keine Gedanken über seinen Nachfolger gemacht.«

Pater Christos mochte etwa in meinem Alter sein. Im Gegensatz zu den anderen Patres sprach seine Leibesfülle nicht für die Askese seiner Brüder. Er war ein mürrischer Mann, der mich feindselig über seine Lesebrille hinweg musterte und sich dann weiter, als sei ich überhaupt nicht vorhanden, mit Schreibkram beschäftigte. Der Raum war derselbe, in dem mich jener Zeit Dimitri über die Kapseln informiert hatte. Meine Augen wanderten das Bücherregal entlang. Auch hier hatte sich nichts verändert. Der Kasten stand immer noch an seinem Platz und bewahrte zwei Bände der Schriften Homers vor dem Umfallen. Der Mönch machte keine Anstalt, mich zur Kenntnis zu nehmen. Lautstark zog ich den Besucherstuhl heran und ließ mich ihm gegenüber nieder.

»Wer hat das Satelliten-Telefon? Der Patriarch muss sofort in ein Krankenhaus.«

Er schüttelte mit dem Kopf, ohne von den Papieren aufzusehen. »Hier geht niemand in ein Krankenhaus. So hat es der Erzbischof verfügt. Aber bitte, wenn Sie wollen ...« Er zog eine Schublade im Schreibtisch auf und schob mir beiläufig ein Handy hin. »Ich möchte nicht, dass mich ein Journalist wegen unterlassener Hilfeleistung durch die Presse schmiert. So ist doch euer Ehrenkodex. Oder nicht?«

Ich rief das Menü im Display auf, verstand es aber nicht. Es war in Griechisch.

»Brauchen Sie Hilfe?« Der dicke Mönch schob die Papiere beiseite, nahm die Brille ab und faltete die Hände über dem Bauch. »Der Patriarch stirbt. Das haben die Männer prophezeit. Und es ist Ihre Schuld. Er hat es gewusst. Er opfert sich für das Kloster. Patriarch Dimitri ist der erste Märtyrer in den ganzen tausendfünfhundert Jahren, die das Kloster besteht.«

Ich verstand nicht und versuchte, auf dem Handy eine für

mich lesbare Sprache im Menü zu finden. Es gab keine anderen. Ich versuchte, mit meinem Telefon einen Kontakt herzustellen. Es fand keinen Sender.

»Vergessen Sie es. Hier gibt es für normale Handys keinen Empfang.«

Der dicke Mönch sah mich durchdringend an und begann mit einem Bleistift Ornamente auf die Schreibtischunterlage zu kritzeln. So als denke er darüber nach, was er nun mit mir machen solle.

»Was geht hier vor? Wer sind die Männer, die Dimitris Tod prophezeit haben?« Irgendwie musste dieser Fleischkloß aus der Reserve zu locken sein. Der schüttelte aber nur bedächtig den Kopf und kritzelte weiter, nahm das Satellitentelefon wieder an sich und ließ es in der Schublade verschwinden.

Ein bleischweres Schweigen zwischen uns lag im Raum. Der Mönch verfolgte seinen eigenen Plan und war nicht gewillt, seinem Erzbischof zu helfen. Warum nicht? Dass irgendwann mal jemand die Kapseln abholen würde, war mir schon vor dreißig Jahren bewusst geworden. Damals hatten noch zwei gefehlt; waren sie inzwischen eingetroffen? Brauchte das Kloster vielleicht nur noch mein Passwort, um die Sache abzuschließen? Aber daran schien außer Dimitri niemand mehr interessiert zu sein. Irgendetwas war hier faul.

»Das Kloster hat seit anderthalbtausend Jahren keine Feinde gehabt. Sie haben es in wenigen Jahren geschafft, das zu ändern.« Der dicke Mönch griff in das Regal hinter sich und zog den Kasten hervor. Die Odyssee kippte um und wirbelte eine Staubwolke auf.

Er schob den Kasten über den Tisch.

»Hier. Jetzt baden Sie es auch aus. Ich werde den Männern sagen, dass sie sich ab jetzt an Sie halten und das fehlende Passwort bei Ihnen holen sollen. Jetzt verlassen Sie sofort das Kloster und kommen nie wieder. Guten Tag.«

Die Tür wurde aufgestoßen. Rebecca stand atemlos im Rahmen.

»Den Hubschrauber könnt ihr vergessen. Der Bischof ist soeben verstorben. Ich weiß nicht woran. Aber plötzlich war er weg. Ich habe vorsorglich eine Blutprobe von ihm genommen. Was machen wir jetzt?«

Vielleicht täuschte ich mich, aber mir war, als husche ein Lächeln über das Gesicht meines Gegenübers.

»Wir verschwinden. Die Gastfreundschaft des Klosters ist für uns soeben beendet worden.« Ich nahm den Kasten an mich, schob Rebecca zur Tür hinaus und ließ den Mönch ohne Gruß sitzen.

»Kannst du mir mal erklären, was hier vor sich geht?« Rebecca ließ sich schwitzend in den Jeep fallen. »Die spinnen doch alle. Und nur wegen eines Passworts? Was ist in dem Kasten?«

Ich startete den Wagen. Der Fahrtwind würde meine Gedanken kühlen. Auch wenn er heiß war. Rebeccas Frage konnte ich nicht beantworten. Mir war die Situation selbst nicht klar. Nur eins schien gewiss ... der schwarze Peter lag jetzt bei mir.

»Mach mal den Kasten auf ...«, überschrie ich die Fahrgeräusche. Rebecca hangelte den Behälter vom Rücksitz, öffnete ihn und hielt mir den Inhalt hin. So hatte ich mir das vorgestellt. Es war nur noch eine Kapsel darin. Die dritte. Meine. Dimitri hatte sich sklavisch daran gehalten, dass nur die Behältnisse mit definierbarem Passwort herausgegeben werden konnten und durften. So, wie es sein Vorgänger in den zwanziger Jahren des letzten Jahrhunderts verfügt hatte. Was war vor nunmehr achtzig Jahren passiert? Was bargen diese Kapseln für ein Geheimnis, dass sie wie eine Art fortlaufender Enzyklopädie alle paar Jahrzehnte weitergeschrieben worden waren? Bestand überhaupt ein Zusammenhang zwischen ihnen? Wer waren die Verfasser? Ich kannte nur einen: Menachems Bruder. Den Chemiker. Wer waren die anderen vier?

»Unwahrscheinlich«, brummte ich in den Fahrtwind. Von 1918 bis 2003 konnte keine Verbindung entstanden sein. Oder doch? Alle Kapseln waren im Kloster zusammengetroffen. Das musste einen Grund haben. Demnach gab es im Hintergrund eine ordnende Hand. Nur die konnte alle Fäden gezogen haben. Aber ein einzelner Mensch konnte das nicht sein. Eine Organisation? Vielleicht ...

»Peter, pass auf!«, schrie Rebecca und stemmte sich mit den Füßen am Armaturenbrett ab. Ich war so in Gedanken, dass ich nicht auf den Verkehr geachtet hatte. Ein Kleinlaster überholte einen Reisebus in halsbrecherischer Fahrt und kam uns auf meiner Seite entgegen. Bremsen, mit aller Kraft, und nach rechts in den unbefestigten Fahrbandrand ziehen war ein und dieselbe Reaktion. Staub wirbelte auf und hüllte uns für Sekunden ein. Kaum hatte sich der rote Nebel gesenkt und ich mir klargemacht, dass es in diesem Land gefährlich war, am Lenkrad seinen Gedanken nachzuhängen, geschah das, was ich schon einmal schmerzlich erlebt hatte.

In der Frontscheibe bildete sich plötzlich ein kleines Loch, von dem Risse wie ein Spinnennetz über das Glas wanderten. Rebecca schrie im gleichen Moment auf und hielt sich den rechten Arm. Blut rann an ihr hinab, und das Echo eines Schusses folgte Millisekunden später. Brach sich tausendfach an den Bergen rundum. Mit der Geschwindigkeit eines Teilchenbeschleunigers tauschte mein Unterbewusstsein den Chip DENKEN gegen den ERFAHRUNG aus. Weg hier! Schnell! Kein stehendes Ziel bieten! Ich hieb die Gänge durch und versuchte aus dem Geröll zu kommen. Rebecca besah sich erstaunt die Wunde. Sie stand unter Schock. Zwei weitere Echos grollten in schneller Folge durch das Tal. Brachen und überschlugen sich. Der Jeep senkte sich auf der rechten Seite. Die Reifen waren zerschossen. Wir saßen fest. Rebecca lächelte mich an, als habe sie eine ganze Flasche Whisky getrunken.

»Erika muss das wohl anders gemeint haben. In deiner Nähe passiert nichts ...« Sie wurde ohnmächtig.

Rebeccas Wunde hätte für einen Soldaten nicht einmal für einen Heimaturlaub gereicht. Ein Streifschuss, der kaum eine Narbe hinterlassen würde. Wütend und verzweifelt versuchte ich vorbeirasende Busse anzuhalten, lief aber dabei selbst Gefahr, überrollt zu werden. Außer wütendem Gehupe erntete ich keine Aufmerksamkeit. Die Sonne stand fast im Zenit, und unser Wasser würde nicht reichen. Ein Reserverad hatte ich. Montierte ich das nun auf die Vorder- oder Hinterachse? Vorderachse, entschied ich. Sonst sprach die Lenkung nicht mehr an. Den Rest der Strecke würde ich auf der hinteren Felge irgendwie schaffen. Nur weg hier, aus diesem Glutofen.

»Sind Sie Peter?«, sprach mich jemand auf Englisch an.

Ich fuhr herum.

»Der Peter, den mein Vater, Allah habe ihn selig, und ich damals, 1973, vor dem Verdursten aus dem Wadi gerettet haben?«

Während des Radwechsels hatten sich zwei Beduinen auf den Sohlen ihrer Kamele geräuschlos genähert. Gewehre mit Zielfernrohren hingen an den Satteln. Ich nickte, verstand aber nicht sofort. Das Radkreuz hielt ich abwehrbereit in der Hand.

Der Sprecher brachte sein Reittier in Liegeposition, stieg ab und begutachtete Rebeccas Wunde. Die erwachte gerade aus ihrer Ohnmacht und schrie angesichts des Beduinen wie am Spieß.

»Ich muss mich für meinen Sohn Raschid entschuldigen. Er schießt noch nicht so gut wie sein Vater. Daher bleibt er hier, bis meine Leute eingetroffen sind. Er wird so lange auf den Jeep aufpassen. Nehmt eure persönliche Habe und sein Kamel. Ihr seid meine Gäste. Folgt mir.«

»Ich auf so ein Vieh?«, quiekte Rebecca. »Nie im Leben!«

Leise aber eindringlich versuchte ich ihr zu erklären, was dies für Leute waren und dass eine Ablehnung ihrer Gastfreundschaft einer Kriegserklärung gleichkommen würde. Der Beduine schien ein Ziel zu verfolgen, bei dem sich durch einen falschen Schuss seines Sohnes ein Fehler eingeschlichen hatte, den es wieder gutzumachen galt.

»Die sollen friedlich sein? Verdammt, warum schießen sie dann auf uns? Mit welchen Menschen hast du dich denn früher herumgetrieben? Kannst du überhaupt auf so einem Ding reiten?« Rebecca war wütend. Nachdem sie sich überzeugt hatte, dass die Wunde nicht lebensbedrohlich war, verband sie sich selbst. Eine Hand führte die Binde um den Arm und wurde für die nächste Lage zwischen ihren Zähnen geparkt. Warum weigerte sie sich, den erlernten Beruf zu ergreifen? Sie würde eine gute Ärztin sein.

Der junge Mann hatte sein Kamel in Ruheposition gebracht. Das Gewehr blieb am Sattel hängen. Er nahm auf dem Rücksitz des havarierten Jeeps Platz. Sein Vater reichte ihm einen Ziegenschlauch mit Wasser und redete auf ihn ein. Unter seinem Kaftan trug er eine Maschinenpistole, die kurz hervorschaute, als er sich lässig über die Bordwand des Fahrzeugs geschwungen hatte. Seine Augen funkelten. Ein junger Mann von höchstens fünfzehn Jahren. Mit einer Waffe konnte er bereits umgehen, auch wenn es mit dem Treffen noch nicht so ganz klappte, wie sein Vater meinte. Aber das konnte eine Ausrede sein. Nun war er für einige Stunden Herrscher über ein modernes Fahrzeug. Sollte ich den Schlüssel stecken lassen? Ich war mir sicher, der Knirps drehte auch mit fehlendem Reifen seine Runden durchs Gelände, und der Ärger mit der Autovermietung würde an mir hängen bleiben.

»Lassen Sie den Schlüssel stecken. Es passiert nichts. Mein Sohn fährt besser Auto, als er schießt ... noch! Kommen Sie jetzt.« Der Beduine half Rebecca in den Sattel und tippte auf das Gewehr.

»Es ist geladen. Ich lasse es hängen. Sie wissen noch, wie man damit umgeht und wie man ein Kamel reitet?«

Ich nickte und stieg hinter Rebecca auf. Umschlang ihren Körper.

»Was meint der damit?« Rebecca drehte sich um. Das Reittier stieg hinten in die Höhe. Ich zog sie an mich, sagte nichts. Der Beduine, dessen Namen ich immer noch nicht kannte, hatte mich vor dreißig Jahren gerettet. Nun prüfte er mein Vertrauen. Er ritt voran. Das Gewehr schlug gegen meinen Knöchel. Geradezu als Aufforderung, es zu benutzen. Aber wozu und wofür sollte ich mich rächen? Rebecca war durch ein Versehen verletzt worden. Das musste ich glauben, und – da war ich mir sicher – sollte ich nur versuchen, das Gewehr in Anschlag zu bringen, war ich schneller tot, als ich zielen konnte. Die Reifen des Jeeps aus mindestens 1000 Meter Distanz zu treffen war schon eine Kunst, wenn man bedachte, dass mancher Polizist in der westlichen Welt daran verzweifelte, einen flüchtenden Wagen aus wenigen Meter Entfernung derart zum Stillstand zu bringen.

»Mir ist schlecht«, keuchte Rebecca und übergab sich. »Sollte mich als Ärztin jemals jemand fragen, welche Medikamente er in der Wüste braucht ... ich verschreibe ihm Pillen gegen Seekrankheit. Halt an.«

Der Beduine zügelte ebenfalls sein Kamel und kam zurück.

»Der Lady geht es nicht gut?« Er sah am Kamel entlang, das von Rebeccas Erbrochenem gekennzeichnet war. »Wir brauchen noch etwa eine halbe Stunde. Wenn wir galoppieren, nur zehn Minuten. Wollen wir?«

Ohne meine Antwort abzuwarten trieb er sein Tier zu einem wilden Galopp an. Die Idee war gut und doch nicht gut. Im Galopp verlor sich der schwankende Gang des Kamels und verwandelte sich in ein stakkatohaftes Auf und Ab. Ich hatte Mühe, mich und Rebecca im Sattel zu halten. Unser Kamel war nicht zu steuern. Es folgte dem anderen. Ein wildes Rennen entspann sich. Je schneller die Tiere liefen, umso geringer wurden die Bewegungen, die wir als Reiter auszugleichen hatten. Rebecca schien es langsam zu gefallen. Sie drehte sich kurz zu mir um und lachte. Ihr Verband war durchgeblutet.

Der Sonne nach befanden wir uns in einem Wadi nördlich vom Kloster. Der Beduine hatte den Galopp gestoppt und führte unser Reittier an der Kandare neben sich her.

»Wir befinden uns hier im Gebiet der Dschebelija-Beduinen ...«, erklärte er und machte eine Rundumbewegung.

Es war ein Wadi, wie es viele im Sinai gab. Links und rechts rötliche Felsen, die nach ein paar hundert Metern Höhe im Nichts des blauen Himmels endeten. Ein Weg, der leicht bergan zu führen schien. Reifenspuren. Wir umrundeten einen Felsvorsprung. Ein kleines Tal tat sich auf.

»Ich habe Halluzinationen. Kneif mich mal.« Rebecca löste sich aus meinen Armen. Der Beduine lächelte.

»Willkommen in meiner bescheidenen Behausung. Seid meine Gäste!« Er jagte mit seinem Kamel davon. Ich hielt unseres zurück und genoss den Anblick. Ein kleines Tal mit einer Oase. Dattelbäume, schwarze Zelte, Ziegen, Kamele. Das Einzige, was die Idylle störte, waren drei japanische Pick-ups und eine Satellitenschüssel.

Eine Viertelstunde geschah nichts. Unser Kamel wendete nur den Kopf und sah uns wiederkäuend an. Zitterte mit den Flanken die Fliegen weg, rührte sich aber sonst nicht.

»Und nun?« Rebecca wendete auch den Kopf.

»Warten. Das gebietet die Höflichkeit. Sie werden uns schon holen.« Mehr fiel mir zu dieser Zwangspause auch nicht ein.

»Es ist nicht höflich, seine Gäste warten zu lassen«, murrte Rebecca, kletterte aus dem Sattel und ließ sich am Kamel hinab. »Mit tun alle Knochen weh. Ich habe Durst.«

»Warte hier«, mahnte ich aus meiner Beobachtungsposition. »Diese Beduinen dienen seit anderthalbtausend Jahren dem Kloster. Sie haben ihre eigenen Regeln, die wir akzeptieren müssen.«

»Tolle Regeln.« Sie ließ sich auf einem Felsen nieder. »Erst versuchen sie, dich zu erschießen, und wenn das nicht klappt, dann laden sie dich in Reichweite einer Oase zum Verdursten ein. Sollen das meine Vorfahren sein?«

»Nein. Nur ohne die Beduinen, den eigentlichen Herren dieses Landes, hätte Moses die Israeliten niemals durch diese Einöde ins Gelobte Land führen können. Also richte dich nach ihren Gepflogenheiten!« Ich kletterte ebenfalls vom Kamel, da ich den Befehl nicht kannte, wie das Tier zum Abliegen zu bewegen war. Das Vieh sah an mir hinab, wie ein Berg, der verwundert zuschaute, wie ein Bergsteiger von seiner Flanke abstürzte. Rebecca lachte und hielt sich den blutenden Arm.

»Peter, du bist der unsportlichste Mensch der Welt. Aber süß.« Peter – sie nannte mich jetzt schon das zweite Mal mit meinem Vornamen. Da war nichts mehr mit Papi oder Paps. Mein Autorität schien irgendwie gelitten zu haben, seitdem wir dieses Land betreten hatten. Machte die Wüste alle gleich? Wohl kaum. Hier hatten Frauen Abstand zu halten. Eine Tochter, die ihren Vater vertrauensvoll mit seinem Namen ansprach, konnte von den Beduinen falsch verstanden werden. Aber eine Diskussion war jetzt nicht angebracht. »Also halt die Schnauze«, riet mir mein Ich. Und ich hielt sie und grinste verlegen. Klopfte mir sinnloserweise nach dem Sturz von diesem Vieh den Staub aus den Kleidern.

»Wo willst du hin?« Rebecca verschwand hinter dem Felsen.

»Ich muss mal, wenn du gestattest«, kam es zurück.

»Denk an die Sandflöhe. Die zerbeißen dir sofort den Hintern. Mach lieber auf einen Felsen«, versuchte ich Ihr Vorhaben zu retten. Es war zu spät. Rebecca war wütend.

»Warum sagst du das jetzt erst?«

»Weil ich nicht wissen kann, wann du pinkeln musst. Also frag gefälligst deinen Vater vorher, was du in der Wüste tun kannst und unter allen Umständen lassen musst.«

Rebecca legte den Kopf zur Seite und musterte mich. Ihre Hände versuchten die juckenden Stellen zu beruhigen. Sie grinste und gab mir einen Kuss. War meine Autorität wieder hergestellt? Wohl kaum. Dafür kannte ich sie zu gut.

»Zu Befehl, Paps. Wann bekommen wir das Einladungsschreiben von diesen Typen da drüben? Ich habe Durst und Hunger.« Sie deutete auf das Beduinenlager, in dem Hektik ausgebrochen zu sein schien. Rauch drang aus den Zelten. Schwarz gekleidete Frauen liefen hin und her. Junge Männer zerrten einen Hammel an einen Baum, banden seine Hinterbeine, zogen ihn an einer Art Galgen hoch und schächteten ihn.

»Es gibt bald was zu essen. Hammel am Spieß mit süßem Tee.«

»Ich hasse Hammelfleisch.« Rebecca schüttelte sich. »Muss das sein?«

Ich nickte. »Es muss sein. Wenn die Beduinen wegen zweier Gäste ein Tier schlachten, ist entweder ein hoher Feiertag, oder sie wollen etwas von den hohen Gästen. Also benimm dich.«

»Ich könnte schon wieder kotzen«, schüttelte sie sich. »Das Viehzeug schmeckt immer so galmig. Wie verdorben.«

»Vorurteile. Wart's doch ab«, versuchte ich sie zu beruhigen, wohl wissend, dass es bei dieser Mahlzeit und diesem Aufwand kulinarisch noch schlimmer kommen und wir nicht nur einfache Gäste sein würden.

Ein Beduine bestieg sein Kamel und jagte es mit hoch gehaltenem Gewehr auf uns zu. Schüsse fielen, die tausendfach von den Bergflanken reflektiert wurden. Karl May ließ grüßen, und der war angeblich nie in dieser Gegend gewesen.

»Was wird das denn?« Rebecca verkroch sich erschrocken hinter ihrem Pinkelfelsen.

»Die Einladung zum Essen«, knurrte ich zurück. »Sie markieren ihr Gebiet und demonstrieren ihre Macht. Also, hör auf, den Angsthasen zu spielen. Sie respektieren nur starke Gegner.«

»Na, Klasse«, kam es wenig überzeugt hinter dem Felsen hervor.

Es war ein junger Mann, der sein Reittier wenige Meter vor uns mit einer Notbremsung in einer Staubwolke zum Stehen brachte und das Gewehr senkte.

»Peter, Scheich Abdel-Kader ist nun bereit, dich und deine Tochter zu empfangen. Folgt mir.« Der Mann hatte seine Einladung in perfektem Englisch ausgesprochen. Wir folgten seinem Kamel im Schritttempo, und das Kamel, das uns hergebracht hatte, folgte uns auch im Schritttempo.

»Sag mal«, flüsterte Rebecca, »spinnen die alle so? Das ist ja wie im Mittelalter, wenn man sich die Jeeps und die Sat-Schüssel wegdenkt.«

Unwillig schüttelte ich den Kopf. Während des Jom-Kippur-Kriegs hatte ich die Mentalität dieser Menschen kennen und schätzen gelernt.

»Das ist das Problem heute. Diese Menschen besitzen seit Jahrtausenden etwas, was wir nie kennengelernt haben, weil man uns von Jugend an auf Gehorsam getrimmt hat. Sie sind stolz und gläubig. Und dieser Stamm hat es sogar fertiggebracht, christlich wie islamisch zu denken und zu handeln. Trotzdem sind sie freie Beduinen geblieben.«

»Du meinst ... Pragmatiker?« Rebecca sah mich zweifelnd an und wechselte ihren Verband im Gehen, sah meinen etwas missbilligenden Blick. »Schon gut. Das gehört sich nicht in dieser Männerwelt. Aber ich will nicht, dass ich wie ein von ihnen verwundeter Krieger aussehe. Amazonen sind hier wohl nicht gefragt. Stimmt's?« Sie hatte verstanden.

Ich brauchte mir keine Sorgen um irgendwelche Fehltritte von ihr bei dieser Einladung zu machen. Es war eine Ehre, dass sie als Frau überhaupt zugelassen wurde. Hatten die Beduinen ein schlechtes Gewissen wegen des Fehlschusses?

»Seid mir willkommen«, begrüßte uns der Mann, der uns bei

dem zerschossenen Wagen in Empfang genommen hatte. »Ich bin Scheich Muhammad Abdel-Kader. Das Oberhaupt dieses Stammes. Wie ich sehe, hat sich die Lady vom unseligen Fehlschuss meines Sohnes gut erholt. Das freut mich. Folgt mir.«

Rebecca lächelte triumphierend. Sie hatte doch etwas von mir geerbt. Und wenn es nur das Vorausschauen war.

»Bitte nehmt Platz.« Der Scheich hatte alles getan, damit wir uns wohlfühlten. Zwanzig Männer saßen im Hauptzelt vor kleinen Tischen im Schneidersitz auf dem Boden im Kreis. Für uns hatte er Hocker bereitgestellt. Eine Ehre, denn wir saßen somit höher als das Sippenoberhaupt.

Er stellte uns kurz die Anwesenden vor. Ich konnte mir die Namen nicht merken. Nur schien jeder Englisch zu sprechen. Ungewöhnlich.

»Jeder meiner Stammesbrüder ist Akademiker«, ließ sich Abdel-Kader neben mir nieder. »Wir ernähren unsere Sippe, indem wir die Ausbildung des Klosters genutzt haben. Es ist ein anstrengendes Leben, Monate in Kairo zu arbeiten und die gewohnte Umgebung und die Familie zu vermissen. Zu den Feiertagen kommen wir hier zusammen.«

»Dient euer Stamm nicht mehr dem Kloster?« Rebecca hatte meine Erklärung schnell begriffen und den Mut, als Frau das Wort an die Männer zu richten.

Der Scheich schüttelte den Kopf.

»Nein. Nicht mehr wirklich. Ein paar unserer Leute verrichten noch niedrige Arbeiten. Seitdem das Kloster recht gut von den Touristen lebt, braucht man uns immer weniger. Das ist aber hier nicht das Thema, warum ich euch hergebeten habe ...«

»Hergebeten? Ich glaube, ich spinne. Das nennen die ›bitten‹«, knurrte Rebecca auf Deutsch. »Das sind doch Terroristen ...«

»Halt die Klappe ...«, fuhr ich sie an. Es lag eine Information in der Luft, die nur ein Journalist roch. Der Scheich hatte einen schwerwiegenden Grund, uns auf diesem Weg zu einem Gespräch zu zwingen.

»Was ist das Thema?«, nahm ich den Faden auf.

»Lasst uns erst essen.« Er winkte zwei verschleierte Frauen herein, die eine überdimensionale Pfanne in die Mitte der Runde trugen und auf ein Holzgestell setzten.

Ich sah Rebecca an, die die Augen verdrehte und zu schwitzen begann. Das Essen war so, wie ich es befürchtet hatte, aber im Sinne der Beduinen ein Festmahl für den Gast. Den Zutaten nach waren wir Fürsten und konnten uns nicht weigern, es zu essen.

Eigentlich war es nichts anderes als Kuskus. Eine Pampe aus Hartweizengrieß oder Hirse mit Gemüse aus der Dose. Karotten, Kürbis, Kohl, Kichererbsen und sonstiges, was die Beduinen bei den fahrenden Händlern kauften. Nein, es war die Dekoration, die uns anglotzte. Die beiden Augen des Hammels und sein fetttriefender Steiß.

Rebecca schluckte. »Muss man die Deko mitessen?«

Ich nickte. »Wenn wir unseren Jeep wieder haben wollen ... wäre es ratsam.«

»Wie isst man das, bitte?« Sie war dem Erbrechen nah.

»Nur die rechte Hand benutzen. Niemals die linke. Nun greif zu. Jeder ein Auge. Schieb es einfach in den Mund und zerdrücke es zwischen Zunge und Gaumen. Es geht ganz leicht und schmeckt auch noch.«

Der Scheich verstand mich zwar nicht, nickte aber anerkennend, dass eine Frau sich ein Schafsauge in den Mund schob und es mit Todesverachtung kaute. Rebeccas Gesichtsfarbe wechselte von Rot über Violett bis Weiß. Ihr Magen rebellierte, das spürte ich an ihrem Atem. Sekunden verstrichen. Sie behielt das Zeug unten. Sie hatte die Probe bestanden. Die anwesenden Männer klatschten Applaus.

Nun war ich dran ... Fettsteiß ohne die Aussicht auf einen Schnaps hinterher. Das war schlimmer als der reine Bauchspeck einer Sau. Es roch nach Verwesung und schmeckte auch so ...

Alle sahen mir gespannt zu, wie ich das Zeug, ohne zu kauen, hinunterschlang. Rebecca hatte sich von ihrem Auge erholt und grinste. Die anderen zwanzig Paar Augen sahen gebannt zu, ob ich dieses Fettbündel schaffen würde. Sie nutzen ihre alten Riten dazu, um mich zu testen. Selbst würden sie als aufgeklärte Städter so etwas nicht mehr essen.

Der Applaus war geringer als bei Rebecca.

»Du verstehst uns noch«, hob Abdel-Kader nach dem Essen lobend an. Die Pfanne war leer. Auch Rebecca hatte herzhaft zugegriffen, und ich hatte mich zwischenzeitig kurz verabschiedet, um das galmige Zeug zu erbrechen.

»Wir haben ein Problem mit diesen Kapseln und den Menschen, die sie gebracht haben«, begann der Scheich beim Mokka, der langsam meine Gedärme wieder in Ordnung brachte. »Deshalb müssen wir mit dir reden. Du bist der einzige Überbringer, der am Leben geblieben ist.« Er sah in die Runde der Stammesältesten. Die nickten.

Es dauerte einige Sekunden bis das Gesagte in mein Verständnis vordrang.

»Wie meint ihr das?«

Abdel-Kader nickte. »Wie ich es gesagt habe. Der erste Überbringer war der spätere Erzbischof. Der Überbringer der zweiten Kapsel wurde von meinen Vorfahren wenig später ermordet in der Nähe des Klosters gefunden. Genauso wie Überbringer vier und vor wenigen Wochen Nummer fünf.«

Also war zumindest diese Vermutung richtig gewesen. Die vierte und fünfte Kapsel waren ebenfalls zurück in das Kloster gelangt. Doch der einzige Gedanke, der in meinem Kopf Platz fand, war die Frage, ob es mir ebenso ergangen wäre wie ihnen, wenn ich das Passwort genannt hätte.

»Nun könnten die Behörden vermuten«, fuhr Abdel-Kader fort, »dass wir etwas damit zu tun haben. Aber wir töten keine Menschen ...«

Rebecca wackelte bedenklich mit dem Kopf und prüfte ihren Verband. Der Scheich deutete ihre Regung.

»Wir verstehen, dass ihr uns nach diesem verunglückten Schuss nicht glaubt. Aber ich werde euch morgen etwas zeigen, was euch überzeugen wird, dass es niemand unseres Stammes sein kann.«

Rebecca seufzte abgrundtief. »Ich glaube, ich verstehe kein Englisch mehr. Hat der wirklich morgen gesagt? Soll das etwa heißen, dass wir die Nacht hier verbringen. Ich denke nicht daran. Ich will ein Bett, eine Dusche, meine Zahnbürste ...«

»Könntest du jetzt bitte den Mund halten?«, fuhr ich sie an. »Ich bin schließlich Journalist, und es ist meine verdammte Pflicht, solchen Hinweisen nachzugehen. Vor allem der Frage, warum ich noch lebe und drei andere ermordet wurden. Und, wie willst du bei Nacht nach Scharm El-Scheich zurückkommen?«

»Einverstanden? Wir brechen bei Sonnenaufgang auf. Es ist nur eine Kamelstunde von hier.« Der Scheich erhob sich. Wir waren entlassen. Zwei junge Männer nahmen uns in Empfang.

»Warum haben wir keine Hängematte zu Hause? Da schläft es sich herrlich drin. Nur mit dem nächtlichen Austreten ... das ist gewöhnungsbedürftig.« Rebecca räkelte sich in der Matte. Uns war eine besondere Behandlung zuteil geworden. Nicht, wie üblich, auf dem Boden, sondern einen halben Meter über dem Boden schlafen zu dürfen war eine Ehre der besonderen Art. Beduinen kannten keine Hängematten. Diese aber schienen alles bis ins Einzelne vorbereitet zu haben.

Unser Jeep stand vor dem Zelt. Die Scheibe war ausgetauscht, die Reifen fast wie neu. Wie sie das geschafft hatten, wagte ich nicht zu fragen. Irgendwo würde ein anderer Tourist verzweifelt seinen Mietwagen betrachten. Ohne Scheibe und mit zwei zerschossenen Reifen.

Frühstück gab es keines. Rebecca bekam ihr eigenes Kamel. Nur der Scheich ritt uns voraus. Es ging nach Westen. Der Tag versprach noch heißer als der gestrige zu werden. Der Weg führte eine halbe Stunde durch eine Geröllllandschaft, um dann langsam anzusteigen. Der rote Sandstein strahlte seine Hitze noch vom Vortag ab. Rebecca schimpfte vor sich hin. Ich beachtete sie nicht. Hier herrschte die Männerwelt.

Aus der Kamelstunde waren inzwischen zwei geworden. Das Gelände wurde immer unwegsamer. Kein Gebiet für unsere Paarhufer.

»Von hier an müssen wir laufen. Das schaffen die Tiere nicht.« Scheich Abdel-Kader hieß unsere Reittiere durch Zuruf, in Ruheposition zu gehen, und schulterte sein Gewehr. »Da hinauf müssen wir.« Er deutete auf eine Bergflanke, die nicht besonders touristenfreundlich wirkte. »Peter, nimm deinen Fotoapparat mit. Sonst glaubt dir niemand ... und uns auch nicht, wenn ich den Fund dem Militär melden muss.«

Rebecca streikte bei der Aussicht, noch ein paar hundert

Meter den Hang hinaufklettern zu müssen. Sie hatte keine Medikamente mehr. Die waren im Hotel. Sie blieb mit dem Wasser bei den Kamelen.

»Wenn du dich bedroht fühlst ... unter dem Sattel meines Kamels steckt noch eine Pistole. Schieß einfach ...«, hatte der Scheich ihr gesagt, bevor wir den beschwerlichen Weg aufwärts nahmen.

»Deine Tochter ist schwer krank. Sehe ich das richtig?«

Wir hatten etwa zwei Drittel des Weges geschafft und machten eine Pause. Ich nickte. »Woher weißt du das?«

»Ich bin Chefarzt in einem Kairoer Krankenhaus. Ihre Augen gefallen mir nicht. Hat sie Krebs?«

Ein Chefarzt mit Gewehr auf einem Kamel und noch Scheich einer Sippe. Das drohte mein Vorstellungsvermögen zu sprengen. Aber vielleicht war das meine Chance.

»Ja, sie hat Krebs und wird demnächst operiert. Aber warum ist Pater Dimitri – Erzbischof Dimitri – so schnell erkrankt und in wenigen Stunden gestorben?«

Der Scheich nickte. Auch davon wusste er. Es gab demnach eine sehr schnelle Kommunikation zwischen dem Kloster und der Außenwelt – oder einen Verbindungsmann innerhalb der Klostermauern, der womöglich noch über ein Satelliten-Telefon verfügte. Abdel-Kader sah nachdenklich in die rotbraune Ebene unter uns hinaus und spielte mit dem Sicherungshebel seines Gewehrs.

»Das gibt mir ein Rätsel auf.« Er versenkte sein Kinn nachdenklich zwischen den Händen. »Vor einigen Tagen kamen zwei Männer im Kloster an. Weiße Männer. Sie kamen mit einem Hubschrauber. Es muss, nach dem, was ich gehört habe, einen ziemlichen Streit zwischen dem Bischof und ihnen gegeben haben. Danach wurde er sehr schnell krank. Den Rest weißt du selbst. Aber dieser mögliche Nachfolger, dieser Pater Christos, ist ein undurchschaubarer Mensch. Er ist wie eine Wüstenechse, die sich jeder Landschaft anpasst. Nimm dich in Acht vor ihm. Komm, wir müssen weiter, bevor es noch heißer wird. Deine Tochter muss hier weg. Es ist eine Tortur für sie.«

Der Felsspalt war vielleicht einen Meter breit und drei Meter tief. Am Grund lagen die Überreste von drei Menschen. Die untere Leiche war bereits skelettiert, die nächste noch halb mumifiziert, aber von Kleingetier schon reichlich zerrupft. Die oberste Leiche lag noch nicht lange dort. Sie war noch aufgedunsen, blau angelaufen, ließ aber eindeutig erkennen, wie sie hingerichtet worden war.

»Fotografier es. Steig hinab. Es ist wichtig für uns alle. Du warst doch Kriegsreporter. Also, worauf wartest du? Soll ich sie dir hochholen?« Die Augen des Scheichs funkelten. Er war wütend. Wenn ich mich richtig erinnerte, war die Todesart, die die letzte Leiche aufwies und die auch noch an der vorletzten andeutungsweise zu erkennen war, dieselbe, wie sie die Beduinen im Jom-Kippur-Krieg benutzt hatten. Die Männer waren entmannt worden. Sollten sie noch gelebt haben, waren sie schlicht verblutet. Eine typische Art der Bestrafung der Beduinen für einen Ehebrecher. Allerdings bis vor mehr als hundert Jahren.

Ich stieg hinab und machte die Fotos wie ein Kriminologe einen Tatort dokumentierte. Die Körper stanken noch nicht einmal. In diesem Klima hatte der Verwesungsprozess andere Regeln.

»Warum habt ihr sie hier liegen lassen?«

Der Scheich hockte an der Felsspalte und beobachtete, wie ich die Körper wendete und von allen Seiten fotografierte.

»Wir haben sie selbst erst vor wenigen Tagen durch Zufall gefunden. Erzbischof Dimitri hat uns nach dem Streit mit den zwei Männern darauf aufmerksam gemacht, dass die Überbringer der Kapseln, bis auf dich, nach ihrem Besuch im Kloster nie mehr gesehen wurden. Da habe ich meine Leute ausgeschickt, und der Bischof versprach, dich hierherzulocken. Du bist die einzige Hilfe. Das Kloster und unser Stamm haben große Probleme mit den Ägyptern. Sie mögen uns nicht, und das Kloster ist ihnen ein Dorn im Auge. Es gibt leider immer mehr militante Moslems, und die haben ein sehr einfaches Bild von Gut und Böse. Seit die Amerikaner den Irak besetzt halten, haben sie endlich einen Feind, der an allem schuld ist. Und das lässt sich leider kurzfristig nicht mehr ändern. Die Imame und Mullahs können keine gebildeten Gefolgsleute brauchen. Wir Beduinen sind in unserem Land eigentlich gesetzlos. Aber Kairo verdient mit den Touristenzentren rund um das Rote Meer. Auf unserem Land, auf dem wir nur geduldet sind. Kannst du dir vorstellen, was passiert, wenn hier Menschen umgebracht werden?«

So gesehen konnte ich das. Und in mir schoss die Erkenntnis hoch, warum ich nicht in dieser Spalte lag. Die Mörder brauchten das Codewort. Mein Codewort.

»Was hältst du von den Toten?«

Was sollte ich davon halten? Die Körper trugen keinerlei Kleidung, keinen Schmuck. »Das weißt du als Arzt doch besser. Es sind auf jeden Fall Weiße gewesen. Was fragst du mich das?«

»Ich wollte nur deine Meinung. Komm …« Der Scheich reichte mir den Gewehrkolben hinab, an dem er mich aus der

Spalte zog. Es wäre für mich ein Leichtes gewesen, den Sicherungshebel umzulegen und abzudrücken. Der Schuss hätte sein Gesicht zerschmettert.

»Du bist mein einziger Zeuge, seit Bischof Dimitri tot ist. Hier, nimm das ...«

Er zog einen Leinensack aus dem Kaftan.

»Öffne ihn aber erst, wenn du in deinem Heimatland bist. Zügle deine Neugier. Sonst bekommst du Probleme. Verstecke ihn unter deiner dreckigen Wäsche. Lass ihn dir von niemandem abnehmen. Hörst du? Versprichst du mir das?«

Ich rang wirklich mit meiner Neugier, stimmte aber zu. »Was ist da drin?«

Abdel-Kader schüttelte den Kopf und begann mit dem Abstieg. »Die ganze Geschichte der Kapseln. Du musst uns und dem Kloster helfen. Wir sind missbraucht worden.« Er sah zu mir auf. Der Ausdruck seiner Augen im Schatten der Keffija war nicht zu deuten. »Wir reiten zurück. Es wird Zeit, dass deine Tochter aus der Sonne und du nach Hause kommst. Hier gibt es für dich nichts mehr zu tun. Ich werde in ein paar Tagen den Fund den Behörden melden. Lass mir deine Telefonnummer da. Komm.«

3

SINAI – HAMBURG – SINAI

Scheich Abdel-Kader hatte darauf bestanden, dass Rebecca in einem seiner klimatisierten Pick-ups ins Hotel gefahren wurde. Ich war mit dem offenen Jeep gefolgt. Die Autovermietung hatte den Wagen anstandslos akzeptiert.

Rebecca hatte der Ausflug mehr mitgenommen, als sie wahrhaben wollte. Der Scheich hatte recht gehabt. Ihre Augen waren trüb geworden, was ich als Laie und Vater nicht gesehen hatte. Den Rückflug hatte sie schlafend verbracht.

Vom Flughafen ging es nach Hause und dann zum Hausarzt, der sie sofort in die Klinik eingewiesen hatte. Ich war mal wieder allein mit meinen Gedanken, Sorgen um meine Tochter und diesem Beutel, den ich ungefragt durch die Zollabfertigungen geschleust hatte.

Sollte ich mir das heute noch antun, ihn zu öffnen? Ich steckte ihn ein und ging in meine Stammkneipe. Mir war dringend nach einer ganzen Menge Bier.

Meine Stimmung war bestens. Zwar hatte mich der Taxifahrer bis vor die Haustür schleppen und sich die ganze Fahrt meine

Sorgen anhören müssen, und ich hatte zigmal darauf gewartet, dass das Schlüsselloch endlich stillhielt. Aber ich war bester Laune.

Das änderte sich schlagartig, als ich die Wohnung betrat. Einige Promille in mir lösten sich sofort in Rauch auf. Meine Wohnung sah aus wie ein Schlachtfeld.

Das war kein normaler Einbruch. Hier hatten Menschen gehaust, die etwas ganz Bestimmtes suchten. Alle Schubladen lagen samt Inhalt auf dem Boden. Die Polster waren aufgeschlitzt. Selbst der Kühlschrank und die Gefriertruhe standen offen. Ihr Inhalt lag auf dem Boden.

Es dauerte einige Zeit, bis ich begriff. Der Fotoapparat war weg ... mit den Bildern der Leichen. Ich hatte sie noch nicht auf dem Computer gespeichert.

Mühselig versuchte ich meine Gedanken zu ordnen, packte sinnlos die halb angetaute Ware wieder an ihren Platz und schloss die Kühlgeräte. Hatte niemand etwas gehört oder gesehen? Wie von Sinnen klopfte und klingelte ich bei den Nachbarn. Keiner hatte etwas bemerkt. Es konnten keine Gespenster in der Wohnung gewesen sein. Aber die Nachbarn, die sich sonst um jeden Scheiß kümmerten, mir jedes Zu-spät-nach-Hause-Kommen am nächsten Tag vorwurfsvoll durch Missachtung vorhielten, wollten nichts mitgekriegt haben? Hatten sie nicht, oder wollten sie nicht?

»Peter, du wirst langsam schizophren«, seufzte ich und ließ mich in einen zerfetzten Sessel fallen.

Und paranoid. Denk doch mal nach, was du in deiner Tasche hast ..., meldete sich etwas in meinem Gehirn, das offensichtlich noch nicht den Überblick verloren hatte.

Ich tastete mich ab. Das Leinensäckchen des Scheichs! Bei Bier und Schnaps hatte ich es vergessen. Mit zittrigen Fingern löste ich die sorgsam verknüpften Schnüre auf und schüttete den Inhalt vor mir auf den Boden. Was vor mir lag, war das, wonach die Einbrecher gesucht hatten.

Warum hatte ich plötzlich einen Fluchtreflex? Das Gefühl, dass ich meines Lebens nicht mehr sicher sei und hier nicht länger bleiben konnte? Eilig überflog ich die Dokumente und stopfte sie in den Beutel zurück. Packte hastig frische Sachen in eine Reisetasche und rief ein Taxi.

Der Fahrer war derselbe, der mich hergebracht hatte.

»Na, in welche Bar darf es denn jetzt gehen«, hatte er seinen unpassenden Kommentar abgegeben. Und die Nachbarn hatten nichts bemerkt? Nur beim Verlassen des Hauses waren in den Wohnungen über und unter mir zu nachtschlafender Zeit die Lichter angegangen. Vorhänge waren beiseite geschoben, der Hund zu anderen als der üblichen Zeit zum Gassigehen gezerrt worden.

Es kam mir vor wie ein Erdbeben. Alles wackelte. Der Wind zischte meinen Namen. Ich drehte mich um und sah in zwei blaue Augen. Es war ein Traum.

»Hallo, Chef. Was machen Sie denn hier auf dem Sofa? Sie sind doch im Urlaub.«

Es war doch kein Traum. Es war Juliette. Meine Sekretärin. Und ich befand mich auf dem Sofa in meinem Büro.

»Sind Sie nun im Urlaub, oder nehmen Sie an der Redaktionssitzung teil?«

Mühsam versuchte ich meine Gedanken zu ordnen und wollte erst einmal nichts als einen Liter Kaffee. Juliette – es war ein schöner Name und erinnerte mich immer an mein erstes italienisches Auto – war seit zehn Jahren meine rechte Hand und ein Teil von mir. Mal war sie Mutter, mal Krankenpflegerin und Seelsorgerin für mich. Sie kannte jede Faser meines Gehirns und meiner Launen. Dabei wusste ich nichts über sie. Hatte sie ein Privatleben? War sie verheiratet? Hatte vielleicht Kinder? Unattraktiv war sie nicht. Etwas zu pummelig vielleicht. Aber das glich sie durch ihre Größe aus. Die Walküre hätte ihr als Hauptrolle gut gestanden. Blond, blauäugig, vollbusig, aber nicht unförmig.

»Julie... Es gibt heute keinen anderen Besprechungspunkt, außer diesem.« Ich schob ihr den Inhalt des Beutels hin. Warum hatte ich plötzlich das Gefühl, dass ich umso sicherer war, je mehr Leute von diesen dubiosen Dokumenten wussten? »Kopier das bitte für jeden Redakteur. Seite für Seite. Keine vergessen. Besorge mir einen Flug. Noch heute, nach Scharm El-Scheich, aber nicht über Erikas Reisebüro. Und ein Satelliten-Telefon und eine Kamera. Die alte kannst du auf die Verlustliste setzen. Ich nehme an der Konferenz teil, und ... verständige bitte meinen Versicherungsagenten. Da ist was in meiner Wohnung zu klären.«

»Sonst noch was? Vielleicht eine Pizza oder einen Bauchtanz? Sie haben Urlaub, Chef. Können Sie mir nicht einfach sagen, was die Redakteure mit dem Zeug sollen und Sie verschwinden ganz einfach wieder in der Versenkung. Mit Verlaub, Sie sehen zum Kotzen aus.« Juliette setzte ihr strafendes Mamagesicht auf und wartete demonstrativ auf meine Antwort.

Sie hatte recht. Da war noch was. Wo hatte ich es hingetan? Warum hatten meine Jacken auch immer so viele Taschen? Da war es, zusammen mit der Ampulle, die mir Rebecca im Krankenhaus zugesteckt hatte.

Juliette sah mir interessiert zu, wie ich das Amulett aufschraubte und das Seidentuch hervorzog.

»Auch kopieren?«, war ihr knapper Kommentar.

»Seit wann begehen wir Raubkopien an Seidenschals? Was denn sonst?«, grummelte ich zurück. »Und dies hier muss sofort untersucht werden.«

Ich reichte ihr die Ampulle, die sie misstrauisch gegen das Licht hielt.

»Was ist das?«

Das Blut war schon eingedickt. Ob sich daraus noch etwas ableiten ließ, ich hoffte es.

»Krokodilstränen. Was sonst. Suchen Sie ein medizinisches Fachlabor. Am besten gleich ins Tropeninstitut. Das Blut soll auf alle erdenkbaren Gifte untersucht werden. Und jetzt dalli. Ich habe zu telefonieren.«

Der Stationsarzt beruhigte mich, wenn auch nur etwas. Rebeccas Zustand war stabil. Die Operation wurde vorgezogen, wenn sich ihr Kreislauf stabilisiert hatte. Das Klima im Sinai war ihr nicht bekommen.

»Haben Sie etwas im Sinai vergessen? Sie sind doch gestern erst mit mir nach Hamburg geflogen. Was darf ich Ihnen bringen?«

Stimmte. Die Stewardess hatte mich gestern schon betreut und für Rebecca Eis herangeschafft, als sich plötzlich Fieber bei ihr eingestellt hatte.

Ja, mir war etwas verloren gegangen. Mein Kampfgeist. Die Daten auf der Kamera nicht zu sichern wäre mir vor was weiß ich wie vielen Jahren nicht passiert. Nun musste ich jeden Weg doppelt machen. Würde mich Scheich Abdel-Kader, den ich über sein Satellitentelefon erreicht hatte, noch mal zu diesem Ort führen?

Fragen über Fragen.

»Geht es Ihrer Frau besser?« Die Stewardess war immer noch über mich gebeugt. Sie roch gut.

»Ich weiß es nicht. Sie ist im Krankenhaus«, antwortete ich geistesabwesend. »Könnte ich bitte einen doppelten Whisky haben?«

Die Frau nickte freundlich.

Der Scheich war nicht bester Laune. Er sagte zwar nichts, keine Vorwürfe, dass ich Trottel hatte mir die Kamera samt Beweisfotos stehlen lassen, aber er nahm mich nicht mehr ernst. Ich fühlte das. Seit ich ihm gestanden hatte, warum ich noch mal an diesen Ort musste, reagierte er nur kurz angebunden. Um in der Wüste zu überleben galt das Gesetz des Stärkeren. Und ich hatte in seinen Augen, selbst in der gesicherten Zivilisation, versagt. Hatte mir etwas nehmen lassen, das er mir gegeben hatte. Und wenn es nur ein paar Leichen waren, deren Fund und Art der Tötung den Stamm in Schwierigkeiten bringen konnte.

Er sprach während der Fahrt nichts mit mir. Seine Organisation war dagegen wie immer perfekt. Am Beginn des unwegsamen Geländes wartete sein Sohn mit den Kamelen. Der Aufstieg erfolgte wie gehabt. Fotos machen. Nur machte er jetzt nicht die geringste Anstalt, mir bei dem Ausstieg aus dem Felsspalt zu helfen. Mit zerschundenen Händen und schwer atmend, erreichte ich wieder den Rand. Wir begannen sofort mit dem Abstieg zu den Kamelen und zurück zum Pick-up. Dieses Mal hatte ich meinen Laptop mitgenommen und brannte noch während der Fahrt die Fotos auf Mini-CDs. Im Computer selbst und der

Kamera löschte ich alle Spuren, gab dem Scheich eine Kopie. Er steckte sie wortlos ein. Mein Rückflug ging in vier Stunden. Die Zeit würde reichen, um Scharm El-Scheich zu erreichen. Aber Abdel-Kader fuhr, als seien die Teufel hinter uns her.

»Was ist los? Du wirkst nervös.«

Er überholte drei Busse in halsbrecherischem Tempo und nickte.

»Ja, ich bin nervös. Du hättest niemals zurückkommen dürfen. Wenn die schon vor dir in deiner Wohnung sind, dann ist es wohl besser, wenn ich mich nur noch in Kairo meinem Beruf widme und du dafür sorgst, dass du am Leben bleibst. Geh zurück in das, was ihr für Zivilisation haltet. Schlagt euch dort tot. Ich kenne dich nicht. Die Informationen, die ich dir gab, hast du vom verstorbenen Erzbischof.«

Mehr sagte er nicht. Ließ mich am Flughafen stehen und jagte davon.

Da saß ich nun. In einem modernen Flughafen. Beobachtete die Abflugtafel, bleiche Touristen, die ihren Urlaub antraten und knapp bekleidete, fette Menschen, die ihren Urlaub hinter sich hatten und der Heimat zustrebten.

»Herr Stösser?«

Ein Mann in Zivil, gefolgt von zwei bewaffneten Polizisten, baute sich vor mir auf.

»Würden Sie mir bitte ohne Aufsehen folgen?«

Das war keine Frage. Es war ein Befehl. Bevor ich Fragen nach dem Warum stellen konnte, hatte sich einer der Uniformierten meines Gepäcks bemächtigt und lächelte hämisch. Der andere legte bedeutungsvoll die Hand über den Revolverknauf an seinem Gürtel.

»Machen Sie bitte keine Schwierigkeiten. Sie werden Ihren Flug noch erreichen. Nur ein paar Fragen, mehr nicht«, lächelte der Zivilist. Er sprach Deutsch mit sächsischem Akzent. »Kommen Sie, bitte.«

Das Büro war eng und stickig. Es roch nach Tabakqualm, vergammeltem Essen und Schweiß.

»Herr Stösser, Sie sind ein großer Mann in der deutschen Presselandschaft. Daher nur eine Frage, wo haben Sie diese Fotos aufgenommen?« Der Mann schob mir Abzüge über den Tisch. Es waren meine Fotos, die mir mit meiner Kamera aus meiner Wohnung gestohlen worden waren.

»Woher haben Sie die?«

Der Mann lächelte kurz. »Das wissen Sie doch. Also, wo haben Sie diese Aufnahmen gemacht?«

In meinem Gehirn tobte ein Gewitter. Wie, zum Teufel, konnten diese Männer jetzt Fotos haben, die gestern Nacht erst mitsamt der Kamera aus meiner Wohnung entwendet worden waren? Der Apparat hatte auf dem Küchentisch gelegen. Nicht zu übersehen. Warum hatte man dann meine Wohnung verwüstet und einen Schaden angerichtet, der meine Versicherung zur Verzweiflung treiben würde? Die Kamera war nicht alles gewesen, was sie gesucht hatten. Wer waren »sie« überhaupt?

»In der Nähe des Katharinenklosters«, antwortete ich wahrheitsgemäß.

Der Mann lächelte. Es war ein böses Lächeln.

»Das habe ich mir schon gedacht. Aber wo? Wir brauchen den genauen Fundort.«

Was sollte ich dazu sagen? Persönlich würde ich den Fundort wiederfinden. Vielleicht. In dem Gebiet sah ein Wadi, jeder Felsvorsprung wie der andere aus.

»Sie waren mit Scheich Abdel-Kader dort. Stimmt's?«

Ich nickte. Was blieb mir anderes übrig?

»Wenn Sie ihn kennen, fragen Sie ihn doch«, knurrte ich. Der Mann ging mir auf die Nerven. Er unterhielt sich kurz mit den Polizisten in seiner Sprache. Ich verstand nichts.

»Nein. Wir fragen Sie. Sie haben die Fotos gemacht. Also wo sind diese Leichen?«

Sein Finger tippte auf die Fotos. Ich zuckte mit den Schultern. »Keine Ahnung. Er hat mich geführt.«

Der Zivilist lehnte sich in seinem Stuhl zurück und zündete sich eine Zigarette an. »Herr Stösser, wir können Sie hier festhalten, bis Ihr Botschafter Sie als vermisst meldet. Und das dauert in unserem Land Wochen, wenn nicht gar Monate. Sie dürfen sich Ihre Zelle sogar aussuchen. Wir haben drei Kategorien. Alle sind gleich. Ein Bett und ein Loch im Boden für die Notdurft. Nur ... eine ist sauber und ohne Ungeziefer, die andere ist seit Wochen nicht mehr desinfiziert worden und in der anderen steht der Inhalt der Toilette so hoch ...« Er deutete mit Daumen und Zeigefinger etwa fünf Zentimeter an. »Bei Ihnen würde ich sagen, damit Ihr Botschafter nicht so lange warten muss, fangen wir mit der letzten Zelle an.«

Meine Erinnerungen schlugen wieder ihr Buch auf. Das hatte ich alles schon in abgewandelter Form als Gefangener des Vietcong in den letzten Kriegstagen des Jahres 1974 erlebt. Sie konnten mich nicht schrecken. Wir schrieben das Jahr 2003.

»Fragen Sie den Scheich. Der hat mich mit verbundenen Augen dorthin geführt und wollte die Stelle nach den Fotos dem Militär melden. Ich gehe jetzt.«

Warum konnte ich nicht meine Klappe halten? Die Zelle war von der Kategorie zwei. Dreckig. Ich teilte mir eine Armeeliege mit Wanzen und Flöhen, die sich erst zeigen würden, wenn ich auf ihnen lag und sie mein Blut rochen. Der Boden war noch schmutziger. Das Loch im Boden stank nach Urin, Kot und Erbrochenem. Mein Gepäck hatte man konfisziert und mir artig einen Schein über den Inhalt ausgefüllt, den ich nicht lesen konnte. Meine Uhr hatte man mir gelassen. Vielleicht, damit mir die Stunden angesichts der Zeiger besonders lang vorkamen. Es wurde eine lange Nacht.

Irgendwann hatte mich der Schlaf zu den lauernden Blutsaugern auf die Liege gezwungen.

»Herr Stösser. Aufstehen …« Jemand rüttelte mich. Augenblicklich setzte der Juckreiz der nächtlichen Attacken ein. Dann lieber Sandflöhe. »Sie können gehen. Unterschreiben Sie den Empfang Ihres Eigentums.«

Ich unterschrieb und verließ fluchtartig das Gebäude. Die CD mit den Fotos fehlte.

Draußen wartete der Pick-up auf mich.

»Meine Leute haben mir schon berichtet, dass du hier bist. Reib dich damit ein.« Er drückte mir eine Tube ohne Aufschrift in die Hand. »Das ist Kaktussalbe. Ich fahre dich zum Flughafen …« Der Scheich lächelte mild. »Du hast nicht viel Zeit zum Umbuchen. Sieh zu, dass du nach Hause kommst. Da nützt du uns mehr als hier mit deiner Dickköpfigkeit. Nach der Sicherheitskontrolle steckt dir jemand die CD zu, die du mir gegeben hast. Werte sie mit den Unterlagen aus, die du schon hast, und rufe mich unter dieser Nummer an. Sie wird nicht abgehört.«

Er sah meinen fragenden Blick. »Mach nicht so ein Gesicht. Ich kann dir erst etwas sagen, wenn wir wissen, was das Gekritzel auf den fünf Tüchern bedeutet und warum außer dir alle Überbringer eines unnatürlichen Todes gestorben sind. Wenn es das ist, was der Erzbischof vermutete, dann hilft nur noch Beten. Nun geh endlich ...«

Mein Geruchssinn schrie nach einer Reinigung. Ich konnte so verlaust nicht in ein Flugzeug steigen. Vorher musste ich mindestens auf der Toilette die Kleider wechseln und eine Katzenwäsche machen. Ich ignorierte die am ganzen Körper juckenden Hautstellen und sah den Scheich nachdenklich an.

»Ich brauche wenigstens einen Hinweis, wonach wir suchen müssen ...«

Der schüttelte energisch den Kopf. »Kommt nicht in Frage. Finde es selbst heraus. Ihr Deutschen seid doch schlaue Köpfe, und wenn ihr zu einem Ergebnis kommt, ist das international mehr wert als die Vermutungen von ein paar Sinai-Bewohnern. Raus jetzt. Du stinkst.«

Das hatte ich schon einmal gehört. Von Menachems Mutter. Wie lange war das her, dass man uns mehr zutraute als anderen? Oder nutzte man nur unser schlechtes Gewissen der Vergangenheit aus? Sozusagen als Axiom, das von Generation zu Generation weiter gereicht wurde? Ich wusste es nicht. Hatte auch keine Lust, mir darüber Gedanken zu machen. Ich brauchte Wasser. Und das schnell. Die Flöhe begannen mich aufzufressen.

Der alte Mann stützte sich auf seinen Wischmopp in der Ecke des Toilettenraums und beobachtete, wie die Touristen sein Reich verschmutzten. Eine Gruppe ging, die andere kam, um gleich seine Arbeit wieder zunichte zu machen. Der Bakschischteller wies nur ein paar Münzen auf. Ich sah mich um. Hier war es unmöglich, mich zu waschen und die Kleider zu wechseln. Allein die Entblößung meines Körpers würde mich sofort dahin befördern, wo ich gerade hergekommen war.

Die Toilettenkabinen boten zwar die Möglichkeit eines begrenzten Kleidertausches, aber keine Waschmöglichkeit. Der alte Mann sah meine Hilfe suchenden Blicke und schlurfte auf mich zu. Den Wischmopp zog er wie einen nassen Hund hinter sich her. Er begutachtete mich, roch an mir, befühlte meine Jacke, nickte und winkte mir zu folgen. An der Rückseite des Raumes schloss er eine Tür auf, die in arabischer Schrift gekennzeichnet war. Ihre Bedeutung stand ganz klein in englischer Schrift darunter: *staff only* – nur für Personal.

Der Mann bedeutete mir, dem Gang zu folgen und mir eine Tür auszusuchen. Wenn ich ihn richtig verstand, waren es Umkleidekabinen für das Flughafenpersonal, und eine war ... eine Dusche. Der Mann grinste, als habe er sein Tagewerk erfolgreich vollbracht, stützte sich wieder auf seinen Mopp und wartete.

»Peter, du bist ein Arschloch«, schalt ich mich und drückte dem Mann einen etwas zu großen Betrag in die Hand. Ich hatte es nicht kleiner. Eine Quittung für meine Reisekostenabrechnung würde ich dafür wohl nicht bekommen. Er grinste, und ich konnte endlich meine Flöhe und Läuse loswerden.

Die Salbe des Scheichs stellte sich als Wundermittel heraus. Mit Wasser vermischt, wirkte sie als stark schäumendes Haarwaschmittel. Ihr Geruch war allerdings stark gewöhnungsbedürftig. Sollte ich mir Kopfläuse eingefangen haben, verließen diese schlagartig ihren Nährboden. Ich fühlte mich wieder als Mensch. Nie wieder ägyptische Polizei. Das schwor ich mir.

Ich traf den alten Mann mit seinem Wischmopp noch einmal. Nach dem Sicherheitscheck. Er wischte hinter den Horden der Touristen her, die zu ihren Flugzeugen strebten.

Wie zufällig rempelte er mich an, entschuldigte sich vielmals und steckte mir etwas zu. Die Diskette.

4

HAMBURG

Die Schwester am Empfang schüttelte den Kopf. »Wie heißt Ihre Tochter?«

»Rebecca Stösser. Ist das so schwierig festzustellen, wo ich sie finden kann?« Die Schwester hackte weiter in ihrem Computer herum und schüttelte den Kopf. »Habe ich nicht. Weswegen soll sie denn hier gewesen sein?«

»Wegen Kreislaufproblemen und zur Vorbereitung zur Gebärmutterhalsoperation.«

»Onkologie?«

Ich nickte. Die Schwester hackte weiter auf der Tastatur herum. »Moment bitte. Nehmen Sie einen Augenblick Platz. Ich versuche den Stationsarzt zu bekommen.«

Ich wurde misstrauisch. »Stimmt was nicht?«

»Doch, doch. Alles in Ordnung«, versuchte sie in dem Tonfall abzuwiegeln, wie man ihn zur Bändigung von Tobsüchtigen benutzt.

»Da ist doch was faul!«, brauste ich auf. »Meine Tochter muss doch irgendwo in dieser verdammten Klinik zu finden sein!«

Sie hob abwehrend die Hände. »Wir finden sie schon noch.

Irgendwer hat auf der Station vergessen, die Daten einzugeben. Kommt schon mal vor. Der Stationsarzt wird gleich hier sein. Ich habe ihn angepiept.«

Nervös ging ich die Eingangshalle auf und ab. Warum geisterte mir plötzlich ein Zigarettenautomat im Kopf herum? Das Rauchen hatte ich vor zwanzig Jahren aufgegeben, und hier hingen überall Schilder herum, die auf Rauchverbot hinwiesen. Mir war nach einem Glimmstängel. Hier stimmte was nicht. Überhaupt stimmte alles nicht. Der Scheich hatte mehr Macht, als er zugegeben hatte. Er hatte mich aus dem Gefängnis geholt. Er schien einen Teil des Flughafenpersonals zu beherrschen. Er verfügte überhaupt über mehr Informationen, als ein normaler Beduine haben konnte. Chefarzt einer Kairoer Klinik, hatte er gesagt. Das würde ich morgen überprüfen. Wie viele Kliniken gab es in Kairo? Das hatte er mir nicht gesagt. Ich hatte aber auch nicht danach gefragt. Egal. Wo war Rebecca in dieser Maschinerie? Hatten meine Redakteure mit den Unterlagen etwas anfangen können? Ich hoffte und wünschte es mir.

»Herr Stösser?« Ein mickriger kleiner Mann in weißem Kittel sah an mir hoch. »Ich bin Dr. Schiwatzki. Stationsarzt der Onkologie.« Er wedelte mit einem Krankenblatt. »Ich erinnere mich, dass Sie nach Ihrer Tochter am Telefon gefragt haben. Da ist mit der Datenübertragung etwas schiefgelaufen ...« Der Arzt machte eine lange Pause und studierte das Blatt. »Wie ich erst vorhin festgestellt habe, wurde Ihre Tochter in eine andere Klinik verlegt. Bitte entschuldigen Sie. Wir sind hier alle überfordert ...«

»Wohin?« Meine Stimme wurde drohend. »Und wann, auf wessen Anordnung und aus welchem Grund?«

Der Arzt studierte das Krankenblatt und schüttelte den Kopf. »Ich kann es Ihnen nicht sagen. Hier ist nichts vermerkt.

Aber bevor Sie sich aufregen ... ich kümmere mich darum, wenn der Chefarzt morgen früh wieder im Haus ist. Es wird sich alles klären. Sie entschuldigen mich bitte. Ich habe Bereitschaft.« Damit verschwand er mit dem Krankenblatt meiner Tochter und meiner Lust, mich noch an einen Zufall zu klammern.

Rebecca war entführt worden. Das spürte ich. Die Entführer hatten die Schlamperei eines Großkrankenhauses genutzt, um sie so einfach aus dem Haus zu schaffen, und der verdammte Zigarettenautomat schluckte mein Geld, aber seine Schächte schienen leer zu sein.

Wütend fuhr ich in die Redaktion. Die Daten auf der CD mussten in die Sicherheit eines Großrechners gebracht werden. Den würden die, wer immer sie waren, nicht einfach knacken oder mitgehen lassen können.

Die Spätredaktion war mit den üblichen zwei Redakteuren besetzt, die noch die letzten Nachrichten vor dem Umbruch aufbereiteten. Wie sie eigentlich wirklich hießen, hätte ich in ihren Personalakten nachlesen müssen. Intern hießen sie Pat und Patachon. Sie waren schwul, lebten zusammen und machten nur Schichten, die sonst keiner von uns haben wollte.

»Hi, Peter. Wo kommst du denn noch her?«, quiekte Pat.

»Alle Welt scheint dich heute zu suchen«, ergänzte Patachon. »Deine Sekretärin und der oberste Boss drehen schon seit zwei Tagen am Rad. Ich glaube, du kriegst 'ne Menge Ärger.«

»Denke ich auch. Auf deinem Schreibtisch sammeln sich bereits die Hausmitteilungen«, vervollständigte Pat das Doppel.

»Und, was steht drin?«, knurrte ich zurück, startete den Computer, rief meinen Server auf und speicherte die CD ab. Dass die beiden neugierig wie Bergziegen waren, störte inzwischen niemand mehr. Sie hielten dicht, waren aber gute Redakteure im Zusammenfassen von persönlichen Informationen. Sie lasen alles, was an sinnvollem oder meist sinnlosem Schriftverkehr intern durchs Haus geisterte und spuckten es auf Wunsch in Kurzfassung aus.

»Also«, hob Pat wichtig an, »erstens wird dein Versicherungsmensch morgen um acht Uhr bei dir sein ...«

»... zweitens«, fuhr Patachon fort, »wünscht dich die Geschäftsleitung um zehn Uhr alleine zu sehen ...«

»... und drittens«, setzte Pat das Spiel fort, »hat deine Sekretärin mindestens zehn Anrufe von einem Menschen gehabt, der dich sprechen wollte. Wie war sein Name noch mal?« Pat sah Patachon an. »Du und dein Namensgedächtnis ...«, schüttelte der den Kopf. »Es war ein Mann mit Namen Menachem. Kannst du damit etwas anfangen?«

Menachem? Der einzige Menachem, den ich kannte, war tot. Verbrannt in seinem Panzer auf den Golanhöhen. Das musste jemand anderer sein. »Nein, kann ich nicht. Was sonst noch?«

Pat druckste herum und sah seinen Partner an. »Na ja, du hast mit den Dokumenten, die du uns Redakteuren zur Recherche gegeben hast, ein kleines Erdbeben ausgelöst. Seitdem dreht der Chef durch. Niemand hat mehr was anderes im Kopf. Unsere Ausgabe ist gefährdet.« Patachon nickte bestätigend.

»Die griechische Schrift scheint übersetzt worden zu sein. Jetzt macht sich die Uni über die Formeln her. Ich spür es im Bauch, das gibt Ärger ...«

Unwillig schüttelte ich den Kopf. Es war mir egal, welchen Ärger ich aus dieser Richtung bekommen würde. Das war Redaktionsalltag, und der begann mich mit zunehmendem Alter anzukotzen. Hausmitteilungen, interne E-Mails, Konferenzen. Rebecca hatte recht gehabt. Es war ein Wunder, dass wir noch pro Woche ein Boulevardblatt und ein paar untergeordnete

Zeitschriften herausbrachten. Das war nicht mehr der Journalismus, den ich vor dreißig Jahren gelernt und geliebt hatte. Ich musste hier raus und, wenn es sein sollte, Rebecca allein finden.

»Also ihr beiden. Ich reiche hiermit meinen restlichen Jahresurlaub ein. Teilt das der Personalabteilung mit. Wenn die Damen und Herren Redakteure ein Ergebnis der Unterlagen haben, die ich ihnen gab und die den ganzen Laden hier blockieren, dann kann man mich benachrichtigen.«

Es war besser, in einer demolierten Wohnung als in einer mit Wanzen verseuchten Zelle zu schlafen. Und Schlaf brauchte ich heute mehr als alles andere. Seit ich dem Anruf von Dimitri gefolgt war, schien mein Leben einen anderen Lauf zu nehmen und mir zusehends aus der Hand zu gleiten. Darüber musste ich ein paar Tage nachdenken – und darüber, was mit Rebecca geschehen sein konnte.

»Lass das Licht aus und zieh die Vorhänge zu. Du hast sehr neugierige Nachbarn.«

Die Stimme kam aus dem dunklen Wohnzimmer. Eine Pistole wurde klackend durchgeladen.

»Setz dich ... ich habe mit dir zu reden.«

Die Stimme glaubte ich schon einmal gehört zu haben. »Wer sind Sie und wie kommen Sie in meine Wohnung?«

Die Stimme grunzte. Es sollte wohl wie ein Lachen klingen.

»Mein lieber Freund, wie kommt man wohl in deine Wohnung? Wenn ich mir das Chaos bei dir ansehe, dann ist die Frage doch schon beantwortet. Aber deswegen bin ich nicht hier ... Magst du eine Zigarette? Lucky Strike. Nimm ...«

»*Menachem?* Ich dachte ...«

»... Dass ich tot und verbrannt bin?« Das Grunzen verstärkte sich, um in einem Hustenanfall zu enden. »Ja, ich war tot. Man hat mich leider wieder zusammengeflickt. Aber ich vertrage kein Licht mehr. Ich bin ein staatlich anerkannter Kriegskrüppel. Mehr als die Hälfte meiner Haut ist verbrannt, mir fehlt eine Hand, und jeder Filmemacher würde mein Gesicht sofort für einen Horrorfilm buchen.«

Irritation machte sich in mir breit. Wie verhielt man sich gegenüber einem alten Freund, der verstümmelt war und sich unter dem Mantel der Dunkelheit versteckte? Ich wusste es nicht.

»Was kann ich für dich tun?« Mehr fiel mir nicht ein. Die Glut seiner Zigarette erhellte kurz ein Gesicht, das keines war. Unser Rauch waberte durch den Raum.

»Tun. Ja, was? Ich fürchte, ich muss mehr für dich tun als du für mich. Ich brauche nur die Kapsel und das Passwort meines Bruders. Dann ist mein Auftrag erfüllt. Aber du ... du scheinst ganz schön in der Scheiße zu stecken. Also ... wann bekomme ich die Kapsel und den Schlüssel dazu?«

Mein Gehirn fuhr auf höchste Drehzahlen hoch. Mein Instinkt schlug Purzelbaum. Das war nicht Menachem. Er konnte es nicht sein. Eine Mutter täuschte sich nicht, und die hatte bezeugt, dass ihr jüngster Sohn in seinem Panzer verbrannt war. Zeitschinden war angesagt.

»Die Kapsel ist nicht hier. Auch das Passwort habe ich nicht mehr im Kopf.«

»Habe ich mir gedacht«, kam es zurück. »Die Kapsel ist mit den Kopien, die du von Scheich Abdel-Kader bekommen hast, im Verlag zur Auswertung.« Es folgte ein trockener Husten. Ein Feuerzeug flammte kurz auf, um eine neue Zigarette anzuzünden. Der Mann trug eine schwarze Brille. Sein Gesicht war von Narben entstellt. War er doch Menachem?

»Du hast bis morgen Nacht Zeit, mir die Kapsel und das Codewort zu geben. Und bildet euch nicht ein, dass ihr den Text entziffern könnt. Den griechischen Kommentar … vielleicht. Aber ohne die anderen Codewörter könnt ihr mit den Formeln nichts anfangen. Gute Nacht. Du hast's nötig. Und nimm mal ein Bad. Du stinkst nach ägyptischen Gefängnissen.«

»Moment. Ich glaube nicht, dass du Menachem bist. Darf ich deinen Pass sehen?« Das war mir alles zu schwammig, zu dubios. Ein Mann, sicherlich sichtbar entstellt, drang in meine Wohnung ein, redete im Plauderton mit mir, als säßen wir beim Bier, konfrontierte mich mit Fakten, die außer mir niemand kennen konnte und spazierte mit einer Forderung aus der Wohnung, als sei dies das Selbstverständlichste der Welt.

Der Schatten öffnete die Tür. Ein wenig Licht drang von der Straße in den Hausflur. Als Silhouette im schwarzen Türrahmen drehte er sich um und nickte.

»Morgen um die gleiche Zeit.« Die Tür schloss sich. Die Schritte tappten schwerfällig die Treppe hinunter.

Sollte ich noch ein Bad nehmen? Ich entschied mich dagegen. Die zerschnittene Matratze in meinem Bett würde morgen, mit all meinen Ausdünstungen des Orients, ohnehin entsorgt werden müssen.

Ein Geräusch, das ich nicht leiden konnte, drang in mein Bewusstsein. Das Kissen über den Kopf zu ziehen half nicht. Die Flasche Whisky und der halbe Kasten Bier, die ich als Schlaftrunk genommen hatte, um wenigstens ein paar Stunden die bösen Gedanken loszuwerden, waren wohl eine Spur zu viel gewesen. Jedes Mal, wenn ich versuchte, den Kopf zu heben, setzte ein Rumba-Orchester ein und zwang mich schnell wieder in das Kissen. Und dieses verfluchte Geräusch hörte nicht auf.

»Herr Peter Stösser, ich weiß, dass Sie da sind. Machen Sie bitte auf. Hier ist die Kripo Hamburg.« Es polterte an der Haustür. Ich konnte das Orchester nur mit Gewalt und Schwung überwinden. Was bedeuten würde, dass ich Gefahr lief, dass mein Gleichgewicht kippte und ich schutzlos gegen die Heizkörper knallen konnte. Aber was sollte es. Die Kripo würde schon irgendwie in die Wohnung kommen und mich finden. Dann wurde mir mein Urlaub als Krankheit angerechnet. Auch keine schlechte Idee, befand ich.

Es klappte besser als befürchtet. An der Wand entlanghangelnd tastete ich mich zur Tür. Der Türspion zeigte, dass da drei Männer warteten. Wie viel Uhr war es eigentlich? 11.30 Uhr. Himmel, ich hatte jedes Zeitgefühl verloren.

»Was wollt ihr hier alle?«, knurrte ich die Leute an. »Ich habe Urlaub.«

»Wissen wir. Deshalb komme ich zu Ihnen. Hauptkommissar Keller. Sie gestatten?« Er hielt mir einen Ausweis vor, den ich in meinem Zustand nicht entziffern konnte und schob mich beiseite.

»Ich darf doch eintreten?«

»Sie sind ja schon drin«, knurrte ich. Die beiden anderen Männer folgten ohne Aufforderung. »Und wer sind die?«

Der Kommissar sah sich in der verwüsteten Wohnung um und nickte, als habe er nichts anderes erwartet.

»Ich bin Ihr neuer Versicherungsagent. Darf ich mich vorstellen ...« Er nannte mir einen Namen, den ich nicht behalten wollte.

»Und wer sind Sie?«, fuhr ich den dritten Mann an.

»Der gehört zu mir«, kam es aus dem Schlafzimmer, das gerade vom Kommissar inspiziert wurde. »Haben Sie schon Anzeige erstattet? Das sieht ja hier wüst aus. Gut, dass Ihr Versicherungsmann hier ist.«

»Nein, habe ich nicht. Wann denn? Bin heute Nacht erst zurückgekommen.« Der Kommissar sah an mir entlang und schmunzelte. »Sie können von Glück sagen, dass die Kollegin, die mich eigentlich begleiten sollte, krank geworden ist. Wollen Sie sich nicht mal was anziehen?«

Ich war nackt. Um ein T-Shirt im Schrank zu finden, hatte es nicht mehr gereicht.

»Verdammt, was wollen Sie hier?«, fuhr ich den Beamten an, nachdem ich mich halbwegs mit Kleidern, zwei Kopfschmerztabletten und einem Bier in Form gebracht hatte.

»Sie rauchen? Darf ich?« Der Mensch hatte sich in den Sessel fallen lassen, in dem die Nacht mein dubioser Gast gesessen hatte, und der hatte die Lucky Strike und sein Feuerzeug liegen lassen. War das Absicht gewesen? Ein Zeichen, dass dieser Krüppel, der behauptete Menachem zu sein, auf jeden Fall wiederkommen würde?

»Ja, nehmen Sie. Warum sind Sie hier? Ich habe Sie nicht gerufen.«

Der Kommissar prüfte die Schachtel. »Keine Banderole. Schmuggelware? Ich nehme trotzdem eine ...«

Der Versicherungstyp krauchte in der Wohnung herum und führte Listen. Dieser spindeldürre Kommissar mit seiner Adlernase war mir unsympathisch, und sein Kollege stand wie ein Denkmal im Flur, als gelte es einen Fluchtweg zu sperren.

»Sie und ich hatten um zehn Uhr bei Ihrem Verleger einen Termin ...«, atmete der Beamte den Rauch tief ein, um ihn genüsslich durch den Rachenraum kreisen zu lassen und dann wie ein Drache durch die Nüstern auszustoßen.

»Wie ich von Ihrer Sekretärin erfahren habe, haben Sie beim Tropeninstitut eine Blutprobe analysieren lassen.«

»Ja, und?«, wurde ich trotzig. Was hatte Juliette damit zu tun?

Der Kommissar nuckelte genüsslich an der Zigarette.

»Das ›ja, und‹ wüssten wir gerne von Ihnen. Denn das Institut hat etwas gefunden, das es verpflichtet, sofort die Behörden zu benachrichtigen. Aber das ist noch nicht alles ...«

Ich sah keinen Grund, darauf zu antworten, und nahm mir auch eine der Zigaretten.

»Ihr Verleger scheint nicht gut auf Sie zu sprechen zu sein. Sie haben da etwas von Ihrer letzten Reise mitgebracht, das wohl den Verlagsalltag etwas aus dem Ruder laufen lässt.« Seine schmalen Lippen verzogen sich zu einem Lächeln. Nun sah er wirklich wie ein Aasgeier aus, der wartete, bis seine Beute das letzte Lebenszeichen von sich gab.

»Aber auch das ist noch nicht alles. Kurz darauf meldet uns die Uni, dass der Verlag, also in Ihrem Auftrag, wie wir erfahren haben, einen griechischen Text übersetzen lässt. Und wieder kurz darauf meldet die Klinik, dass ihr eine Patientin mit Namen Rebecca Stösser abhanden gekommen ist ... und nun sehe ich dieses Chaos hier. Wie wollen Sie das alles erklären?«

Wie sollte ich das erklären? Mein Durchblick war momentan gleich Null. Ich zuckte mit den Schultern. »Kann ich im Augenblick nicht. Ich bin ganz am Anfang meiner Recherchen.«

Der Kommissar verengte die Augenlider und zog die Stirn in Falten, schnipste mit den Fingern in Richtung seines Kollegen. Der öffnete die Tür und ließ vier uniformierte Polizisten herein.

»Herr Peter Stösser. Sie sind wegen des Verdachts der Zusammenarbeit mit einer terroristischen Vereinigung vorläufig festgenommen.«

Mein Schicksal meinte es nicht gut mit mir. Ich saß schon wieder in einer Zelle. Die Bisswunden des Ungeziefers der letzen Unterbringung waren noch nicht verheilt. Panik drohte sich in mir breit zu machen. Was hatte das Tropeninstitut im Blut des Erzbischofs gefunden? Was hatte die Uni aus den Schriften übersetzt? Und warum erstattete die Klinik plötzlich Anzeige wegen Menschenraubes? War der Versicherungsvertreter überhaupt einer? Bestimmt nicht. Den Kerl hatte ich noch nie gesehen. Spurensicherung *undercover.* Mehr fiel mir nicht dazu ein. Also würde meine Wohnung noch genauso aussehen, wie ich sie unfreiwillig verlassen hatte ... wenn ich denn hier mal wieder raus kam. Terroristische Vereinigung ... so ein Quatsch, fluchte ich vor mich hin und warf das Plastikgeschirr gegen die Wand. Es zerbrach noch nicht einmal.

Meine Gedanken und Gefühle vereinigten sich zu einem Jahrmarkt. Die einen fuhren Karussell und Geisterbahn, die anderen tobten sich an der Zuckerwatte und der Schießbude aus. Ich stank mir selbst. Seit der Dusche in Scharm El-Scheich hatte mein Körper keine Reinigung mehr erfahren. Wo war Rebecca? Wer hatte sie aus der Klinik entführt und warum? War dieser nächtliche Geist Menachem oder nicht? Nur diese Fragen beschäftigten mich. Der Rest, was das Institut oder die Uni herausgefunden hatten, war mir langsam egal. Ich konnte es nicht ändern. Die Polizei schien mehr zu wissen als ich. Irgendwann würden sie es mir sagen müssen. Sie waren jetzt in der Beweispflicht. Auch eine Art der Berichterstattung, von der

Zelle aus. Vielleicht war das mein Comeback im Verlag. *Der Knastreporter berichtet … life.* Eine Doku-Soap in fünf Jahresabschnitten.

»… und nun schalten wir wieder zu unserem Chefredakteur, der noch eine Haftstrafe von vier Jahren absitzen muss, und der, liebe Zuschauer, heute die reizende Psychologin bei seinem Freigang empfängt und Tipps für ein sorgenfreies Leben hinter Gittern erteilt. Angeschlossen sind uns, wie jede Woche, die Lokalsender der folgenden Justizvollzugsanstalten im Sendegebiet, bei denen wir inzwischen eine Quote von mehr als neunzig Prozent haben. Ist das nicht toll, liebe Zuschauer … Wir machen eine kurze Werbeunterbrechung für ›Knackibrot‹. Unverwüstlich schmackhaft und nahezu ohne Verfalldatum … bis gleich …«

Schweißgebadet schrak ich hoch und tastete um mich. Das war mein Bett. Das war mein Schlafzimmer. Alles war nur ein Albtraum gewesen, und diese verdammte Türglocke hörte nicht auf, mich in die Gegenwart zu holen.

»Ich komme ja schon«, brüllte ich in Richtung Wohnungstür. Vergewisserte mich, dass ich nicht nackt war. Es war nicht alles ein Traum. Die Lucky Strike und das Armeefeuerzeug lagen noch auf dem Tisch. Der Mann, der sich Menachem nannte, war wirklich hier gewesen. Warum hatte ich solche Träume gehabt, die schon Halluzinationen glichen?

»Wer ist da?«, krächzte ich durch die Tür.

»Dein Versicherungsagent und ein Mann von der Kripo … Deine Sekretärin hat mich auf acht Uhr hierherbestellt. Es ist jetzt acht Uhr. Für den Kripo-Mann kann ich nichts. Aber vielleicht kann er hilfreich sein.«

Ich besah mir die Männer durch den Türspion und öffnete.

»Schulte. Hauptkommissar Schulte«, stellte sich der kleine dickliche Mann vor und hielt mir einen Ausweis vor, den ich schon die Nacht gesehen hatte. Nur in meinem Traum war da ein anderer Name gewesen.

»Ich muss mit Ihnen reden.« Er sah sich um. Die Verwüstung in der Wohnung war nicht geringer geworden. Der andere Kommissar war also auch ein Traum. Ich war noch nicht wach. Mein Kreislauf zeigte Ecken. Was war jetzt Wirklichkeit, was Fiktion? Mein Agent schlich mit einer Tabelle durch die Räume und nickte bedenklich. Der Kommissar folgte ihm und nickte vielsagend.

»Sie scheinen Feinde zu haben«, brummte der Beamte und wackelte nachdenklich mit dem Kopf. Die Besichtigung der Wohnung war zu Ende. Mein Agent verabschiedete sich mit einem: »... mach dir keine Sorgen. Das regle ich schon ...«

Der Kommissar machte keine Anstalt sich zu setzen und ich keine, ihm etwas anzubieten.

»Herr Stösser, warum ich hier bin, ist nicht angenehm ...« Kommissar Schulte lehnte sich an den Türrahmen von Rebeccas Wohnraum und kramte in seinen Taschen, zog ein Foto hervor und hielte es mir hin.

»Kennen Sie die Frau darauf?«

Ich sah es mir flüchtig an. Es schien ein schlafendes Mädchen zu sein.

»Nein.«

Schulte steckte das Foto wieder ein und verzog missmutig das Gesicht.

»Ich muss Sie bitten, mir zu folgen. Sie müssen diese Frau identifizieren. Kommen Sie. Ich lasse Sie auch wieder nach Hause bringen.«

»Wo hat man sie gefunden?«

Der Kommissar blätterte in einem sehr dünnen Ordner.

»Um sechs Uhr heute Morgen wurde sie im Heizungskeller der Klinik von Wartungsmonteuren gefunden. Ein total übernächtigter Stationsarzt sagte aus, dass Ihre Tochter gegen 22.00 Uhr aus ihrem Zimmer verschwunden ist. Haben Sie eine Idee, wenigstens eine kleine, warum man sie umgebracht hat?«

»Woran ist sie gestorben?« Ein halbes Jahrzehnt hatte ich verbrannte, erschossene, verkrüppelte Leichen als Reporter fotografiert. Es war mein Beruf gewesen, und ich hatte gutes Geld damit verdient. Es waren alles Opfer anderer Eltern gewesen, denen ich nie hatte in die Augen schauen müssen.

Der Kommissar schüttelte den Kopf. »Das wissen wir noch nicht. Ist das nun Ihre Tochter Rebecca?«

»Nein. Das ist nicht meine Tochter«, riss ich mich vom Anblick der Toten los. Sie sah Rebecca zwar ähnlich, aber ihr fehlte etwas Entscheidendes ... die Schusswunde am rechten Oberarm.

»Mein Freund ... werde wach.« Jemand saß auf meiner Bettkante und versuchte mich sanft zu wecken. »Es ist die Zeit, zu der wir uns verabredet haben. Steh auf. Ich habe mit dir zu reden.«

Es fiel mir schwer, ins Diesseits zurückzufinden. Am Abend hatte ich erneut zu viel getrunken. Die Radiouhr zeigte, dass es kurz nach Mitternacht war. Nur den Tag verriet sie mir nicht.

Im Wohnzimmer brannten Kerzen. Es roch nach Wachs. Die Kerzen steckten in einem kleinen siebenarmigen Leuchter. Einer Menora. Der Mann der letzten Nacht war pünktlich. Er hatte die Sonnenbrille auf und rauchte.

»Wenn ich mir die Zigarettenschachtel ansehe, dann kannst du keine gute Nacht gehabt haben.« Er lachte heiser. »Ich habe sie gestern vergessen, und du hast die Hälfte geraucht. Ich wette, das ist dir nicht gut bekommen. Albträume? Stimmt's?«

Bevor ich darauf eingehen, mir überhaupt bewusst werden konnte, was er damit meinte, zog er den Kerzenleuchter an sich heran.

»Schau mich an. Was siehst du? Bevor ich dich in einige Geheimnisse einweihe, musst du mir sagen, ob du dich mit mir in der Öffentlichkeit sehen lassen willst. Wenn nicht ... dann verstehe ich das auch. Aber es liegt bei dir. Ja oder Nein? Wenn du nein sagst, verschwinde ich, und Killer werden sich die Kapsel und das Codewort von dir holen. Sie haben sich schon deine Tochter geholt. Wenn ja ... dann erwartet dich auch kein besseres Schicksal. Nur ... dann hast du wenigstens noch einen Freund.«

Ich war geschockt und versuchte mir hinter dem, was ich beim Licht der sieben brennenden Kerzen sah, Menachem vorzustellen. Es war schwer. Er war eigentlich nicht mehr als Mensch zu erkennen. Das Gesicht war entstellt und mühsam kosmetisch aufbereitet. Ein Ohr fehlte. Die Nase war praktisch nicht mehr vorhanden. Stattdessen klafften zwei Löcher im Gesicht. Die Sonnenbrille wurde hinter dem kahlen Schädel von einem Band gehalten. Seine linke Hand war eine schwarze Lederprothese mit leicht angewinkelten Kunstfingern.

Ich musste eine Entscheidung treffen. Dieses menschliche Monstrum gegen Wissen eintauschen. Es blieb mir keine andere Wahl.

»Kann ich jetzt mal das Licht anmachen? Ich bin keine Eule ...«

Der Mann lachte heiser. »Aber bitte nur eine schwache

Leuchte. Du verstehst ... Dann kann ich dir auch beweisen, dass ich Menachem bin.«

Es war Menachem. Sein Pass und sein Ausweis der israelischen Armee wiesen ihn aus. Er war inzwischen Oberst des Geheimdienstes Mossad. Ein Dokument, das sonst nur Tote zu Gesicht bekamen. Ein hohes Tier in der Hierarchie des jüdischen Staates.

»Was willst du?«

Menachem lehnte sich zurück und verschränkte die Arme hinter dem Kopf.

»Das habe ich dir schon letzte Nacht gesagt. Du hast es wieder nicht dabei. Stimmt's?« Er wedelte mit der fast leeren Zigarettenschachtel.

»Die hätte ich nicht hier lassen dürfen. Eine Zigarette ist in Ordnung. Aber ab drei wird es gefährlich. Für jeden, der nicht in meiner Situation ist. Jede dieser Tabakrollen enthält ein Mittel, das mich wenigstens im Schlaf vergessen lässt, dass ich noch lebe. Es ist *Ibogain.* Ein Rauschmittel. Und es geht grundsätzlich in unserer Angelegenheit um Rauschmittel. Aber viel todbringender, als sich das jemand vorstellen kann.«

Menachem ging in die Küche und kramte im Kühlschrank, als sei er hier schon ewig zu Hause.

»Wo hast du das Bier versteckt? Seit wann trinkst du nicht mehr?«

»Das Bier ist im Kühlschrank hinter der Tür«, gab ich die Richtung an.

Es dauerte etwas. Flaschen klapperten. Um an die Getränke zu kommen, musste man die Küchentür schließen. Sonst ging der Schrank nicht auf.

»Hier ... auf uns.« Menachem stellte zwei Flaschen auf den Couchtisch. Ich erschrak. Sein Gesicht hatte sich verändert.

Wo eben noch offene Löcher einer ehemaligen Nase gewesen waren, war nun eine Nase. Die Narben waren verschwunden. Nur die Haare und das Ohr fehlten noch.

»Da staunst du, was heutige Technik alles kann«, ließ er sich in den Sessel fallen und prostete mir zu. »Es ist niemandem zuzumuten, mich so zu sehen, wie ich bin. Meine Leute würden mich nicht ernst nehmen. Als Phantom der Oper fühle ich mich auch wohler. Da musste eine Lösung her. Und die haben unsere Techniker gefunden. Sie ist patentiert und wir verdienen eine Menge Geld damit. Ich bin ganz stolz drauf. Es ist eine einfache, atmungsaktive Maske. Nur ein Bart wächst leider nicht aus ihr. Können wir jetzt zum Thema kommen?«

Irritiert nickte ich und starrte die Veränderung an. Es war nicht zu fassen. Wer es nicht wusste und daher nicht näher hinsah, würde diese »Gesichtsplastik« als natürliche Haut ansehen.

»Was ist das Thema?«

Menachem grinste. »Du. Wer sonst? Du lebst nur noch, weil du die Kapsel und das Codewort hast. Ist dir das klar?«

Und wie mir das klar war! »Und was muss ich tun, um auch weiter am Leben zu bleiben?«

Menachem beugte sich vor und nahm eine Zigarette. »Du rauchst deine eigenen. Diese sind für dich tabu. Ich brauche dich ohne Wahnvorstellungen.« Er sog den Rauch der Lucky Strike ein. Was seine Augen machten, konnte ich hinter der Sonnenbrille nicht sehen.

»Es geht um Folgendes ...«, hob er an ...

Es war nahezu sechs Uhr bis ich nach einigen Bier und Whisky ins Bett fiel. Menachem hatte in Rebeccas Zimmer schlafen wollen.

Langsam konnte ich mich des Gefühls nicht erwehren, dass die Schwermut auf mich wartete. Ich schlief ohne Albträume, aber mit einem Wissen, auf das ich besser verzichtet hätte. Der Brennende Dornbusch und die Gesetzestafeln Moses würden mir noch einigen Ärger bereiten. Wie Menachem die Situation geschildert hatte, konnte kein Mensch mehr in Ruhe schlafen, solange nicht ein Mittel gegen die Formeln auf den Seidentüchern in den fünf Kapseln gefunden worden war. Und der Schlüssel lag bei mir, wie er gesagt hatte. Aber, ich war mir nicht sicher, was ich tun sollte. Sollte ich die Kapsel und das Passwort dazu zurückhalten? Was würde dann passieren? Was würde andererseits passieren, wenn ich beides preisgab?

Menachem hatte auf diese Frage nur mit den Schultern gezuckt. »Es wird so oder so aus dem Ruder laufen, wenn wir nicht schneller als die anderen sind«, hatte er gesagt. »Die Selbstmörder von Al-Qaida oder der Hammas und wie diese Gruppen noch alle heißen werden die Welt bald nur noch per Post mit Milzbrand und anderen leicht zu beschaffenden Giften verseuchen. Selbst der dümmste Fellache kommt irgendwann darauf, dass sein Freitod durch Sprengstoff nur seinen eigenen Stamm schwächt. Es ist nur eine Frage der Zeit.«

Die Betonung lag auf leicht. Nicht auf hoch komplizierten chemischen Verfahren, die viel Geld kosteten.

»Du überzeugst mich nicht. Genauso wenig wie der ermordete Erzbischof«, stellte ich mich stur. Menachem war Menachem. Das stand außer Frage. Aber er war ein Mitglied des Mossad und ein Krüppel. In seiner Stimme schwang Rache mit, Rache für alles, was man ihm angetan hatte. Und er hatte mit seiner Position die Macht, sich zu rächen. Er konnte ungestraft über jede Leiche der Welt gehen. Wenn sie nur arabischen Ursprungs war, würden die USA jede Hand über ihn halten, die sie gerade zur Verfügung hatten, und die amerikanischen Juden würden weitere Milliarden zusammenkratzen, um als gute Patrioten ihres Heimatlandes zu gelten … wenn sie es nur niemals betreten mussten.

»Vergiss es. Ich gebe dir weder die Aufzeichnungen noch das Passwort. Ich unterbreche das Spiel. Es ist besser, wenn du jetzt gehst.«

Menachems Mundwinkel zuckten. Die gesunde Hand zitterte beim Anzünden der Zigarette. Er nahm zornig die Brille ab. Er besaß nur noch ein Auge. Das andere starrte regungslos geradeaus.

»Reicht es dir nicht, dass deine Tochter bald tot sein wird? Willst du dein Leben jetzt auch noch wegwerfen? Die Gegenseite versteht nicht den geringsten Spaß. Nur die Formel meines Bruders kann das alles aufhalten …«

Erschöpft schüttelte ich den Kopf und klaubte alle meine Kräfte zusammen.

»Verschwinde. Dieses Passwort ist meine beste Lebensversicherung – auch für meine Tochter. Raus jetzt, und nimm diese verdammten Zigaretten mit.«

Mehr hatte ich nicht gesagt und Menachem war kopfschüttelnd verschwunden, ohne noch ein Wort zu verlieren. Ich hatte einen Feind mehr. Dessen konnte ich gewiss sein.

Der Versicherungsmensch hatte mich um zehn Uhr telefonisch aus dem Bett geholt und mir eine Summe für den Schaden genannt, die gerade für einen Ersatz meiner Möbel vom Sperrmüll reichen würde. Da hätte ich mir die Beiträge besser gleich gespart.

Ganz im Gegensatz zu meinen Gepflogenheiten, der Polizei

aus dem Weg zu gehen – ich hasste Obrigkeiten, dafür waren meine Reporter zuständig –, hatte ich Hauptkommissar Schulte aus eigenem Antrieb aufgesucht. Was ich eigentlich von ihm wollte, war mir nicht klar. Aber die Tote trieb mich um.

Der sah mich lange an, als wisse er nicht, was er mir sagen solle.

»Der Befund der Obduktion ist vor wenigen Minuten gekommen ...«, murmelte er. »Sie kennen das Mädchen wirklich nicht?«

Der Kommissar verzog das Gesicht zu einer einzigen Dackelfalte.

»Nein. Sagte ich schon. Warum?« Er schob mir das Protokoll der Gerichtsmedizin hin. Ich überflog es, um es gleich noch mal genauer zu lesen.

»Was soll das heißen? Sie ist vergiftet worden?«

Der Kommissar nickte. »Musste mich auch erst schlau machen. Aber wie es aussieht, hat man Spuren von Ricin in ihrem Blut gefunden. Fragen Sie mich jetzt bloß nicht, was das ist, denn ich habe noch ein Problem mit diesem Zeug ...«

Er legte mir den Antrag zur Überprüfung des Blutes ans Tropeninstitut vor, das Rebecca dem dahinscheidenden Erzbischof abgenommen hatte.

»Die Blutprobe deutet eindeutig auf Gift hin. Und zwar das gleiche, was Sie dem Tropeninstitut zur Analyse eingereicht haben. Wo ist die Blutprobe her?«

Was hatte Menachem gesagt? Einfach herzustellende Gifte. Und Ricin war sehr einfach herzustellen. Es wurde aus der ältesten bekannten Heilpflanze gewonnen. Schon 1500 Jahre v. Chr. hatten die Ägypter aus dem Wunderbaum – Hundsbaum, Läusebaum oder, wie er danach hieß, Christuspalme – wundersame Extrakte gefertigt. Diese waren heute als Rizinusöle in unseren

Apotheken frei verkäuflich. Ich wusste, dass die Samen hochgiftig waren, aber mit den Details hatte ich mich nie beschäftigt.

»Sie und ich werden noch mal darüber nachdenken«, nickte der Kommissar. »Ich gebe uns vierundzwanzig Stunden. Dann muss ich diese Erkenntnis dem BKA melden und Sie wohl in Gewahrsam nehmen. Ihre Wohnung sah nicht gerade danach aus, als hätten Sie eine Party gefeiert. Bis morgen um diese Zeit möchte ich eine Antwort von Ihnen. Wo kommt die Blutprobe her?«

»Finden Sie meine Tochter. Dann wissen wir es ...« Jetzt wurde ich wütend. In diesem Staat schien jeder mit jedem zusammenzuarbeiten. Datenschutz schien nur ein leeres Wort zu sein. Wie konnte das Institut die Polizei benachrichtigen, dass ich eine Blutanalyse in Auftrag gegeben hatte? Hatten die keine Schweigepflicht?

Etwas war falsch gelaufen oder löste bei den Behörden solch eine Panik aus, dass ich als Journalist hellhörig werden musste.

»Was läuft hier ab? Warum findet man meine Tochter nicht, und warum meldet das Institut eine mickrige kleine Blutprobe?«

Der Kommissar schüttelte den Kopf.

»Vierundzwanzig Stunden. Dann muss ich wissen, woher diese Blutprobe kommt. Mehr Zeit kann ich Ihnen nicht geben. Sonst ...«

»Sonst was ...?«, streckte ich mich drohend im Stuhl. »Wollen Sie der Presse drohen?« Etwas Besseres als Gegendrohung fiel mir nicht ein.

Der Kommissar lehnte sich zurück, atmete tief durch und rollte mit den Augen.

»... Sonst wird sich der Verfassungsschutz mit Ihnen beschäftigen. Sie sind denen mit Ihren Artikeln über Terroristen anscheinend ein Dorn im Auge. Waren Sie mal in arabischen Gebieten? Diese Leute knöpfen die sich ganz besonders gerne vor. Also, verschwinden Sie, bevor ich Ihnen jetzt Probleme mache. Vierundzwanzig Stunden. Verstanden ...?«

Ja, Probleme. Davon schien ich jetzt eine Menge zu haben. Die telefonische Rücksprache mit Julietta hatte auch keinen genauen Hinweis ergeben, wo die kopierten Dokumente aus den Kapseln gelandet waren. Es dauerte mehr als eine Stunde, bis ich den richtigen Ansprechpartner gefunden hatte.

Meine Nerven lagen blank, und mein Gegenüber schien alle Zeit der Welt zu haben. »Prof. Dr. Dr.« hatte an seiner Tür gestanden. Er war nicht mehr der Jüngste. Weißes Haar und eine Zigarre zwischen den Zähnen, die das kleine Büro, vollgestopft mit Akten und Büchern, in eine weiß-blaue Suppe hüllte.

»Sie sind also der Mensch, der uns dies zur Übersetzung und Analyse gebracht hat ...« Sein Kopf wackelte bedenklich hin und her.

»Wussten Sie, was Sie da angeschleppt haben? Das ist höchst brisantes Material. Ich bin eigentlich verpflichtet, Sie sofort den Behörden zu melden.« Er sah mich über seine Lesebrille streng an, wedelte mit der Hand einen neuen Schwall blauen Dunst zur Seite und breitete die Unterlagen fächerartig vor sich aus.

»Nein, das wissen Sie nicht«, beantwortete er seine eigene Frage. »Sonst hätten Sie es uns nicht zur Analyse gegeben. Also lassen wir das mal vorerst mit den Behörden. Woher kommt das alles?«

Woher? Jeder schien von mir heute nur wissen zu wollen, woher. Warum stellten diese Leute nicht die einfachste Frage der Welt, warum?

Ich zuckte mit den Schultern und setzte mein unbekümmertestes Gesicht auf. »Ist das ›Woher‹ wirklich so wichtig? Ich will wissen, was es überhaupt ist.«

Der Professor kratzte sich am Kopf und putzte sich lautstark die Nase.

»Na schön. Sie scheinen wirklich keine Ahnung zu haben.« Er drückte den Sprechknopf an seiner Telefonanlage und forderte seine Sekretärin auf, ein paar weitere Akademiker herbeizurufen.

Es dauerte ein paar Minuten. Der Professor beschäftigte sich in der Zeit mit seiner Korrespondenz. Ich saß wie ein Antragsteller bei einer Behörde vor dem Schreibtisch und versuchte irgendwo einen geistigen Ansatzpunkt zu finden, der nicht zum Mossad hinführte. Ich fand einen. Erika. Rebeccas Worte klangen mir noch im Ohr, dass sie jüdischer Herkunft sei. Das hatte sie mir bei unserer Heirat verschwiegen.

»Professor ...« Vier Herren gesetzten Alters betraten das Büro, das nun, zusammen mit der dicken Luft, wirklich zu eng wurde.

»Das ist der Mann von der Zeitung, der uns diese Unterlagen zur Analyse eingereicht hat ...«, stellte er mich unwirsch vor. »Erklärt es ihm. Geht in den Sitzungssaal. Ich komme gleich.«

Der Saal war das, was man sich als Außenstehender vorstellte. Ein Tisch für zwanzig Personen, Stühle aus dem letzten Jahrhundert. Es roch muffig, fast wie im Gebeinhaus des Klosters. Die vier Herren machten keine Anstalt, eine persönliche Atmosphäre zu schaffen. Im Gegenteil. Sie rotteten sich am Kopfende der Tafel zusammen und blätterten bedeutungsvoll in ihren Mappen. Das wurde kein Gespräch. Das lief mehr auf ein Verhör hinaus. Die Mappen waren sortiert, die Köpfe hatten sich bedeutungsvoll zugenickt und schwiegen. Ein Platz war noch leer. Ich verstand. Fünf Kapseln, fünf Kopien, fünf Mann, die ihren Senf dazuzugeben hatten. Sie warteten auf den Fehlenden.

»Können wir?« Der Professor stürmte herein und nahm zwischen den Herren Platz.

»Herr Stösser, kommen wir gleich zur Sache«, ergriff er ohne Umschweife das Wort. »Was Sie mir und meinen Kollegen zur Analyse gegeben haben, ist mehr als beunruhigend.«

Die anderen nickten pflichtgemäß und sortierten in ihren Mappen die Papiere um.

»Sagt Ihnen das ›dreckige Dutzend‹ etwas?« Die Herren sahen sich an und nickten zustimmend. Die Einleitung des Professors schien ihnen zu gefallen. »Nein. Wohl kaum. Sonst hätten Sie niemals den Wahnsinn begangen, eine öffentliche, wissenschaftliche Einrichtung mit der Analyse zu beauftragen.«

Der Professor sah seine Mitarbeiter an, die zustimmend mit dem Kopf nickten.

»Ich muss Sie über die rechtlichen Konsequenzen aufklären.« Das Gespräch sollte wohl nicht lange dauern. Der Professor zündete sich nur ein Zigarillo an. Einen Aschenbecher sah ich nirgendwo im Raum.

»Wenn wir Wissenschaftler über das ›dreckige Dutzend‹ sprechen, meinen wir die zwölf Grundarten von biologisch verwendbaren Waffen, die folgendes auslösen.« Er zählte es an den Fingern auf: »Sechs Arten von Bakterien: Lungenmilzbrand, Lungenpest, Tularämie, Brucellose, Q-Fieber, Melioidose. Drei Arten von Viren: Pocken, Ebola und Lassa, Pferdeenzephalitis. Sowie Toxine wie Botulinum, Ricin, Staphylokokken.

Um Ihnen zu verdeutlichen, was B-Kampfstoffe anrichten, möchte ich Ihnen nur ein einziges Beispiel geben: 50 kg versprühter Milzbrandsporen über einer Stadt von 500.000 Einwohnern hinterlässt, rein rechnerisch, 100.000 Tote und noch einmal soviel Erkrankte, für die es niemals ausreichend Gegenserum geben kann. Die können wir also auch gleich zu den Toten hinzurechnen. Und ich spreche hier von dem noch harmlosesten Bakterium.«

Ich nickte zustimmend. Davon hatte ich selbst schon gehört. »Ja, und? Was hat das mit den Aufzeichnungen zu tun, die Sie analysiert haben?«

Die fünf Männer sahen sich an, als hätte ich ihre Existenz in Frage gestellt oder ihnen gerade mitgeteilt, dass sie unqualifiziert seien.

Der Professor lief rot an und verschluckte sich am Rauch seines Glimmstängels.

»Ich fasse es nicht«, hustete er sich frei. »Der Kerl weiß wirklich nicht, was er uns da gegeben hat. Das sind alles Forschungen von Fachleuten, die sich mit der Herstellung und Verbreitung von biologischen Kampfstoffen beschäftigen. Das sind Terroristen. Kapieren Sie das nicht? Woher ist das alles?«

Schon wieder diese dusselige Frage: Woher?

»Die Aufzeichnungen stammen alle von Männern, die längst tot sind«, warf ich betont belanglos in den Raum. »Was ist mit der Kopie, die ich als Nummer drei gekennzeichnet habe?« Es war der Inhalt, den ich selbst ins Kloster gebracht hatte und der von Menachems Bruder stammen sollte.

»Wer hat die Drei bearbeitet?« Der Professor sah an seinen Kollegen entlang und drückte das Zigarillo in einer Blechschachtel aus, in der sich noch die nicht gerauchten befanden.

»Ich hatte Nummer drei ...« Der Finger des zweiten Mitarbeiters links vom Professor hob sich. »Damit ist aber nicht viel anzufangen. Da fehlt etwas ...«

Der Professor winkte mit einer herrischen Bewegung die Mappe des Mitarbeiters heran und überflog sie. Las sie noch mal und noch mal. Klappte sie zu.

»Die Leute sind alle tot, die das verfasst haben?« Er zündete sich ein neues Zigarillo an und fixierte mich.

Ich nickte. »Alle ...«

»Woran sind sie gestorben?«

»Offensichtlich alle eines unnatürlichen Todes ...«

Der Professor sichtete noch einmal die Unterlagen und schüttelte den Kopf.

»Herr Stösser, hören Sie mir genau zu. Was ich jetzt sage, bleibt unter uns. Wehe, ich lese es in Ihrer Zeitung. Ich habe hier vier Zeugen, die gegen Sie aussagen werden ...«

Ich nickte zustimmend. Hier lag etwas in der Luft, das ich durch jedes Zugeständnis der Welt bemeineidet hätte. Endlich ein Ansatzpunkt. Endlich ein Lichtblick für einen geplagten Journalisten.

»Die Vorlage Nummer drei ist etwas ... na, sagen wir mal, seltsam. Sie weicht von den anderen komplett ab, was mein junger Kollege mangels Erfahrung noch nicht verstehen kann.« Der Professor schlug die Mappe wieder auf und studierte sie wieder und wieder. Eine halbe Stunde verging. Mir war auch nach etwas Rauchbarem.

»Darf ich?«, bediente ich mich an den Zigarillos. Der Professor hatte nur abwesend genickt. Seine vier Kollegen warteten wie Salzsäulen neben ihm und trauten sich kaum zu atmen.

»Genial.« Der Professor hob den Kopf um ihn gleich verneinend zu schütteln.

»Der Mensch, der die verfasst hat ... Sie sagten er sei tot? ...«

Ich nickte.

»... der das verfasst hat, hat sich mit der Quadratur der Toxine beschäftigt. Unglaublich. Nur ... die Formeln zur Produktion seiner genialen Idee – die übrigens die gesamte Menschheit so ganz einfach einschläfern könnte, so ganz ohne Atombomben, Raketen und diesem ganzen knallenden Zeug – sind nicht komplett. Die Aufzeichnungen werden von vierzehn Strukturformeln getragen. Und in jeder Summen-Formel fehlt eine der wichtigsten Grundstrukturen. Meine Herren, was macht vierzehn hoch vierzehn?« Er wandte sich an die vier anderen, die überrascht den Kopf schüttelten. »Es ist zum Kotzen. Diese jungen Dozenten sind nur noch auf Computer fixiert. Kopfrechnen schwach. Los, Herr Stösser, kommen Sie mit.«

Der Professor leerte seine Asche in einen ohnehin vertrockneten Blumentopf auf der Fensterbank und winkte mir zu folgen. Ich tat es ihm gleich und ließ mein angerauchtes Zigarillo in der trockenen Erde verschwinden.

»Los, erzählen Sie ... aber jetzt ohne Umschweife. Sonst sind Sie in wenigen Minuten als Terrorist verhaftet ...«

Wir waren wieder in seinem Büro. Seine Zigarre qualmte. Er hatte die Strategie gewechselt, um mich weich zu klopfen. Whisky, ein bemerkenswert alter, war hinter einem Buchrücken aus den vielen Regalen herangeschwebt. Das zweite Glas schaffte es, mich zu überzeugen. Eine gute Zigarre tat ihr Übriges dazu. Wir waren eine Art Interessengemeinschaft. Ich hatte etwas, was ihm zu fehlen schien; er hatte etwas, was ich ohne ihn nicht verstand. Und ich erzählte.

Der Professor hatte mich nicht unterbrochen. Nur trinkend und rauchend zugehört.

Er nickte und lief ein paar Runden um den Schreibtisch und mich herum.

»Mein lieber Stösser, Sie sind ein Selbstr
scheinlich ein Killer der gesamten Menschhe
Passwort nicht mehr einfällt.« Der Profes
Nummer drei, blätterte sie einmal kurz dur
dem Heizkörper nieder. Sah zum Fenster h

»Der Verfasser dieser Dokumentation
unvereinbare Stoffe miteinander zu verbinden. Eines davon ist eigentlich kein Toxin, das andere sehr wohl.«

Wie lange war ich schon hier? Mein Magen knurrte und die Sonne ging langsam unter. Aber ich wusste immer noch nicht, wonach ich suchte.

»Die anderen vier Abhandlungen sind Pipifax. Die kann sich inzwischen jeder Terrorist im Internet herunterladen. Die Forschungen sind interessant, aber veraltet. So geht man heute nicht mehr vor. Da haben sich ein paar Wissenschaftler, wohl unter dem Eindruck von selbst Erlebtem, Gedanken gemacht, wie man Frieden auf der Welt erzwingen kann, wenn man eine unberechenbare Waffe hat. Vier der von ihnen erdachten Produkte sind längst auf Knopfdruck produzierbar. Aber die Nummer drei ... die hat es in sich.« Er rutschte vom Heizkörper.

Ich verstand nicht. Nur dass mein Gegenüber erregt war und keine Sekunde zögern würde, die in mir vermeintlich schlummernden Informationen notfalls mit Gewalt aus mir herauszupressen.

»Der Verfasser von Nummer drei hat offensichtlich auf der Basis geforscht, wie man biologische Massenvernichtungsmittel möglichst billig herstellen kann.« Er kratzte sich am Kinn und durchsuchte seinen Schreibtisch.

»Hier habe ich es ...« Eine verstaubte und vergilbte Akte wechselte die Schreibtischseite. Sie war in Englisch und als »TOP SECRET« gestempelt. Jahrgang 1973. Ich las. Es war

…andlung des englischen Secret Service über die mög- … Verwendung von Ricin als flächendeckende Waffe gegen …rührerische Mitglieder des Commonwealth. Im Detail und …m Speziellen gegen bestimmte Regionen, die sich gegen das britische Mutterland auflehnten.

»Darum geht es …«, knurrte der Professor durch seine Zigarre. »Ricin ist nicht als Gas zu verwenden. Es muss oral verabreicht oder sonst wie in die Blutbahn eingebracht werden, um tödlich zu sein. Dann ist seine Wirkung allerdings unumkehrbar. Es gibt keine Hilfe mehr. Einfach herzustellen. Mann braucht nur eine Plantage von Rizinussträuchern und ihre Samen zu extrahieren. Dann hat man Rizinusöl, das leicht abführend wirkt, als Exportschlager und den ausgepressten Extrakt, der absolut tödlich ist. Vorschrift ist weltweit, diesen Extrakt zu erhitzen. Dann kann man ihn als Tierfutter benutzen. Aber was ist, wenn man ihn nicht erhitzt? Er ist und bleibt dann das tödlichste bekannte Pflanzengift. Zur weiteren Verwendung.«

Ricin. Sowohl bei der Toten im Heizungskeller wie auch im Blut des Erzbischofs hatte die Pathologie Spuren davon gefunden. Hatte Rebecca etwas davon geahnt? Warum hatte sie einem ihr unbekannten Mann sofort nach seinem Ableben Blut abgenommen? Kein Arzt der Welt würde darauf kommen, einer Leiche Blut abzunehmen. Der Anflug eines unschönen Gedankens huschte mir durch den Kopf.

»Was sind die Wirkungen von Ricin?«

Der Professor zog die Augenbrauen hoch. »Das müssten Sie doch langsam wissen. Der Tod. Er kündigt sich mit Symptomen an, die jeder Arzt falsch diagnostiziert, bis es zu spät ist. Und es ist immer zu spät.«

»Welche Symptome?«

Der Professor schüttelte unwillig den Kopf. »Das ist hier

nicht das Thema. Von Durchfall über starke Hautirritationen ist alles dabei und endet, je nach Dosierung, innerhalb von wenigen Stunden bis wenigen Tagen letztendlich mit Herzversagen. Nein, nein. Diese Formeln der Nummer drei machen mir Sorgen.«

Er goss uns Whisky nach und sah seinen Rauchkringeln nach. Sie wirkten in der untergehenden Sonne wie torkelnde Ufos.

»Der Verfasser von Nummer drei ...«, fuhr er nachdenklich fort, »hat sich aus irgendeinem Grund damit beschäftigt, wie man Ricin in eine gasförmige, also leicht auf größeren Flächen einsetzbare biochemische Waffe umwandeln kann. Das haben schon die Engländer versucht, wie Sie aus dem Bericht sehen.«

Der Bericht war aus dem Jahr 1973, und ich hatte die Kapsel 1973 von Menachems Bruder erhalten und ins Kloster gebracht. Bestand da ein Zusammenhang? Insgeheim zählte ich die Buchstaben des Codewortes durch, das ich bisher niemandem verraten hatte. Warum eigentlich nicht? Irgendetwas hatte mich die ganze Zeit gewarnt, das zu tun. Und wenn ich Menachem richtig verstanden hatte, war ich nur deshalb noch am Leben. Ich wusste sie einfach nicht mehr. Nach so vielen Jahren eine glaubhafte Ausrede.

Es waren vierzehn Buchstaben. Was hatten Buchstaben mit chemischen Formeln zu tun?

Der Whisky begann mich müde zu machen. Ich hatte Mühe, die Augen auf zu behalten.

»Was ist Ibogain?« Meine Sprache wurde unverständlich. Der Professor verdoppelte sich vor meinen Augen. Sein Gesicht verzerrte sich zunehmend zu einer Fratze, deren Nase die Zigarre war.

»Wic kommen Sic darauf?«, hörte ich seine Stimme ganz weit weg. »Ibogain ist ein Alkaloid mit stark halluzinogener

Wirkung. Man extrahiert es aus der Rinde von Hundsgiftgewächsen. Es wird gelegentlich zur Therapie von Rauschgiftsüchtigen verwendet ...«

Die Sprache entfernte sich. Schien sich in einen Hall, wie ein sich brechendes Echo, zu verwandeln.

»... Es wirkt nur bei geschlossenen Augen. Dann aber heftig. Wahnvorstellungen, aber auch schöne Träume wechseln sich ab. Was aber kaum jemand weiß ... die Geheimdienste nutzen es, um den Probanten im Schlaf auszufragen. Er erzählt alles, ohne es zu wissen ...«

Alles, woran ich glaubte mich von da an erinnern zu können, war, dass mein Gegenüber ein paar Männer rief, die mich wegtrugen.

»Er ist soweit. Tut eure Arbeit ...«, hallte es in mir nach.

»Ich hatte es kommen sehen. Dich kann man keine Sekunde allein lassen.«

Mühsam öffnete ich die Augen und versuchte mich zu orientieren. Ich war in meinem Bett. Der Radiowecker zeigte nahezu 14.00 Uhr an. Den Tag verriet er immer noch nicht. Menachem saß auf der Bettkante und versuchte unter seiner Maske ein Lächeln.

»Wo kommst du denn schon wieder her?«, stöhnte ich und versuchte weiterzuschlafen.

»Die Frage ist falsch. Steh endlich auf.«

»Wie ist sie dann richtig?«, knurrte ich unter der Bettdecke hervor. Mein Kopf glich einem Bienenstock.

»Die Frage muss lauten, warum dich heute Nacht die Polizei total betrunken auf der Reeperbahn schlafend in einem Hinterhof gefunden hat.«

Langsam, ganz langsam begannen meine Gedanken wieder Ordnung anzunehmen und an den ihnen vom Gehirn vorgegebenen Platz zurückzukehren.

»Warum bin ich dann hier und nicht in einer Ausnüchterungszelle?«

Menachem zündete sich eine Zigarette an und erhob sich. »Du stinkst nach Pisse. Geh erst mal duschen. Ich mache Kaffee. Und dann bestell dir mal ein neues Bett und was du sonst noch brauchst. Hier kann man sich noch nicht einmal mehr als Einbrecher wohlfühlen.«

Menachem hatte recht. Alles an mir stank, als hätten sich ein paar streunende Hunde oder sonstige Pinkler über mir ergossen. Das Bett musste ausgetauscht werden. Ganz schnell.

»Also, warum bin ich nicht in Polizeigewahrsam?«

Menachem schlürfte bedächtig seinen Kaffee.

»Weil es mich gibt. Glaub ja nicht, dass du mich jedes Mal vor die Tür setzen kannst. Wirst wohl langsam begreifen, dass hier ganz andere Leute mitspielen. Also, wo warst du, dass man dich so behandelt hat? Im Institut? Was hast du denen erzählt, was ich wissen sollte?«

»Keine Ahnung«, murrte ich. »Solange du mich nicht aufklärst, weiß ich nichts.«

Menachem stampfte ärgerlich mit dem Fuß auf.

»Du bist ein sturer Bock. Wann begreifst du mal, dass nicht jeder dein Feind ist. Wenn ich es will, ist deine Story, auf die du hoffst, in wenigen Minuten beendet. Du weißt für manche Gruppen einfach zu viel.«

Was wusste ich zu viel? Alles schien an diesem elenden Codewort zu hängen. Was war mit mir seit dem Gespräch mit dem Professor und jetzt geschehen?

»Für welche Gruppen weiß ich zu viel? Mehr will ich nicht

wissen ...«, rief ich aus der Dusche. Lange kam keine Antwort, oder ich verstand sie nicht, weil ich mir die Haare wusch. »Benutzen Geheimdienste Ibogain als Wahrheitsserum, um an Informationen im Schlaf zu kommen?«

Ich stellte die Dusche ab. Von Menachem kam keine Antwort aus dem Wohnzimmer.

»Dann nicht ...«, knurrte ich und begann mit einer ausgiebigen Körperpflege vor dem Spiegel. Sollten sich alle an den fehlenden Struktur- und Summenformeln die Zähne ausbeißen. Vierzehn hoch vierzehn. Und nur ich kannte den Code aus vierzehn Buchstaben. Die dritte Unterlage, die mir Menachems Bruder überlassen hatte, schien alle wissenschaftlichen Möglichkeiten zu sprengen ...

»Du bist komplett übergeschnappt. Glaubst du wirklich, dass du mit deinem Wissen jemand beeindrucken kannst?«

Menachems Glasauge tauchte im Rasierspiegel auf. Er hatte die Maske abgelegt.

»Du sprachst gerade von Ibogain als Wahrheitsserum. Es stimmt. Die Geheimdienste benutzen es. In stark verfeinerter Form. Hast du irgendwelche halluzinoide Vorstellungen unter den Müllcontainern oder in der Zeit gehabt, bis ich dich geweckt habe? Du kennst die Wirkung meiner Zigaretten. Erinnere dich ...«

Ich schabte weiter im Rasierschaum auf meinem Gesicht herum. Nein. Ich hatte keine »Vorstellungen« gehabt.

»Das bedeutet nichts ...«, knurrte Menachem. »Die neuen Versionen sind nicht mehr das, was ich rauche, um schöne Träume zu haben. Du hast die Aufzeichnungen ausgerechnet den Leuten gegeben, die sich mit nichts anderem beschäftigen. Vermutlich haben sie Ibogain in deinen Whisky praktiziert, um das Codewort meines Bruders im Schlaf aus dir herauszuholen.

Da sie keine Leichen gebrauchen können, haben sie dich einfach in einem Hinterhof abgelegt. Verschwinde jetzt aus dem Bad. Ich muss mich auch mal waschen. Und sorg inzwischen dafür, dass dein Büro im Verlag funktioniert ... und bestell neue Möbel. Ich kann es nicht mehr mit ansehen.«

»Ich lasse auch gleich das Türschloss austauschen«, versuchte ich einen halbherzigen Konter. Menachem sah mich an – ob zweifelnd oder belustigt, war diesem entstellten Gesicht nicht anzusehen –, und verschloss die Tür.

Es war vermutlich beides. Seine Organisation kam überall hinein. Für den Mossad war ein Türschloss eine Einladung und kein Hindernis.

Ich sah mich um. In meiner Wohnung sah es wirklich nicht mehr wohnlich aus. Selbst für einen Junggesellen, dem seine Tochter abhanden gekommen war. Was war mit mir los?

»Nichts mehr«, murrte mein Gehirn. »Du bist in einer Situation, die dir völlig aus dem Ruder gelaufen ist. Mach doch mal einen Plan ...«

Ich machte ...

Der Plan sah nicht gut aus. Zumindest nicht für mich.

In meiner Wohnung – oder dem, was davon übrig geblieben war – ging ein Mann ein und aus, wie es ihm passte. Und der war eigentlich mal mein Freund gewesen. War der Mossad mein Freund? Ein Geheimdienst konnte kein Freund sein. Aber Geheimdienste bestanden aus Menschen. Also abwarten, entschied ich.

Rebecca war aus der Klinik verschwunden. Statt ihrer hatte die Polizei eine ihr ähnlich sehende Leiche gefunden, die Ricin im Blut als mögliche Todesursache aufgewiesen hatte. Der Tod musste schnell gekommen sein. Denn Rebecca hatte am Tropf gehangen. Direkt ins Blut, hatte ich noch die Aussage des Professors gespeichert. Ja, der Professor. Menachem hatte mich komplett verunsichert. Hatten mir die Männer, die ich nach einem gepantschten Whisky noch schemenhaft zur Kenntnis genommen hatte, das Codewort entlocken können? Was wussten jetzt andere, was sie nicht wissen durften? Von dem ich noch nicht einmal wusste, was es bedeutete, wenn ich es preisgab? Wer waren sie? Mossad hier, Tropeninstitut da, oder steckten sie alle unter einer Decke?

Das Katharinenkloster tauchte vor meinen Augen auf. Der Scheich. Menachems Bruder. Die Kadaver hoch oben im Wadi, der Erzbischof, die Wüstenmaus, das Gebeinhaus. Der Kasten mit den fünf Amuletten. Stand ich immer noch unter Ibogain? Ich schloss die Augen. Aber die Gedanken blieben. Ich öffnete sie wieder. Sie waren immer noch da. Lautstark und verwirrend. Und noch jemand war da. Menachem. Er hatte mein Deo benutzt und seine menschenfreundliche Maske wieder aufgesetzt.

»Mein Freund, du siehst nachdenklich aus.« Er setzte sich neben mich und nahm meine Hand. Seine Handoberfläche war fast durchsichtig und fleckig. Ein Produkt der Hautverpflanzung. Ich zog meine Hand zurück.

»Ja, ich bin nachdenklich. Was soll das Spiel? Warum wollt ihr alle dieses blöde Codewort, das offensichtlich nur dazu dient, der Welt eine neue, zusätzliche und damit unnütze Waffe zu liefern? Ich will meine Ruhe und Rebecca wiederhaben. Sonst nichts.«

Menachem sah mich durch seine dunkle Sonnenbrille an. Seine Mundwinkel zuckten ein wenig. Er nahm die Hand vom Tisch und legte seine Kunsthand auf die Platte.

»Verstehe«, murmelte er. »Du siehst in dem Ganzen keinen

Sinn. Bist Pazifist geworden. Aber, mein Lieber, genau das ist das Problem. Ein Pazifist und eine Geheimformel für eine neuartige Waffe, das passt nicht zusammen. Pazifisten sind launisch. Ganz besonders, wenn sie von Beruf Journalist sind. Verstehen wir uns?«

Es dauerte ein paar Sekunden. Meine Reaktion ließ zu wünschen übrig. Aber ich verstand. »Dein komischer Laden hat Rebecca aus der Klinik entführt ...«

Menachem lehnte sich zurück, sah mich nur schweigend durch seine schwarzen Brillengläser an. Die Kunsthand machte nur eine kleine Drehbewegung auf dem Tisch, die alles heißen konnte. Vielleicht. Vielleicht auch nicht.

»Was und wem hilft das wozu, wenn ihr dieses verfluchte Codewort wisst?« Der Zorn stieg in mir hoch. »Bevor ich nicht weiß, was das alles für einen Sinn macht, bekommt das niemand von mir. Kapiert ihr Idioten das mal, und wenn ihr Rebecca umbringt, und da seid ihr gerade dabei, dann bleibt euch allen, egal wer dahinter steckt, auch keine andere Wahl, als mich auch umzubringen. Dann war deine ganze Aktion umsonst.«

Ich begann zu schwitzen. Es war Zeit für ein Bier. Gegessen hatte ich auch seit mindestens vierundzwanzig Stunden nichts mehr. Mein Magen knurrte, und der Kühlschrank war leer. Eine von den aufgetauten und wieder eingefrorenen Pizzas aufzubacken traute ich mich nicht. Ich würde den ganzen Inhalt der Tiefkühltruhe entsorgen müssen. Wie ich langsam einiges entsorgen musste.

»Ich höre ...«, sagte ich und knallte betont laut die Flasche neben Menachems Prothese.

Der strich sich mit der verbliebenen Hand den herausgespritzten Bierschaum vom Ärmel und zündete sich eine Zigarette an.

»Ja, wir haben Rebecca. Und sie wird in wenigen Stunden in Tel Aviv operiert. Mach dir deshalb keine Sorgen. Das war eine rein freundschaftliche Vorsorge. Und unsere Ärzte sind nicht schlechter als eure. Wie du an mir siehst. Können wir nun zum eigentlichen Thema zurückkommen?«

Der Mossad hatte Rebecca. Es war nicht zu fassen. Das Bier schmeckte mir nicht mehr. Mir schmeckte überhaupt einiges an dieser Geschichte nicht und ich hatte Probleme, meinen durch Adrenalin gepeitschten Wutausbruch vom gesunden Menschenverstand fernzuhalten.

»Ich möchte, dass du etwas für morgen schreibst. Es muss aber wirklich in die nächste Ausgabe«, holte mich Menachem aus einer wutschnaubenden Wolke in mir zurück.

Tat so, als hätte ich nichts gehört.

»Also, was ist? Wir fahren in den Verlag.«

»Nein. Ich bin im Urlaub.«

»Aber der Chefredakteur und Vater von Rebecca. Fahren wir?«

»Nein. Ich bin nicht erpressbar ...«, stellte ich mich stur. »Ich kann keinen Artikel eines Fremden veröffentlichen. Schreib einen Leserbrief. Ich werde ihn wohlwollend berücksichtigen.«

Menachem schüttelte den Kopf und lachte.

»Du bist immer noch unbelehrbar. Ich brauche keinen Leserbrief, den ihr so zusammenstutzt, wie es euch passt, oder erst gar nicht druckt. Ich will einen Artikel von dir. Mit deinem Namen als Autor ...«

Der Mann sah nicht nur zum Fürchten aus, er war es auch. Er meinte das, was er sagte, ernst.

»Und was, gedenkst du, soll ich schreiben und wozu?«

Menachem kratzte sich die Kunsthand. Phantomschmerzen.

»Genau das, was du im Institut mit den Wissenschaftlern besprochen hast. Kannst ja die Namen weglassen. Ihr Journalisten beruft euch doch so gerne auf die Schweigepflicht gegenüber euren Informanten.«

Der Mann war wirklich verrückt. Wenn ich das schrieb, war ich sofort meinen Job los und hatte für den Rest meines Lebens den Verfassungsschutz und alle Geheimdienste der Welt auf meinen Fersen.

»Du spinnst komplett«, versuchte ich Zeit zum Überlegen zu schinden. »Ich kann mich nicht mehr an alles erinnern. Und ohne Fakten schreibe ich nicht. Man erklärt mich doch für verrückt, und der Professor hängt uns eine Klage an den Hals, die uns das Genick brechen kann. Nein, kommt nicht in Frage.«

Nun schmeckte das Bier wieder und ich holte mir gleich ein zweites.

»Du erinnerst dich nicht an alles?« Menachems Stimme war fordernd, mit einem gefährlichen Unterton. »So kenne ich dich gar nicht. Sonst bist du doch geil auf jede Story gewesen. Hast lang und breit über den Jom-Kippur-Krieg berichtet und eine Menge Geld verdient. Und jetzt, wo es um das einzige Erbe meines Bruders geht, das er nur dir anvertraut hat, kneifst du? Nein. Das lasse ich nicht durchgehen. Du schreibst den Artikel ...«

Menachem schaltete den Fernseher, der wundersamerweise nicht demoliert worden war, ein und schob eine Kassette in den Recorder.

»Nur um deine Erinnerungen aufzufrischen ...«, bemerkte er zufrieden und zündete sich die x-te Zigarette an.

›Burning bramble‹ war das Codewort. 14 Buchstaben, und ich hatte es gesagt. Das Video hatte es dokumentiert, genauso das, was die Universitätsleute mit mir besprochen und nach dem Whisky mit mir gemacht hatten. Ich hatte unter Drogen geplaudert.

Jeder Arzt der Welt hätte bei mir einen Schock diagnostiziert. Und ich war geschockt. Unfähig, diese sonnenklaren Zusammenhänge zu begreifen. Das konnte und durfte alles nicht wahr sein. Der Mossad verfügte über einen Videomitschnitt über das Gespräch mit den Wissenschaftlern. Demnach war die ganze Uni mit Mikros und Minikameras verwanzt.

Menachem las in meinem Gesicht und wedelte mit dem Zeigefinger seiner funktionsfähigen Hand, wie ein Lehrer, der seinem Schüler verdeutlichen wollte: Nein, so nicht mein Freund!

»Es ist nicht, wie du denkst . . .«

»Und wie ist es dann?« Wütend lief ich im Raum umher. »Es war doch bestimmt deine Truppe, die hier diese Verwüstung angerichtet hat. Ihr habt mich unter dieses Zeug gesetzt, um an das Codewort zu kommen. Na gut. Nun habt ihr's. Also, warum soll ich noch einen Artikel schreiben? Mach, dass du rauskommst. Sonst . . .«

»Sonst was? Willst du mich umbringen?« Menachem lächelte und rauchte ruhig weiter. »Willst du nicht mal mit deiner Tochter telefonieren? Vielleicht beruhigt dich das, und wir können in Frieden weitersprechen. Hier . . .« Menachem schob mir sein Handy über den Tisch.

»Drücke einfach die ›Eins‹. Du bist sofort mit ihr verbunden.«

Ich starrte das Ding wie einen Fremdkörper auf meinem Tisch an. Es war eingeschaltet. Die Vorwahl auf dem Display war für Israel. Der Rest der Nummer sagte mir nichts.

»Los wähle. Es verbindet dich mit deiner Tochter ...«

Menachem nahm die Brille ab und starrte mich mit seinem verbliebenen Auge an.

Ich drückte die »Eins«.

»Ja«, kam eine müde weibliche Stimme aus der Ferne.

»Hallo, Rebecca.«

»Paps, bist du das? Verdammt, was mache ich in einem Krankenhaus in Tel Aviv? Spinnt ihr alle?«

Das war unverkennbar Rebecca. Ich versuchte umständlich, ihr zu erklären, warum sie in Israel momentan besser aufgehoben sei und dass die Ärzte dort mehr Erfahrungen mit ihrer Krankheit hatten. Sie glaubte mir nicht. Wie eine Raubkatze hieb sie fauchend auf mich ein. Ich hörte zu. Ließ es über mich ergehen.

»Ich bin übermorgen bei dir, wenn du wieder wach bist. Dann machen wir in deinem Heimatland richtig Urlaub. Versprochen ...« Damit hatte ich das Gespräch abgebrochen. Ich fühlte mich wie ein ausgehöhlter Kürbis zu Halloween. Meine Hände zitterten. Schweiß rann mir aus allen Poren.

Menachem trommelte mit den Fingern seiner verbliebenen Hand auf den Tisch.

»Zufrieden? Glaubst du mir jetzt?«

»Was soll ich dir glauben?«, fuhr ich auf. »Alles was ich glaube, ist, dass du hier ein Spiel führst, dass, wie immer in eurer Organisation, nicht zum Besten des Opfers ist.«

Menachem setzte die Brille auf und hieb mit der Prothese auf den Tisch.

»Schluss jetzt. Hör mit deinem Selbstmitleid auf. Du bist es doch, der sich selbst in diese Scheiße gebracht hat. Hättest du damals dem Kloster ganz einfach das Passwort meines Bruders hinterlassen, dann säßen wir hier nicht zusammen und müssten uns Gedanken machen, wie das weitergeht. Nur aus deinem übertriebenen journalistischen Ehrgeiz entstehen jetzt noch mehr Tote. Also. Schreibst du den Artikel jetzt, oder du kannst allein zusehen, wie du weiterkommst.«

Ich verstand kein Wort. Menachem war wütend und ich ratlos.

»Du bist ein selten dummer Hund«, fuhr er mich an. »›Burning bramble‹ ist nichts als ein Hinweis, der nur für das Kloster galt. Jeder der Überbringer seit 1918 benutzte dieses Wort, damit der jeweilige Erzbischof wusste, was er für eine Botschaft zu verstecken hat. Das Kloster war für uns Juden so etwas wie ein friedlicher Ort, an dem wir wertfrei alles sammeln konnten. Du bist des Englischen mächtig. Das hätte dir damals schon auffallen müssen. Das heißt nämlich nichts anderes als ›brennender Dornbusch‹.«

Menachem bebte. Wie bei einem Malariaanfall zitterte sein Körper. Er hatte Mühe, die Zähne nicht aufeinander schlagen zu lassen. Der Schweiß sammelte sich unter seiner Maske und sammelte sich am Hals zu einem Rinnsal. Er war entweder todkrank oder wahnsinnig. Vielleicht beides.

»Mein Bruder muss dir noch etwas anderes gesagt oder gegeben haben. Erinnere dich ...«, quetschte er hervor, riss sich die Maske vom Gesicht und stürzte ins Bad.

Hatte ich jetzt die Oberhand?

»Die Aufnahmen im Institut von und mit mir waren ein Spiel. Stimmt's?«, rief ich ihm nach.

»Ja. In Abstimmung mit euren Behörden ...«, kam es nach geraumer Zeit zurück. Menachem hatte sich den Geräuschen nach übergeben ... »Hast du dir aber selbst zuzuschreiben. Merkst du endlich, in welcher Gefahr du steckst? Der ›brennende Dornbusch‹ war ein Zugangscode zum Kloster. Mehr nicht. Los, denk endlich nach. Ohne den wahren Code sind die Erkenntnisse wertlos. Es würde Jahre dauern, sie zu rekonstruieren.«

Ich betrachtete meine Hände. Ich hatte vergessen, den Dreck der letzten Nacht unter den Fingernägeln zu entfernen. Er haftete immer noch an mir. Meine Gedanken fuhren Achterbahn. Aber mit jeder Kehre wurde mir bewusster, dass Menachem mich sehr geschickt in die Hand bekommen hatte. Er hatte die einzige Trumpfkarte ... meine Tochter. Was er mir als Freundschaftsdienst verkaufen wollte, war eine Kampfansage, wenn ich nicht spurte. Es schien ihm sehr schlecht zu gehen. Und das machte Menschen in seiner Position unberechenbar und gefährlich. Einen Tod hatte er überlebt. Er sah ihn jeden Morgen im Spiegel. Der zweite, endgültige schien zu lauern. Bevor er diesem die Hand gab, wollte er etwas geklärt wissen.

Ich musste mich erinnern. Was hatte mir sein Bruder noch als Botschaft übergeben, was ich vielleicht nicht als solche erkannt hatte?

Die Erinnerung fiel mir schwer.

»... Nimm das, Deutscher, und bring es ins Katharinenkloster ...« Mit diesen Worten hatte er sich die Miniatur einer Thorarolle vom Hals gerissen und mir gegeben. Das Codewort »burning bramble« hatte er mir noch Blut spuckend mitgegeben. Ich konnte mich erinnern, wie ich wollte. Mehr war damals nicht gewesen. Das Kloster ... Pater Dimitri. Man hatte gerade den Dornbusch gegen einen Ilex ausgetauscht. Was sollte ich damit anfangen? Das Gebeinhaus. War dort eine Botschaft versteckt?

Meine Gedanken wanderten weiter. Gingen den ganzen Weg zurück. Bis Tel Aviv. Menachems Wohnung und Mama Judith. Ich sah sie, wie sie weinend den Schrank ihres jüngsten Sohnes ausräumte ...

Ich wurde hektisch.

Danach hatte man bei mir gesucht und diese Verwüstung angerichtet. Wo war es? Menachem wusste genau, wonach er suchte. Aber er wusste nicht, wie es aussah. Seine Leute hatten bei mir alles auf den Kopf gestellt. Ein winziges, bei mir in Vergessenheit geratenes Detail war es.

Peter, du bist ein Idiot, schalt ich mich. Jetzt musste ich nur noch Menachem loswerden. Dann hatte ich wieder die Oberhand. Ich wusste, was es war und wo es sein konnte. Ich sah mich im Raum um und nickte zufrieden. Es war noch da. Daran hatte niemand gedacht. Nicht einmal ich, der es 1973 als Souvenir aufbewahrte. Für jeden sichtbar.

Menachem kam aus dem Bad. »Hast du es dir überlegt?«

»Ja. Ich schreibe den Artikel, wenn ich alle Zugangsdaten von Rebecca in Tel Aviv bekomme.«

Menachem stand einen Moment unschlüssig im Raum und setzte sich dann.

»Was ist denn mit dir los? Hast du etwa plötzlich verstanden, dass dein Widerstand zwecklos ist?«

Ich nickte. »Ja. Völlig zwecklos.« Angriff, tobte mein Gehirn. Mach ihn fertig. Du weißt, was er nicht weiß.

»Was war deine Mutter von Beruf?«

Menachem nahm die Sonnenbrille ab und wischte sich sein tränendes Auge mit einem Seidentaschentuch.

»Chemikerin, bevor die Nazis sie ins KZ brachten. Warum?«

Weiter Attacke, trieb mich jetzt mein Instinkt vorwärts, der sich ausnahmsweise mal mit meinem Intellekt zu verbünden schien.

»Und du? Was hast du gelernt?«

Menachem setzte die Sonnenbrille wieder auf und verschränkte die Arme wie eine Barriere vor der Brust.

»Was soll das? Das weißt du doch. Ich habe ein kleines Reisebüro in Tel Aviv und sonst bin ich ein Glied in der Kette ...«

»Eben. Ein Glied in der Kette eures Geheimdienstes, der bedenkenlos mit jedem anderen auf der Welt zusammenarbeitet. Aber das ist euer Problem. Los, schreib die Daten auf, wie ich Rebecca erreichen kann. Dann fahren wir in den Verlag und ich setze den Artikel auf.«

In völligem Gegensatz zu meinen üblichen Gepflogenheiten betrat ich, mit Menachem im Schlepptau, den Verlag durch den Haupteingang und ließ mich anmelden.

Juliette war völlig aus der Fassung. Ich brachte offensichtlich ihre Pläne als momentane Herrscherin meines Ressorts durcheinander.

»Bring meinen Gast bitte ins Besucherzimmer. Ich komme sofort nach.« Mit diesen Worten übergab ich ihr Menachem und eilte in mein Büro einen Stock höher.

Die Verbindung war noch schneller aufgebaut, als ich gehofft hatte. Es war auch sofort der richtige Mann am Telefon. Ich hörte ihn förmlich nicken, um meinen Wunsch zu erfüllen. Obwohl er zu bedenken gab, dass dies ein paar politische Nachspiele nach sich ziehen würde.

»Tu, was ich dir sage. Sonst gibt es ein wirkliches Nachspiel ...«, hatte ich sein Beamtengehabe unter den Tisch gefegt und aufgelegt. Jetzt konnte ich nur noch hoffen, dass ich und meine Verbindungen schneller als der Mossad waren.

Juliette brachte mir einen Kaffee und konnte es sich nicht verkneifen, mir zu sagen, dass ich beschissen aussah. Dann wackelte sie wieder mit dem Hüftschwung davon, der meine jüngeren Kollegen in ihren Bann schlug. Meine Gedanken begannen sich zu beruhigen, der Blutdruck zu normalisieren. Der Kaffee tat gut. Die gewohnte Atmosphäre, der gewohnte Lärmpegel der Redaktion, das Stimmengewirr im Hintergrund waren die bessere Therapie, als in einer zerstörten Wohnung zu hocken. Mein Urlaub war beendet, beschloss ich und ging ins Internet, um mir eine komplette Wohnungseinrichtung zu bestellen, bei der mein Urlaubs- und Weihnachtsgeld der nächsten zwei Jahre draufgehen würde. Einen Moment war ich wieder glücklich und die Welt da draußen so weit weg. Rebecca würde in ein paar Stunden in Sicherheit sein und ich Menachem von den Füßen haben. Auch wenn das politische Verwicklungen nach sich ziehen würde. Ich machte meinen Job, die anderen sollten ihren machen. Auge um Auge, Zahn um Zahn, wenn sie es denn so haben wollten.

Meine Gedanken kreisten um Menachem und das Souvenir. Was sollte ich mit ihm machen? Viel länger konnte ich ihn nicht warten lassen. Dabei brauchte ich genau jetzt alle Zeit der Welt. Und das Souvenir hatte mir damals Mama Judith als Erinnerung an ihren zweiten Mann und Vater ihrer Söhne geschenkt. Es war ein seltsames Geschenk gewesen, über das ich mir aber in Anbetracht dieser verzweifelten Frau keine weiteren Gedanken gemacht hatte. Ein Geschoss an einer goldenen Kette. Kaliber 12,7 mm. Damals gebräuchlich in schweren Maschinengewehren. Es trug eine Gravierung, die ich nicht entziffern konnte und stand in einer Vitrine, in der ich allerlei Erinnerungsstücke aus den Kriegen zusammengetragen hatte, in denen ich als Reporter tätig gewesen war. Die alte Dame war Chemikerin gewesen. Erst jetzt verstand ich, was sie mir damals gesagt hatte ... »unterbrich das Spiel. Meine Söhne haben sich da auf etwas eingelassen ... nun habe ich keinen einzigen Mann mehr ... wir können schließlich hier keine Atombombe werfen ... Israel braucht eine billige, leicht einsetzbare Waffe, die flächendeckend ...«

Mir wurde heiß und kalt. Dieses miese kleine Geschoss, zur Halskette umgearbeitet, trug das Geheimnis. Mama Judith war die graue Eminenz im Hintergrund gewesen, bei der alle Fäden zusammengelaufen waren. Erst die Meldung von Menachems Tod hatte sie zur Aufgabe bewegt. Dass ihr letzter Angehöriger verstorben war, hatte ihr buchstäblich das Herz gebrochen. Eine knappe Woche später war sie verstorben.

»Du musst wahnsinnig sein.«

Menachem stand in der Tür. Hinter ihm Juliette, die hilflos mit den Schultern zuckte. Sie hatte ihn nicht aufhalten können.

»Wie kommst du dazu, das Auswärtige Amt anzurufen, dass ich deine Tochter entführt habe und man den deutschen Botschafter in Jerusalem einschalten solle?«

Woher wusste er das so schnell? Die Frage war müßig. Wenn der Mossad etwas wollte, bekam er es. Menachem kratzte seine Kunsthand. Er war aufgeregt und zog einen Stuhl heran. Ich bedeutete Juliette, zu verschwinden und die Tür zu schließen.

Menachem zündete sich eine seiner Ibogain-Zigaretten an und stieß den Rauch wütend aus. »Du bist wirklich nicht mehr normal. Hör dir das an ...« Er legte sein Handy auf die Tischplatte und ließ seine Mail-Box laufen.

Ich verstand kein Wort. Es war Hebräisch. Ich hörte zu und zuckte mit den Schultern.

»Bevor es in ein paar Minuten die Polizei tut, übersetze ich dir das ...« Die Zigarette verqualmte im Aschenbecher. Er steckte sich die nächste an und steckte das Handy weg.

»Die fünf Wissenschaftler des Instituts, die sich mit deinen Kopien der Aufzeichnungen beschäftigt haben, sind letzte Nacht umgebracht worden – und nicht von uns. Die Aufzeichnungen sind allesamt verschwunden. Man hat ihre Büros in Brand gesteckt, um alle Spuren zu verwischen. Begreifst du langsam, um was es geht?«

Er stand auf und rannte wie ein frisch eingesperrter Tiger im Raum herum. Auf und ab. Sah zum Fenster hinaus. Im Aschenbecher verkokelte die halb gerauchte Zigarette.

»Jetzt ist deine Tochter wirklich in Gefahr.« Er stützte sich vor mir auf den Schreibtisch. Er schwitzte wieder. Hoffentlich behielt er die Maske auf. »Sie ist der einzige Zugang zu dir, und du Rindvieh verschaffst euren Behörden auch noch das Wissen um ihren Aufenthaltsort. Sie muss da weg. Und wenn keine Zeit mehr ist, sie zu operieren ... dann, mein Freund, hast du deine Tochter auf dem Gewissen.« Ohne mich eines weiteren Blickes zu würdigen, verließ er das Büro mit langen Schritten.

»Was war das denn?« Juliette stand wie ein Fragezeichen mit einer Kanne Kaffee und einem Bündel Papier in der Tür. »Hat der sie noch alle?«

Das war eine Frage, die ich weder beantworten wollte noch jemals können würde. Aus Menachem wurde ich nicht schlau. Aus mir langsam auch nicht mehr.

»Weiß die Redaktion etwas über den Tod von fünf Wissenschaftlern im Institut für Biochemie?«

»Hier ...« Sie legte mir das Papier auf den Tisch und nahm den Kaffee wieder mit.

Ich überflog die Texte. Einer war von Pat und Patachon verfasst, mit dem Inhalt, dass letzte Nacht, nach Redaktionsschluss, fünf Wissenschaftler des Instituts auf der Reeperbahn tot aufgefunden worden waren, erschossen bei einem Überfall auf ein Nachtlokal. Ein Artikel von einem anderen Kollegen, dass die Feuerwehr zwei Stunden später einen Großbrand im Institut hatte unter Kontrolle bringen müssen, und eine Seite … die musste ich dreimal lesen. Sie war in Englisch und Menachems Handschrift. Sein Artikel.

»Wehe, der steht morgen nicht in deiner Zeitung …«, hatte er das Papier signiert.

Dass der Mossad über mehr Möglichkeiten als eine Zeitung verfügte, um an Informationen zu kommen, war mir nicht neu. Dass dieser Geheimdienst mit allen anderen zusammenarbeitete, war weltweit bekannt. Was mich stutzig machte, war die Art, wie sie dieses Mal vorgingen. Da musste in der Zusammenarbeit mit den deutschen Behörden etwas Grundlegendes schiefgelaufen sein. Sonst hätte mir Menachem nicht diesen Artikel aufgezwungen, der nichts anderes bezweckte, als jemanden aus seinem Versteck aufzuscheuchen. Die Weisheit der Geheimdienste schien in diesem Fall am Ende zu sein. Wer war der Gegner, der sich von den besten Organisationen nicht fassen ließ? Der Menschen in der Öffentlichkeit einer Nachtbar umbringen ließ, Gebäude in Brand steckte, über Hubschrauber verfügte, um im ägyptischen Sinai das Kloster anzufliegen und jeden Überbringer einer der Kapseln tötete? Gab es da jemanden, der mächtiger war als der Mossad?

»Herr Stösser?«

Ich schreckte aus meinen Gedanken hoch und nickte.

Zwei Männer, in Ledermäntel gekleidet. Warum brachte ich sie sofort mit der Gestapo in Verbindung?

Sie schlossen die Tür und zogen die Rollos herunter, die mein Büro vom Rest der Redaktion abschotteten. Jeder nahm sich einen Stuhl und sah mich streng an.

»Sie wissen warum wir hier sind?« Einer der beiden legte mir seinen Ausweis hin. Bundesnachrichtendienst, der deutsche Geheimdienst. Mir fiel siedendheiß ein, dass mir Kommissar Schulte einen Termin gesetzt und ich den vergessen hatte. Nun lief die Maschinerie der Behörden ... gegen mich.

»Nein, weiß ich nicht.« Ich stellte mich stur. Der Kommissar hatte sich an den von ihm gesetzten Termin gehalten. Dass bei Nichteinhaltung gleich der BND auftauchen würde, hatte er nicht gesagt.

»Sie waren mal mit einer Rebecca Koslowski, israelischer Staatsbürgerschaft, heute Schmidt, verheiratet? Sie haben eine gemeinsame Tochter namens Rebecca Olivia?«

Das stimmte. Diese düsteren Gestalten waren bestens vorbereitet. Worauf wollten sie hinaus? Ich suchte alle meine Schandtaten zusammen, fand aber nichts in der Richtung. Ich hatte die Tochter eines damaligen israelischen Diplomaten geheiratet. Bald darauf war unsere Tochter zur Welt gekommen. Wir waren nach Hamburg gezogen und hatten uns eine schöne Mietwohnung genommen. Mein Renommé als ehemaliger Kriegsreporter sicherte uns ein gutes Einkommen. Wir waren ein paar Jahre glücklich gewesen. Rebecca wuchs heran. Kindergarten, Schule, Abitur, Studium. Ein ganz normales Leben, wie ich dachte. Bis mir Rebecca, meine Frau, eines Tages eröffnete, dass sie zurück in das Metier ihres Vaters wollte. In die Diplomatie. Sie brauchte das Ambiente der roten Teppiche. Die Empfänge. Ich verschwand zum Entspannen nur in Kneipen, die nicht ihren Vorstellungen entsprachen. Mein Umgang war ihr zu bieder. Tochter Rebecca war längst aus dem Haus. Wir hatten uns außer Beleidigungen nichts mehr zu sagen. Dann kam dieser Staatssekretär vom Auswärtigen Amt. Ich willigte in die Scheidung ein, wollte nur noch meine Ruhe haben. Diese Scheidungsbedingungen, im Gegensatz zu meiner ersten Trennung, waren fair. Dagegen konnte ich nichts sagen. Aber sie hatte die Tochter auf ihre Seite gezogen. Nicht für lange, wie sich bald herausstellte. Seither war Tochter Rebecca bei mir.

»Herr Stösser ... Sie hören nicht zu«, rief mich einer der BND-Männer ins Diesseits.

»Ihre Exfrau und ihr Ehemann, der Staatssekretär, sind heute Morgen umgebracht worden. Können Sie sich einen Reim darauf machen?«

Umgebracht? Das Wort stand mir heute irgendwie im Weg herum. Fünf Wissenschaftler in einem Nachtclub und meine Ex und ihr Mann, die seit Jahren in Berlin lebten.

»Wie sind sie umgekommen?«

»Wissen wir noch nicht. Die Obduktion läuft noch. Vermutlich Gift. Aber deswegen sind wir nicht hier.« Der Dickere von den beiden schnäuzte sich, der andere fixierte mich unentwegt.

»Sie haben eine gemeinsame Tochter mit der Toten. Wo ist die?«

»Was wollen Sie von ihr?«

»Eine Aussage. Sonst nichts«, knurrte der Mann mit dem fixierenden Blick. »Sie ist, wie es aussieht, Alleinerbin eines nicht unbeträchtlichen Vermögens.«

»Ach, und da denken Sie, dass die Tochter ein wenig nachgeholfen hat?«, fuhr ich aus meinem Sessel.

Die beiden wechselten kurz die Blicke.

»Sie ist wegen der Mitgliedschaft in einer terroristischen Gruppierung während ihres Studiums vorbestraft und war vor Kurzem in Ägypten. Danach haben Sie sie in die Klinik gebracht, aus der sie seitdem spurlos verschwunden ist. Man fand nur eine nicht zu identifizierende weibliche Leiche im Heizungskeller, die

Ihrer Tochter sehr ähnlich gesehen haben soll. Was ist nun? Wir hätten gerne eine Erklärung. Ihre Erklärung ...«

Es gab Zeiten, zu denen ich meinen Beruf verfluchte. Die kamen komischerweise mit zunehmendem Alter immer häufiger. So wie jetzt. Was, zur Hölle, sollte ich den beiden Staatsschützern sagen? Über ihnen gab es in diesem Staat keine Macht mehr, die mich vor ihren Fragen und Launen schützen konnte. Zumindest nicht auf absehbare Zeit.

Mein Gehirn lief Amok, rannte mit dem Instinkt zusammen, trieb meinen Blutdruck zur Schlaganfallgrenze hoch ... und kam zu dem beruhigenden Ergebnis, dass der BND doch nicht so schnell war, wie man uns Bürger glauben machte. Die beiden schienen keine Ahnung vom Tod der Wissenschaftler, vom Mossad, den Aufzeichnungen und dem Brand im Institut zu haben. Andererseits tat sich eine völlig neue Version für mich auf. Menachem spielte falsch. Und zwar gewaltig.

Die ganze Videoaufzeichnung im Institut war eine von wem auch immer bezahlte Show gewesen, die nur dazu gedient hatte, mir das wirkliche Codewort zu entlocken. Das war nicht gelungen. Damit hatten die Wissenschaftler ihr Leben verwirkt, wie jeder, der brav seine Kapsel im Kloster abgeliefert hatte. Und Rebecca ein Mitglied einer terroristischen Vereinigung?

»Das ist doch völliger Schwachsinn!« Ich sprang auf und hieb mit der Faust auf den Tisch. »Meine Tochter war nie Mitglied einer solchen Organisation. Das war Unsinn von Studenten, der von der damaligen Regierung genutzt wurde, um als Retter der Nation vor dem Terrorismus wiedergewählt zu werden. Dann bin ich als Achtundsechziger mehrfach vorbestraft ...«

Schwitzend ließ ich mich wieder in den Sessel fallen. Warum sagte ich das? Diese Kotzbrocken von sturen Beamtenhöflingen brachten mich schon seit meiner Studienzeit auf die Palme. Vielleicht war ich deshalb Journalist geworden, in dem Glauben, dass ich die öffentliche Meinung so besser sensibilisieren konnte als durch den Bau von Barrikaden.

»Achtmal verhaftet, wegen Unruhe, Widerstands gegen die Staatsgewalt, Anstiftung zur Gewaltanwendung, Ruhestörung, Zerstörung von städtischem Eigentum, Brandstiftung ... danach haben Sie sich in allen damaligen Kriegen ungestraft weiter ausgetobt. Wissen wir alles«, betete der Dicke herunter. »Warum glauben Sie, dass wir ausgerechnet hier sitzen?«

»Weil Sie diese aggressiven Erbanlagen Ihrer Tochter bei der Zeugung mitgegeben haben ...«, sagte der Dünne.

»Dürfen wir jetzt endlich wissen, wo sich Ihre Tochter aufhält?«

Es war nicht zu fassen. Ich sah mich im Raum nach etwas um, mit dem ich diese Typen aus dem Haus prügeln konnte. Da war nichts außer dem Telefon.

»Juliette ... die Herren wollen gehen.« Zu mehr, als den Rufknopf auf der Anlage zu drücken, war ich vor Wut nicht mehr in der Lage.

Ein paar Stunden hatte ich mich an der frischen Luft der Alster ausgetobt. Es roch nach Herbst. Hier einen Kaffee, dort einen Schnaps und ein Bier getrunken. Ich war das Gefühl nicht losgeworden, dass mir ständig jemand folgte, hatte das aber irgendwann als persönliche Spinnerei abgetan. Obwohl ... so ganz sicher war ich mir nicht. Hatte ich nun Urlaub oder nicht? Heute jedenfalls noch. Die Tagesarbeit hatte ich von Juliette an die zuständigen Redakteure verteilen lassen. »Das wird die freuen«, hatte sie gesagt. Aus ihr könnte selbst mal eine gute Journalistin werden. Wenigstens ein Lichtpunkt heute.

Menachem musste ich wohl irgendwann Abbitte leisten. Er hatte es vorausgesehen, dass Rebecca in die Schusslinie des BND geraten könnte. Was wusste er, was ich nicht wusste oder nicht wissen durfte? Verdammt, warum hielt mich jeder im Dunklen? Rebeccas Mutter und mein Nachfolger, der Staatssekretär, waren tot. Kein Wunder, dass sich da sofort der BND einschaltete. Höchste Staatsebene. »Gift« war das Zauberwort. Die beiden waren also mit der heimtückischsten Waffe der Menschheit aus dem Weg geschafft worden. Und es war mir nicht bekannt, dass Politiker heute noch Vorkoster hatten. Ein gewaltiger Schwachpunkt in der Abschirmung von Spitzen der Wirtschaft und Politik.

Ich musste bei einem Fischbrötchen bei Tante Emma am Fischmarkt lächeln. Meine Zunft würde noch einiges zu tun bekommen.

Die Redaktionsräume schlummerten. Die Tagesarbeit war getan. Ein paar wenige Redakteure hackten noch bei Schreibtischbeleuchtung an ihren Berichten herum.

Pat und Patachon waren wie immer pünktlich.

»Das muss morgen in der Tagespostille stehen.« Ich angelte mir einen Stuhl vom Nachbarschreibtisch.

Pat überflog es und gab es an Patachon weiter. Der überflog es auch und zog die Stirn in Falten.

»Wer soll da als Autor drunterstehen? Sorry, Chef, aber das gibt Ärger. Damit wird der Verleger nicht einverstanden sein.«

»Ich stehe als Autor darunter, und den Verleger lasst mal meine Sorge sein.« Es war Menachems Artikel. Bis zum Besuch des BND hatte ich mit mir gehadert, ihn überhaupt abzudrucken. Aber diese arroganten Typen hatten mich derart verärgert, dass ich mich entschlossen hatte, ihn zu bringen und auch alle Konsequenzen dafür zu tragen.

»Brauchen Sie Hilfe, Chef?« Pat sah mich mit seinen Kulleraugen an und wippte mit dem Artikel.

»Wie meinst du das?«

Pat trat von einem Bein auf das andere. »Ich weiß nicht ...«, murmelte er. »Das sieht mir verdammt nach einem internationalen Streit zwischen Juden und Nichtjuden aus.«

Ich hatte diesen Mann zwar bisher als zuverlässig geschätzt, aber ihn offensichtlich komplett unterschätzt.

»Und ...?«, stellte ich die Frage eines jeden Chefs der Welt in den Raum, der selbst nicht mehr wusste als sein Untergebener.

»Sollten wir das nicht einfach nur an die richten, die es angeht?« Pat machte ein verzweifeltes Gesicht. Patachon schien mitzuleiden. Er zog das gleiche Gesicht.

»Was meinst du damit?«

»Nun ja«, quetschte er hervor, »... es scheint doch nur um eine Person zu gehen, die sich melden soll. Und die scheint der jüdischen Sprache mächtig zu sein. Also, da denke ich ... man sollte diesen Artikel auch nur in Iwrit bringen.«

Ich war überrascht. »Und wer soll das bitte heute noch übersetzen? Haben wir überhaupt diese Schrift im Computer?«

Patachon hob die Hand. »Ja, Chef. Alles vorhanden. Meine Tante lebt in Haifa.«

»Was hat deine Tante damit zu tun?«

»Er meint, dass er die hebräische Sprache beherrscht«, druckste Pat herum, als sei es ihm peinlich, seinen Freund und Lebensgefährten als jemanden mosaischen Glaubens zu verraten.

Verwirrung machte sich in mir breit. Was wusste ich über die beiden? Nichts. Ich hatte es noch nicht einmal für nötig gehalten, mich mit ihren Personalien zu beschäftigen. Sie waren einfach da und taten ihre Arbeit. Ich besah mir ihre Hände. Das einzige Zeichen des Menschen, das sein wirkliches Alter verriet.

»Wie alt seid ihr beiden eigentlich, und wo kommt ihr her?«

Beide sahen einander verlegen an. Dann mich. Patachon schüttelte den Kopf. Pat nickte. Sie waren sich über die Beantwortung meiner Frage uneins.

»Wir sind beide Jahrgang etwa Ende 1944. Genau weiß das keiner von uns«, murmelte Pat. »Wir wurden in irgendeinem Lager geboren und haben uns während des Studiums kennengelernt. Dass wir beide jüdische Vorfahren hatten, haben wir erst sehr viel später erfahren. Seither sind wir eine Gemeinschaft.«

Patachon knurrte etwas auf Hebräisch. Es hatte einen polnischen Akzent und klang nicht freundlich. Er beschäftigte sich mit der Übersetzung von Menachems Artikel.

»Der Artikel erscheint auf Deutsch. Alle sollen es lesen können«, entschied ich.

Ich war diesen Hickhack zwischen den Kulturen und Religionen leid. Dann sollten sich die Leser aufregen. Das erhöhte nur die Auflage und erfüllte vielleicht doch noch meine Vorstellung von einem freien Journalismus. Alles kroch hier nur noch zu Kreuze, duckte sich und war nicht mehr stolz auf seinen Beruf. »Bundesnachrichtendienst … wo sind wir hier eigentlich?«, knurrte ich jetzt wirklich wütend.

»Patachon, was macht deine Tante in Haifa?«
»Von Beruf? Sie ist Polizistin.«
»Kannst du mir einen Kontakt zu ihr herstellen?«

Der lange dürre Mann sah von seinem Bildschirm auf, als habe ihm der Sensenmann die Kralle auf die Schulter gelegt. Pat plumpste erschrocken in seinen Stuhl. Beide wechselten wieder Blicke. Beide waren eins. Das galt es zu berücksichtigen, bei dem was ich vorhatte. Denn ich hatte eine Idee.

Ob sie funktionieren würde? Ich wusste es nicht. Aber probiert werden musste sie, sonst war ich mein Geld nicht wert.

Redaktionsschluss. Nichts ging mehr. Menachems Artikel war in den Rotationsmaschinen. Bei Pat und Patachon war nach meinem Wunsch eine nicht zu übersehende Hektik ausgebrochen. Ich verstand kein Wort. Sie versuchten in mehreren Sprachen jemanden aufzutreiben. Um nicht noch mehr Druck auszuüben, hatte ich mich in mein Büro zurückgezogen und widmete mich einem versteckten Tröpfchen aus der Schreibtischschublade und einer Zigarre. Irgendetwas würde heute Nacht passieren, da war ich mir sicher, und was sollte ich zu Hause? Das 12,7-mm-Geschoss lief nicht davon. Jetzt nicht mehr, nachdem es vorher keiner bemerkt hatte. Nun begann die Zeit wieder für mich zu arbeiten. Einen Moment traute ich mich, mich wieder wohl zu fühlen ... obwohl ...

Nein, ich schüttelte die Gedanken an meine Exfrau Rebecca ab. Meinen Nebenbuhler, den Staatssekretär, hatte ich nie leiden können. Es war mir ein Rätsel geblieben, was sie an diesem Lackaffen gefunden hatte. Meine Konzentration galt nur noch meiner Tochter. Beschloss ich. Aber ...

Pat unterbrach mich bei meinen düster werdenden Betrachtungen. »Chef. Es ist soweit. Patachon hat seine Tante aufgetrieben. Sie spricht aber nur Polnisch und Hebräisch. Was sollen wir ihr sagen?«

Ich hatte beschlossen, dass ich morgen – nein, heute – auch noch Urlaub hatte. Die Tröpfchen aus der Schublade hatten mir stark zugesetzt, als mich das Taxi vor der Haustür absetzte. War ich nun zufrieden mit mir? Ich war es. Die Geschäftsleitung würde mich wegen des Artikels zum Rapport bitten. »Bitten« – ich kicherte bei diesem Wort. Der Verleger bat nicht. Aber ich stellte es mir vor. Und der BND würde bald mit gepanzerten Fahrzeugen vor dem Haus auftauchen – hatten die überhaupt welche? –, um mir wieder einmal alle meine Jugendsünden als Verhaftungsgrund vorzuhalten.

»Ich bin Staatsfeind Nummer eins ...«, hörte ich mich im Hausgang brüllen. »Seid stolz, ihr elenden Spießer ...« Niemand öffnete, wie sonst, wenn ich betrunken nach Hause kam, die Tür, um mich zur Ruhe zu ermahnen. Was war denn hier los? Lag eine Bombe herum? War das Haus evakuiert worden? Nur ein leises »Pssst« kam vom oberen Treppenabsatz. Noch eine Kurve ...

»Was machst du denn schon wieder hier?«, fuhr ich die Gestalt an, die auf der Treppe saß. »Warum bist du nicht da drin?«

»Wollte deine Gastfreundschaft nicht überstrapazieren.«

»Na, Klasse«, murmelte ich und hangelte mich die letzten Stufen hoch. »Aber du weißt, wie das Schloss aufgeht?«

Menachem nickte.

»Dann mach es verdammt noch mal auf. Bis ich den Schlüssel gefunden habe ...«

Er verstand es um diese Tageszeit wirklich besser, mein

Schloss aufzubekommen als ich und zog mich in die Wohnung, drückte leise die Tür hinter uns zu.

»Ist der Artikel raus?«

Ich nickte. Aber er konnte es nicht sehen. Es brannte kein Licht. »Kannst du in einer Stunde am Bahnhofskiosk kaufen.«

»Hast du ihn geschrieben?« Menachems Frage war irgendwie gehetzt, investigativ.

»Nein. Meine Ressortleiter.«

»Verdammt. Du bist ein Arschloch«, kam es gepresst zurück. »Wer sind die?«

»Pat und Patachon ...«, lachte ich hysterisch. Mir war nach einer Zigarette und viel Flüssigkeit. Das Fischbrötchen kam mir hoch.

»Die polnischen Juden? Bist du des Wahnsinns?« Jetzt wurde Menachems Stimme hysterisch. »Weißt du, wer die sind?«

»Nein. Wer sind die deiner Meinung nach?« Ich holte mir eine große Flasche Wasser, machte alle Lichter an und ließ mich in einen meiner zerfetzten Sessel fallen. Die 12,7-mm war noch da.

Menachem zog den unzerstörten Couchtisch als Sitzgelegenheit vor und schüttelte den Kopf. »Ihr Deutschen seid schon ein seltsames Volk. Ihr wisst noch nicht einmal, wer eure Mitarbeiter sind. Spricht einer von denen Hebräisch und gibt vor, eine Tante bei der Polizei in Haifa zu haben?«

»Was heißt hier ... gibt vor«, murmelte ich schlaftrunken. Mir war nur noch nach meinem zerfetzten Bett. »Ich habe mit ihr telefoniert ...«

»Packe ein paar Sachen zusammen. Wir müssen hier weg. Sofort.« Menachem zog mich hoch und stieß mich ins Schlafzimmer. »Pack dir ein paar Klamotten ein. Wir nehmen die erste Maschine.«

Ich verstand kein Wort und suchte mir mechanisch irgendetwas aus dem Schrank. Scheiß-Tröpfchen aus dem Schreibtisch ... Aber so viel hatte ich doch gar nicht getrunken! Nach einem anstrengenden Tag vertrug ich sonst mehr. Mein Kopf nebelte sich immer mehr zu, als hätte ich Alkohol mit Langzeitwirkung getrunken, der sich mit jeder Stunde mehr auf- als abbaute.

5

Tel Aviv – Haifa – Jaffa

Ich versuchte mich zu bewegen. Es ging nicht. Meine Hände und Beine waren gefesselt. Versuchte die Augen zu öffnen, um sie gleich wieder zu schließen. Es war hell. Sehr hell.

»Er kommt gleich wieder zu sich«, hörte ich eine Stimme auf Englisch sagen. Sie kam mir bekannt vor.

»Wo bin ich?«, formte ich eine Sprache mit meinen trockenen Lippen, von der ich selbst nicht wusste, welcher Nationalität sie war.

»Du bist in Sicherheit. Jetzt schlaf dich erst einmal aus. Wir können ihm die Fesseln abnehmen.« Dann verschwand der weiße Schatten über mir, und ich fiel in ein tiefes, schwarzes Loch.

Mein Unterbewusstsein war nun der oder das Einzige, was mir weiterhelfen konnte. Bewusst schien mir Zeit zu fehlen. Erinnern konnte ich mich noch, dass Menachem meinen Kulturbeutel gepackt hatte. Ich hatte mich um ein paar Hemden, Hosen, Unterwäsche und *das Geschoss* aus der Vitrine gekümmert. Warum ich das ausgerechnet mitnehmen wollte? Es wollte mir nicht einfallen. Dann waren wir bemerkenswert schnell durch die Flughafenkontrollen gekommen. Niemand hatte sich für mein Gepäck interessiert. Das Flugzeug hatte ziemlich weit draußen auf dem Rollfeld gestanden. Eine Linienmaschine war es nicht gewesen. Eher eines dieser Spielzeuge für die Superreichen. Von da an fehlte mir ein Stück Film. Wie viel Meter? Das konnte nur einer wirklich wissen.

Wie lange ich geschlafen hatte? Ich wusste es nicht. Sehr lange konnte es nicht gewesen sein. Es war immer noch hell. Oder schon wieder? Der Versuch, aus dem Bett zu kommen, scheiterte daran, dass ich mit einem Tropf verbunden war. Was sollte ich jetzt mit diesem Plastikschlauch machen, der mich daran hinderte, festzustellen, wo ich war? Konnte ich die Kanüle einfach aus meinem Arm ziehen, ohne zu verbluten? Wozu steckte dieses Ding überhaupt in mir – und wo war ich?

Das Zimmer war ein Krankenhauszimmer. Das war unverkennbar. Ich befand mich also in einem Krankenhaus. Warum? Lautete die nächste Frage, die die nächste sofort hinterherjagte: Und wo?

Ja, wo war ich hier? Ich folgte dem Schlauch aufwärts, bis er in dem Beutel endete, der mich mit irgendwelchen Substanzen zu versorgen schien. Er ließ sich aus seiner Halterung entfernen. Ich brauchte ihn nur auszuklinken. Dann war ich frei, mich endlich umzusehen, ohne zu verbluten oder einen Mangel in meinem System zu erleiden. Nur, er hatte eine Aufschrift, die ich nicht lesen konnte. Egal. Ich klinkte das vor sich hin tropfende Ding aus und tapste mit meinem neuen Begleiter zum Fenster. Meine Beine wollten noch nicht so richtig. Aber ich hatte Hunger und Durst. Ein gutes Zeichen. So schlecht konnte es mir nicht gehen.

»Da schaust du. Tel Aviv hat sich in den letzten Jahren zu

einer Metropole im Nahen Osten gemausert ... Wir überholen Beirut schon seit Jahren ...«

Ich stand am Fenster. Mein Zimmer musste sich etwa im zwanzigsten Stock befinden. Unter mir wuselte der Verkehr. Ich war in Israel, und der Mann hinter mir war mein Feind. Ich fühlte es. Ich hatte es die ganze Zeit gefühlt.

»Was soll der Scheiß hier?«, hielt ich Menachem den Tropf hin. Er war in der Uniform der israelischen Armee. Ein Oberst. Ein hochoffizieller Besuch also. »Schlagt ihr deshalb den Libanon seit Jahren in Stücke, weil da so eine Art Wettbewerb herrscht? Nach dem Motto: Unser Dorf ist schöner?«

Menachem lächelte unter seiner Maske. »Du wirst unsachlich.«

»Ich will dieses Ding los haben und nach Hamburg zurück.« Ich zerrte an dem Schlauch. »Ich habe schließlich einen Job dort, wie du weißt.«

Menachem setzte sich auf das Bett und sah mich mit seinem Auge an.

»Du bist mit Mühe und Not und meiner Hilfe einem Anschlag entkommen. Also reg dich wieder ab. Unsere Ärzte haben dich gerade noch vor einer Ricin-Vergiftung gerettet. Du hast jetzt drei Tage geschlafen. Fühlst du dich fit?«

»Nein ...«, giftete ich zurück. »Ich fühle mich entführt, missbraucht, und ich habe Hunger und Durst. Wo ist Rebecca?«

Menachem stand vom Bett auf, öffnete die Tür und rief etwas in den Gang hinaus. Dann setzte er sich wieder aufs Bett und sah mich an.

»Du bist wirklich ein kompletter Spinner. Aber gut, wenn du es nicht anders haben willst. Wir brauchen deine Informationen. Aber du spielst, selbst bei uns, langsam mit deinem Leben.«

Sein Lächeln um die Mundwinkel verschwand. Die Lippen wurden zu einem Strich. Es klopfte an der Tür.

»Herein!«, antwortete Menachem auf Deutsch. Es war das erste Mal, dass er ein deutsches Wort in den Mund nahm.

Ein älterer, weißhaariger Mann mit einem kleinen Kinnbart betrat den Raum.

»Bin ich hier richtig?«, fragte er auf Deutsch. »Bei einem Peter Stösser?«, schob er unsicher nach.

»Sie sind hier richtig«, winkte Menachem den Mann herein.

»Darf ich vorstellen … Peter Stösser … Dr. Wibald, deutscher Botschafter in Israel.«

Der ältere Mann war unsicher. Was er hier überhaupt wollte, war mir ein Rätsel. War er so etwas wie eine moralische Wiedergutmachung, eine Strohpuppe, die nach der Pfeife des Mossad tanzte?

»Ich lasse euch jetzt mal allein. Es kommt gleich eine Schwester, die dich von deinem Plastikfreund befreit …«, deutete Menachem auf meinen Tropf. »Ich hoffe, dass Dr. Wibald uns von dem Vorwurf entlastet, deine Tochter entführt zu haben. Wir entführen niemanden. Internationale Verwicklungen können wir nämlich nicht gebrauchen. Ihr habt so viel Zeit, wir ihr Lust habt. Danach möchte ich dich aber noch mal sprechen.« Die Tür schlug hinter ihm zu.

Der Botschafter sah sich nach einer Sitzgelegenheit im Raum um. Es gab keine andere als das Bett. Seufzend ließ er sich auf dem Platz nieder, auf dem vorher Menachem gesessen hatte.

»Herr Stösser. Es tut mir leid … dies ist hier ein Scheißjob. Ich weiß um Ihre Anzeige beim Auswärtigen Amt, dass man Ihre Tochter hierher verschleppt hat. Das hat ziemlichen Wirbel ausgelöst.«

Dr. Wibald wirkte alt und verschlissen. So, als bräuchte er eine Infusion. Er saß sichtlich geknickt auf dem Bett und spielte nervös mit seinen Fingern.

»Wir wissen auch um dieses Geheimnis des ›brennenden Dornbuschs‹. Das macht uns allen Sorgen.« Er atmete tief durch.

Mir auch. Was wusste die deutsche Diplomatie darüber? Wer arbeitete mit wem zusammen? War es nicht der Mossad gewesen, der meine Wohnung verwüstet hatte?

»Ich kann mir denken«, fuhr er fort, »dass Sie nicht mehr wissen, wem Sie trauen können. Sie sind Journalist. Wollen Ihre Story. Ich bin Diplomat und will nur meine Ruhe. Können wir uns nicht darauf einigen, dass Sie die Formel den Israelis übergeben? Sie haben sie doch. Oder?«

Schwachkopf, durchfuhr es mich. Dieses Häufchen Elend würde noch nicht einmal die Chance haben, als Nachtportier im Verlag anzufangen.

Das Häufchen Elend von einem Diplomaten sah mich bittend an. Und ich stand am Fenster und hielt meinen Tropf hoch. Wer war jetzt besser dran?

»Es gibt seit Kurzem eine Menge Tote in politischen Kreisen«, hob Dr. Wibald an. »Alle werden irgendwie vergiftet. In Israel. In unserem Land, England, Frankreich, selbst in Russland und Saudi-Arabien.« Er ließ die Aussage im Raum stehen und erhob sich. Sah mich kurz an und hielt mir die Hand hin. Sein Blick wirkte müde. Der Druck seiner Hand war schwach.

»Sie können nach Hause fliegen. Und glauben Sie mir, Ihre Tochter ist nicht verschleppt oder entführt worden. Aber ... geben Sie den Code frei. Sonst steht die ganze Welt vor einer Katastrophe. Wir stürzen ins tiefste Mittelalter zurück und darauf ist niemand von uns vorbereitet.«

Jetzt war es an mir, einen Sitzplatz zu suchen. Ich wäre beinahe einer Ricin-Vergiftung erlegen, hatte Menachem gesagt. Wer, zum Teufel, hatte das denn geschafft? Warum und wann? Mein Gehirn kreiste um die letzten Stunden. Nein, es waren ja schon Tage. Die Tröpfchen in meinem Schreibtisch. Mehr fiel mir nicht ein. Und was hatte Menachem so erbost? Dass Pat und Patachon den Artikel verfasst hatten. »Diese polnischen Juden«, hatte ein Jude gesagt. Wer hatte Zugang zu meinem Schreibtisch? Da waren nicht viele …

»Hallo … ich bin die Schwester, die Sie von Ihrem Anhängsel befreien soll.«

Die Stimme kannte ich. Das akzentuierte Englisch auch. Diese Stimme hatte mir gesagt, dass ich erst einmal schlafen solle. Wie viele Tage war das her?

Die junge Frau entfernte gekonnt die Kanüle in meinem Arm, desinfizierte die Einstichwunde und klebte ein Pflaster darauf.

»Was, zum Teufel, machst du hier?«, entfuhr es mir.

»Mich um dich kümmern, wenn es gestattet ist. Und außerdem bin ich Ärztin, wie du weißt.« Rebeccas große Augen sahen mich fragend an. Dann schüttelte sie den Kopf. »So alt, und trotzdem kann man dich keine Minute allein lassen. In was, zur Hölle, steckst du da?«

Ihre Sorge um mich tat mir gut. Es war schön, sie wiederzusehen. Bei mir zu haben. Aber ihre Frage … die war berechtigt. Nur stellte ich mir die zunehmend selbst. Worin steckte ich eigentlich? Warum hatte ich die 12,7-mm nie näher untersucht? Dieses Geschoss enthielt etwas, das entweder nie an die Öffentlichkeit durfte – oder sollte.

»Gib mir bitte die Tasche …« Ich deutete auf den blauen Beutel, in dem meine Sachen verstaut waren.

Ich öffnete den Verschluss an der Bodenseite. Das Geschoss war noch da. Jede Sicherheitskontrolle der Welt hätte es beim Durchleuchten des Gepäcks auf dem Röntgenschirm gehabt. Menachem hatte das gewusst, da war ich mir sicher. Daher der Privatjet, der womöglich unter diplomatischer Immunität geflogen war. Sozusagen als israelisches Hoheitsgebiet. Warum aber hatte er es nicht an sich genommen? Drei Tage hatte ich geschlafen. Das war jede Zeit der Welt, um mir das Ding wegzunehmen.

»Das stand doch in deiner Vitrine«, besah sich Rebecca den messingmatten Gegenstand mit der Öse, die jemand durch die Projektilspitze gebohrt hatte und an der die goldene Halskette befestigt war, welche um Mama Judiths Hals gehangen hatte.

Vorsichtig versuchte ich das Geschoss von der Hülse zu trennen. Rebecca schüttelte verständnislos den Kopf.

»Warum müsst ihr Männer immer mit so einem Zeug spielen? Da kommen wir Ärzte auf Dauer nie gegen an.«

Durch Ziehen ließ sich das Projektil nicht von seinem Treibsatz lösen.

»Dieser Mist ist eine Erfindung von Ärzten«, knurrte ich und versuchte es mit Drehen. »Das Schießpulver ist von chinesischen Ärzten um elfhundert als Schwarzpulver erfunden worden um Wunden auszubrennen. Also, beschwer dich bei deiner Zunft.«

»Na, Klasse«, ließ sich Rebecca auf dem Bett nieder. »Jetzt sind wir auch noch schuld an allen Kriegen seither.«

Linksherum war das Geschoss nicht zu bewegen. Rechtsherum auch nicht. War es nicht, wie ich vermutete ein Geheimnisträger, in dessen Inneren die Lösung schlummerte, und immer noch scharf? Dann hatte ich ein Problem.

»Was versuchst du da? Das ist doch Schwachsinn, eine Patrone auseinanderzunehmen«, schüttelte Rebecca den Kopf.

»Ich brauche zwei Zangen. Gibt es so etwas in diesem Haus?« Der Schweiß strömte mir aus allen Poren.

»Zangen? In einer Klinik?« Rebecca wedelte mit der flachen Hand vor dem Kopf als Zeichen, dass sie mich nun endgültig für verrückt erklärt hatte. »Aber, wie du meinst. Ich werde schon was auftreiben ... wenn das deine Genesung beschleunigt. Brauchst du zufällig noch etwas? Vielleicht einen Amboss oder einen Bagger, wenn ich mich schon auf den Weg mache?«

Mit diesen Worten stürmte sie hinaus.

»Du bist wirklich das größte Rindvieh auf Erden«, schalt ich mich. Rebecca hatte sich Sorgen um mich gemacht, ich sie aber mit keiner Silbe danach gefragt, wie es ihr ging, und warum sie überhaupt in dieser Klinik war und was man mit ihr zu unternehmen gedachte. Operiert worden war sie offensichtlich noch nicht.

»Reicht das?« Sie hielt mir zwei chromblitzende Zangen hin. »Habe ich dem Zahnarzt im Haus geklaut.« Es waren martialisch wirkende Geräte, mit denen man festsitzende Backenzähne entfernen konnte.

»Wie geht es dir?«, versuchte ich das Versäumte nachzuholen und setzte die Zangen an die Messinghülse.

»Man versucht es momentan mit einem neuen Präparat. Ist in Europa nicht zugelassen. Wenn das nicht hilft ... dann Schnipp, Schnipp und Chemo. Muss abwarten. Solange helfe ich in der Klinik. Sonst werde ich verrückt.«

Die Zangen waren nicht optimal. Die Kartusche verformte sich unter ihrem Biss, aber das Geschoss löste sich langsam.

»Was für ein Medikament?«

»Ist in Zusammenarbeit mit der Kairoer Uni-Klinik entstanden. Verantwortlich dafür zeichnet ein Dr. Abdel-Kader. Sagt dir das was?«

Ich hielt inne. »Der Scheich?«

Rebecca nickte. »Er war sogar hier, um mir die möglichen Nebenwirkungen zu erklären. Ich soll dich grüßen, wenn du mit dem Ding da mal fertig wirst.«

Ich war fertig. Geschoss und Hülse hatten sich getrennt.

Es war kein Pulver mehr darin.

»Pinzette ...« Ich hielt die verbogene Öffnung ins Licht. Es steckte etwas darin.

»Ja, Professor. Hast du endlich dein Spielzeug kaputt bekommen?« Rebecca reiche mir süffisant lächelnd das Gerät.

Es war ein Seidentuch. Genauso, wie ich es in der Kapsel gefunden und im Kloster abgegeben hatte. Beim Überfliegen sah es etwas anders aus. Es waren keine Erklärungen in Griechisch vermerkt. Eine Formel reihte sich an die andere. Erschöpft ließ ich mich aufs Bett fallen. Was, um Himmels willen, sollte ich jetzt damit machen? Es schien sich um das gesuchte Detail zu handeln.

»Bist du jetzt zufrieden?« Rebecca nahm meine Hand und prüfte meinen Puls. »Nein. Zu schnell. Du bist nicht zufrieden. Du stehst kurz vor einem Schlaganfall.« Sie legte die Hand in meinen Schoß zurück. »Und jetzt?«

Eine gute Frage. Das wusste ich auch nicht. Ich wusste überhaupt nichts mehr. Weder einen Weg vor noch zurück. Ich hatte noch nicht einmal eine Ahnung, wie ich meiner Tochter den Tod ihrer Mutter beibringen sollte. *Auf keinen Fall jetzt ...* tobte ein Kobold in mir. Mir war es recht, und ich schwieg.

»Können wir?« Menachem stand in der Tür und sah Rebecca

an. »Ist er wieder fit?« Rebecca sah erst mich und dann ihn an. Sie nickte. »Er ist hart im Nehmen. Ich denke, er steht zur Verfügung.«

Er steht zur Verfügung. Was war das denn für ein Ausdruck? Ich hatte plötzlich das Gefühl, zur Obduktion freigegeben zu sein. Rebecca hauchte mir einen Kuss auf die Wange und schwebte mit einem »Du weißt ja, wo du mich findest« davon.

»Bist du fit?«, fragte Menachem wieder und nahm meine Tasche.

»Wofür?« Trotzig blieb ich im Krankenhaushemd auf dem Bett sitzen.

Menachem rollte sein Auge. »Ich bringe dich jetzt ins Hotel. Da hast du drei Stunden. Danach werde ich dich mit der Kommission konfrontieren. Der kannst du antworten oder auch nicht.« Er zündete sich eine Zigarette an.

»Welche Kommission? Und wenn ich nicht antworte?« Der Sturkopf, der ich nun mal war, schaffte sich Raum in meinem Kopf.

Menachem öffnete die Tür und brüllte etwas in den Gang hinaus. Wieder mal. Zwei Pfleger kamen mit einem Rollstuhl angerannt. Ehe ich mich versah, war ich von bewaffneten Leuten in eine Stretchlimousine deutschen Fabrikats verstaut worden. Zwei Jeeps mit Maschinengewehren eskortierten uns. Menachem, der mich begleitet hatte, saß seelenruhig neben mir und sah zum Fenster hinaus.

»Was gibt das, wenn es fertig ist?«, maulte ich ihn von der Seite an.

»Du hast momentan so etwas wie diplomatische Immunität. Jetzt bringe ich dich ins Hotel. Da pflegst du dich. Dann lasse ich dich in genau drei Stunden abholen. Und dann entscheidest du ganz allein über dein Schicksal.« Mehr sagte er nicht.

»Und Rebecca?«

Menachem legte den Kopf auf die Seite. Lächelte er?

»Du hast deiner Tochter nichts vom Tod ihrer Mutter erzählt?«

Dieser Schweinehund hatte davon gewusst, und die Frage war eine Drohung an mich.

»Sehe es nicht falsch. Aber deine Tochter ist hier besser aufgehoben. Medizinisch meine ich. Sie wird vermutlich auch ohne Operation gesund. Dann kann sie noch viele Kinder bekommen. Sie weiß das als Ärztin sehr genau.«

Das Hotel war eines der vornehmsten in Tel Aviv. Nur störte mich, dass ich von nun an keinen Schritt mehr ohne bewaffnete Begleitung machen konnte. Selbst vor der Badezimmertür stand jemand mit einer Maschinenpistole. Mein Gepäck hatte Menachem einbehalten.

»Du hast ihm ja schon alles entnommen, was wir brauchen. Den Rest findest du auf deinem Zimmer.« Mit diesen süffisanten Worten hatte er mich am Hintereingang des Hotels abgesetzt und in die Obhut seiner Bluthunde übergeben.

Es fehlte an nichts. Eine vollständig neue Garderobe in meiner Größe, Zigarren, Getränke, ein komplettes Menü und ein Flugticket zurück nach Hamburg. Abflug um 19.00 Uhr, für mich alleine. Ich wagte nicht darüber nachzudenken, was geschehen würde, wenn ich nicht nach seiner Pfeife tanzte. Aber ich sollte ja so etwas wie Immunität haben. Hoffentlich wusste das auch der deutsche Botschafter. Aber auch der hatte gesagt, dass ich zurückfliegen konnte, wenn ... wenn was? »Erpressung, verfluchte«, schimpfte ich vor mich hin.

Das Telefon im Zimmer funktionierte nicht. Die Leitung

war tot. Mein Handy war im Gepäck geblieben, und das hatte Menachem. Man hatte mich bewusst von der Außenwelt abgeschnitten. Meine Immunität war Schein. Sie sollte mich nur in Sicherheit wiegen. Rebecca, die sich erhoffte, ihre Erkrankung mit einem neuen Medikament in den Griff zu bekommen, war ihre Geisel gegen mich. Insgeheim wusste sie, dass es kein wirksames Medikament gegen Krebs gab. Aber auch Ärzte klammern sich an den kleinsten Strohhalm, wenn es sie trifft.

Sie war eine Versuchsperson. Und sie wusste das. Ein ganz übles Spiel lief hier ab.

Geistesabwesend kaute ich die bereitstehenden Mahlzeiten. Wie wollte man in Zukunft feststellen, welche davon zum Mord bestimmt war? Wieder Vorkoster einstellen, wie im Mittelalter? Bei dieser Art Ricin, die wohl jeder extrahieren konnte, würde sich das als schwierig gestalten. Bis der Vorkoster ein Symptom zeigte, war der andere verhungert.

Warum hatte mir Menachem die Patrone nicht abgenommen? Es wäre ein Leichtes gewesen.

Ich ließ das Geschehene Revue passieren.

Die Wissenschaftler des Instituts hatten alle Kopien der fünf Kapseln untersucht. Nur eine war für eine Analyse nicht komplett gewesen. Die, die ich ins Kloster gebracht hatte. Nach Menachems vermeintlichem Tod hatte mir Mama Judith dieses Amulett gegeben ...

Die Formel aus dem Geschoss würde ich herausrücken müssen. Und dann? Jeder Überbringer war bisher ermordet worden. Auch die Wissenschaftler in Hamburg hatten ihre Studie nicht überlebt. Es musste einen zentralen Punkt geben, an dem alles Wissen zusammenlief. Wer und vor allem wo war er? Hier in Israel? Vielleicht. Aber der Mossad fackelte nicht lange. Ich hatte das Geschoss noch. Warum? Langsam wurde mir mulmig. Hier lief ein Spiel ab, das ich nicht verstand, von dem man mir nur die marginalsten Grundregeln mitteilte, damit ich für den Gegenspieler ein nicht ganz so leichtes und damit witzloses Futter wurde.

»Das kann ja heiter werden ...«, murmelte ich vor mich hin.

Die dritte Stunde war um. Das Telefon klingelte. Es ging plötzlich wieder. Einer der Bluthunde in meinem Rücken drückte mich mit dem Lauf seiner UZI in den Stuhl zurück und ging dran. Ein paar Worte wurden gewechselt, ich in den Fahrstuhl und wieder unter sanfter Gewalt in ein Auto verfrachtet.

Mein Mitfahrer war, wenn ich mich noch an die Ränge in der israelischen Armee erinnerte, ein Hauptmann.

Die Fahrt führte uns nach Norden. Der Wagen nahm die Schnellstraße nach Haifa. Diesmal eskortierten uns keine Militärfahrzeuge. Unser Fahrzeug war auch nichts anderes als ein Taxi. Unauffällig. Nach zwanzig Minuten bogen wir von der Straße ab. Schilder wiesen darauf hin, dass wir uns einem militärischen Sperrgebiet näherten. Es war ein Flugplatz für Kampfhubschrauber. Die Wache am Tor studierte kurz die Papiere des Hauptmanns und winkte uns durch. Der Mann hatte die ganze Fahrt nichts gesagt. Ich hatte auch nicht den Versuch gestartet, mit ihm ins Gespräch zu kommen.

Wir hielten vor einer Baracke, die es in sich hatte, wie ich eine Minute später feststellen durfte. Sie war der getarnte Eingang für einen Bunker. Ein Aufzug und eine Treppe führten hinab. Wir nahmen den Aufzug, der nur zwei Knöpfe hatte. »Auf« und »Ab«. Das »Ab« schien sehr tief hinabzuführen. Der Hauptmann sah unbeteiligt im Fahrstuhl umher, wie es alle Leute taten, die sich nicht kannten und in einem solchen Gefährt möglichst nicht in Blickkontakt mit den anderen Insassen zu kommen versuchten.

»Herr Stösser, wir erwarten Sie«, sprach mich ein hoher Offizier auf Deutsch an und ging voran. »Bitte haben Sie Verständnis, dass ab jetzt nicht mehr in Ihrer Sprache verkehrt wird. Aber wir haben vorgesorgt.«

Eine Schleuse fuhr nahezu lautlos zurück, um sogleich hinter uns wieder in ihre Position zu fahren. Der Raum, der sich vor mir auftat, war atemberaubend. In Filmen hatte ich so etwas schon gesehen. Dass es das wirklich gab, war mir neu. Meine Augen wagten einen schnellen Rundumblick. Das Gebilde glich dem Raumfahrtzentrum der Amerikaner. Dutzende von Computerarbeitsplätzen. Ein gigantischer Monitor an der Stirnseite, auf dem die Weltkugel im Ganzen und Europa samt Mittlerer Osten im Speziellen abgebildet war. Herumwuselnde Menschen in Uniform. Kaum ein lautes Wort. Jeder der hier Beschäftigten trug ein Mikrofon und einen Kopfhörer im Ohr.

Dies war eine der gefürchteten, aber bisher verleugneten Kommandozentralen der Israelis. Tief unter der Erde. Und ich war ein deutscher Journalist, den man nur töten konnte, um einen Bericht zu verhindern. *Genau das, mein Lieber, wird dein Problem*, quäkte meine Logik. *Du kommst hier nicht wieder lebend raus. Du sitzt in der Falle. Wo ist überhaupt Menachem?*

Eine gute Frage. Wo war Menachem?

»Wo ist Oberst Menachem?«, hielt ich den zielstrebig vor mir hergehenden Offizier an der Schulter fest. Der drehte sich kurz um und zuckte mit den Schultern. »Hier gibt es keinen Oberst Menachem. Sie sind hier beim Militär. Kommen Sie …«

Meine Beine drohten zu versagen. Dies um mich herum waren keine Filmkulissen. Das war alles echt. Ich befand mich im Machtzentrum der israelischen Armee.

Was war dann Kulisse? Das konnte doch nur Menachem sein. Aber wie und warum …? War er es nun? Die Ausweise und sein Auftreten hatten glaubhaft gewirkt. Aber ich hatte auch keine Möglichkeit gehabt, das Gegenteil zu glauben oder gar zu beweisen. Ein schwacher Trost, wie ich befand. Was war dann Realität, drängte sich die Frage in meinen langsam schweißgebadeten Körper. Ich trottete immer noch hinter dem Offizier her. Wie betäubt. Nahm nur wahr, dass es sich hier um eine Stadt unter der Oberfläche handelte. Ein Gang folgte dem anderen. Hier würde ich alleine nie wieder herausfinden. Ich ließ mich auf den nächstbesten Stuhl sacken.

»Ist Ihnen nicht gut?«, hielt der Offizier im Lauf inne und sah mich besorgt an. Seine Sorge war nicht gespielt.

Über sein Kragenmikrofon rief er um Hilfe.

»Nur nicht schon wieder Krankenhaus. Reiß dich zusammen ...«, befahl ich mir. Der Erfolg war gering. Ich schwitzte noch mehr.

»Die Luft hier unten ist gewöhnungsbedürftig. Wir haben einen künstlich erzeugten Überdruck. Wie auf U-Booten, Sie verstehen? Das schützt die Anlage im Kriegsfall vor chemischen und biologischen Kampfstoffen. Aber Menschen mit Kreislaufproblemen ... Haben Sie damit zu tun?« Der Mann kniete vor mir und begann selbst zu schwitzen.

»Nein ...«, stieß ich hervor. »Ich will nur hier raus. Ich leide unter Klaustrophobie.«

Der Offizier erhob sich und setzte wieder seine Dienstmaske auf.

»Verstehe. Geht mir hier unten genauso. Wollen Sie einen Whisky?« Er hielt mir einen Flachmann hin. Der Tropfen war nicht schlecht. Er belebte meinen müden Blutdruck.

»Ich muss hier raus.«

Der Offizier schüttelte nachdenklich den Kopf. »Ich fürchte, das geht nicht.«

»Woher können Sie so gut Deutsch?«, versuchte ich einen persönlichen Zugang zu ihm. Vielleicht half das.

Der Offizier sprach etwas in sein Kragenmikrofon. Ich verstand es nicht.

»Woher ich so gut Deutsch kann?« Er setzte sich auf den Stuhl neben mir. »Das ist eine lange Geschichte und würde die Zeit überschreiten, die für Sie geplant ist. Ich kann es eben. Können wir nun zum eigentlichen Teil kommen?«

Wieder eine Schleuse. Dieses Mal zwei Türen. Dazwischen ein Gerät wie beim Augenarzt, um die Sehstärke zu bestimmen. Der Offizier sah kurz hinein. Die erste Tür fuhr zu, die zweite fuhr auf. Dahinter öffnete sich ein Raum, in dem sich Elektronik vom Boden bis zur Decke stapelte.

»Das Herz der Anlage ...«, murmelte er beiläufig und strebte einer weiteren Tür zu. Die gleiche Prozedur, nur dass sich die erste Tür sofort hinter uns schloss, bis sich die zweite öffnete.

»Hier ist er ...«, waren die letzten deutschen Worte, die mein Begleiter von sich gab und wies mir einen Platz zu. Vor mir ein Mikrophon, ein Kopfhörer und mir gegenüber zehn Offiziere, die etwas vor sich liegen hatten, was mich nichts Gutes ahnen ließ.

»Mr. Stösser, please put on your headphones. Our words will be translated. This interview will be monitored in Hebrew«, forderte mich ein weißhaariger Mann in Generalsuniform auf, die Kopfhörer über die Ohren zu stülpen. Das Gespräch wurde übersetzt und aufgezeichnet. Interview hatte er es genannt. Ich kam mir wie bei einem Verhör vor. Was hatten sie vor? Hier kam ich ohne ihr Einverständnis nicht mehr raus.

Die Zeitung. Woher hatten sie die Zeitung, die vor jedem auf der Tischplatte lag?

»Können Sie mich verstehen?«, fragte eine wohlklingende weibliche Stimme über den Kopfhörer. Ich nickte automatisch, und das Fernsehbild von Adolf Eichmann bei seiner Verhandlung vor dem Jerusalemer Bezirksgericht und seinem 1962 bestätigten Todesurteil baute sich vor meinem geistigen Auge auf. Die Medien hatten sich damals geradezu überschlagen, um über den einzigen Prozess in Israel gegen einen Nazi-Massenmörder zu berichten.

»Ich bin Ihre Dolmetscherin und heiße Nathalie. Bitte sprechen Sie keinen Dialekt. Ich werde hin und zurück übersetzen. Also haben Sie bitte etwas Geduld, wenn mehrere Offiziere des Oberkommandos gleichzeitig sprechen. Ich versuche das für Sie zu koordinieren. Der technische Ablauf ist wie folgt: Sie sprechen in das Mikrophon vor Ihnen. Meine Übersetzung nehmen die Offiziere über den Raumlautsprecher wahr. Deren Antwort wird an mich über das Raummikrophon übertragen. Sie sind nur über den Kopfhörer mit mir verbunden.«

Die Frau hatte einen sehr angenehmen, aber bestimmenden Ton. Wie mochte sie wohl aussehen, und wo war sie? Ich sah mich um. In diesem Raum waren keine Sprecherkabinen, aber sehr viele Kameras.

»Wann können wir einmal zusammen essen gehen?«, flüsterte ich in das Mikrophon. Die Übersetzung kam prompt über den Raumlautsprecher. Die Herren schüttelten den Kopf. Nur einer lächelte.

»Herr Stösser, dürfen wir Ihnen einmal zeigen, um was es geht ...«, übersetzte die Stimme.

Der General drückte auf eine Fernbedienung. An der Stirnseite des Raums erschien eine Kopie des Weltbildes, das ich im

Kontrollzentrum gesehen hatte. Sein Zeigefinger reduzierte das Weltbild auf Europa und den Vorderen Orient. Hunderte von blinkenden Punkten tauchten an den verschiedenen Orten auf.

Übersetzung der Stimme: »Können Sie sich vorstellen, was diese Punkte bedeuten?«

»Nein. Sie werden es mir schon sagen.«

Stimme: »Jeder dieser Punkte bedeutet einen Anschlag. Und die haben seit diesem Artikel in den letzten achtundvierzig Stunden zugenommen.«

Er hielt mir unsere Zeitung hin, in der mein, nein Menachems Artikel, auf der ersten Seite prangte.

Stimme: »Wer hat diesen Artikel geschrieben?«

»Ich. Wer sonst?« Es war zwecklos, zu leugnen. Meine Kürzel standen darunter.

Stimme: »Den haben Sie nie und nimmer geschrieben. Wer hat Ihnen das diktiert? Wer gab Ihnen diese Informationen?«

Ich hatte es geahnt, dass der Artikel Ärger bereiten würde. Aber das war unser journalistischer Alltag. Risiko. Nur, dass der gleich die ganze israelische Armee auf die Palme bringen würde, das hatte ich nicht bedacht. Obwohl ... Pat und Patachon hatten mich irgendwie vorgewarnt. Ich es aber nicht zur Kenntnis genommen.

»Den Artikel hat ein Oberst des Mossad geschrieben.«

Die Offiziere sahen sich an. Dann fegte ein Geschnatter durch den Raum und meine Stimme sagte ... nichts.

»Hallo Nathalie ...«, hauchte ich ins Mikrophon. »Wo bleibt die Übersetzung?« Es kam keine Antwort.

»Herr Stösser, wer soll dieser Offizier vom Mossad sein? Hat der einen Namen?« Die Stimme war plötzlich wieder da, aber offensichtlich nicht auf meiner Seite.

»Menachem ...« Die Offiziere steckten wieder die Köpfe zusammen. Ich bekam wieder keine Übersetzung.

»Einen Menachem und Oberst im Mossad gibt es nicht. Wie ist sein Familienname?«

Ja, wie war Menachems Familienname? Das war mir entfallen. Es war etwas Polnisches gewesen. Aber mit Gewissheit konnte ich mich nicht mehr daran erinnern.

»Wissen Sie wenigstens, wie er aussieht?«

Das konnte ich. Aber auch damit schien mir kein Erfolg beschieden. Die Herren telefonierten, diskutierten und schüttelten letztendlich den Kopf.

»Wir haben mit dem Hauptquartier des Geheimdienstes gesprochen. Einen solchen Menschen gibt es nicht bei ihnen. Sie sind einem Terroristen aufgesessen.« Es entstand wieder eine Schnatterpause, die nicht übersetzt wurde.

»Herr Stösser, Sie haben etwas, was dem Staat Israel gehört. Geben Sie es freiwillig heraus, oder müssen wir Sie wegen illegaler Ausfuhr von Staatseigentum verhaften?« Die Stimme meiner Übersetzerin klang aufgeregt, überschlug sich fast.

»Was meinen Sie, was ich haben sollte?« *Junge, reiß dich zusammen*, tobte meine linke Gehirnhälfte. *Hör mit der Provokation auf, sonst ...*

»... sonst finden Sie sich in zwei Stunden in einem netten Gefängnis im Negev wieder. Ganz ohne Schatten. Ohne Klimaanlage. Wenig Wasser ...«, vollendete der General meine eigenen Gedanken.

Das Gefängnis hatte ich schon einmal gesehen. Es lag in der Negevwüste in einem kleinen Tal. Damals, 1973, hatte man dort die ägyptischen und syrischen Gefangenen zusammengetrieben. Danach war es mit aufmüpfigen Palästinensern bevölkert worden. Die israelische Urananreicherungsanlage war nicht weit.

Ein militärisches Sperrgebiet, in der sich keine Maus bewegte, ohne dass sie nicht eine Alarmanlage auslöste.

»Wir wollen nur die Formel, die Sie haben. Dann können Sie gehen und zusehen, wer Sie in Ihrem Heimatland schützt. Denn lange werden Sie mit diesem Wissen nicht mehr leben.«

Der General lächelte das erste Mal. Es sah wie das Lächeln einer Raubkatze aus, die sich über ihre Beute hermachte.

Mein Gehirn spielte Hochseilartistik, turnte von einer Windung zur anderen. Menachem gab es so also nicht. Er war aber der Bruder des Mannes, der mir die Kapsel gegeben hatte, dessen Mutter mich wiederum mit dem Endcode versorgt hatte. Die Konsequenz daraus war, es gab Menachem doch. Warum verleugnete man ihn?

»Die Lautsprecher sind abgeschaltet…«, säuselte meine Dolmetscherin. »Gib ihnen den Code oder nicht. Das ist inzwischen völlig egal. Aber sieh zu, dass du hier rauskommst. Menachem erwartet dich.«

Luft. Ich war wieder an der Erdoberfläche. Ich hatte den Offizieren den Code ausgehändigt. Sie hatten triumphierend genickt. Danach erfolgte die gleiche Prozedur, die ich schon kannte, während ich aus der Bunkeranlage herausgeschleust wurde. Nur kam mir alles viel kürzer als beim Hinweg vor.

Ich war wieder auf der Welt. Kampfhubschrauber starteten und landeten. Mein Begleitoffizier sah mich an.

»Geht es hier besser?«

Ich nickte stumm. Ja, hier ging es mir körperlich besser. Aber mein Kopf war mit dem Ergebnis nicht zufrieden. Nun hatte ich nichts mehr in der Hand, um überhaupt etwas beweisen zu können. Die da unten hatten alles.

»Wie kommen Sie hier weg?« Der Offizier stand wie ein Fragezeichen vor mir.

Eine gute Frage, die ich mir wohl selbst stellen musste. Ich war davon ausgegangen, dass man mich her und wieder zurück bringt. Aber dem schien so nicht zu sein. Sie hatten was sie wollten. Ich existierte nur noch als möglicher Sicherheitsfaktor in irgendwelchen Akten.

»Ich würde Sie gerne bis Haifa mitnehmen, aber mein Dienst dauert noch ein paar Stunden. So lange können Sie leider nicht auf dem Gelände bleiben. Sie müssen es sofort verlassen. Ich bringe Sie zum Tor. Vielleicht finden wir ein Taxi für Sie.«

Vielleicht ... vielleicht ...

Was war das überhaupt für ein Wort? Jeder benutzte es in jeder mir bekannten Sprache. Nur im Deutschen bestand es aus einem Mengenbegriff – *viel* – und einer Gewichtsdefinition – *leicht*. Warum benutzen wir dieses Wort überhaupt? Es ergab keinen Sinn.

Der Offizier setzte mich am Haupttor ab und kramte in seinen Uniformtaschen.

»Das gehört, glaube ich, Ihnen.« Er hielt mir ein Handy hin. Der Marke nach konnte es meins sein. »Von nun an ist es besser, wenn Sie schnellstmöglich dieses Land verlassen. Steigen Sie bitte aus ...«

Er gab der Wache ein Zeichen. Sie ließ mich ohne Kontrolle passieren.

»Sie haben zwar ein Handy. Aber Sie kennen die Rufnummern nicht, um ein Taxi nach Tel Aviv zu bekommen. Stimmt's?«

Die Frau in ihrem kleinen japanischen Auto lächelte mich an.

»Stimmt«, brummte ich. »Haben Sie die Nummern vielleicht im Kopf? Warum sprechen Sie Deutsch?«

Die Frau mochte etwa Ende dreißig sein. Sie war das, was »Mann« als Schönheit betrachtete. Schwarze Haare, weiße Zähne, eine leicht dunkle Haut, schlanke Finger, aber leider eine Armeeuniform, die sie als Leutnant auswies.

»Weil ich Ihre Dolmetscherin bin. Nathalie ...«

Es dauerte ein paar Sekunden, bis ich das begriff. Dann polterte ich los, was das Ganze solle, welches Spiel man mit mir trieb, warum und überhaupt ...

Nathalie hörte sich das im Wagen sitzend an und spielte mit dem Außenspiegel des kleinen Japaners.

»Wollen Sie nun mit nach Tel Aviv, oder nicht?«, unterbrach sie meinen Wutausbruch. »Menachem wartet, und Ihr Flug geht um 19.00 Uhr.«

Schweißgebadet ließ ich mich auf den Beifahrersitz fallen. Sie roch gut. Verdammt gut.

»Das Spiel ist noch lange nicht zu Ende«, grinste sie und startete den Motor. »Ihre Fragen werden noch Antworten finden. Aber nicht hier und jetzt.«

Ihre Fahrweise war halsbrecherisch. Verkehrsregeln schien sie nicht zu kennen. In der halben Zeit, die das Taxi zum Bunker gebraucht hatte, schaffte sie es bis zum Hotel und setzte mich vor dem Eingang ab.

Mit einem »Wir sehen uns noch« war sie weg.

Weg waren auch meine Wachen im Hotel, wie ich beiläufig zur Kenntnis nahm. Dafür saß jemand anderer grinsend und rauchend im Sessel meines Zimmers.

»Hast du gut gemacht. Könntest bei uns anfangen. Du hast

Talent.« Menachem stieß laut hörbar den Rauch aus den Lungen.

Das war zu viel für meine Nerven.

»Raus hier. Ich nehme um 19.00 Uhr das Flugzeug und will mit euch nichts mehr zu tun haben. Ich denke auch in Zukunft nicht daran, jemals wieder das Wort Israel in den Mund zu nehmen. Verschwinde endlich aus meinem Leben.« Erschöpft ließ ich mich auf dem Sofa nieder. Ich sollte duschen und die Kleider wechseln. Alles stank an mir nach einer Art Desinfektionsmittel aus dem Bunker.

»Reg dich ab. Ist alles halb so wild. Willst du nun eine Story oder nicht?«

Menachem sprach plötzlich Deutsch. Was war denn nun los?

»Du bist der letzte noch lebende Überbringer der Kapsel. Stimmst du zu?« Ich nickte und holte mir etwas aus der Minibar. Es war Gin, den ich hasste.

»Wir mussten uns nur etwas einfallen lassen, dich in das Zentrum der israelischen Armee zu schleusen«, fuhr Menachem ungerührt fort. Er kratze sich seine Kunsthand. Er war nervös. »Für uns war die Anzeigentafel wichtig, wo es überall Anschläge gegeben hat. Und das ist wirklich bedenklich.«

Das sollte verstehen, wer wollte. Ich nicht. Der Gin stank, aber ich trank ihn.

»Die Formel in der 12,7-mm«, fuhr er fort, »haben wir schon längst. Oder hast du geglaubt, unsere Mutter hätte ihren Söhnen nicht gesagt, wo sie die versteckt hat?« Er lachte trocken und hustete. »Nein. Wir verfolgen ein ganz anderes Ziel . . .«

»Interessiert mich nicht mehr. Ich gehe jetzt duschen, und in drei Stunden verlasse ich euer Land.« Wütend begann ich mich meiner Kleider zu entledigen. Menachem schien amüsiert zu sein. Er lächelte unter seiner Maske.

»Du verlässt unser Land erst, wenn ich es sage. Hast du deinen Flugschein mal genau betrachtet?«

Hatte ich das getan? Abflug um 19.00 Uhr vom Airport Ben Gurion mit El Al. Was sonst?

»19.00 Uhr stimmt. Aber es ist kein Tag eingetragen. Den bestimme ich.« Menachems Stimme wechselte von süffisant in drohend. »Du bleibst hier, bis wir das Problem gelöst haben. Denn in Deutschland überlebst du keinen Tag. So, jetzt kannst du duschen. Ich hole dich um 19.00 Uhr ab. Dann gehen wir was essen und reden weiter.«

Wasser war knapp in diesem Land. Mehrere Schilder in allen möglichen Sprachen wiesen im Bad darauf hin. Ich entschloss mich, ein Vollbad zu nehmen und einfach für eine Stunde nicht mehr da zu sein.

Kein Abflug. Menachem gab es nicht, und es gab ihn doch. Er wusste um den Code in der Geschosshülse und jagte mich trotzdem in die Hölle der Armee. Der Offizier hatte mein Handy, das Menachem mit meinem Gepäck hatte verschwinden lassen. Die Dolmetscherin Nathalie hatte als Taxi hergehalten. Der Scheich war extra aus Kairo gekommen, um Rebecca über die Nebenwirkungen eines neuen Verfahrens aufzuklären. Das sollte verstehen, wer wollte. Ich bekam da keinen Zusammenhang rein. Peter, du wirst alt, murmelte ich für mich und tauchte im Schaumbad unter.

»Willst du hier in der Badewanne erfrieren?«

Ich öffnete die Augen. Menachem saß auf dem Badewannenrand und tauchte die rechte Hand ins Wasser.

Ich war eingeschlafen.

»Was machst du denn schon wieder hier? Gibt es eigentlich eine Tür, die vor dir sicher ist?«

Er reichte mir das Badetuch. Das Wasser war reichlich kühl geworden.

»Es ist 19.00 Uhr. Wir wollen essen. Hast du das vergessen? Zwei weitere Personen werden daran teilnehmen. Zieh dich an. Zum Rasieren ist keine Zeit mehr ...«, bemerkte er kurz und verließ das Zimmer mit der Bemerkung, dass er mich in fünf Minuten vor dem Hotel erwartete.

Es wurden fünfzehn Minuten daraus, bis ich die Stretchlimousine bestieg. Menachem rauchte wieder dieses stinkende Kraut, dessen Qualm durch den ganzen Wagen waberte. Die Fahrt ging quer durch Tel Aviv. Geredet wurde nichts. Ich sah zum Fenster hinaus. Es war eine schöne, quirlige Stadt geworden. Das Leben pulsierte, als gäbe es keine Attentäter. Diese Israelis hatten ein bemerkenswertes Bewusstsein, wenn sie nicht so militant wären. Auge um Auge, Zahn um Zahn.

Der Wagen hielt vor einem hell erleuchteten Restaurant in der Altstadt von Jaffa. Es war warm. Hier oben wehte eine kühlende Brise.

»Komm. Ich möchte dich in etwas einweihen.« Menachem hatte vor mir den Wagen verlassen und strebte zielstrebig der Terrasse des Lokals zu. Täuschte ich mich? Nein, ich täuschte mich nicht. Sowohl Menachem als auch der Fahrer waren bewaffnet.

»Nimm Platz«, wies mich Menachem an einen Tisch, der für fünf Personen gedeckt war. Es war eine Terrasse, hoch über der Stadt. Das Meer glänzte rotgold in den letzten Strahlen der untergegangenen Sonne. Die anderen Tische um uns herum füllten sich jetzt sehr schnell. Pärchen, alte Leute, junge Leute, und jeder schien eine Waffe zu tragen. Sie machten noch nicht einmal den Versuch, das zu verheimlichen. Sogar auf einem Kinderwagen lag eine UZI.

»Wer kommt noch?« Ich setzte mich auf den Platz an der Mauer. Von hier aus hatte ich den besten Überblick über die glitzernden Wellen unter mir und zumindest eine steinerne Rückendeckung.

»Sind alles meine Leute«, machte Menachem eine Rundumbewegung.

»Eine Armee zum Abendessen? Sind wir so gefährdet?« Das konnte ein Essen werden. Mir schmeckte es schon beim Anblick der Maschinenpistole auf dem Baby nicht mehr.

»Nein. Wir sind nicht gefährdet, weil diese Leute da sind.« Menachem sah auf seine Uhr und griff zum Handy. Was er sprach, verstand ich nicht. Nur soviel, dass er zunehmend erregter wurde. Seine Stimme wurde lauter und ungehaltener. Sie kippte in einen hysterischen Diskant um. Wütend steckte er das Handy weg und brüllte die Leute um uns an.

»Tut mir leid, mein Freund. Du musst hier hungrig weg. Sofort. Komm.«

Alle Besucher des Lokals luden wie auf Kommando ihre Waffen durch. Menachem strebte dem Auto zu.

»Los, steig ein. Das Ding ist gepanzert. Es ist was schiefgegangen. Ich fahre dich jetzt zum Flughafen.«

»Meine Maschine ist schon weg«, hörte ich mich quengeln.

»Du bekommst meine.« Er steckte seine Pistole weg. »Wann hat dir Mama Judith die 12,7-mm gegeben?« Der Wagen raste davon. Mehrere Wagen folgten uns.

»Warum kennt dich keiner?« Jetzt war es an der Zeit, dass ich meine Frage loswurde.

Menachem steckte eine von seinen Ibogain-Zigaretten an.

»Weil ich einen Scheißjob habe. Mich gibt es nicht«, brummte er zum Fenster hinaus, an dem die Lichter der Stadt vorbeiflogen. »Ich leite eine Sonderabteilung, die nicht existiert, verstehst du?«

Nein. Kein Wort. Er gehörte dem israelischen Geheimdienst an. Verfügte über eine ganze Reihe bewaffneter Leute. Ein gepanzertes Auto und einen Privatjet. Wer war er?

»Wann hat dir Mama das Geschoss gegeben?«, hakte er in seine Frage ein.

Ja wann? Ich musste nachdenken. »Wann hat man dich für verbrannt erklärt?«

Jetzt musste er nachdenken. »Am 12. Oktober, glaube ich«, murmelte er.

Jetzt musste ich wieder rechnen. »Dann hat sie mir die Patrone am vierzehnten gegeben. Was ist daran so wichtig?«

Menachem hieb mit der Kunsthand auf den Vordersitz ein. Er war erregt, wütend.

»Das sind genau die zwei Tage, die fehlen. Mama hat uns betrogen, und das kann uns alle den Kopf kosten. Was hat sie dir damals gesagt? Erinnere dich ... du bist der Letzte, der sie gesehen und gesprochen hat.«

Da gab es nicht viel zu überlegen. Mama Judiths Worte waren wie Runen in mir eingebrannt.

»Sie hat mich gebeten, den Schwachsinn ihrer Söhne zu beenden. Dann gab sie mir das Geschoss ...«

Menachem wurde hektisch. Telefonierte und telefonierte. Rauchte eine Zigarette nach der anderen und kratzte ständig die Hand, die kein Gefühl haben konnte.

»Darf ich vielleicht mal wissen, was hier los ist? Sonst nehme ich morgen meinen eigenen Flug, und ihr könnt mich alle mal«, grummelte ich. Es war nicht zu fassen. Das lief hier plötzlich wie in einem James-Bond-Film ab. Ich schien die Hauptperson zu sein, die aber am wenigsten wusste.

»Ja ... äh ... nein. Doch, natürlich«, versuchte sich Menachem wieder auf mich zu konzentrieren. Nahm die Maske ab, um sich den Schweiß aus dem Gesicht zu wischen. Dabei war die Klimaanlage im Wagen auf Tiefkühlkost eingestellt.

»Alles darf ich dir nicht sagen. Dafür ist das Thema zu heiß. Nur so viel ...« Er öffnete eine Klappe zwischen den Vordersitzen. Es war ein beleuchtetes Fach.

»Ich denke, den können wir jetzt vertragen.« Er schenkte uns einen mehrfachen Whisky in Kristallgläsern ein. Der Fahrer jagte immer noch durch die Stadt. Die anderen Wagen folgten uns. Eine halsbrecherische Fahrt. Geschwindigkeitsbeschränkungen schienen außer Kraft gesetzt zu sein. Ich hatte Mühe, das Glas an die Lippen zu bekommen.

»Mama war selbst, bis zu ihrer Verhaftung und Deportation, mit einem der damals berühmtesten Chemiker der I. G. Farben verheiratet. Er hatte nach dem Ersten Weltkrieg an der Verfeinerung von chemischen und später biologischen Kampfstoffen geforscht. Er brachte es zu einem, na ja, nach heutigem Maßstab reichlich zweifelhaften Ruf. Er konnte den Nazis entkommen. Er war gerade auf einer Vortragsreise in den USA, als Hitler die Macht ergriff, und ... kam erst zur Staatsgründung Israels zurück.« Er schüttete den Whisky hinunter.

»Und dann? Was geschah danach?«, hakte ich nach, denn ich hatte den Eindruck, dass Menachem mehr seinen Erinnerungen nachhing und es bereute, überhaupt mit diesem Thema angefangen zu haben.

»Danach kamst du im Oktober 1973. Du wärst besser in Vietnam geblieben.« Es entstand eine lange Pause. Menachem überprüfte seine Waffe und goss sich nach. Er hatte keine Lust mehr zu reden. Reinigte seine Maske akribisch mit einem Desinfektionsmittel und stülpte sie sich wieder über.

»Mama muss die wirkliche Formel in der Patrone ausgetauscht haben. Sie ist völlig wertlos, wie mir gerade das Oberkommando mitteilte. Und dich hat man in Verdacht. Die Militärpolizei sucht dich mit einem Haftbefehl … Noch irgendwelche Fragen?« Es klang höhnisch, überheblich.

Ich nahm auch noch einen Schluck. »Wer bist du, und wer seid ihr? Für wen arbeitet ihr, dass diese verdammte Formel so wichtig ist?«

Menachem schüttelte den Kopf. »Nicht hier und jetzt.«

»Und wann dann? Hier läuft doch etwas, was nach der Entführung meiner Tochter und einer handfesten Erpressung eines deutschen Journalisten riecht. Ich will sofort zu unserem Botschafter gebracht werden.« Nun war ich es leid, ständig an der Nase herumgeführt zu werden. »Halt sofort an. Ich nehme ein Taxi.«

Menachem rief dem Fahrer etwas zu, der die Geschwindigkeit weiter erhöhte.

»Reg dich ab. Du wirst deine Antwort in wenigen Minuten bekommen.« Er lud seine Waffe durch und steckte sie in den Hosenbund. Wieder Telefonate, die ich nicht verstand. Der Tacho zeigte über zweihundert Stundenkilometer auf der Stadtautobahn. Hundert waren erlaubt. Die anderen Wagen konnten uns nicht mehr folgen. Menachem war dabei, sie abzuschütteln. Seine eigenen Leute. Er telefonierte weiter, der Wagen schoss vom Highway, auf dem ich kurz vorher noch das Hinweisschild zum Flughafen gelesen hatte, in eine Abfahrt. Rumpelte über einen Schotterweg. Der Fahrer löschte das Licht, ließ aber den Motor laufen.

»Du steigst jetzt um. Stell keine Fragen. Wir sehen uns am Flughafen …« Menachem zog die Pistole und richtete sie auf mich. »Keinen Ton. Raus hier. Ich muss die anderen ablenken.«

Ich zögerte mit dem Aussteigen. Was sollte das werden? Ich sollte in Gefahr sein, und mein vermeintlicher Freund bedrohte mich mit seiner Waffe. In was war ich hier verwickelt?

»Steig endlich aus, bevor die anderen das merken. Oder muss ich dich erst verwunden, damit dich deine Tochter pflegen kann?«

Ich tat wie befohlen. Die Limousine raste davon.

Ich stand auf einem Platz, der der schwachen Beleuchtung des sternenklaren Himmels nach kaum Deckung bot. Was sollte ich hier? Meiner Einschätzung nach befand ich mich genau zwischen der Stadtgrenze von Tel Aviv und dem weit vor der Stadt gelegenen Flughafen. Wie ich mich auch wendete, in jede Richtung waren das mindestens fünfzehn Kilometer. Das konnte eine tolle Nacht werden. Was war in Menachem gefahren? Wen wollte er ablenken? Seine eigenen Leute, die uns seit Jaffa gefolgt waren? Die mit Kinderwagen und Maschinenpistole obenauf?

»Hallo. Ich bin Ihr Taxi«, sprach mich eine weibliche Stimme aus der Dunkelheit an. »Ich sagte doch, dass wir uns bald wiedersehen.«

»Nathalie?«, fragte ich ins Schwarze.

»Die ist auch hier«, kam es zurück. »Aber ich bin enttäuscht. Du solltest unsere Stimmen auseinanderhalten können.«

Ich war irritiert.

»Wer sind Sie?«, fragte ich in die Dunkelheit. Sah mich um. Da war niemand.

»Jetzt werde ich langsam sauer«, kam es zurück. »Wir sind per ›Du‹, und das schon seit meiner Geburt.«

Mein Gehirn glühte, mein Puls raste und meine Haut begann meine Körperflüssigkeit in einem atemberaubenden Tempo von sich zu geben.

»Rebecca? Was machst du hier? Ich denke ...«

»Paps, immer wenn du denkst, dann gibt es Probleme. Darf ich dir Nathalie vorstellen?« Der Kies um mich herum knirschte. Zwei weibliche Gestalten kamen auf mich zu. Beide hatten Waffen umhängen. Rebecca gab mir einen flüchtigen Kuss. Nathalie versuchte ihre UZI hinter dem Rücken zu verstecken.

»Das ist Nathalie. Menachems Tochter. Sie spricht perfekt Deutsch. Entschuldige unser martialisches Auftreten. Aber Israel ist nur sicher, wenn jeder seine Waffe zeigt.« Rebecca lächelte im Mondschein wie eine weiße Maske.

»Hat es einen Sinn, euch zu fragen, was ihr hier macht?«

»Nicht wirklich«, antwortete Nathalie, die nicht mehr in dieser hässlichen Uniform steckte, sondern ein luftiges Kleid mit einem beachtenswerten Ausschnitt trug.

»Nein, du fragst am besten erst einmal überhaupt nichts und kommst einfach mit«, hakte sich Rebecca ein. Sie trug das gleiche Kleid. Die beiden sahen sich fast zum Verwechseln ähnlich.

Zwei hübsche Frauen in geblümtem Sommerkleid mit einer Maschinenpistole als Dekoration. Wenn das nur nicht zur Mode wurde ...

Verwirrt ließ ich mich in den Wagen fallen, den Nathalie aus dem Nichts gezaubert hatte. Es war ihr kleiner Japaner.

Rebecca stieg hinten ein. Nathalie fuhr.

»Du solltest doch in der Klinik deine Therapie machen«, wandte ich mich um.

»Mache ich doch«, kam es von hinten zurück. »Jeder glaubt das, und das ist gut so.«

Es dauerte einen Moment, bis ich das verstand. Irgendwer war mir zurzeit dauernd mit seiner Denke voraus.

»Das heißt, du bist gar nicht krebskrank?«

»Ich denke nicht daran«, kam es zurück.

»Das Gutachten vom onkologischen Institut und die ganzen anderen Befunde...?«

»... kannst du vergessen«, grinste meine Tochter. Ich verstand jetzt gar nichts mehr.

»Die Entführung aus der Hamburger Klinik?«

»Alles geplant.«

»Der Mord an deiner Mutter und deinem Stiefvater...?« Nun entstand doch eine längere Pause. Meine so coole Tochter war nicht so abgebrüht, wie sie tat. »Ich höre. Warum musste deine Mutter sterben und ich fast einem Anschlag zum Opfer fallen?«

Es wurde still. Es kam keine Antwort.

»Das wollen wir gerade herausfinden«, übernahm Nathalie das Wort. »Alle glauben, dass Sie noch im Besitz der wirklichen Formel sind. Deshalb müssen Sie hier verschwinden. Keine Sorge. Menachem macht das schon. Er ist aber leider der einzige, der Ihnen momentan glaubt.«

Momentan. Wieder solch eine Einschränkung. Meine Tochter hatte sich offensichtlich auf die Gegenseite geschlagen und fühlte sich dabei ganz wohl. Aber wer war die Gegenseite? Das wollte mir offensichtlich niemand sagen, oder sie wussten es selbst nicht. Dann war ich der Köder an der Angel.

»Na, Klasse«, stöhnte ich. »Wie geht das jetzt weiter?«

Nathalie hielt sich sklavisch an die Geschwindigkeitsbegrenzung. Autos der Luxusklasse jagten an uns vorbei. Das Land hatte sich seit 1973 stark verändert.

»Das versuchen wir herauszufinden«, nahm Nathalie die Frage auf. »Bei der nur stückhaft überlieferten Formel könnte es sich um die Umwandlung des bisher nur flüssig zu benutzenden Ricins in ein Gas handeln. Das wäre ein Meilenstein in einer neuen Kriegführung. Denn Rizin ist mittlerweile in jeder beliebigen Menge künstlich produzierbar. Wir haben, seit dem Artikel meines Vaters in Ihrer Zeitung einen Anstieg von Anschlägen, der gewaltig ist. Somit liegen wir schon mal richtig ...«

Mein Artikel, und die Anschläge stiegen, und das fand man in Israel gut?

»Es ist nicht, was Sie jetzt denken. Es ist eine konzertierte Aktion der gesamten westlichen Welt«, beeilte sich Nathalie um eine Richtigstellung. »Von den USA bis Russland stehen alle dahinter. Nur wir haben mal wieder den Schwarzen Peter, da wir vom finanziellen Tropf der anderen abhängig sind. Wir führten auch keine Kriege gegen die Palästinenser, wenn es anders wäre. Würden uns die Saudis bezahlen und unsere Daseinsberechtigung anerkennen, dann gäbe es Frieden in dieser Region. Wir würden ihnen schon ihre Kredite zurückzahlen, wenn wir nicht ständig diesen Riesenapparat von Militär unterhalten müssten.« Sie schwieg. Meine Tochter schwieg ebenfalls, und ich hing meinen Gedanken nach. Was konnte mir Mama Judith damals noch gegeben haben, was die richtige Formel ihres ältesten Sohns beinhaltete? Was konnte das sein?

»Jetzt bist du dran«, flüsterte Nathalie nach hinten und fuhr auf einen Parkplatz. Rebecca kletterte aus dem kleinen Japaner und bestieg ... einen kleinen Japaner, der mit diesem Auto identisch war.

»Was wird das denn?«, knurrte ich ungehalten. Rebecca raste davon. Nathalie wartete, bis der Wagen auf dem Highway eingebogen war.

»Menachems Artikel in Ihrer und anderen europäischen Zeitungen dient dazu, eine Gruppe von Terroristen aufzuscheuchen. Aber wir kommen leider nicht an alle Informationen.

Daher mussten wir Sie in das Hauptkommando einschleusen, um diese spezifischen Details zu erfahren, die das Militär unter Verschluss hält. Wie immer. Die glauben immer und überall die Größten zu sein. Verstehen aber nicht, dass sich die zukünftigen Mittel des Terrorismus von Sprengstoff in chemische Kampfstoffe wandeln werden. Und Ricin ist ein ausgezeichneter Kampfstoff, wenn man ihn entsprechend einsetzt. Darum suchen alle nach dieser verdammten Formel.«

Nathalie gab Gas und fuhr ihren Trott weiter.

»Was ist das für eine Abteilung, der dein ... Verzeihung Ihr Vater Menachem vorsteht?«

Über Nathalies Gesicht lief ein von den Armaturen grün beleuchtetes Lächeln.

»Du. Wir waren über den Kopfhörer schon mal beim ›Du‹. Die Abteilung meines Vaters untersteht direkt dem Staatspräsidenten. Nicht der Armee und nicht dem Mossad ... und sonst gibt es nur noch die Geldgeber des Staates, die sich gehörige Sorgen machen.«

Ich verstand zwar einiges, aber nicht alles. Was hatte meine Tochter damit zu tun? Mein Gehirn forschte unterdessen weiter nach einer Spur, was mir damals Mama Judith noch gegeben haben konnte. Mir fiel nichts ein. Ich konnte den Film vor- und zurückspulen, wie ich wollte.

»Und was ist, wenn diese Formel nicht wieder auftaucht?« Im gleichen Augenblick, in dem ich diese Frage stellte, war mir bewusst, dass sie schwachsinnig war. Jeder, der sie haben wollte, war überzeugt, dass es sie gab.

»Dann wird sie gerade in irgendeinem Labor neu erfunden und läuft uns völlig aus dem Ruder«, beendete Nathalie meine Betrachtung. »Wer die Formel hat, erfindet auch sofort das Gegenmittel, und das ist der kleine Vorsprung, den wir unbedingt benötigen. Alle wissen das. Gegen Bomben gibt es Mittel. Gegen biochemische Kampfstoffe, die auch noch auf jedem Feld zu züchten sind, fehlt uns das Wissen. Ohne die Grundformel der Produktion sind wir, die Menschheit, wehrlos. Wir schaffen es ja noch nicht einmal, genügend Impfstoffe gegen Milzbrandviren zu produzieren. Wir nehmen sie nicht ernst. Was wollen wir dann erst gegen Rizin machen? Denk nach, wo die Formel sein könnte.«

Nathalies Stimme war scharf, unerbittlich. Da war nichts Weiches. Das Kleid war Staffage.

»Menachem ist also dein Vater?«, versuchte ich eine private Note in das Gespräch zu bringen. Ich konnte es mir nicht vorstellen. Am 12. Oktober 1973 war er seiner Mutter als in seinem Panzer verbrannt gemeldet worden. Was war dazwischen passiert? Nathalie war älter als Rebecca. Also war sie vor dem vermeintlichen Tod ihres Vaters zur Welt gekommen. Er hatte aber am 8. Oktober 1973, als ich bei ihm zwischengelandet war, allein in seiner alten Junggesellenwohnung gelebt.

»Ja. So steht es in den Papieren, und er hat es auch bestätigt.« Nathalie sah auf die Borduhr und verlangsamte die Fahrt. »Wir sind zu früh.«

»Zu früh für was?« Es war spät genug. Ein kleiner Umtrunk an irgendeiner Hotelbar, und ich würde langsam ins Bett gehen.

»Zu früh zum Sterben«, lächelte Nathalie. »Der Plan muss genau eingehalten werden, sonst fängt dich die Militärpolizei ab.«

»Dann benachrichtige ich meinen Botschafter. Der holt mich schon wieder raus«, begann ich laut zu werden. Waren denn hier alle am spinnen? Autos wechseln. Weiber mit Maschinenpistolen. Der Film gefiel mir nicht.

»Dann sitzt du aber eine ganze Weile ab«, murmelte Nathalie. »Euer Botschafter ist tot. Vergiftet. Wie lange dauert es, bis deine Leute einen neuen schicken? Vergiss es! Die Gegner ziehen den Kreis immer enger.«

»Und wer sind eurer Meinung nach die Gegner?«

Nathalie fuhr auf einen Parkplatz und schaltete das Licht aus. Sie sah auf die Uhr und verglich die Zeit mit ihrer Armbanduhr. Nahm die UZI und legte sie schussbereit auf ihren Schoß, legte den Kopf an die Nackenstütze und zündete sich eine Zigarette an.

»Auch Ibogain?«

»Nein. Das braucht nur Vater, damit er wenigstens schlafen kann. Willst du eine?«

Ich schüttelte den Kopf. »Nein danke. Hier traue ich niemandem mehr.«

Nathalie lachte. Es klang herzhaft. »Das solltest du auch nicht. Du bist der Gejagte. Du warst der letzte bei Menachems Bruder. Du hast die Information ins Katharinenkloster gebracht, und du warst der letzte, der mit Mama Judith gesprochen hat. Und ...«, sie brach ab. Ihr Handy fiepte.

»Es ist so weit ...« Sie startete den Motor und jagte mit durchdrehenden Reifen vom Parkplatz. »Halt das. Aber sei vorsichtig. Sie ist entsichert«, drückte sie mir die UZI in die Hand.

Von nun an schien auch für sie kein Tempolimit mehr zu existieren. Ich hatte den kleinen Japaner unterschätzt. Er lief auch zweihundert Stundenkilometer. Aber er machte einen Höllenlärm. An eine Unterhaltung war nicht mehr zu denken. Was war so weit? Die Waffe fühlte sich gar nicht wie eine an. Das Metall war warm. Ihr Lauf direkt auf Nathalie gerichtet. Nicht gesichert. Ich brauchte nur den Abzug betätigen. Aber bei diesem Tempo war auch ich der Dumme, überlegte ich.

Ben Gurion Airport kam in Sicht. Er lag vor uns wie ein hell erleuchteter Dinosaurier.

Nathalie steuerte eine wenig einsehbare Parkbucht an. Hielt neben einem Militärjeep.

»Umsteigen«, befahl sie.

»Und was mache ich damit?« Ich hielt die Maschinenpistole hoch.

»Schießen. Du wirst nach Vietnam wohl wissen, wie das funktioniert. Raus jetzt. Ich bin das dritte Ablenkungskommando. Vertraue einfach dem Jeepfahrer.«

»Und Rebecca?«

»Sie war das zweite ... los jetzt, die Maschine kann nicht ewig warten.«

Nach Vietnam. Was sollte denn der Schwachsinn? Natürlich hatte ich selbst als Reporter den Umgang mit Waffen lernen müssen. Was ich nicht kannte, hatte ich mir von der kämpfenden Truppe abgeguckt. Aber woher wussten das die Israelis? Und was hatte das mit meiner jetzigen Situation zu tun? Die Amerikaner waren gerade dabei, den Irak platt zu machen ... Moment mal, hielt ich mein Kopfkino an und stieg geistesabwesend in den Jeep. Dass der Fahrer Menachems Chauffeur war, nahm ich nur am Rande war. Hatte das etwa alles mit dem Irak zu tun? Nein. Das konnte nicht sein. Die Formel war mehr als dreißig Jahre her. Da hatten sich die Amerikaner gerade als »lieb Kind« wegen des Erdöls in dieser Region eingeschlichen. Oder doch?

Der Jeep schlich ohne Licht am Flugplatzzaun entlang, der dreifach mit Stacheldraht gesichert war. Nervös spielte ich mit dem Sicherungshebel der UZI. Bald wusste ich nicht mehr, in welcher Stellung die Waffe nun gesichert oder entsichert war.

Der Fahrer schien nach etwas zu suchen. Der Wagen kroch

im Kriechgang über ein von Panzerketten zerwühltes Gelände. Scheinwerfer vom Kontrollturm suchten in regelmäßigem Abstand den Zaun entlang und erfassten auch in regelmäßigem Abstand unseren Jeep. Aber das schien meinen Fahrer nicht zu stören. Unsere Fahrt war wohl zeitlich so geplant worden, dass sie mit einer regulären Kontrollfahrt zusammenfiel. Den Gedanken, wo dann das eigentliche Kontrollfahrzeug war, schob ich beiseite.

Der Fahrer stoppte und leuchtete kurz mit dem auf dem Rahmen der Windschutzscheibe montierten Scheinwerfer den Zaun ab.

»Hier«, flüsterte er. »Setzen Sie das auf.« Er hangelte einen Militärhelm vom Rücksitz. »Das ist immer das Problem bei Stacheldraht. Die Haare. Sie kriechen auf dem Bauch in Richtung des roten Bandes. Sehen Sie es?« Das Licht flammte noch einmal kurz auf.

Da hing, für niemand erkenntlich, ein roter Stofffetzen im Hauptzaun.

»Die brauchen Sie auch noch ...« Er gab mir zwei innen gepanzerte Lederhandschuhe, wie ich sie auch schon einmal gesehen hatte. Die Soldaten nutzen sie auf der ganzen Welt, um Stacheldraht zu verlegen.

»Wenn Sie durch sind, halten Sie sich an die Maschine, die gerade betankt wird. Und vermeiden Sie, direkt in die Scheinwerfer zu kommen. Viel Glück.«

Der Jeep rumpelte davon und ich kroch auf dem Bauch wie eine umgedrehte Schildkröte auf den Zaun zu.

»Was soll der Schwachsinn?«, knurrte ich für mich. Fürs Indianerspielen war ich zu alt – und zu dick. Wenn mich die Scheinwerfer erfassten, würde man eher den Tierschutz rufen, was ein gestrandeter Wal auf einem Flugplatz zu suchen hatte.

Hoffentlich hatte man daran gedacht, als die Löcher in die Sperre geschnitten worden waren.

Man hatte. Reichlich ramponiert erreichte ich das innere Gelände. Die verdammte UZI hing mir immer noch am Hals. Ein Wunder, dass sie nicht von selbst losgegangen war.

In geduckter Haltung schlich ich mich an die Maschine mit dem Tankwagen. Meine Glieder schmerzten, meine Lungen pfiffen, und die Kratzer vom Zaun in meiner Haut begannen sich schmerzend mit Schweiß zu füllen. Ich verbarg mich hinter dem rechten Fahrwerk und wartete, bis der Tankrüssel aus dem Stutzen geklinkt war und der Wagen sich entfernte.

»Ich bin dir noch ein Essen schuldig«, hatte mich Menachem empfangen und mich vom Helm und der Waffe befreit. »Das brauchst du nicht mehr ...«

Die Luke schloss. Die Turbinen fuhren hoch. Die Maschine rollte an.

»Hier bist du sicher. Vorläufig. Komm bitte. Ich möchte dich mit jemand bekannt machen.« Es war die Maschine, mit der ich hergekommen war. Nur waren wir dieses Mal nicht allein. Ein Mann und eine Frau waren an Bord. Menachem lächelte. »Ich brauche euch wohl einander nicht vorzustellen. Tut das selbst. Ich kümmere mich mal ums Dinner.« Damit verschwand er in der Pantry.

Ich war sprachlos und irgendwie glücklich zugleich.

»Was macht ihr denn hier?« Rebecca und Abdel-Kader lächelten fast verlegen. »Na ja, wir dachten, dass wir dich so am besten vorläufig vor den Schergen retten könnten«, murmelte der Scheich und grinste verschmitzt.

»Und du? Was hast du damit zu tun?«, fuhr ich Rebecca unbeabsichtigt scharf an. Sie zuckte mit den Schultern.

»Frag meinen Chef.« Sie deutete auf den Scheich und ließ sich in einen der ausladenden Ledersessel fallen.

Die Maschine hob ab. Niemand hatte mich auf Sicherheitsbestimmungen hingewiesen. Auch gab es keine leuchtenden Warntafeln, die das Rauchen verboten. Ich fiel einfach in Rebeccas Schoß. Der Scheich lachte. Er hatte es gerade noch geschafft, sich irgendwo festzuhalten.

»Paps, du bist in deinem Alter wirklich nicht mehr zum Maulwurf geboren. Ich muss dich verarzten. Dein ganzer Rücken besteht nur noch aus Hautfetzen. Muhammad, hilf mir mal.«

Jetzt erst merkte ich, dass etwas an meiner Rückseite nicht stimmte. Es war warm und klebrig. Ich tastete mich so gut es ging an der Stelle ab. Meine Finger kamen rot zurück. Ich blutete.

»Das Dinner ist fertig. Lebt unser Gast noch?«, kam Menachem zurück. »Ist zwar alles in der Mikro aufgewärmt, aber aus dem Restaurant in Jaffa.«

Rebecca und der Scheich hatten mich gemeinsam verarztet und vorsorglich eine Tetanusspritze verabreicht.

Das Essen war köstlich. Wie lange hatte ich nichts mehr gegessen? Lange. Sonst wäre ich im Zaun wirklich als gestrandeter Walfisch hängengeblieben. Der Whisky und die Zigarre danach waren noch köstlicher. Die Atmosphäre entspannte sich. Wohin flogen wir eigentlich?

»Nach Scharm El-Scheich. Du wirst erst mal ein paar Tage bei uns bleiben«, las mir der Scheich die Frage aus dem Gesicht ab.

»Wer oder was seid ihr?«, murmelte ich schläfrig. »Und was machst du dabei, Rebecca?«

Ich ließ den Sitz in Schlafposition fahren. Ich wurde müde. Sehr müde. Hatte man mich schon wieder betäubt? Nein, nicht meine Tochter ... war mein letzter Gedanke.

6

SINAI

»Paps, würdest du bitte mal wach werden? Wir sind da«, rüttelte jemand an mir. »Aussteigen. Wir können dich schlecht als Schnarchsack durch den Zoll bringen.«

Es war Rebeccas Stimme.

Mühsam versuchte ich meine Umgebung wahrzunehmen. Ich war in einem Flugzeug. Hatte ich das alles nur geträumt oder unterbewusst wahrgenommen? Jemand, es war eine weibliche Stimme gewesen, hatte gesagt, dass es an der Zeit sei, mich zu informieren. Das sei man mir schuldig.

»Wo sind wir?«

»Scharm El-Scheich«, beugte sich Menachem über mich. »Komm, alter Junge, du musst jetzt fit sein. Wir brauchen dich.«

Schon wieder jemand. Alle schienen mich zu brauchen, und mir wollte nicht einfallen warum.

»Wozu?« Meine Lebensgeister begannen wieder Form anzunehmen. Mein Rücken brannte wie Feuer.

»Zieh dich um.« Rebecca hielt mir eine leichte Sommerbekleidung hin. »So kannst du nicht in die Öffentlichkeit. Und beeil dich. Der Hubschrauber wartet nicht ewig.«

Man brauchte mich, und ein Hubschrauber wartete. Da war

doch was gewesen? Das Kloster und diese Drehflügler. Das passte alles zusammen, bis auf meine Tochter. Wonach alle suchten, war noch im Kloster. Aber was hatte ich damals dorthin gebracht? Mir wollte es nicht einfallen. Aber »sie« schienen mir das nicht zu glauben. Hielten mich für einen sturen Journalisten, der einfach seine Story haben wollte. Wie konnte ich das denen klar machen, dass ich nicht die geringste Ahnung hatte, wonach alle suchten?

Gib es auf, dir und mir ständig Fragen zu stellen, die ich auch nicht beantworten kann. Hör ihnen einfach zu, murmelte mein Instinkt. *Irgendwo ist ein Kommunikationsfehler. Aber durch was und wen findest du nur durch Zuhören heraus.*

Du hast recht, beendete ich die Kommunikation mit mir selbst und sah zum Fenster hinaus. Es war immer noch Nacht. Meine Uhr zeigte, dass wir nur eineinhalb Stunden geflogen waren. Betäubt worden war ich demnach nicht.

Von nun an lief alles professionell ab. Zu professionell. Hier lief eine Aktion, die nicht mehr ausschließlich meiner Rettung vor irgendeiner Polizei diente.

Der Flug mochte vom Flughafen etwa zwanzig Minuten gedauert haben. Rebecca war mitgeflogen. Menachem und der Scheich nicht. Meine Tochter schien die Sprache verloren zu haben. Jede meiner Fragen wurde mit einem barschen »Wart's ab« quittiert. Was hätte ich darauf entgegnen sollen? Rebecca wirkte plötzlich fremd auf mich, als stünde sie unter einer mir nicht sichtbaren Kontrolle. Was war mit ihr los? War sie nun krank oder nicht? Lag es an der Therapie, die ihr der Scheich verordnet hatte, dass sie langsam begann seltsam zu werden? Was hatte er ihr verordnen können? Sie war selbst Ärztin, die sich auskennen musste. Obwohl … mir kamen langsam ein paar Bedenken. Ich wusste eigentlich auch nicht, warum man mich jagte. Ein blödsinniges Abführmittel war plötzlich zur Gefahr für die Menschheit und seine Zivilisation geworden. »Schwachsinn, alles Schwachsinn«, knurrte ich. »Zivilisation. Was ist das überhaupt?« Wer hatte eigentlich diesen blödsinnigen Begriff geprägt, den alle Machthaber dieser Welt dazu genutzt hatten, um andere als Arbeitssklaven zu »zivilisieren«? Mir fiel es nicht ein. Heute nannte man das wohl »Demokratisierung«. Die heutigen Machthaber setzten Zivilisation voraus. Sonst würden die anderen, die sie zu demokratisieren versuchten, das Wort nicht verstehen.

Nur ich Idiot schien nicht zu verstehen, worum es ging. War ich nun unzivilisiert oder bereits undemokratisch? Oder umgekehrt?

Wie der Pilot bei völliger Dunkelheit in diesem Tal landen konnte, hätte mir spätestens zu denken geben müssen, als er sich etwas vor das Gesicht geschoben hatte. Das kannte ich aus Vietnam. Nur war es damals nicht so perfektioniert und noch in der Erprobung. Ein Nachtsichtgerät. Er war vom Militär.

Du kommst auch von einer Scheiße in die andere, haderte ich mit mir. *Die israelische Militärpolizei sucht dich. Und wo landest du? Bei der ägyptischen.*

Im Landescheinwerfer tauchte etwas auf, das ich noch kannte. Die Maschine setzte auf. Ein paar Palmen. Ziegen und Schafe, die gebannt in das Licht starrten. Wiederkäuende Kamele, die blökten, weil sie die Rotoren in ihrer Nachtruhe störten. Pickups, Satellitenschüsseln und viele schwarze Zelte. Wir waren im Wadi des Scheichs.

»Seid mir willkommen. Mein Vater hat mir gesagt, dass wir euch erwarten«, reichte mir der Sohn die Hand.

»Bitte folgt mir. Ich habe noch ein kleines Essen für euch zubereiten lassen.«

»Schon wieder eine Mutprobe?«, fand Rebecca ihre Sprache wieder.

Der junge Beduine schüttelte den Kopf und lachte. »Nein. Ein einfaches Essen. Dann könnt ihr euch zur Ruhe begeben. Wir erwarten bei Tagesanbruch viele Gäste. Da solltet ihr ausgeschlafen sein.«

»Kann man einen Beduinen lieben?«

Ich kämpfte damit, dass ich mit meinem zerkratzten Rücken und der Hängematte nicht zurechtkam. Das Abendessen war wirklich einfach gewesen. Irgendwelches Dosenfutter. Aber eine Flasche Bier und einen Whisky hatte es zum Abschluss gegeben.

»Wie kommst du darauf? Willst du etwa den Scheich heiraten und hier leben? Vergiss es. Der hat eine Familie«, brummte ich ungehalten.

»Muhammad hat keine mehr. Seine Frau ist vor zwei Wochen an genau derselben Krankheit gestorben, die ich habe«, kam es aus Rebeccas Hängematte.

Sie war also doch krank. Verzweifelt versuchte ich die jetzt aufkommenden Gedanken zu unterdrücken. Es ging nicht. Der Scheich und Chefarzt versuchte meine Tochter zu therapieren, hatte aber seine Frau an genau diese Krankheit verloren.

Stöhnend rollte ich mich aus der Schlafstatt. Auf dem Bauch zu liegen war ein Gräuel. Ich ging in die Nacht hinaus und setzte mich auf einen Hackklotz. In den Zelten flimmerten als einzige Beleuchtung die Fernseher. Irgendwo wummerte ein Stromaggregat. Nicht einmal in der Wüste hatte ich mehr meine Ruhe. Wir waren zivilisiert.

Rebecca war mir gefolgt und ließ sich neben mir nieder. Schaute in den funkelnden Himmel. Nirgendwo auf der Welt hatte der Himmel solch einen Glanz wie in der Wüste.

»Du hast meine Frage nicht beantwortet«, flüsterte sie.

»Du mir auch eine ganze Menge noch nicht«, konterte ich. »Was soll man mir endlich sagen? Was ist das, was ich wissen sollte? Und einen Scheich heiratest du mir nicht.« Der letzte Satz war überflüssig. Er tat mir sofort leid. »Abdel-Kader ist ein Moslem und mindestens fünfundzwanzig Jahre älter als du. Was soll der Schwachsinn? Suche dir einen jungen Deutschen oder zumindest einen Europäer ...«

Rebecca sah weiter zu den Sternen hinauf und umschlang ihre Knie. »Ignorant ...«, murmelte sie. »Du kapierst nichts. Ich bin eine halbe Israeli. Sieh dir das mal an ...«

Sie drückte mir ein grünes Plastikstück in die Hand und verschwand im Zelt.

Im Licht meines Feuerzeugs versuchte ich die Plastik zu entziffern. Gab es aber sofort auf. Das kannte ich schon. Ich war geschockt. Irgendwo meckerte eine Ziege, ein Kamel antwortete, das Stromaggregat fuhr herunter, die Fernseher erloschen. Ich war allein. Endlich. Eine himmlische Ruhe umgab mich. Dafür klopften meine Gedanken umso lauter an meine Schädeldecke. So laut, dass ich glaubte, dass sie jeder mithören konnte.

Meine Tochter Rebecca war Mitglied des BND.

Und, zwischen welche Stühle gedenkst du dich jetzt noch zu setzen?, motzte mein Ich.

Ich schlich ins Zelt und rüttelte an Rebeccas Hängematte. Sie schlief noch nicht.

»Was soll das? Seit wann bist du bei dem Laden?« Vor meinen Augen tauchten die beiden BND-Typen auf, die nicht gerade den sympathischsten Eindruck gemacht hatten.

»Seit Mama diesen Staatssekretär geheiratet hat«, kam es aus der Dunkelheit. »Eine Jüdin und ein deutscher Politiker. Das haben die nicht so gerne. Da ich den aber auch nicht leiden konnte . . . habe ich Ja gesagt.«

»Ja wozu?«

Rebecca rollte sich auf den Rücken. »Die wissen, dass der Terrorismus langsam andere Wege einschlägt. Ich bin Ärztin, du Journalist und im Besitz von Informationen, die von höchster Brisanz sind.«

»Wieder ich . . .«, fluchte ich laut. »Ich habe keine Informationen. Geht das nicht in eure Schädel?«

Rebecca drehte sich auf den Bauch, ließ ein Bein aus der Matte hängen.

»Das musst du nicht mir, sondern denen klar machen. Ich habe alles getan. Sie glauben mir nicht.«

Danach glitt sie in Morpheus Reich. Sie schlief genauso schnell ein wie ihre Mutter. Da war für mich nichts mehr zu machen. Ich steckte ihr Bein unter die leichte Leinendecke und ging wieder hinaus. Zum Himmel.

Ruhe. Endlich Ruhe. Nur der gestirnte Himmel über mir, mit einer solchen Vielzahl von Sternen, dass es einen zugleich ganz klar im Kopf und ganz besoffen machte. Das war wieder meine Wüste. Nichts rührte sich. Außer meinen Gedanken. Und die waren schwärzer als die Nacht. Meine Tochter als Agentin vom BND auf ihre Mutter angesetzt und gleichzeitig auf der Suche nach dem vermeintlichen Geheimnis ihres Vaters. Hier schreckte keiner vor irgendwas zurück.

Dabei hatte alles mit einer harmlosen Fahrt 1973 angefangen.

»Du denkst zu viel, mein Freund ...« Ich schreckte hoch. Den Scheich hatte ich nicht kommen hören.

»Du solltest etwas schlafen. Oder magst du noch einen Schluck?« Bevor ich antworten konnte, war er mit einer Flasche zurück.

»Hier läuft ein übles, aber unbedingt notwendiges Spiel ab.« Er setzte sich neben den Hackklotz, drückte mir eine Flasche Whisky in die Hand und sah zum Himmel hoch.

»Hat deine Tochter mit dir gesprochen?«

Ich nickte in die Nacht. »Ja, sie fragte, ob man dich heiraten kann.« Es entstand eine lange Pause.

»Und, was hast du gesagt?«

Pause. Was hatte ich gesagt?

»Dass das nicht geht.«

»Warum nicht?«

»Weil sie eine Jüdin und du ein Moslem bist.« Nun war es raus und ich nicht besser als alle anderen.

»Aber du, als Deutscher, hast eine Jüdin geheiratet. Hast du dir darüber mal Gedanken gemacht. Ich glaube kaum.« Er stand auf und ließ mich mit der Flasche sitzen. Das Ansinnen von Rebecca schien ernster zu sein, als ich wahrhaben wollte.

Sternenübersäter Himmel. Hackklotz, Flasche und ich. Und eine Frage, die ich mir so nicht beantworten konnte. Nein, nicht wollte. Nicht, bevor ich das verdaut hatte. Rebecca und ein Scheich! Momentan war das für mich unvorstellbar, zumal sie voll in die deutsche Behördenmaschinerie eingespannt zu sein schien. Das konnte und musste schiefgehen. Ich hatte nur noch einen Trumpf. Als zukünftiger Schwiegervater konnte ich Nein sagen. Dann platzte alles. Kein Moslem würde sich diesem, meinem Nein widersetzen.

Mit einem saftigen und lauten »Du bist ein Arschloch« ließ

ich mich in die Hängematte fallen. Rebecca hat den Fuß schon wieder draußen.

Der Rest der Nacht war einer der übelsten, an den ich mich erinnern konnte. Ein Albtraum hatte den anderen gejagt. Meine Tochter und ein Wüstenscheich. Eine deutsche Agentin des BND zwischen Mossad und Beduinen. Das konnte nicht gut gehen. Aber wie sollte ich das verhindern?

Ein Geräusch riss mich aus dem Schlaf und versetzte mich sofort in Alarmbereitschaft. Hubschrauber. Dem Lärm nach nicht nur einer.

Verschlafen kroch ich aus dem Zelt. Rebeccas Hängematte war leer. Die Flasche auch. Vier Maschinen teilten sich das enge Wadi gleichzeitig als Landeplatz und wirbelten den Sand auf. Ziegen und Schafe bekundeten lautstark ihre Panik. Nur die Kamele schien das alles nichts anzugehen.

»Jetzt wird's ernst«, murmelte Abdel-Kader.

Menachem war der erste, der einem der Gefährte entstieg. Ihm folgten drei weitere Männer. Die anderen Helikopter spuckten ebenfalls je drei Gestalten aus. Die Männer der Oase waren alle bewaffnet und zeigten das offen.

»Nennt ihr das Gastfreundschaft?«, murmelte ich nur für den Scheich hörbar.

»Nein. Verhandlung«, knurrte er zurück.

»Über was wird verhandelt?«

»Über dich. Also halte bitte den Mund. Du bist mein Gast und somit mein Freund.«

Er schritt auf die Ankommenden zu und reichte jedem die Hand. Dass er keinen von ihnen leiden konnte, zeigte sich schon daran, dass er sich die Verbeugung ersparte. Das hieß, ihr seid auf meinem Gelände geduldet. Mehr nicht. Und das war gut so. Einer von den zwölf Männern war mir auch nicht willkommen. Die anderen kannte ich nicht. Das konnte heiter werden.

Ich sah mich kurz im Lager um. Rebecca, alle Frauen und Kinder waren verschwunden. Nur die Männer des Stammes, die misstrauisch die Ankömmlinge begutachteten, bildeten einen Schutzriegel um den Platz. Den Finger am Abzug ihrer Waffen. Wenn sich einer von den Fremden ungeschickt bewegte, gab es ein Blutbad. Ich war mir sicher, dass jeder von den Beduinen wusste, wann seine Waffe gesichert oder entsichert war.

Die Piloten hatten die Rotoren abgestellt. Sie blieben also. Der Staub hatte sich gelegt. Menachem schritt auf den Scheich zu und . . . umarmte ihn.

Nun war ich irritiert. Was lief hier für ein Spiel ab? Mein Gehirn durchsuchte alle Möglichkeiten. Glich alle Erkenntnisse miteinander ab. Das Ergebnis war niederschmetternd. *Kein Ergebnis zu finden.*

»Wir kennen uns?«, steuerte genau dieser Mann auf mich zu. »Wusste doch, dass Sie etwas mit der Sache zu tun haben.« Er reichte mir die Hand, die ich übersah.

»Was wollen die alle hier?«, flüsterte ich dem Scheich zu, der mir auch nicht den Eindruck machte, als sei ihm dieser Volksauflauf genehm.

»Alle wichtigen Geheimdienste . . .«, wisperte er zurück. »Ging nicht anders. Sonst wären wir und das Kloster in größte Schwierigkeiten geraten.«

»Und was hat ein Scheich und Arzt damit zu tun? Was macht Menachem hier?«

Der kümmerte sich um die Ankömmlinge, als seien sie rohe

Eier und geleitete sie in das Hauptzelt der Oase. Das Treffen war, wie es aussah, von langer Hand vorbereitet.

»Menachem ist mein Freund.« Mehr sagte der Scheich nicht und folgte den übrigen. »Wir rufen dich, wenn es soweit ist ...« Damit drehte er sich noch einmal kurz um und winkte seinen bewaffneten Stammesbrüdern, ihm zu folgen.

Menachem ... Freund? Ein israelischer Geheimdienstler und ein Scheich? Das konnte schon vom Alter her nicht stimmen, dass die sich jemals hätten anfreunden können. Ganz zu schweigen von der politischen Situation. Menachem war Kriegsveteran. Der Scheich musste mindestens zehn Jahre jünger sein. Wann sollten sie sich kennengelernt haben? Es sei denn ... nein, das war nicht möglich.

Etwas verlassen stand ich zwischen den Zelten, den Hubschraubern, bei denen die Piloten rauchend oder plaudernd herumstanden, und vielen Steinen herum.

Ich stieg an einer Felswand des Wadis empor und genoss die Aussicht. Irgendwie würden die da unten in dem schwarzen Zelt schon auf sich aufmerksam machen und mich in ihre Runde bitten. Warum war dieser fiese dicke Kerl des BND dabei, der mich mit seiner noch mehr als sein Gesicht schwitzenden Hand begrüßt hatte?

»Du grübelst wieder? Vergiss es. Die da unten sind dabei, einen Verräter in ihren Reihen zu entlarven.«

Rebecca ließ sich neben mir nieder und schaute ins Tal. Ich erschrak. Sie war in die schwarze »Jubba« der Beduinenfrauen gekleidet. Einen schweren Mantel aus Wolle, an dem hinten ein »Burnus«, eine Art Kapuze, baumelte.

»Spinnst du jetzt komplett?«, entfuhr es mir.

»Ich denke nicht«, kam es kühl zurück. »Muhammad Abdel-Kader, mein Arzt und zukünftiger Mann, ist da unten gerade dabei, deinen Kopf aus der Schlinge zu retten.«

»Meinen Kopf? Was soll das denn? Du bist doch beim BND. Und gedenkst du dann – ich meine, wenn ich eurer Heirat mal zustimmen sollte – weiter so herumzulaufen und etwa hier zu wohnen? Zwischen Ziegen, Schafen und Kamelen?«

Rebecca sah mich an, als sei ich von einem anderen Stern. Sie schüttelte den Kopf.

»Paps, du kapierst nichts. Warte auf einen Schuss. Dann wollen sie dich sehen.« Sie schlich wie eine Raubkatze davon, die sich in der zerklüfteten Gegend schon seit Generationen bewegte. War das wirklich meine Tochter?

Ich saß wie betäubt auf dem Felsen und stellte mir vor, dass ich meinen Jahresurlaub da unten in schwarzen Zelten bei meinem Schwiegersohn bei Schafsaugen und arabischen Fernsehsendern verbringen sollte. Mich fror. Ein Schuss? Schon wieder? So hatte doch alles angefangen. Ging in diesem verdammten Land denn nichts ohne Knallerei? Meine Augen schweiften über eine atemberaubende Landschaft. Aber mein Gehirn war ganz woanders. Durchstreifte die Vergangenheit, versuchte sich Jahr für Jahr in Erinnerung zu rufen und fand wieder keine vernünftige Lösung. Die Geheimdienste suchten unter sich einen Verräter. Na, dann sollten sie doch! Das hatte es schon zur Zeit der kalten Kriege gegeben. Aber wozu musste ich dann meinen Kopf von einem Scheich aus der Schlinge ziehen lassen? Missmutig trat ich einen Stein los, der klackend ins Tal holperte.

Jom Kippur. Eine Kapsel, die ich ins Kloster gebracht hatte. Dreißig Jahre später ein übles Wiedersehen mit allem, das sich sehr bald als unbrauchbar oder als per Internet überholt herausgestellt hatte. Ein Codewort, das auch nicht viel wert gewesen war, und ein Gift, das von jedem Bauern in seinem Garten angepflanzt werden konnte. Und nun? Jetzt saß die Elite der Geheimdienste da unten und diskutierte über mich und einen Verräter.

Ich wollte nur noch weg. Da standen vier Hubschrauber. Wie flog man so ein Ding? Würde sich einer der Piloten überreden lassen, mich mal eben woanders hinzufliegen? Die Beratung mit mir war niederschmetternd. *Null Chance.*

Der Schuss im Tal riss mich aus meinen Betrachtungen, die langsam nach einer Flasche Whisky riefen.

Betont langsam kletterte ich den Pfad hinunter, den ich gekommen war. Das Gestein konnte mich auch nicht mehr leiden. Es löste sich buchstäblich unter meinen Schritten auf. Jetzt erst merkte ich, wie warm es war und dass ich keinen trockenen Faden mehr am Leib hatte.

»Nein. Meine Tochter wird keinen Scheich heiraten«, brüllte ich ins Tal, mit dem Ergebnis, dass der ganze Hang nachgab und mich mit dem Geröll vor die Füße der um ihre Maschinen fürchtenden Piloten spülte.

»Der Auftritt ist nicht schlecht. Muss ich mir merken ...«, lächelte Menachem auf mich herunter. »So ähnlich muss Moses seine zögernden Leute überredet haben, endlich ins gelobte Land zu ziehen. Komm jetzt. Es gibt Ärger an allen Fronten. Die sind, wie immer, nicht unter einen Hut zu bekommen. So sagt man doch in deinem Land? Oder?«

Ich sah an mir hinab. Meine verschwitzte Kleidung hatte sich mit dem roten Staub zu einem Brei vermischt, aus dem man anderswo Ziegelsteine machte. Die beim Sturz freigelegten Körperteile, Arme, Schenkel und Brust, waren verschrammt. Hemd und Hose zerrissen.

»So gehe ich da nicht rein«, protestierte ich im Staub sitzend.

»Genauso gehst du da rein.« Menachem ging in die Hocke und musterte die Wunden. »Nichts Tödliches«, befand er und winkte einen der Beduinen herbei. Er schien dem Mann etwas aufzutragen.

»Seit wann sprichst du ihre Sprache?« Er lächelte und erhob sich. Der Beduine kam mit einer *Qamis*, einem weiten und sehr langen weißen Hemd angerannt.

»Zieh das über. Dann siehst du nicht ganz so martialisch aus ...« Menachem hielt mir das Kleidungsstück so, dass ich nicht erst lange nach der Öffnung oder wo vorne und hinten war suchen musste.

»Komm jetzt«, knurrte er. »Wir sind nicht mehr in dem Krieg, den du kennst. Wir haben auf der einen Seite eine nicht kontrollierbare Gefahr und auf der anderen nur politisierende Schwachköpfe.«

»Ich muss mich erst waschen ...«, stoppte ich seinen Lauf. Er hielt an und sah mich missmutig an, nahm seine Maske ab. Das Glasauge, die leeren Nasenhöhlen und die verbrannte Haut sahen mich an.

»Wozu willst du dich waschen? Soll ich mich jetzt auch noch kurz für die da drin schminken? Komm jetzt. Die zivilisierte Welt da drin erwartet unzivilisierte Menschen ...«

»Wie dich ...?«

Menachem sah nur kurz auf und nickte. »Ja, ... und dich und Abdel-Kader. Sonst geht ihre Rechnung nicht mehr auf.«

Er war auf Provokation aus. Das musste der Dümmste fühlen. Mir war nicht wohl. Wer waren die da drin?

Er sah zum Fürchten aus, ohne seine Maske. Und ich ... das weiße *Qamis* machte mich auch nicht zivilisierter. Es begann an den exponierten Stellen durchzubluten. Meine Hände und

Fingernägel starrten vor Dreck. »Los jetzt …«, schob mich Menachem in das Zelt.

Es war der Raum, in dem der Scheich mich und Rebecca bewirtet hatte. Nur brannte diesmal kein Feuer, und die Gesellschaft saß auf sehr niedrigen Hockern. Auch nicht sehr bequem. Einige der übergewichtigen Herren hingen darauf wie betrunken herum und versuchten sich mit den Händen am Boden ein Gleichgewicht zu verschaffen. Nicht sitzend, nicht kniend. Für eine dauerhafte Verhandlung war das für alle Beteiligten eine Tortur, die ich schon einmal in Asien gesehen und verwundert studiert hatte. Nur der Scheich saß in seiner gewohnten Haltung auf dem Boden im Schneidersitz. Er war der Hausherr. Hier galten seine Regeln. Das machte er den Anwesenden mit ihrer erniedrigenden Sitzhaltung deutlich. Die zwölf Männer schwitzten. Der ungewohnte heiße Tee, der ihnen gereicht worden war, trieb ihre Körperfunktionen zusätzlich in die Höhe. Es roch nach Zimt. Der Tee war mit Zimt aufbereitet. Das nahm ihm seine erfrischende Wirkung und trieb europäische Kreisläufe in diesem Klima an die Schlaganfallgrenze. Der Scheich pokerte … und das sehr hoch. Meine Bedenken wuchsen, ob ich der Heirat zwischen ihm und meiner störrischen Tochter zustimmen würde. Wer waren die Gäste, und wer war er? Ein Arzt? Das musste ich glauben. Rebecca würde ihn schon daraufhin abgeklopft haben. Ein Giftmischer?

»Scheich Abdel-Kader, ich bin hier, um unsere Agentin wiederzubekommen …« Der dicke BND-Agent sprang von seinem Hocker auf. Sein Gesicht war rot. Der Schweiß rann ihm von der Stirn, suchte sich seinen Weg über die Augenbrauen bis in die Mundwinkel.

Der Scheich winkte ab. »Hier ist keine Agentin von euch, und unsere Besprechung dient einem anderen Zweck. Noch Tee?«

Niemand der Anwesenden wollte noch Tee.

»Richtig. Wir sind aus einem anderen Grund hier«, kam es aus der Ecke des Zeltes. Es war Menachem, der sich zu den Beduinen auf dem Boden gesellt hatte. Ihre Waffen zielten weiter auf die Gruppe. »In den hier anwesenden Geheimdiensten ist ein Maulwurf.«

Der Satz stand im Zelt wie eine tickende Bombe, die niemand zu entschärfen wusste. Aber jeder ahnte, dass sie hochgehen würde. Ein eisiger Wind schien durch den Raum zu fegen, und ich schwitzte, als hätte ich diesen Zimttee getrunken. Die Anwesenden sahen erst sich und dann Menachem an. Der Scheich lächelte. Es war ein süffisantes Lächeln, zeigte aber keine körperliche Regung auf Menachems Aussage.

Ich suchte mir einen Platz auf dem Boden und lehnte mich an eine Zeltstrebe. Meine Zeit, etwas zu tun oder zu sagen, schien noch nicht gekommen zu sein. Das von mir als Journalist erhoffte Geschnatter unter den Anwesenden blieb aus. Ich war enttäuscht. Das würde keine Story geben. Es waren Profis, die keinen Ton mehr als nötig von sich gaben.

»Wie kommen Sie darauf?«, hob ausgerechnet der deutsche BND-Mann an.

»Weil die Armeen mehr wissen als die Geheimdienste.« Menachem erhob sich und trat in die Mitte. Im diffusen Licht sah er ohne seine Maske wie der Sensenmann aus einem Dürer-Holzschnitt aus. Ich hatte das Bild mal in Rebeccas Schulbuch gesehen.

»Die Armeen können nichts wissen«, ergriff endlich einer der anderen das Wort. Er sprach Englisch mit einem starken französischen Akzent. »Es war ausgemacht, dass nichts über die Giftanschläge weitergegeben wird.«

»Nur an die jeweiligen Staatspräsidenten«, fügte einer hinzu, der offensichtlich aus dem arabischen Sprachraum kam.

»Genau da scheint das Problem zu liegen«, knurrte Menachem und ging im Zelt auf und ab. »Das Ricin ist für manche schon wieder die Geheimwaffe. Stimmt es? Die Militärs haben doch schon einmal damit herumlaboriert ...« Menachem trat hinter einen der Geheimdienstler und legte ihm seine Prothese auf die Schulter.

»Sir, Sie sagen nichts?«

Der so Gezeichnete streckte sich, soweit es der Hocker zuließ. Nahm nahezu militärische Haltung im Sitzen an.

»Ich weiß, worauf Sie hinauswollen ...« Sein Englisch war *very British*. »Die englische Armee hat damit in den Siebzigern Erprobungen angestellt. Aber alle Muster wurden vernichtet.«

»Sagt ihr«, nahm Menachem seine Kunsthand an sich und seine Wanderung um die Gruppe wieder auf. »Tatsache bleibt doch, dass ihr Engländer mit Ricin einige unbeliebte Leute aus dem Weg habt schaffen lassen. Ein paar Exil-Bulgaren, ein paar Exil-Pakistani ... soll ich weitermachen?«

Der Engländer hob die Hände als Zeichen, dass es reichte. Meine Lebensgeister wurden hellwach. War da doch noch eine Story für mich? Mitten aus dem Kreis der europäischen Geheimdienste?

»Schluss jetzt«, fuhr der Scheich hoch, der dem Spiel bisher unbeteiligt zugesehen hatte. »Wir haben uns mit der Hilfe unseres deutschen Freundes ...«, er deutete auf mich ..., »die letzten Daten aus dem israelischen Hauptquartier besorgt und mit unseren verglichen. Sie stimmen haargenau überein. Das stinkt doch zum Himmel. Wir versuchen Anschläge zu verhindern und die Armee führt sie aus. Bisher 2225 durch Ricin vergiftete und von den Gerichtsmedizinern bestätigte Tote in der westlichen Welt. Wer da in den USA noch alles daran gestorben ist, weiß kein Mensch. Aber, wer sind die Bösen?« Er deutete in einer schnellen Armbewegung um sich. »Wir. Wir Araber. Und das werde ich nicht dulden. Wer von euch ist der Maulwurf, der die Militärs füttert, die ihnen unangenehmen Frauen und Männer in unserem Namen eliminieren, um uns zu Sündenböcken zu machen?«

Das war eine Wendung, die ich nicht erwartet hatte, und ich wurde an meiner Zeltstrebe immer kleiner. Alle meine Wunden schienen auf einmal zu jucken. Und da waren in den letzten Stunden einige zusammengekommen.

Es folgte ein betretenes Schweigen bei den Angesprochenen, dann ein panikartiger Aufbruch. Es dauerte keine zwei Minuten, dann liefen die Hubschrauberrotoren. Zwei weitere Minuten, dann war das Wadi von den Flugmaschinen befreit.

Ein seltsames Spiel, überlegte ich. Das konnte ich so meinen Lesern nicht verkaufen. Um das zu dokumentieren, hätte es eines Filmemachers bedurft, nicht eines Schreiberlings wie mich.

»Alles in Ordnung?« Scheich Abdel-Kader legte mir seine Hand auf die Schulter. Ein völlig untypisches Zeichen für einen Beduinen. Aber er wollte ja auch mein Schwiegersohn werden. Er übte noch europäische Sitten.

»Nein. Nichts ist in Ordnung«, wehrte ich seine Berührung ab. »Ich dachte, du bist Chefarzt in irgendeinem Kairoer Krankenhaus, und dann dieser Auftritt ...?«

Er sah sich seine Hand an, die ich gerade abgeschüttelt hatte, als sei sie dadurch verunreinigt und ... lächelte. Mehr nicht.

»Wo ist Rebecca, und wo ist Menachem?« Den hatte ich nicht einsteigen sehen, als die Helikopter gestartet waren. Der Scheich sah mich fast wehmütig an und ging dann ins Zelt. Ich folgte. Er deutete auf den Körper am Boden, den seine Männer gerade mit einer weißen Leinwand bedeckten. Er deutete auf den Leichnam.

»Er war der Maulwurf. Einmal Militär, immer Militär ... besonders, wenn man in deren Diensten so zugerichtet wurde wie er. Da will man besonders viel Anerkennung, die man nicht bekommt, wenn man als Krüppel nicht noch besser ist als die, die ihm das angetan haben.«

Der Scheich wies seine Leute an, das weiße Paket zu verbrennen.

»Ich möchte nicht noch einen Kadaver herumliegen haben, über den dann irgendwann ein Journalist stolpert. Und nun zu uns ...«

7

HAMBURG

Der Scheich hatte es irgendwie geschafft, mein Flugticket von Tel Aviv auf Scharm El-Scheich nach Deutschland umzubuchen. Ich war zu Hause. Die Geräuschkulisse kannte ich. Meine Mitbewohner tobten, da meine neuen Möbel den Treppenaufgang blockierten. Ihre Viecher kläfften oder miauten im gleichen Takt.

»Wie soll man hier noch durchkommen?«, schimpfte einer.

»Und wie soll man so die Treppe putzen?«, die andere.

»Das verstößt gegen alle Brandbestimmungen ...«, die übernächste.

»... und der Feuerlöscher ist seit zehn Jahren abgelaufen. Der Hausbesitzer kümmert sich um nichts«, die überübernächste.

Als hätte ich nicht schon genug Probleme am Hals, die es kurzfristig zu lösen galt, stand ich jetzt vor dem nächsten. Einem logistischen. Wie, zum Teufel, sollte ich die Möbel in die Wohnung schaffen, bevor ich die alten nicht entsorgt hatte?

Der Stapel von Post, die Anrufe auf dem Beantworter und die Menge von E-Mails stimmten mich auch nicht fröhlicher. Selbst der Verleger hatte sich aus seinen Sphären dazu herabgelassen, mir persönlich einen Rüffel wegen Menachems Artikel zu erteilen.

Dieser Artikel hatte für einige Unruhe im Land gesorgt. So sahen auch die Leserzuschriften aus, die mir der Verlag über den Computer umgeleitet hatte. Von Zustimmung bis zu Mordandrohungen war alles dabei. Wobei letztere überwogen. Wenigstens die Auflage hatte sich derart erhöht, dass es beim Rüffel geblieben und nicht zu einer fristlosen Kündigung gekommen war.

Missmutig begann ich die alten Möbel, soweit es ging, zu demontieren. Beim Rest half mir der einzige Nachbar, der sich das Spektakel im Hausgang ohne ein Wort angehört hatte. Er sprach überhaupt nie viel, wie mir jetzt erst auffiel. Wie viele Jahre wohnten wir im selben Haus? Mindestens zehn, und wir hatten noch nie ein persönliches Wort miteinander gewechselt. Alles, was ich von ihm wusste, war, dass seine Wohnung genau unter meiner lag, er nicht verheiratet zu sein schien und an seinem Türschild »A. Fröhlich« stand. Und A. Fröhlich schraubte und zimmerte in meiner Wohnung, als habe er sein ganzes Leben nichts anderes getan. Nach vier Stunden war alles aufgebaut und ... nun war der Hausgang mit meinen alten Möbeln verstopft. Aber Ruhe. Eine seltsame Ruhe. Keiner meiner Mitbewohner beschwerte sich über die erneute Behinderung.

»Gibt es wenigstens ein Bier?« A. Fröhlich ließ sich auf meine neue Couch fallen und streckte sich. »Ich werde die anderen bis zum Sperrmüll beruhigt bekommen. Dann kann ich aber nichts mehr für Sie tun.«

Fröhlich schien sich auf der Couch stark verändert zu haben. Ich reichte ihm das Bier. Er war plötzlich, wie sollte ich das sagen, ein anderer Mensch geworden.

»Wie soll ich das verstehen?«, meinte ich und setzte mich in meinen neuen Sessel.

»Wie ich es sage. Sie haben etwas, was andere haben wollen. Sehen Sie möglichst schnell zu, dass Sie es wiederfinden.«

Mit einem kurzen Gruß und der angetrunkenen Flasche Bier ließ er mich in meiner neuen Ausstattung sitzen.

»Puuuh!«, atmete ich aus, als die Tür ins Schloss gefallen war. Neue Möbel, alter Nachbar, aber es schien sich ein neues Problem anzubahnen. Und das hatte mir der Scheich prophezeit. Menachems Erbe war mit seinem Tod erwacht. Was es sein würde, hatte er mir nicht sagen können. Nur dass es das gäbe, dessen war er sich sicher gewesen.

Das fehlte mir noch. Unter mir wohnte ein Maulwurf. Aber von was? Wofür brauchte ich mich nicht zu fragen. Das hatte mir A. Fröhlich gerade selbst verdeutlicht.

Junge, das stinkt alles zum Himmel, meckerte meine Logik. *Der Artikel. Sieh dir den Artikel an. Darin steckt die Lösung.*

Unwillig schüttelte ich diesen Gedanken ab. Der Artikel war unmissverständlich an eine bestimmte Zielgruppe gerichtet worden ... oder? Ein Bier folgte dem anderen. Mir war nach einer Ibogain-Zigarette. Meine Vorstellungen begannen ins Unendliche auszuufern. Rebecca hatte ich an einen Araber verloren. Das hatten sie mir beide unmissverständlich klar gemacht und dafür die Details preisgegeben, die sich um das Ricin drehten.

So hatte ich das Ausmaß bisher nicht gesehen, für eine Spinnerei verschiedener Interessengruppen gehalten. Menachem hatte mich manipuliert, meinen professionellen Wahn für Neuigkeiten geschickt genutzt. Und nun hatte ich einen Nachbarn, der mich seit zehn Jahren beobachtete. Das musste geklärt werden. Sofort.

Ich klingelte bei A. Fröhlich. Ein Teil meines alten Bettes blockierte den Flur.

»Ach Sie sind es. Kann ich Ihnen noch was helfen?«, öffnete A. Fröhlich die Tür.

»Was sollte die Andeutung? Wer sind Sie?«, drängte ich ihn in seine Wohnung. Er wich mir freundlich aus.

»Bitte nehmen Sie Platz. Was darf ich Ihnen anbieten? Fruchtsaft, Wasser? Ich habe, glaube ich, auch noch eine Cola.«

Der Mensch war Antialkoholiker. Auch das noch. Dafür war er mir zu übertrieben freundlich.

»Warum ich Ihnen das gesagt habe, ist ganz einfach ...« Fröhlich lächelte und stellte uns zwei Flaschen Wasser hin. »Weil man mich damit beauftragt hat.«

»Wer ...?«

Fröhlich verzog das Gesicht. Er kämpfte mit sich selbst.

»Nun gut. Kommen wir zu Ihrer zweiten Frage. Ich bin Polizeibeamter im vorzeitigen Ruhestand. Ich habe es mitbekommen, wie Ihre Wohnung von einem Sondereinsatzkommando verwüstet wurde. Man hat mich unter Druck gesetzt, damit ich Sie im Auge behalte.«

»Wer bedroht Sie?« Diese Frage war für mich von alles entscheidender Bedeutung. Da lief noch etwas Weiteres im Hintergrund ab, ein Spiel im Spiel, von dem ich eine leise Ahnung mitbekommen hatte, als Menachem von einer Sekunde auf die andere exekutiert worden war. Und das von meinem angehenden Schwiegersohn.

Fröhlich schien auf diese Frage vorbereitet zu sein. Er prostete mir mit einem Glas Wasser zu.

»Schwer zu sagen. Ich tippe auf einen Geheimdienst. Vielleicht der BND. Vielleicht aber auch der Mossad.«

Mossad? Was wusste ein pensionierter deutscher Polizist vom Mossad? Und ein Sondereinsatzkommando zerschnitt mir nicht alle Polster. A. Fröhlich log, und das schlecht. Und pensioniert? Der Mann war ein paar Jahre jünger als ich und sollte schon Pension beziehen?

»Danke für Ihre Hilfe«, verabschiedete ich mich.

Ich war wütend auf mich selbst. Ich hatte mein Misstrauen unterdrückt. Meinem Ich nicht geglaubt. Die Kontrolle der Gegenseite war perfekt. Wer immer sie waren, sie glaubten immer noch, dass ich im Besitz des Geheimnisses von Menachems Bruder war. Was konnte ich besitzen? Nachdem die 12,7-mm auch nichts ergeben hatte, zermarterte ich mir den Kopf bei einem miesen Fernsehprogramm, aber in neuen Möbeln, die irgendwie gut rochen. Ein kleines Wohlfühlgefühl kam hoch. Es konnte aber auch der Whisky sein. Ricin war es sicher nicht.

Ich schrak hoch. Mehr als zweitausend Tote bisher. Und niemand wagte etwas zu sagen. Die Geheimdienste hatten Stillschweigen vereinbart, und die Militärs schienen bereits an einer neuen Waffe zu basteln.

Ich schaltete das Fernsehen lauter. Nachrichten.

»Wie heute bekannt wurde, ist der ehemalige Agent des russischen Geheimdienstes Solokowski, der 2000 mit seiner Familie nach England flüchtete, vergiftet worden. Die Obduktion hat ergeben, dass es sich um das Pflanzengift Ricin handelt …«

Ich schaltete den Ton weg und versuchte meine Gedanken auf die Reihe zu bekommen, die sich gerade zu überschlagen begannen. Irgendwo gab es einen Fehler in meinem Konstrukt.

Ich sollte etwas besitzen, was aus dem nur direkt verabreichbaren Ricin ein Gas machte. Wo das sein sollte, fiel mir nicht ein. Aber die Morde mit diesem einfach zu beschaffenden Gift gingen wie eine Epidemie um. Menachem war als angeblicher Maulwurf hingerichtet worden, und ich schien selbst einen solchen im Haus zu haben. Hektik brach aus. Wo waren die Lieferpapiere für die Möbel? Wie lange hatten die im Hausflur gestanden? »Wenn du bloß mehr Ordnung in deinem Papierkram halten würdest«, fluchte ich vor mich hin. Ungeöffnete Post seit mehr als zwei Wochen. Irgendwer musste doch die Entgegennahme der Fracht bestätigt haben. Rechnungen, Rechnungen, Leserbriefe, die mir manchmal Nachbarn schrieben, die wussten, dass es mich gab. Eine Morddrohung von Unbekannt, wenn ich sie nicht endlich heiraten würde. Die kannte ich schon seit ein paar Monaten. Schizophren. Sie kam beinahe wöchentlich mit immer höheren Summen, die mir die Dame im Austausch gegen den sonst unvermeidbaren Mord anbot, wenn ich nur endlich einwilligte. Treffen mit Rose in irgendeinem Café. Diverse Schreiben wegen Strom- und Gaspreisanhebung ... da war es. Endlich.

Die Möbel waren vor zwei Tagen geliefert worden. Den Empfang hatte ein A. Fröhlich bestätigt. Kein kurzer Haken oder ein Schnörkel, wie ich ihn unter eine Empfangsbestätigung machte. Nein. Das A. Fröhlich war akkurat ausgeschrieben. Der Mann war ein Pedant. Das hatte er bei seiner angeblich selbstlosen Hilfe bewiesen. Zwei Tage, da war Zeit genug gewesen.

Eine Stunde und ich hatte, was ich vermutete. Die Wanze.

Fröhlich hatte mir ein Mikrofon eingeschmuggelt.

Aber warum im Schlafzimmer? Redete ich im Schlaf? Zurzeit gab es niemanden, den ich hätte danach fragen können. Wo war noch so ein Ding? Das konnte nur funktionieren, wenn ich sprach. Also Telefon auseinandernehmen. Nichts. Dazu war er in meinem Beisein nicht gekommen. Wo dann?

Eine weitere Stunde und ein paar Bier später. Ich hatte, um möglichst sicherzugehen, alle Bilder untersucht, alle Bücher vom Staub befreit, selbst den Backofen und das Mikrowellengerät auf höchste Stufe geschaltet, um ein mögliches, hochsensitives elektronisches Gerät zu zerstören. Die Wohnung sah aus, als hätte ich sie nicht gerade neu möbliert. Aber gefunden hatte ich nichts. Ein Mikrofon im Schlafzimmer. Das war Schwachsinn, den man höchstens in Filmen sah. Wer interessierte sich schon für mein Schnarchen? Es musste aber mindestens noch eins da sein. Wo sollte ich jetzt noch suchen? Die Türrahmen? Da war nichts. In der Besteckschublade? Nichts. Teppiche? Nichts. In meiner Wäsche, im Kleiderschrank? Nichts zu finden. Bierkasten? Warum? Den tauschte ich spätestens alle zwei Tage aus.

Sinnierend saß ich in meinem selbst angerichteten Chaos. Sortierte die Post in »Muss« und Papierkorb. Meine Gedanken versuchten herauszufinden, wo man auf die Schnelle noch ein Mikrofon hätte anbringen können. In den Lampen? Da war auch nichts. Fernseher, Radio? Ging nicht. Deren eigene Lautstärke übertönten alles. Meine Finger fuhren über das erneute Schreiben dieser ominösen Dame, die mir die Wahl zwischen meinem Tod oder ihrem Reichtum stellte.

»Das darf doch nicht wahr sein …«, entfuhr es mir. Wo waren die anderen Schreiben meiner dubiosen Verehrerin? Im Müll. Vorsichtig untersuchte ich das Schreiben. Es war in Hamburg aufgegeben worden. Kein Absender, wie bei den anderen zuvor auch nicht. Aber ein rotes, leicht erhabenes Herz aus Kunststoff, das wie eingeklebt wirkte. Wie bei den anderen auch. Ich hielt die Karte gegen das Licht und pfiff durch die Zähne.

Bei Durchlicht betrachtet, offenbarte das Herz sein Innenleben. Elektronische Schaltkreise, die sicherlich nicht dazu dienten, eine Melodie zu piepsen. So etwas Raffiniertes hatte ich nicht erwartet.

Die Schreiberin musste ich kennen lernen. Gleich morgen. Was hatte sie geschrieben? Treffpunkt jeweils am zehnten Tag des Monats. Morgen war der zehnte Tag … um 15.00 Uhr. Landungsbrücken.

Ich war pünktlich. Kam mir nur mit der roten Rose in der Hand ziemlich deplaziert vor. Die Tische wurden ausschließlich von alten Frauen mit Hüten jeder Art bevölkert, die sich durch Kuchen jeder Art mampften und über Gott und die Welt zeterten. Es roch nach Kaffee und dem Schweiß der Kellnerinnen. Hoffentlich war meine Herausforderin nicht eine von diesen alten Weibern. Und wenn doch? Was würde ich machen? Ich war mir nicht sicher. Vielleicht verleugnen, dass ich ihrer Aufforderung gefolgt war und dass ich auf meine Braut wartete.

»Geht nicht. Die scheint dich zu kennen, und denke an die Karte«, meckerte meine Logik.

Stimmte. Da half nur Warten. Ich suchte mir einen freien Tisch, bestellte Kaffee und Kuchen und harrte der Dinge, die da kommen würden. Auf den anderen Tischen lag keine rote Rose. Das war schon mal ein gutes Zeichen. Von den älteren Damen war es demnach niemand.

»Sie lassen sich verdammt viel Zeit, den unmissverständlichen Aufforderungen einer Frau zu folgen. Ich dachte, Junggesellen seien neugieriger. Kommen Sie. Wir machen einen kleinen Ausflug.« Die Frau war von hinten an mich herangetreten, hatte sich der Rose bemächtigt, kurz über mich gebeugt, ein paar Krümel von diesem scheußlichen Kuchen von meinem Teller gepickt und ging nun voran. Sie war groß, schlank mit einer wilden blonden Haarmähne, die in schönem Kontrast zu ihrem marineblauen Kostüm stand.

»Wir machen jetzt eine kleine, ungestörte Hafenrundfahrt.« Mit diesen Worten hatte sie mich auf ein Boot der Wasserschutzpolizei gebeten, und das Erste, was sie mir zeigte, nachdem ich Platz genommen hatte, war ein Ausweis des BND.

»Nicht schon wieder dieser Verein!«, stöhnte ich. Das Schiff legte ab. Wir schienen es nicht eilig zu haben. »Was soll dieser Trick mit den Karten?«

»Sie sind dahintergekommen? Sehr schlau.« Sie grinste verschmitzt. »Warum sollen wir uns so dumm wie die Konkurrenz anstellen? Neueste Technologie. Das Herz hält nur leider nicht länger als vierzehn Tage. Dann ist der Akku für das Mikro erschöpft. Dann mussten wir Ihnen eine neue Karte schicken. Ich heiße übrigens Silvia und bin die Freundin von Rebecca.«

Ich war einen Moment sprachlos. Das musste erst einmal verdaut werden. Wie lange hielten die mich wohl schon unter Überwachung? Nicht so dumm wie die Konkurrenz und Freundin von Rebecca. Das gab mir zu denken ...

»Was wird hier gespielt?« Jetzt wurde ich sauer. Auch wenn wir auf einem Polizeiboot waren. So ging dieses Desinformationskarussell nicht weiter. Und wenn ich ans Land zurückschwimmen musste! Der Fahrtwind zauste in ihrem Haar, das sie vergeblich im Zaum zu halten versuchte.

»Das wüssten wir gerne von Ihnen. Wie wir von unserem Agenten, der bei der Besprechung im Sinai dabei war, wissen, scheint Rebecca umgedreht worden zu sein. Das ist nicht gut ...« Sie machte eine Pause. »Aber auch noch nicht so schlecht, wie es sich anhört. Wir arbeiten vertraulich mit dem israelischen Geheimdienst zusammen. Irgendwo in dieser Ricin-Geschichte ist ein Leck, das wir herauszufinden versuchen. Meine männlichen Kollegen kommen mit Ihnen nicht klar. Deshalb hat man mich auf Sie angesetzt.«

Ihr Gesicht wurde ernst. Sie hatte schöne blaue Augen mit Lachfältchen. Sprach mit unterdrücktem hanseatischen Akzent und mochte etwa Mitte vierzig sein. Kein Zeichen, dass sie verheiratet war. Die Frau gefiel mir. Wahrscheinlich war sie deshalb auf mich »angesetzt« worden. *Peter, sei vorsichtig. Du weißt immer noch mehr als die. Auch wenn du es nicht weißt,* mahnte mein Instinkt.

»Und, was hoffen Sie jetzt aus mir herauszubekommen?«

Silvia sah aufs Wasser. »Die israelische Regierung hat uns um Hilfe gebeten. Einer ihrer ranghöchsten Agenten ist seit dem Gespräch in der Wüste spurlos verschwunden. Was war da los, nachdem die Hubschrauber gestartet sind? Und zweitens werden Sie vom SWF überwacht.«

»Vom Südwestfunk?«

»Vom Auslandsgeheimdienst der Russen, und der gibt sich als Ihr Nachbar A. Fröhlich aus.«

»Warum verhaftet ihr ihn dann nicht?«

Silvia verkniff die Lippen zu einem Strich. »Geht nicht. Darf ich nicht drüber sprechen. Nur seien Sie in Zukunft etwas vorsichtiger. Wir haben zwei Wanzen in Ihrer Wohnung geortet.«

»Geortet?« Nun war Schluss mit meiner Selbstsicherheit, die ohnehin nur gespielt war.

»Wo?«

»Eine in Ihrem neuen Bett, und eine war in der Wechselsprechanlage. Wir haben sie entfernt.« Nun lächelte sie wieder. Aber auch das war gespielt.

»Wann?«

Sie sah auf die Uhr. »In diesem Moment.«

»... und gleich neue für euren Verein angebracht?«

Sie lachte. »Nein. Das ist nicht nötig. Wir arbeiten ja jetzt zusammen. Oder?«

Wir arbeiteten zusammen? Das ging mir zu schnell. Ich und Agent. Das konnte nichts werden, und mir spukte James Bond durch den Kopf, aber mit Daniel Craig hatte ich nun auch gar nichts gemein.

»Wenn ihr nun alle schon in meiner Wohnung ein und aus

geht, warum übernehmen dann die Geheimdienste nicht meine Miete? Würde mir finanziell sehr entgegenkommen«, maulte ich.

»Du bist nur Informant. Nicht auf der Gehaltsliste. Zumindest bislang.« Sie duzte mich plötzlich, als sei ich schon einer der ihren. So schnell wurde man Agent? Bei mir regten sich einige Zweifel.

»Dürfen Agenten auch was miteinander haben?«

Das Polizeiboot kurvte immer noch durch den Hafen. Silvia zog die blonden Augenbrauen hoch. »Wie meinst du das ... miteinander haben?«

»Na ja, gemeinsam essen gehen und nachher ein kleiner Umtrunk in einer Bar«, versuchte ich meinen plumpen Annäherungsversuch zu bagatellisieren.

»Und nachher deine Briefmarkensammlung bei einem Absacker ansehen? So meinst du das doch. Oder?«

»Haben alle Agentinnen so eine schmutzige Fantasie? Schließlich hast du mir wochenlang Heiratsandrohungen geschickt. Versprochen ist versprochen. Die Beweisstücke habe ich noch.«

»Die haben vor keinem Gericht der Welt Bestand. Oder hältst du uns für so blöd, Spuren zu hinterlassen?«, fauchte sie zurück. Aber es klang nicht nach Angriff. Eher nach ... mach du erst einmal deine Arbeit für uns, dann sehen wir weiter.

»Also, ich warte ...«

»Auf was ...?«

»Dürfen Agenten nun, oder nicht?«

Silvia verdrehte die Augen. »Du bist vielleicht ein Sturkopf. Das hat mir schon der Kollege prophezeit. Nein, sie dürfen nicht. Außer ...« sie hielt inne.

»Außer was und wann?« Nun war ich auf der Überholspur. Einmal Journalist, immer Journalist.

»Außer, es dient der Sache«, presste sie zwischen den Zähnen hervor, ohne die Lippen zu bewegen. Die Bootsmannschaft beobachtete uns.

»Also. Was ist? Wollt ihr mich oder nicht?«

»Nun gut ... wo gehen wir essen?«, stimmte Silvia nach einigem Nachdenken zu und wies den Bootsführer an, den Ausgangspunkt anzusteuern.

War ich nun Agent?

Meine Versuche, ihre Adresse zu erfahren, hatten nicht funktioniert. Sie hatte darauf bestanden, mit einem Taxi zu kommen und auch wieder mit einem Taxi zu gehen.

»Ausgerechnet im teuersten Lokal der Stadt. Ein Chefredakteur muss eine Menge Geld haben.« Sie sah bezaubernd aus. Es war warm, und dementsprechend war sie gekleidet. Alles war durchsichtig und verbarg nur die eigentlichen, letzten Reize einer Frau. Ein einziges sexy aufgepepptes Fragezeichen. Machst du nun mit oder nicht?

»Ist das jetzt meine oder deine Party? Auf welches Spesenkonto geht das?«

»Können wir das ausknobeln?«

Ich rückte ihr den Stuhl zurecht. Sie duftete nach einem Parfum, das ich schon einmal vor gar nicht langer Zeit betörend gefunden hatte. »Wir knobeln.«

»Gut, dann knobeln wir. Du scheinst mir ohnehin ein Spieler zu sein. Aber nicht ums Essen.«

Um was sonst sollten wir knobeln? Das Restaurant war teuer. Sehr teuer. Die neuen Möbel und mein Spesenkonto hatte ich mit meinen Flügen nach Ägypten derart überzogen, dass kein Arbeitsgericht der Welt meine fristlose Kündigung mehr würde rückgängig machen können.

»Wir haben mit deinem Chef gesprochen. Du bleibst, bist aber auf unbestimmte Zeit beurlaubt ... wenn ...«

»Wenn was?« Der BND schien mein Leben in die Hand genommen zu haben. Gefragt wurde ich wohl erst, wenn ich verplant war.

»Du bist momentan ein Klotz am Bein des Verlages. Der Artikel war keine gute Idee. Also haben wir dich mal aus der Schusslinie genommen ...«

»Und deinem Verein einverleibt?«

Silvia nickte. »Du bist ein schlauer Kerl. Können wir jetzt mal bestellen? Mein Chef zahlt.«

Es war zum Verzweifeln. Zurzeit konnte ich machen, was ich wollte. Ständig bemächtigte sich jemand meiner. Erst Menachem, dann setzten mich Rebecca und der Scheich unter Druck und nun der BND mit einer Frau, die mich so einfach von meinem Posten beurlauben ließ. Mir war der Appetit vergangen, nicht nur der aufs Essen.

»Sie wünschen?«, baute sich der Ober am Tisch auf.

Silvia war schnell entschlossen. »Magst du lieber Fisch oder Fleisch? Bier oder Wein? Ich nehme die Scholle Finkenwerder und du?«

Ich war wie betäubt und stand auf. Wollte nur noch weg hier. Eine Hand drückte mich an den Tisch zurück.

»Du bleibst jetzt schön hier und trinkst und isst, was auf den Tisch kommt«, fauchte sie. »Wenn du jetzt da rausgehst, läufst du in die Mündung eines Killers. Und ich kann keinen weiteren toten Agenten gebrauchen. Bringen Sie dem Herrn das Gleiche und einen doppelten Whisky.«

Was sollte das werden? Der Ober war ein Agent? Ich beschloss, dass mir der Fisch nicht schmecken würde. Der Whisky ... vielleicht. Aber dann die ganze Flasche.

»Guten Morgen! Frühstück!«, trällerte jemand.

Die Stimme kannte ich. Ich tastete um mich. Das Bett war noch warm, aber nicht meins.

»Mach doch einfach mal die Augen auf! Du lebst noch.«

Jemand gab mir einen Kuss und klapperte mit Geschirr. Ich machte die Augen auf. Mein Schädel brummte. Das war nicht mein Zimmer. Nicht mein Bett. Weder das alte noch das neue. Ich war in einem Hotel. Silvia trug nichts als ein Badetuch.

»Was mache ich hier?«, schloss ich die Augen.

»Die Frage ist falsch ...«, kam es von irgendwo her. »Du solltest fragen, was ich hier mache. Ich bin nur deinen Geschäftsbedingungen gefolgt und habe mir deine Briefmarkensammlung angesehen. Eine ganz seltene ist dabei.«

»Und welche?«, knurrte ich zurück und versuchte weiter zu schlafen. Wie viel Uhr war es eigentlich?

»Du ...«, kam es aus dem Irgendwo.

Das konnte ich mir nicht vorstellen. Meine Geschäftsbedingungen, wie sie es sagte, funktionierten seit Jahren nicht mehr, wenn ich getrunken hatte. Und man hatte mich betrunken gemacht. Dessen war ich mir sicher.

»Wenigstens kein Ricin«, stöhnte ich, krabbelte aus den Laken und versuchte auf der Bettkante meinen Kreislauf ins Gleichgewicht zu bekommen und meine Erinnerung auf Trab zu bringen. Was war das Letzte, an was ich mich erinnern konnte? Mein fotografisches Gedächtnis war meistens das, was mich bei Blackouts in meinem Leben die Stunden rekapitulieren ließ, die mir bewusst verloren gegangen waren.

Silvia hatte beide Portionen Scholle Finkenwerder gegessen. Ich hatte mich mit Bier und Whisky begnügt. Sie hatte per Kreditkarte bezahlt, und der Ober hatte mich in ein Taxi geschleppt. Unterschrieben hatte ich auch etwas. Aber was? Daran konnte ich mich nicht erinnern. Nur, dass das Lokal an diesem Abend seltsam leer und das Taxi keines gewesen war. Die Türen hatten sich nicht von innen öffnen lassen. Der Fahrer hatte uns aus dem Wagen geholfen.

»Was habe ich heute Nacht unterschrieben?«, brüllte ich übertrieben laut in die Richtung, in der ich Silvia vermutete.

»Du bist jetzt einer von uns«, kam es prompt zurück. »Ist ja toll, dass du dich noch daran erinnerst. Bist der richtige Mann für uns. Willst du jetzt ins Bad?«

Torkelnd folgte ich ihrer Stimme und stockte. Da saß ein Mann im Salon und lächelte rauchend.

»Du säufst zu viel und fällst auch auf jeden rein. Guten Morgen, mein Lieber.«

Erschrocken – nein, jeder Arzt der Welt würde mir einen Schockzustand bescheinigen – ließ ich mich auf einer Sessellehne nieder.

»Du bist doch tot?«, stotterte ich nach ein paar Minuten der Erholung.

»Wie du siehst, nicht«, lächelte Menachem und saugte an seiner Ibogain-Zigarette. »Ein Spiel. Wie alles ein Spiel ist. Geh dich endlich duschen. Du stinkst wie immer. Silvia hat dir deine Klamotten aus der Wohnung geholt.«

Das war mehr, als ein Chefredakteur vertragen konnte. Menachem lebte. Ich hatte seine Leiche selbst begutachtet.

»Hast du nicht, ...«, meckerte mein Verstand. »Du hast sie dir vorgaukeln lassen. Mehr nicht.«

»Was soll das Spiel?« Immer dieselbe blöde Frage und keine Antwort. Wie hingen Menachem, der Scheich, der BND und ... vor allem Rebecca zusammen? Es war wohl besser, wenn ich erst einmal duschen ging. Vielleicht fühlte ich mich dann mehr in der Lage, mich wieder als hinterfragender Journalist zu betragen.

Auch wenn ich offensichtlich momentan beurlaubt zu sein schien. Aber das war noch zu überprüfen. Hier glaubte ich niemandem mehr. Silvia hatte meine Kleider aus der Wohnung geholt. Wann wollte sie dann angeblich mit mir geschlafen haben? Das stank alles zum Himmel, nicht nur ich, wie Menachem behauptete, der ohnehin seit Jom Kippur 1973 nichts mehr riechen konnte.

Du bist der dümmste Hund auf Gottes Erden, fiel mir unter der Dusche ein. Was hatte Menachem gesagt: Es sei alles ein Spiel? Und was für ein Spiel! Das gefährlichste, das sich die Politik ausgedacht hatte. Das einzig Wahre daran war das Ricin. Wir dachten alle zu kompliziert. Es ging alles viel einfacher. Filmemacher erdachten sich Viren, die die Menschheit ins Verderben stürzen würden. Horrorszenarien von Klimaveränderungen. Neue Kleinstnuklearwaffen, mit der jeder Terrorist einige Quadratkilometer auf Jahrhunderte verseuchen konnte. Nichts da. Das Problem lag ganz woanders. Mir fiel das Lied – von wem es war, wollte mir allerdings nicht mehr in den Kopf – »Devil in Disguise« ein. Der Teufel in Verkleidung. Nur in welcher Verkleidung? Das war mir nicht klar. Aber den Teufel dahinter glaubte ich langsam zu kennen. Was war, wenn …?

Die heiße Dusche tat gut und brachte meine Lebensgeister zurück. Ich musste das mir aufgezwungene Spiel mitmachen. Anders kam ich nicht weiter, und außerdem musste ich Rückendeckung haben. Wie ich an die kommen sollte, war mir allerdings noch nicht klar. Man hatte mich praktisch isoliert. »Dir wird schon was einfallen«, tröstete ich mich und grinste mich im Spiegel an. Aber nicht lange. Rebecca … verdammt, in welcher Gefahr schwebte sie? Mir musste etwas einfallen, und das schnell. Der Scheich war nicht das, was er zu sein vorgab.

»Silvia, Menachem …? Wo seid ihr?«, stürmte ich aus dem

Bad. Niemand antwortete. Die Hotelsuite war leer. Meine Kleider lagen auf dem Bett. Sonst nichts. Meine Papiere waren weg. Nur ein kleiner Zettel mit einer Telefonnummer klemmte unter dem Kragen eines Hemdes. Die Vorwahl war keine deutsche.

Es hatte eine Weile gedauert, einen Taxifahrer zu finden, der mich ohne Bargeld nach Hause gebracht und gewartet hatte, bis ich A. Fröhlich um das Fahrgeld angepumpt hatte. Ausgerechnet einen russischen Agenten. Er war sehr freundlich und diskutierte nicht lange. Gab mir das Geld einfach. Es würde ein paar Tage dauern, bis ich eine neue Bankkarte bekommen würde. Die Kreditkarten liefen über den Verlag. Das konnte vielleicht schneller gehen. Aber auch nur vielleicht, wenn Silvias Aussagen stimmten.

Mein Auto war wenigstens voll getankt, und Juliette schien die einzige zu sein, die sich im Verlag über mich freute.

»Können Sie mir mal sagen, was das soll?«, empfing mich der Verleger, der in meinem Schreibtisch herumkramte. In solche Niederungen hatte er sich sonst noch nie gewagt.

»Was *was* soll?«, tat ich, als wüsste ich von nichts.

»So ähnlich habe ich mir das gedacht . . .«, knurrte er. Nein, er war kurz vor einem Tobsuchtsanfall, den er nur mühsam zurückhielt. Meine Karten waren wirklich schlecht. »Sie fliegen in der Welt herum und kosten nur. Und was hat der Verlag davon? Nur Polizei und Geheimdienst im Haus, der mich auch noch unter Druck setzt. Wo bleiben die Storys dazu? Wozu bezahle ich Sie als Chefredakteur? Damit Ihre Sekretärin Ihren

Job macht? Das kann sie ab sofort auch weiter tun. Die kostet mich nur ein Drittel von Ihrem Gehalt.«

Ich nickte. »Stimmt. Aber die hat nicht das Geheimnis.«

»Geheimnis? Sie meinen diesen Artikel, der uns nur Probleme bereitet?« Der Verleger ließ sich in meinen Sessel fallen und hieß mich auf dem Besucherstuhl Platz nehmen. »Was ist damit, dass der alle Welt auf die Palme bringt?«

Nun war eine längere Erklärung nötig, über die er sich vor Tagen noch gelangweilt geäußert hätte. »Alles euer Job, wenn's nur die Auflage steigert«, wäre seine Standardantwort gewesen. Zwischendurch musste ich ihn davon abhalten, vom Rest meines Tröpfchens aus der Schublade zu trinken. Den brauchte ich als Beweismittel. Wohin ich ihn zur Analyse bringen sollte, war mir allerdings auch nicht mehr ganz klar. Jeder schien bei jedem die Finger drin zu haben.

»Sie meinen also, dass wir hier einem ganz dicken Ei auf der Spur sind?« Der Verleger besah sich die Flasche, roch daran und stellte sie in die Schublade zurück. Seine Gedanken liefen in Form von Gesichtszuckungen ab. Seine Fingergelenke knackten aneinander, wie bei einem Fingerhakler am bayrischen Biertisch, der sich zum Wettkampf bereit machte.

»Na schön. Dann spielen wir mal Geheimdienst im Geheimdienst. Was brauchen Sie? Und wehe, daraus wird nicht die größte Enthüllung unserer Geschichte. Ich halte Ihnen den Rücken frei. Vorläufig.« Dann war er wieder in seinen Sphären verschwunden.

Den Rest des Tages arbeitete ich meinen Papierkram ab. Juliette hatte mir nicht viel übrig gelassen. Sic sägte an meinem Stuhl. Ich wartete, bis die Zeit gekommen war. Aber statt Pat und

Patachon tauchte Kommissar Schulte auf. Sein Gesicht war missmutig.

»Kann es sein, dass Ihnen zwei Leute in der Redaktion fehlen?«, ließ er sich in den Besucherstuhl fallen. »Und dass hier irgendwas an mir vorbeigeht?« Ich zog die Augenbrauen hoch und zuckte mit den Schultern. Meiner Uhr nach waren Pat und Patachon überfällig. Ich hatte auf sie gewartet. Irgendetwas musste mit dem Artikel passiert sein, was an mir vorbeigegangen war.

»Machen Sie sich keine Mühe ...«, hob Schulte an. »Ich habe schon mit Ihrer Personalabteilung gesprochen. Die beiden Toten wurden hier als Pat und Patachon geführt. Sind die das?«

Er hielt mir ein Foto hin, das zwei schlafende Männer zeigte. Ich nickte, obwohl ich die beiden nie hatte schlafen sehen.

»Wie ...?«

Schulte steckte das Foto wieder ein und zog ein Blatt Papier aus der Tasche.

»Die beiden Herren lebten zusammen in einer Wohnung. Geboren, irgendwann in Auschwitz 1943–44. Niemand kann das nachvollziehen. Auf jeden Fall waren sie jüdische Polen oder umgekehrt. Sie arbeiteten seit fünfundzwanzig Jahren in diesem Verlag. Vorher gehörten sie als Agenten zum sowjetischen Geheimdienst KGB. Waren aber Doppelagenten, die vom BND und CIA geduldet wurden. Wussten Sie davon?«

»Wie sind die beiden gestorben?«, insistierte ich. Mir kam eine irrwitzige Idee.

Schulte schlug die zweite Seite des Papiers auf. »Genauso wie die unbekannte Frau im Krankenhaus. Durch ein Toxin. Und Ihre Tochter ist noch nicht wieder aufgetaucht?«, setzte er hinterfotzig nach.

»Welches Toxin?« Er blätterte nochmals.

»Ricin. Haben Sie eine Ahnung, was das ist?«

»Nein. Tut mir leid. Jetzt muss ich mir neue Redakteure suchen. Wird schwer zu finden sein«, versuchte ich ihn abzuwimmeln. Aber er machte keine Anstalt zu gehen. Blieb einfach sitzen und zündete sich eine Zigarette an. Als warte er auf etwas.

»Was ist ...?«, fuhr ich ihn an. »Ich kann dazu nichts sagen und habe jetzt noch mehr zu tun.«

Er machte es sich im Stuhl noch bequemer.

»Als Leiter der Mordkommission habe ich es schon schwer. Aber das Leben als Chefredakteur einer meinungsbildenden Zeitung scheint auch nicht einfach zu sein. Mal ehrlich. In welcher Scheiße stecken Sie? Kommen Sie einem alten Beamten jetzt nicht mit Ausflüchten. Man hat mich so oft belogen, dass ich den Ansatz dazu schon rieche. Und Sie denken jetzt schon über einen Ansatz nach.«

Der Artikel. Was war mit diesem verdammten Artikel los? Ich hatte ihn abgezeichnet, so wie ihn mir Pat und Patachon vorgelegt hatten.

»Kommen Sie mit«, forderte ich den Kommissar auf. Wir fuhren mit dem Lift in den Raum, den wir Bunker nannten und in dem jeder Artikel mikroverfilmt wurde, der jemals, seit Erfindung dieser Technik, gedruckt worden war. Das Papier zu archivieren kostete zu viel. Ich rief den Artikel auf und erschrak ... er war an dem Tag meiner Abreise erschienen. Anstatt einer Spalte waren vier Spalten gedruckt worden. In vier verschiedenen Sprachen. Deutsch, arabisch, hebräisch und russisch.

»Können Sie mir bis sofort eine Übersetzung davon machen lassen?«, drückte ich Schulte die Kopie in die Hand. Der besah sich die Seite und schüttelte den Kopf.

»Das habe ich gesehen. Hielt es für eine Völkerverständigung Ihrer Zeitung. Ist das wichtig?«

»Völkerverständigender Artikel?«, giftete ich. »Das ganze Ding ist nicht von mir.«

»Es steht aber Ihr Kürzel darunter ...«

Ja, es stand mein Kürzel darunter. Aber dieser Artikel war so nie von mir abgesegnet worden. Nun verstand ich langsam Menachems Verärgerung über, wie er gesagt hatte, die polnischen Juden. Ich war ein Schwachkopf. Ehemalige KGB-Agenten, und ich ahnte, wer sie eliminiert hatte.

»Bis wann bekomme ich die Übersetzungen?«

Schulte sah mich schulterzuckend an. »Vielleicht morgen. Vielleicht übermorgen. Ich tue was ich kann.«

»Raus hier. Ich habe zu tun«, scheuchte ich ihn aus dem Verlag.

Nun galt es zwei Telefonnummern zu überprüfen und heute Abend noch einen Termin zu vereinbaren. Ob mir das gelingen würde, stand noch in den Sternen. Aber es musste sein, auch wenn es mir zuwider war.

Ich wählte die Nummer, die unter meinem Hemdkragen gesteckt hatte. Inzwischen hatte ich herausgefunden, dass es sich um die belgische Vorwahl handelte.

»Sehe schon, dass du es bist«, meldete sich eine weibliche Stimme. Es war Silvia. »Wirst du langsam schlau?«

»Wo steckst du, und was soll dieser ganze Blödsinn?«, fauchte ich in den Hörer.

»Geh doch einfach mal schlafen. Nimm noch einen Drink in deiner Stammkneipe und entspann dich«, kam es honigsüß zurück. »Morgen hast du all deine Papiere und Karten wieder. Entspann dich einfach mal.« Das Gespräch wurde abgebrochen.

Entspann dich einfach mal. Es war nicht zu fassen. Ich war ohne Identifikation, ohne Geld, mit einem Artikel, den ich selbst nicht verstand, und sollte mich entspannen?

Vielleicht half die zweite Telefonnummer.

»Habe mir nach dem Artikel schon gedacht, dass du jemand zum Ausheulen brauchst. Aber ich habe heute Besuch, tut mir leid.« Damit war auch diese Verbindung abgebrochen. Erika hatte hart und abweisend geklungen. Seit unserer Scheidung hatten wir nur, wenn es sein musste, per Anwalt kommuniziert. Warum hatte ich Idiot gemeint, dass sie mir helfen konnte? Es war wirklich besser, wenn ich mir noch ein paar Bierchen in meiner Stammkneipe gönnte. Da hatte ich Kredit und konnte unbehelligt meine Gedanken sortieren.

»Du siehst aber nicht gut aus«, kommentierte Jupp, der Wirt, das Bier, das er mir hinschob. »Da wartet schon jemand auf dich ...«, und deutete auf eine Person hinter mir.

»Konnte ich Ihnen helfen?« Der Mann ließ sich neben mir nieder und bestellte für sich ein Wasser und für mich einen Whisky.

»Ja, danke. Morgen haben Sie Ihr Geld wieder«, knurrte ich absichtlich bissig zurück. A. Fröhlich lächelte. »Das ist nicht so wichtig. Sie wissen ja inzwischen, was abläuft.«

»Weiß ich nicht. Jeder hält mich für blöd.« Fröhlich lächelte weiter.

»Kann ich mir nicht vorstellen, nach dem Artikel. Was wollten Sie damit bezwecken? In vier Sprachen gleichzeitig. Den gesamten weltweiten Geheimdienst auf einmal bloßstellen? Ich glaube, Sie sind da sehr viel zu weit gegangen.« Er zahlte, ließ das Wasser stehen und ging.

Was, um des Himmels willen, hatten Pat und Patachon aus Menachems Artikel gemacht? Schulte würde die Übersetzung nicht vor morgen haben. Es musste eine solche Lawine ausgelöst haben, dass beide darunter in kurzer Zeit begraben worden waren.

Und du lebst auch nur noch so lange, wie du denen nicht verrätst, dass du nichts weißt. Also tue so, als wüsstest du es. Steigere den Preis. Und wenn es nur um unser Leben geht ... Mein Ich war seltsam flüsternd, als gäbe es jemand, der ihm zuhören konnte. Langsam begann ich an Verfolgungswahn zu leiden. Wem sollte ich erklären, dass ich nichts wusste? Wer würde mir glauben? *Niemand* ..., kam es aus mir zurück.

Was jetzt? Der Whisky von Fröhlich schmeckte nicht. Dass der gute Jupp Ricin hineingetan hatte, war nicht wahrscheinlich. Oder ...? Ich ließ ihn stehen und meine Biere anschreiben.

Ich wählte die belgische Telefonnummer noch mal. Irgendwas musste heute Nacht passieren, sonst wurde ich paranoid.

»Dachte mir schon, dass du keine Ruhe gibst«, kam Silvias Stimme zurück. »Steig einfach in das Auto vor deiner Nase.«

Das Auto vor meiner Nase war ein kleiner weißer Japaner. Böse Erinnerungen kamen in mir hoch. Die Tür stand offen, und Silvia lächelte in der grünen Armaturenbeleuchtung. Ich stockte. Wieder eine Falle. Langsam hatte ich die Schnauze davon voll. Wandte mich zum Gehen. Irgendwo würde ich noch mal ein Taxi auftreiben und A. Fröhlich anpumpen müssen.

»Ohne ungebetene Gäste heute Nacht. Versprochen. Vertraue mir einfach. Steig ein. Ich muss jetzt wirklich mit dir reden.«

»Ach nee. Auf einmal? Was ist denn plötzlich so wichtig? Ist mal wieder einer deiner Agenten verschwunden oder umgebracht worden?« Trotzig lehnte ich mich über den Türrahmen und machte keine Anstalt mich in den Wagen zu setzen.

»Steig ein, sofort ...«

Von irgendwoher hatte Silvia plötzlich eine Waffe. Das hatte ich auch schon mal gehabt. Es war eine UZI.

»Du kannst jetzt schlau oder dumm sterben, auf der Stelle.«

Ich stieg ein. Diesem Argument war momentan nichts entgegenzusetzen. Sie raste davon. Die Maschinenpistole auf dem Schoß. Mündung zu mir. War das Ding nun gesichert oder nicht?

»Mach das Handschuhfach auf. Da ist der Artikel drin, der hier in Europa einen Krieg auslöst«, befahl sie und steuerte das Hafenviertel an. »Dein verdammter Artikel. In Übersetzung. Wie kommst du auf solch einen Schwachsinn? Oder hat dich damit jemand reingelegt? Ich hoffe es für dich. Denn du bist jetzt einer von uns. Und so etwas können wir nicht gebrauchen.«

Wieder einmal konnte jemand etwas von mir nicht gebrauchen, das nicht von mir war. *Peter, wie soll das enden …?*, seufzte ich still vor mich hin.

»Kann ich nicht lesen. Ist zu dunkel …«, versuchte ich Zeit zu schinden. Aber ich ahnte, dass Pat und Patachon meine – Menachems – Informationen zu eigenen Zwecken umgearbeitet hatten. Als Druckauftrag hatte meine Unterschrift ausgereicht. Den Rest mussten sie angehängt haben. Beide hatten sich gegen den Artikel gewehrt. Vordergründig oder absichtlich, damit ich ihn im Original freigegeben hatte?

»In der Seitentasche steckt eine Lampe. Lies es endlich«, fuhr mich Silvia an.

Ich überflog die angeblichen Übersetzungen der Artikel im Lichtkegel der Lampe und steckte sie ins Handschuhfach zurück.

»Die sind nicht von mir.«

»Wissen wir. Aber die anderen nicht«, zischte Silvia und bog auf einen Anlegesteg ein, hielt in Höhe einer Barkasse.

»Hier sind alle deine Papiere und ein paar mehr. Du gehst jetzt an Bord und folgst deren weiteren Anweisungen.«

»Warum sollte ich?« Mein Jähzorn stieg in mir auf. Ich hasste Befehle. Vor allem von einer Frau, von der ich noch nicht einmal wusste, ob sie sich meine Briefmarkensammlung wirklich angesehen hatte.

»Weil der Scheich und seine zukünftige Frau, deine Tochter, verschwunden sind. Und nur du kannst sie wiederfinden.«

»Was haben die damit zu tun?« Die Frage war dümmer, als es die Polizei erlaubte. Ich hatte es geahnt, dass der Scheich mir keine Ruhe gönnen würde. Es war wieder ein Trick des Geheimdienstes, mich an die Arbeit zu bringen.

»Du nervst«, stöhnte Silvia. »Der Scheich hat als Arzt einen offiziellen Totenschein für deinen Freund Menachem ausgestellt. Es war ausgemacht, dass er danach vom Erdboden verschwindet, um seine Rente zu genießen. Er hat genug Unheil angerichtet. Aber nein. Er bekommt den Hals nicht voll und taucht plötzlich im Hotel auf und droht unsere ganze Aktion zu gefährden. Verstehst du?«

Nein. Ich verstand nichts. Menachem war einer übergeordneten Stelle des Mossad angehörig. Das hatte ich noch begriffen. Aber der Scheich und der BND? Das überstieg mein Vorstellungsvermögen.

»Menachem ist offiziell tot. Er hat jetzt alle Möglichkeiten, jeden umzubringen. Und niemand kann ihn mehr kontrollieren. Ist das so leichter zu verstehen? Und nun mach endlich, dass du an Bord kommst. Da erwartet dich jemand, dem deine Briefmarkensammlung vielleicht besser gefällt.« Sie gab mir einen flüchtigen Kuss. Ich war allein auf dem Pier. Unter mir schwappte ein Boot mit einer mäßigen Innenbeleuchtung und drei Schatten.

»Willst du mich hier erfrieren lassen? Ihr habt vielleicht Scheißsommer«, kam es von unten hoch. Die Stimme kannte ich. »Wir sollten schon längst am Flughafen sein. Warst du wieder störrisch? Blöde Frage. Natürlich, wie immer«, gab sich die Stimme selbst die Antwort. »Komm jetzt. Wir müssen los.«

»Nathalie?«, rief ich ins Boot hinab.

»Wer sonst?«, kam es zurück.

Es war Ebbe. Das Boot lag etwa drei Meter unter mir. Ein paar Steigeisen führten hinab. Nicht unbedingt das, was ich mir unter komfortablem Reisen vorstellte.

»Geht nicht. Ich habe keine Sachen zum Waschen und Umziehen dabei. Könnt ihr euch in Zukunft nicht vorher melden, damit ich mich vorbereiten kann?«

Ein paar Sekunden war nur das Schlagen der Wellen und das Tuscheln der Leute im Boot zu hören.

»Du bist wirklich ein Sturkopf«, kam es von unten. »Du bist jetzt einer von uns. Also schwing deinen Hintern hier runter. Agenten reisen nicht mit ihrem ganzen Hausstand. Die haben Kreditkarten. Also los ... oder muss ich dich auch noch zur Jagd tragen lassen?«

Jagd? Ich sollte nur Informant sein. Von Jagd war nicht die Rede gewesen.

»Ich jage nicht ...«, rief ich hinab und überlegte mir, wie ich die Steigeisen hinunterkommen sollte, die schon bei schwachem Licht nicht unbedingt vertrauenswürdig wirkten. »Auf was soll denn gejagt werden?« Kletterte man eine Kaimauer vorwärts oder rückwärts hinab?

»Auf deine Vergangenheit. Du musst schneller als sie sein,

sonst holt sie dich mit tödlicher Sicherheit in Form eines Kriegskrüppels aus dem Jom-Kippur-Krieg ein.«

Eine Falle. Das war doch wieder eine Falle. Nathalie war angeblich Menachems Tochter. Was sollte ich dann in diesem Boot und am Flughafen? Und wie sprach sie von ihrem Vater? Kriegskrüppel …

Das Spiel, alles ein Spiel, klangen mir Menachems Worte nach. Nur was für ein Spiel, das hatte er mir nicht verraten. Ich war offensichtlich ein Agent des BND. Hatte etwas unterschrieben. Aber eine Kopie des Vertrages fehlte mir. Es war wohl in Geheimdienstkreisen nicht üblich, Verträge zu bestätigen, außer mit Kreditkarten, die man weltweit verfolgen konnte.

»Wir müssen los …«, kam es vom Boot. Ich wand mich zum Gehen. Weg hier. Es reichte. Die Pier war lang.

»Wo willst du hin?«, hallte es hinter mir her.

»Koffer holen«, brüllte ich in die Dunkelheit zurück. Ob das jemand verstand, war mir egal. Ich rief ein Taxi über das Handy. Kein neues Abenteuer. Wenn Rebecca meinte, mit dem Scheich verschwinden zu müssen, dann sollte sie. Vielleicht war es besser so. Auch wenn es wehtat.

Die Übersetzung der Artikel von Pat und Patachon ging mir nicht aus dem Kopf. Und die Tante in Haifa. Wie sich überhaupt bei mir alles zu verdichten schien. Mama Judith, Menachem und das Blut seines Bruders. Das Kloster. Der Dornbusch. Der Erzbischof. Ricin. Es musste einen Zusammenhang mit Mama Judith geben. Aber welchen?

Irgendein Schlüsseldienst in der Stadt schien sich eine goldene Nase mit dem Nachmachen meines Zentralschlüssels zu verdienen. Durften die das überhaupt? Die Person, die mich aus dem Schlaf rüttelte, gehörte nicht hierher.

»Was machst du denn hier? Wie kommst du überhaupt hier rein?«, fuhr ich sie an. »Du hast mich am Telefon abgewimmelt und nun holst du mich aus den schönsten Träumen ...«

Mühsam versuchte ich wach zu werden. Wie früh war es eigentlich? Schon fünf Uhr. Wann war ich ins Bett gegangen? Es fiel mir nicht mehr ein.

»Sagen wir mal, dass mir dein Nachbar den Schlüssel gegeben hat. Das wird wohl reichen um dein Gehirn anzukurbeln.« Erika saß auf der Bettkante. Sie war alt geworden, aber interessanter. Die Falten und das weiße Haar standen ihr.

»Sei mir nicht böse, aber du bist fett geworden«, kam sie meinem unausgesprochenen Kompliment zuvor, als ich versuchte, meinen Bademantel zu finden.

»A. Fröhlich?«

Sie nickte.

»Ja. Merkst du was?«

Nein. Eigentlich merkte ich noch nichts. Außer ...

»Du warst es, die Rebecca die Reise verkauft hat, und du hast mich bei unserer Heirat ...«, wie viele Jahre war das schon her, »belogen.«

Erika sah mich an und begann im Kleiderschrank zu wühlen und mir Sachen herauszulegen.

»Stimmt. Ich habe verschwiegen, dass ich jüdische Eltern habe. Es stimmt auch, dass Menachem mein Halbbruder ist. Ich kann es nun nicht mehr ändern. Aber du musst ihn stoppen. Sofort. Er gerät völlig außer Kontrolle. Wo ist dein Koffer?«

»Woher weißt du das?«, ließ ich mich wieder aufs Bett fallen. Erika war noch ein Stein im Spiel. Wenn ich rechnen konnte, waren das jetzt schon drei Frauen. Silvia, Nathalie und nun

Erika, die alle das gleiche Ziel zu verfolgen schienen. Welches? Wie es aussah, zogen alle am selben Strang. Nur in welche Richtung? Das wurde mir nicht klar.

Was hatte Rebecca für eine Rolle dabei?

»Vergiss deine Gedanken«, murmelte sie und faltete meine Hemden neu auf Koffermaße. »Du versuchst wieder etwas zu erkunden, das du nicht kennst. Noch nicht.«

»Und wozu packst du mir dann den Koffer? Ist das ein neuer Service deines Reisebüros?«

Erika ließ sich nicht beirren und packte weiter. Wie eine getreue Ehefrau, die einen Auftrag hatte und nicht davon abwich, bis er erledigt war.

»Weil du gesagt hast, dass du ohne deine Klamotten nicht mitwillst. Deshalb. Zieh dich endlich an. Die Maschine kann nicht ewig warten.« Die Schlösser am Koffer schnappten zu.

»Warum soll ich irgendwo hin?«

Erika stemmte die Arme in die Hüften und sah mich böse an.

»Weil du etwas angerührt hast, das zum Himmel stinkt. Du merkst es nur noch nicht. Stur wie immer verfolgst du deinen Weg. Nur dieses Mal führt er genau in die Hölle. Also, bewege deinen Arsch.«

»Nein. Was hast du damit zu tun?« Ich blieb auf dem Bett sitzen.

Erika ließ sich auf der anderen Seite des Bettes nieder und rollte mit den Augen.

»Gut, dass wir nicht mehr verheiratet sind. Du kapierst wirklich nichts. Aber ich erkläre es dir, zum Mitschreiben. Es gibt Waffen, die langsam jeder Staat hat, der sie nicht haben dürfte. Selbst Pakistan hat sie. Die Minirepublik Nord-Korea bastelt daran. Der Iran denkt darüber nach. Niemand weiß, wie weit die schon sind. Nukleare Waffen. Aber die wird niemand wagen einzusetzen. Alles viel zu aufwändig. Chemische und Biochemische Waffen sind der Markt der Zukunft. Verstehst du?«

Was hatte meine Exfrau und Reisekaufrau, wie sie sich nannte, damit zu tun?

»Machst du in Waffentourismus?«, unterbrach ich ihre Rede, die mir zu professionell und zu engagiert für eine Unbeteiligte klang.

»Nein. Ich will nur nicht, dass du mit deinem Wissen missbraucht wirst. Es muss bei dir bleiben. Niemand sonst darf es erfahren.«

Das war mir zu hoch. Meine Exfrau sprach über Sachen, die sie nie hätte wissen können, und forderte mich auf, einer Agentin zu folgen. Und den Wohnungsschlüssel hatte sie angeblich vom Nachbarn.

»Was geht hier vor sich? Woher weißt du das alles?« Ich kam mir wie eine Marionette vor. Jeder wusste etwas. Jeder schien ein Spiel zu spielen. Nur ich schien an Fäden zu hängen.

Erika ging in die Küche, als sei es ihre eigene. Warum hatten wir uns damals getrennt? Es wollte mir nicht einfallen.

»Wenn du dich endlich mal anziehen würdest, bekommst du auch ein Bier und ein paar Informationen.«

Es war nicht zu fassen. Jetzt wusste ich, warum wir uns hatten scheiden lassen. Ich war ständig auf dem Globus unterwegs gewesen, und wenn ich mal zu Hause war, war mir Erikas Befehlston auf die Nerven gegangen. Sie war nie eine Schmusekatze gewesen. Sie wollte erobert werden. Kinder hatte sie nicht haben wollen und alles getan, dass auch keine kamen.

»Du steckst in einer globalen Misere«, kam sie mit einem Bier zurück.

Ich hatte mich inzwischen angezogen.

»Dein Artikel hat so ziemlich alle Geheimdienste der Welt auf den Plan gebracht.«

Jetzt sollte ich eigentlich grinsen. Das war nun wirklich nicht neu für mich. Aber woher wusste Erika das?

»Und, was haben die beschlossen?«, setzte ich frech die Frage in den Raum. Es drohte zu dem üblichen Streit auszuarten, den wir schon vor Jahren zum Alltag gemacht hatten.

»Du wirst verhindern, dass die Formel jemals an den Tag kommt, oder du bringst sie uns.«

Das ging zu weit. Schon wieder eine Erpressung. *Ruhig. Bleib ruhig*, mahnte mich mein Ich. Ich atmete tief durch.

»Wer ist uns?«

Erika stand mit der Flasche im Türrahmen und sah mich süffisant an.

»Du wirst jetzt brav deinen Koffer packen und das Flugzeug nehmen. Den Rest wirst du schon noch erfahren.« Sie stellte die Flasche auf den Boden. Die Tür fiel ins Schloss.

»Mit dir zusammenzuarbeiten wird wirklich kein Vergnügen. So was Stures habe ich noch nicht erlebt ...«, knurrte Nathalie. »Wegen dir mussten wir einen neuen Flugplan beantragen. Deine Kreditkarten hätten gereicht, um dich mehrfach neu einzukleiden. Aber wie du meinst ...« Sie ließ sich wütend in den Sitz der Maschine fallen. Es war dieselbe Maschine, die Menachem benutzt hatte. Dieses kleine, schnelle Spielzeugflugzeug. Nur waren wir dieses Mal ohne weitere Begleitung. Ein Pilot und wir.

»Geht es schon wieder dahin, wohin ich befürchte?«, versuchte ich Nathalie aus ihrer Sprachlosigkeit zu holen.

»Du nervst«, kam es zurück. »Hast du eine Vorstellung, was

es für mich heißt, meinen Vater jagen zu müssen, weil du nicht mit dem Geheimnis seines Bruders rausrückst? Lass mich in Ruhe und überlege dir lieber, wie du die nächsten Tage überlebst. Besser wäre es, dich im Negev in Sicherheitsverwahrung zu nehmen, bis dir einfällt, wo die Formel sein kann. Aber mein Befehl lautet nun mal anders. Schade. Ich wäre jetzt nämlich im Urlaub. Und alles, weil der Herr Journalist aus Deutschland unter Amnesie leidet.«

Grunzend rollte sie sich zusammen und schmollte.

»Wenn du Service suchst . . . du weißt, wo die Pantry ist. Hole es dir selbst. Aber teile es dir ein. Wir fliegen etwa fünf Stunden. Wir haben starken Gegenwind. Wenn es wackelt, bitte anschnallen. Rauchen ist erlaubt. Ende der Durchsage.« Sie war sauer und machte keine Anstalten, das zu verheimlichen, sondern starrte stur auf den Videofilm, der auf dem Bildschirm in der Rückenlehne des Vordersitzes flimmerte.

»Wohin fliegen wir?«, versuchte ich vorsichtig nach einer Stunde wieder Kontakt zu ihr aufzunehmen.

»Wo wir landen können«, kam es patzig zurück.

»Und wo ist das?«

»Wirst du schon sehen. Kommt dir gleich bekannt vor. Sei froh, dass du jetzt bei eurem Geheimdienst bist. Sonst . . .«

»Sonst was . . .?«

»Nichts . . .«, kam es abweisend zurück. Das Licht in der Kabine fuhr herunter. Das Videoprogramm flackerte in Nathalies Gesicht. Sie zog die Schuhe aus und die Füße an den Köper.

»Weswegen fliegen wir schon wieder nach Israel?«, versuchte ich einen erneuten Anlauf.

»Um ein paar Dinge zu klären.«

»Welche?«

Sie schüttelte missmutig den Kopf.

»Woher soll ich das wissen? Wart's doch ab. Ich bin nur deine Dolmetscherin und habe einen Auftrag zu erfüllen.«

»Welchen?«, gab ich nun keine Ruhe.

Nathalie schaltete den Bildschirm aus und sah mich an. Etwas passte ihr nicht. Sie war wütend.

»Du bist wirklich die totale Nervensäge. Mein Auftrag lautet, endlich von dir diese Formel zu bekommen. Und dazu werde ich dich mit jemandem bekannt machen. Wenn das nicht klappt, habe ich den Auftrag, dich und meinen Vater zu töten. Bist du jetzt zufrieden?«

Nein. Die Aussage war zwar klar, aber damit konnte kein Mensch zufrieden sein. Entweder ... oder tot. Und ich befand mich schon wieder auf dem Weg ins »Gelobte Land«. Was war daran nur gelobt? Wollte ich schon sterben? Manchen Morgen hatte ich nach einer durchzechten Nacht daran gedacht. Es aber nach ein paar Kopfschmerztabletten immer wieder verschoben.

»Wer ist der ›Jemand‹?«

Nathalie hatte sich eine Zigarette angezündet. Vorher hatte ich sie noch nie rauchen sehen. Den Geruch des Krautes kannte ich. *Ibogain.* Sie stieß den Rauch von sich, der sofort in der Klimaanlage verschwand.

»Du hast mit ihr telefoniert. Eine Frau in Haifa.«

Ich ahnte, wer das sein sollte. »Ihr überwacht mich also.«

Nathalie nickte. »Du bist so durchsichtig wie Glas. Du hättest den Artikel niemals zulassen dürfen. Der wird dir und meinem Vater jetzt das Genick brechen. Aber, ihr seid selbst schuld.«

»Woran? Dass wir versuchen zu verhindern, dass die Formel jemals wieder auftaucht? Und warum sprecht ihr nicht mit der Frau?«

Nathalie schaltete den Bildschirm wieder ein.

»Was ist? Bekomme ich keine Antwort? Muss ich mir die selbst geben?« Die junge Frau war offensichtlich mit der Aufgabe überfordert. Da half auch der Rang eines Leutnants und die Drohung einer Killerin nicht.

»Weil da ein ganz übles Spiel läuft ...«, presste sie hervor. »Nach dem Tod ihres Neffen, der bei euch unter Patachon geführt wurde, redet sie kein Wort mehr. Außer mit dem, der mit ihr aus Deutschland telefoniert hat. Und das warst du.«

Ich wurde überwacht und in Haifa wartete ein Mensch, der ein, vielleicht das Geheimnis, bewahrte. Pat und Patachon waren vergiftet worden, und Menachem hatte sich darüber aufgeregt, dass sie den Artikel verfasst und, wie ich zu spät erfahren hatte, eigenmächtig verändert hatten.

»Warum musst du deinen Vater und mich töten, wenn es nicht klappt, und wie willst du das wem erklären?«

Nathalie drückte die Zigarette aus, sah mich kurz an und dann wieder auf den Bildschirm.

»Das sage ich dir, wenn du mit der alten Frau gesprochen hast. Ich bin deine Dolmetscherin. Sie spricht keine deiner Sprachen.«

Das wusste ich bereits. Irgendetwas stimmte hier hinten und vorne nicht. Nathalie war mir zu unsicher, zu unprofessionell, um als die Killerin aufzutreten, die mir mehr als Unbehagen einflößen konnte. Und ihren Vater töten? Dazu gehörten andere Kaliber. Menachem ließ sich nicht so einfach umbringen und schon gar nicht von seiner Tochter, wenn sie es denn überhaupt war. Da kamen mir langsam Zweifel. Sie hatte nichts von ihm. Wer sollte dann die Mutter sein?

»Wo landen wir?«

8

Haifa

Der Pilot schien sonst Kampfjets zu fliegen, die man mittels Bremsfallschirm irgendwann zum Stillstand brachte. Unsere Maschine hatte sicher keinen. Die Landung war halsbrecherisch. Die Landebahn eigentlich viel zu kurz. Die Bremsen rubbelten und pfiffen. Der Umkehrschub drückte das Flugzeug ins Fahrgestell. Wir waren auf dem Flugplatz, den ich nicht in allzu guter Erinnerung hatte. Irgendwo unter uns brütete das Militär Strategien in ihrem Bunker aus.

Während ich unschlüssig zwischen den Kampfhubschraubern herumstand, war Nathalie kurz, wie sie gesagt hatte, »Zum Befehlsempfang …« verschwunden. Wie sie zurückkam gefiel mir nicht. Wieder in dieser hässlichen Uniform, die aus jeder Frau einen Sack machte.

»Muss das sein?«, wies ich auf ihre Schulterklappen.

»Befehl ist Befehl«, kam es nun sehr unweiblich zurück. »Ich bin jetzt deine offizielle Begleitung und einzige Zeugin. Vergiss das nicht.«

»Verkabelt?«, wurde ich misstrauisch.

»Na klar«, kam es zurück, als sei dies das Natürlichste der Welt. »Ein wandelndes Mikrofon. Alles nur zu deinem Schutz. Darf ich den Herrn Journalisten und Mitarbeiter des BND nun an seinen Bestimmungsort fahren lassen?«

»War das nun fürs Protokoll?«, versuchte ich die Sache von der humorvollen Seite zu nehmen.

Nathalie grinste nur und hielt mir die Tür eines Militärfahrzeugs auf.

Der Fahrer kurvte uns durch Haifa. Eine schöne Stadt. Nach deutschem Muster angelegt. Quadratisch. Übersichtlich. Der Mount-Carmel-Wein war berühmt. Sagte man. Ich hatte ihn als Biertrinker noch nie probiert. »*Mount*, der Berg«, lächelte ich in mich hinein. Das war ein Hügel, wenige hundert Meter hoch. Alles was ihn vielleicht zum Berg machte, war seine extrem ansteigende Flanke, die sich die wirklich Reichen zunutze gemacht hatten, ihre Häuser und Villen in eine unverbaubare Sicht auf das Meer zu setzen.

»Haifa ist von deinen Vorfahren, christlichen Siedlern, um 1868 von einem Fischerdorf zur Stadt ausgebaut worden«, kommentierte Nathalie. »Sie kamen aus Süddeutschland und nannten sich ›Templer‹. Muss eine freidenkende Sekte gewesen sein. Aber sie haben das Stadtbild geprägt, und wie die Stadtchronik ausweist, war sogar euer Kaiser Wilhelm II. 1898 hier. Erst mit Kriegsbeginn 1939 zwangen die britischen Mandatsbehörden diese Leute außer Landes oder in Internierungslager. Du könntest dich also fast zu Hause fühlen. Oder?«

War das nun ein Angebot oder eine Drohung? Wenn es eines davon war, dann würde ich es sicherlich falsch verstehen und schwieg besser.

Der Fahrer bog in eine Straße ein, die leicht den Berg hinauf führte. Die Häuser sahen adrett aus. Alles Ein- oder Zweifamilienhäuser.

»Das hat man früher als das ›Deutsche Viertel‹ bezeichnet«,

kommentierte Nathalie. »Hier wohnen keine Arbeiter oder Beamte. Hier wohnt die Elite, das Non-Proletariat Israels.«

»Auch die besagte Frau?«, wagte ich nachzufragen, denn mich beschlich ein ungutes Gefühl. Hoffentlich würde sich das nicht bewahrheiten.

»Auch die besagte Frau«, knurrte Nathalie und studierte die Hausnummern, wies den Fahrer an, langsamer zu machen. Was hatte Patachon gesagt, als er noch lebte, seine Tante sei bei der Polizei? Das musste wohl ein Verständigungsfehler gewesen sein. Die kleinen Vorgärten und die geparkten Autos sahen wirklich nicht nach einem Durchschnittseinkommen der Besitzer aus.

»Stopp ...« Unser Wagen hielt vor der Nummer 127. »Hier ist es.« Nathalie gab dem Fahrer ein paar Anweisungen, die ich nicht verstand und stieg aus. »Was ist? Du bist hier die Hauptperson«, winkte sie mir energisch zu folgen und durchquerte den Minivorgarten, strebte der gelb lackierten Eingangstür zu. Es waren zwei Briefkästen angebracht. Nur einer davon war beschriftet. »Kosolowski« stand darauf. Ein polnischer Name, und wenn ich mich richtig erinnerte, hatte Patachon auch diesen Familiennamen getragen. Wie hatte dann Pat geheißen? Du bist ein schlechter Chefredakteur, meckerte mein Ich. Ein guter Redakteur ... vielleicht, aber ein miserabler Chef.

»Bitte ... du bist hier der Gast«, deutete Nathalie auf den kleinen silbernen Türklopfer, der die einzige Möglichkeit war uns anzumelden. Türklopfer waren völlig untypisch für dieses Land. Was war das für ein Mensch, der hier lebte? Der Klopfer war ein 12,7-mm-Geschoss, das auf eine kleine Metallplatte geschlagen werden musste, um sich bemerkbar zu machen.

Wer hier wohnte, musste noch gut hören. Denn sehr viel Lärm war damit nicht zu machen. Es würde im Inneren mehr als Anklopfen empfunden.

Ich klopfte an. Es schien eine Ewigkeit zu dauern, bis eine Reaktion erfolgte. Schlurfende Schritte jenseits der Tür. Ein heiseres, unverständliches Gebrabbel auf Hebräisch. Die gelbe Tür öffnete sich. Zwei hellgrüne, junge Augen sahen uns aus einem alten, schwarz gekleideten Körper an. Die Frau musste weit über achtzig sein. Sie stützte sich auf einen Stock. Ihre Augen tasteten uns ab und lösten einen Wortschwall aus, den ich nicht verstand. Nathalie wurde unruhig und verschränkte die Arme vor der Brust. Antwortete in der gleichen, für mich unverständlichen Sprache. Die Frauen schienen einen Disput auszutragen. Ihre Lautstärke schien danach.

»Sie will keine Frauen in Uniform in ihrem Haus. Ich warte im Auto. Sieh zu, wie du mit der klar kommst . . .«, wandte sich Nathalie ab.

»Tut mir leid, wenn mein Deutsch sehr viel eingerostet ist«, krächzte die alte Frau. »Kommen Sie. Ich habe für Sie einen Zopfkuchen gebacken und für mir . . . oder heißt das mich . . . nein für uns, Kaffee gemacht. Übrigens, wie heißen Sie? Mein Neffe hat nur vom Schleifer gesprochen. Ist das ein guter oder schlechter Name? Ich kann mit diesem Wort nicht mehr viel anfangen. Ich habe seit 1945 verlernt, Deutsch zu sprechen. Aber bitte . . . nehmen Sie Platz.«

Es war eine gemütliche Wohnung. Alte Möbel. Aber es roch nicht nach alten Menschen, die durch ihre Ungepflegtheit ihr ganzes Umfeld mit einbezogen.

»Ich bin Peter Stösser und auf der Suche . . .«, rief ich in die Küche, in der sie am Backofen hantierte. Einen Moment klapperte nur Geschirr und Besteck. Es roch betörend.

»Wenn Sie ein schlauer Mensch sind, und davon gehe ich aus, dann wissen Sie meinen Namen. Aber nennen Sie mich einfach Oma Kosolowski. Oma reicht.«

Sie kam mit einem Tablett, das der Traum eines jeden war, der Kaffeekränze liebte. Eine Kanne Kaffee, warmer Kuchen, Himbeergelee, Butter und ... eine Flasche Cognac mit zwei Schwenkern.

»Bedienen Sie sich, Peter. Ich darf Sie doch so nennen?«, hieß sie mich am Tisch unter dem Kronleuchter Platz zu nehmen. »Seien Sie mir bitte nicht böse, dass ich diese Dame hier nicht hereinlasse. Ich mag Frauen in Uniform nicht. Aber das werde ich Ihnen erklären, wenn Sie mir etwas über meinen Neffen erzählt haben, den ich seit vielen Jahren nicht gesehen habe ...«

Was sollte ich über Patachon erzählen? Ich versuchte ihn so gut wie möglich zu beschreiben und musste mir eingestehen, dass ich nichts über ihn wusste. Es war alles erfunden und erlogen. Hoffentlich hörte sich mein Vortrag positiv an.

Die alte Dame schenkte Kaffee nach und sah mich an.

»Ich habe zwar nicht alles verstanden, was Sie gesagt haben. Aber Sie haben gut gelogen. Mein Neffe hatte seine eigene Geschichte. Und ehrlich war er auch nicht.«

Sie räumte den Tisch ab, ließ aber den Cognac stehen.

»Er und sein Lebensgefährte – igitt wie sich das anhört – waren Mitglieder des Mossad. Maulwürfe sagt man, glaube ich, dazu.« Sie schenkte das braune Gebräu nach und prostete mir zu. *»La Chaim.«*

Die Frau begann mir zu gefallen, und wenn es nur der Journalist war, der in mir sprach und die Vorstellung, dass Nathalie mit ihren Mikrophonen vor der Tür warten musste ... und dass Pat und Patachon zum israelischen Geheimdienst gehört hatten. Was machte der bei einem hanseatischen Verlag? Das konnte interessant werden. Der Jäger in mir wurde wach. Keine Flucht mehr. Angriff war angesagt.

»Sie sagten, dass mein Neffe und sein Dingsda mit Ricin getötet wurden?«

Ich nickte. Die Frau sprach mit jedem Wort besser Deutsch. Es schien mal ihre Muttersprache gewesen zu sein, oder sie hatte mit Sprachen zu tun gehabt. In ihrem früheren Leben. Alles nur ein Spiel, hatte Menachem gesagt. Nur die Regeln wollten sich mir nicht offenbaren.

»Dann will ich Ihnen erzählen, warum ich nur mit Ihnen sprechen möchte.« Die alte Dame kramte in ihrer Kitteltasche und förderte eine Blechschachtel zutage. Es waren Zigarillos. Schwarze Brasil. Genüsslich zündete sie eine an, sog den Rauch ein und blies bläuliche Kringel in die Luft, die kurz um den Kronleuchter schwebten, bevor sie sich an einem Lampenschirm stießen und als Schwaden davonwaberten.

»Darum geht es. Rauch. Böser beißender Rauch«, sog sie weiter an der Tabakrolle.

»Sie haben sich über Ihren Neffen umgehört, wie ich Sie gebeten habe?«

Sie nickte. »Ja, das habe ich. Aber was dabei herausgekommen ist, wäre wohl besser in der Vergessenheit geblieben. Dass Judith in Tel Aviv lebte, habe ich nicht gewusst. Sie muss 1945 wohl den Namen gewechselt haben. Und ihre Söhne ...« Es entstand eine Pause. Sie atmete schwer, als laste ein tonnenschwerer Stein auf ihrer Brust. »... Und ihre Söhne sind wohl die Fortsetzung ihrer üblen Geschichte.« Sie schenkte nach. Wenn das so weiter ging, waren wir beide bald betrunken und Nathalie vor der Tür im unklimatisierten Armeefahrzeug verschmort.

»Sie haben Ihrem Enkel die Zusatzartikel aufgetragen?

Stimmt's?« Es war nur eine Eingebung von mir, denn, selbst wenn Pat und Patachon dem Mossad angehört hatten, was wollten sie in zweieinhalb Jahrzehnten dort erfahren haben, was nicht am nächsten Tag oder der nächsten Wochenausgabe in unserer Illustrierten stand?

Die alte Frau nippelte an ihrem Cognac.

»Sie haben ihn übersetzen lassen?«, sah sie mich fragend an.

Ich nickte. »Warum haben Sie den Bericht in mehreren Sprachen veranlasst? Es hat den Tod vieler Menschen bedeutet.«

»Und es wird noch mehr Tote geben ...«, setzte sie das Glas hart auf den Tisch. Ihre Augen funkelten. »Und nun hören Sie mir zu, ohne weitere Fragen zu stellen. Noch einen Cognac?« Ich nickte wieder. Diese Frau war, trotz – oder wegen – ihres hohen Alters, eine faszinierende Person. Was mochte sie alles erlebt haben?

Vorsichtig setzte sie die Gläser ab. Ihre Hände zitterten, wie dieser ganze alte Körper zu zittern schien.

»Entschuldigen Sie. Es kostet mich viel Kraft, darüber zu sprechen. Aber ich habe es kommen sehen. Eines Tages musste es sein.« Sie zündete sich ein neues Zigarillo an.

»Es war kurz vor Weihnachten 1941. Meine Familie war vor den Deutschen auf der Flucht. Mein Vater war Geschichtsprofessor in Warschau. Wir fanden Unterschlupf bei Verwandten jenseits der Grenze. In Russland. Wir ... das waren Vater, Mutter und vier Kinder. Zwei Mädchen und zwei Brüder. Aber auch hier holten uns die Deutschen bald ein. Es dauerte nicht lange, da fanden wir uns in einem KL wieder. So war ihre Abkürzung für Konzentrationslager. Vater und Mutter waren für sie wertlos. Sie waren zu alt. Ich habe sie nie wiedergesehen. Meine Brüder waren stark und zur Arbeit zu gebrauchen und wir Mädchen hübsch und jung. Unsere Arbeit war eine andere.

So hat der Teil meiner Familie bis 1943 im Lager überlebt. Meine Schwester bekam Kinder von einem SS-Offizier. Ich habe meines verloren. Dann wurden wir nach Auschwitz verlegt. In ein Speziallager. Wir nannten es nur »Buna«. Das Essen war hier besser, aber dafür die Arbeit länger und schwerer. Wir wurden als billigste Arbeitskräfte den Buna-Werken zugewiesen. Die stellten damals synthetischen Kautschuk und Benzin aus Kohle her ... und ab 1944 experimentierten sie an einer Geheimwaffe. Biologische Kampfstoffe.«

»Ricin?«, versuchte ich eine Atempause bei ihr zu nutzen. Sie zuckte mit den Schultern.

»Weiß ich nicht. Die Substanzen hatten damals nur Codewörter. Keine Namen. Wer von uns zu schwach zum Arbeiten war oder krank wurde, an dem wurde das Zeug sofort ausprobiert. Und unsere Chefin war die Leiterin des Sonderkommandos, wie es damals hieß, wenn Juden Juden befehligten ... diese Judith. Sie war was Besseres. Trug immer eine saubere Uniform und hatte einen Befehlston wie unsere Bewacher an sich. Sie war die Tochter eines Biochemikers und wohl selbst eine. Alle sprachen sie mit Doktor an. Sie war damals vielleicht fünfzehn bis zwanzig Jahre älter als wir. Sie behandelte uns schlimmer als die Nazis, die offensichtlich auf ihre Hilfe angewiesen waren.«

Sie machte eine Pause, um ihre Tabletten zu sortieren. Mir war es recht. So hatte ich Mama Judith nie gesehen. Als KZ-Aufseherin, die sich ihr Leben mit ihrem Wissen verdiente. Langsam wurde mir Menachems Verhalten klar. Bevor ihm jemand hinter seine Vergangenheit kam, stellte er sich lieber tot. Aber irgendetwas passte trotzdem nicht ins Bild.

»Was geschah dann?«

Die alte Dame schluckte ihre Pillen und spülte sie mit einem Cognac hinunter.

»Ja, was geschah dann . . .?«, sinnierte sie ein paar Minuten. »Es muss im Januar 1945 gewesen sein, so genau erinnere ich mich nicht mehr, wurden alle gehfähigen Insassen des Lagers ins Reich, wie es hieß, zurück verlegt. Die Russen standen schon ein paar Kilometer vor dem Lager. Judith war verschwunden. Der Rest meiner Familie auch, und ich lief. Tagelang mit anderen Häftlingen. Immer Richtung Westen. Die paar hundert, die überlebten, wurden wieder in ein Lager gesperrt. Dort haben uns die Amerikaner rausgeholt. Mehr weiß ich nicht. Bis 1946 Leute der Hagana durch die Lager zogen und uns für den neuen Staat Israel anwarben. Da bin ich mitgegangen und landete mit der »Exodus« in Haifa. Aber das ist eine Geschichte für sich.«

Sie schloss die Augen. Der Atem wurde flach. Das Zigarillo fiel auf den Teppich. Ich trat es aus, bevor es ein Loch brannte. Sie atmete plötzlich nicht mehr. Schlief sie? Ich fühlte ihren Puls. Die alte Dame war tot. Verzweiflung stieg in mir hoch. Eingeschlafen. Sie war einfach mit einem Cognac und einem Zigarillo eingeschlafen. Nach wie viel über achtzig Jahren? Ich würde es wohl nicht mehr erfahren. Eine unerzählte Geschichte mehr war gegangen. Ich hatte mit den Tränen und der Erkenntnis zu kämpfen, dass ich nicht viel schlauer geworden war.

»Sag jetzt nichts«, empfing mich Nathalie. Ihre Uniform war durchgeschwitzt. Sie hing am Sprechfunkgerät und tobte. Der Fahrer war damit beschäftigt, sich ständig den Schweiß aus dem Nacken zu wischen.

»So, jetzt . . .«, drehte sie sich nach einem Wust von Wörtern, die sie ins Mikrophon gebrüllt hatte, um. »Die alte Dame wird abgeholt«, wandte sich Nathalie mir zu.

»Woher weißt du, dass sie tot ist?«

Sie schüttelte den Kopf. »Egal, auch in unserem Land geschieht nichts, was wir nicht wissen. Oder glaubst du, dass wir dich da ohne Vorbereitungen reingelassen hätten? Wir haben jetzt aber eine Information mehr, die uns die Alte ohne dich nicht preisgegeben hätte.« Sie wies den Fahrer an, den Wagen zu starten, der froh war, endlich Abkühlung durch den Fahrtwind zu bekommen.

»Was wissen wir mehr?«, beugte ich mich über die Sitzlehne. Es war wirklich heiß in diesem Wagen.

»Die alte Dame hatte eine Schwester und zwei Brüder. Stimmt's?« Ich nickte.

»Die Brüder sind irgendwie verschwunden. Aber die Schwester hat zwei Kinder von einem SS-Offizier bekommen. Habe ich das richtig verstanden?«

»Wird das jetzt wieder ein Verhör?«, meckerte ich und ließ mich in den Sitz fallen. Diese Behördenmanieren gingen mir auf die Nerven. Ich wollte nur zwei Dinge: meine Tochter und eine vernünftige Story.

»Nicht nötig«, knurrte Nathalie. »Wir haben alles mitgeschnitten. Es bleibt jetzt nur die Frage, wer heute schon wieder zwanzig Menschen mit Ricin umgebracht hat.«

»Auch die alte Frau da drin?«, deutete ich auf das Haus, das hinter uns verschwand.

Nathalie ging nicht darauf ein und fuhr fort, als hätte ich die Frage nicht gestellt.

»Alle in den USA. Mein Vater kann es nicht sein. Der hat keine Kontakte zu den Amis. Deine polnischen Juden im Verlag sind tot. Deine Exfrau Erika arbeitet mit uns zusammen. Silvia ist beim BND. Was bleibt da noch?«

Erika als Reisebüroleiterin beim jüdischen Geheimdienst? Unvorstellbar. Und die hatte Rebecca beraten und mich als zuverlässigen Reisebegleiter empfohlen, wenn es in den Vorderen Orient gehen sollte?

Ruhe, mein Freund. Bewahre Ruhe und denk nach, redete mein Ich auf mich ein. *Du hast immer noch etwas, was die wollen. Denk mal nach. Was könnte das sein?*

Weißt du es nicht?, fragte ich in mir. *Du merkst dir doch sonst alles.*

Ja, war die Antwort. *Ich merke mir alles. Aber ich kann dir nur geben, was du auch wirklich wissen willst. Und* das *willst du noch nicht wirklich wissen.*

»Ihr habt die alte Frau umgebracht«, rückte ich auf die Sitzkante vor. »Sie wusste zu viel. Zu viel von was?«

Nathalie sah zum Fenster hinaus und antwortete nicht. Nur ihre Kaumuskeln spielten. Sie war nervös. Ihre Hände rieben sich ständig auf der Uniformhose trocken. In ihrem Kopf überschlugen sich die Gedanken. Irgendwas war mal wieder schiefgelaufen. Ich spürte es.

»Sie hat von den Buna-Werken gesprochen«, kam es endlich an der Stadtgrenze von Tel Aviv aus ihr. Sie drehte sich um. Ihr Haar und ihre Uniform trieften vor Schweiß.

»Ja und?« Mein Ton war nicht der freundlichste. Ich hatte inzwischen auch keinen trockenen Faden mehr am Leib. Wie konnte man bei dieser Hitze nur Krieg mit Nachbarn führen? Vietnam war schon unerträglich gewesen. Aber hier herrschte ein Wüstenklima, verstärkt durch die Stadt, das einem den Atem raubte.

»Die Buna-Werke gehörten zur I.G. Farben. Einem Zusammenschluss aller damaligen Chemiewerke. Im Januar 1952 ging diese Dachorganisation in Liquidation, um sich aus der Kontrolle der Alliierten zu winden und vor Reparationszahlungen zu drücken. Darum ging es.

Mehrere hunderttausend Juden sind damals elend verreckt. Aber es gibt keinen Ansprechpartner mehr, um an Entschädigungen zu kommen. Das haben die so lange hingezogen, bis sie 2003 Insolvenz anmeldeten. Und das hat jemand auf den Plan gerufen, sich auf seine Weise zu rächen. An Politikern, die alles vertuscht haben, an Managern, die von nichts wissen wollen. Ich verspreche dir, wenn wir den nicht finden, gibt es noch weiter Tausende von Toten. Oder wir finden die Formel, um sofort Gegenmaßnamen einleiten zu können.«

I.G. Farben. Was Nathalie sagte, stimmte. Ich hatte damals selbst den Bericht von mehreren Seiten Länge darüber geschrieben. Der alliierte Kontrollrat hatte dieses Konglomerat 1945 zerschlagen und ein eigenes Überwachungsorgan dafür eingerichtet. Die Russen hatten die Buna behalten und später in die DDR überführt. Die Amerikaner hatten den westlichen Teil unter der Kontrolle der Standard Oil, die seit 1928 mit den Chemiekonzernen verbandelt war, an sich gerissen und später in ihre ursprüngliche Bestimmung mit einer Kapitalmehrheitsbeteiligung entlassen. Den Weltmarkt hatte man sich aufgeteilt. Keiner kam dem anderen in die Quere. Eine chemische Macht ohne Grenzen. Von der Filmproduktion bis zu Pestiziden war alles in den Händen von wenigen. Aufgebaut von KZ-Häftlingen.

»Verstehst du langsam?« Sie schaute mich an.

Nicht so ganz. Ich verstand die Zusammenhänge, auf die sie offensichtlich hinauswollte, nicht richtig. Silvia gehörte zum BND. Ich mittlerweile auch. Mehr unfreiwillig. Menachem war Mossad oder höher. Nathalie war bei der Armee. Wie es aussah. Was hatte plötzlich die I.G. Farben damit zu tun, die es nicht mehr gab?

»Verstehe kein Wort«, knurrte ich und kurbelte das Fenster

herunter. »Das passt doch alles nicht zusammen. Jemand bringt Menschen um. Und das in verschiedenen Ländern der Welt. Das kann kein Einzelner sein.«

Nathalie nickte. »Du verstehst schon sehr gut. Da steckt eine Organisation hinter, die mein Vater aufscheuchen wollte. Dass deine beiden Redakteure ihr eigenes Spiel getrieben haben, weil Oma Kosolowski ihren Neffen zum Verfassen der Artikel ihrer eigenen Rache getrieben hat, ist allein deine Schuld. Und nun eskaliert es in alle Richtungen. Entweder rächen sich die Mitglieder der ehemaligen I.G. Farben, oder es rächen sich die Hinterbliebenen der damaligen Zwangsarbeiter. Was denkst du?«

Das war eine Frage, die ich befürchtet hatte. Menachems Artikel hatte ich nach dem Besuch der beiden BND-Typen aus Verärgerung noch durchgehen lassen. Es war ein Aufruf an alle jüdischen Überlebenden der Buna-Werke gewesen, sich zu melden. Pat und Patachon hatten ihre Version in verschiedenen Sprachen darangehängt. Und die waren der blanke Aufruf zum Kampf gegen den Kapitalismus und die Ausbeutung gewesen. Die Nachfolgegesellschaften der I.G. Farben waren direkt verbal angegriffen worden. Eigentlich eine journalistische Meisterleistung. Aber mit tödlichen Folgen. Und ausgerechnet in allen Sprachen der Länder, die mit dieser Zeit noch eine Rechnung offen hatten. Es waren alle, aber auch alle deutschen Chemiebetriebe gewesen, die Patachon auf Geheiß seiner Tante namentlich angeklagt hatte. Woher er die Zahlen der Zwangsarbeiter und der in dieser Zeit Verstorbenen oder Hingerichteten hatte, konnte ich nur ahnen. Zu spät. Die Lawine rollte. Und ich war schuld. Da hatte Nathalie recht. Irgendwo waren die Kenntnisse des Ricins wieder ausgegraben worden. Nur von welcher Seite? Wer kämpfte und vernichtete wen? Mit welchem Ziel? Bisher waren keine Forderungen gestellt worden. Es schien allein um das blanke Töten zu gehen. Da streikte mein Gehirn, mir logische Erklärungen zu geben. Es war blanker Mord. Warum? Wem nutzte das? Niemand tötet, ohne einen Nutzen daraus zu ziehen. Ein paar beschissene Zeilen in einer Zeitung konnten doch nicht Tausende von Toten zur Folge haben.

»Wohin fahren wir jetzt?« Der Wagen bog in Richtung Jerusalem ab. 83 Kilometer standen auf der Zufahrt zur vierspurigen Schnellstraße.

»An die höchste Stelle«, murmelte Nathalie. »Der Verteidigungsminister will mir dir sprechen.«

»Und du bist wieder meine Dolmetscherin?«

»Nein«, kam es kurz zurück. »Die haben ihre eigenen.«

»Und wenn ich mit dem Minister ohne dich als Gegendolmetscher nicht reden will?«, knurrte ich zurück.

Hier lief was schief. Und zwar gewaltig. Da wurde ich mir immer sicherer.

»Dann sage ich einfach dein Kommen über Funk ab und wir fahren gleich in das für dich vorgesehene Gefängnis im Negev.« Sie sah mich kurz an und aktivierte das Sprechfunkgerät. Sprach eine ganze Weile mit der Gegenstelle, die auch eine ganze Weile antwortete. Ich verstand nichts. Der Fahrer lächelte.

Die gut ausgebaute Autobahn führte bergan. Mein Magen klumpte sich zusammen. War es Hunger oder die Angst vor der Ungewissheit? Das Land hatte sich seit 1973 geändert. Diese Straße hatte es damals noch nicht gegeben. Und eine Geschwindigkeitsbeschränkung wäre damals auch unnötig gewesen. Es ging alles nur im Kriechtempo vor sich.

Wir schienen es nicht eilig zu haben, die achtzig Kilometer zu überwinden. Der Tacho schien bei der vorgeschriebenen Höchstgeschwindigkeit eingefroren zu sein. Jeder LKW und Bus überholte uns, laut hupend, als Hinweis, dass wir hier ein

Verkehrshindernis waren. Nathalie hatte ihre Militärstiefel ausgezogen und einen Fuß auf das Armaturenbrett und den anderen zum Fenster hinausgestreckt. Ihre flach ausgebreitete Hand schwebte wie ein Tragfläche im Fahrtwind. Mal auf, mal ab. Wie ein Spiel.

»Was hast du denen gesagt?«, versuchte ich das Gespräch mit der Leitstelle zu erkunden.

»Nichts was dich betrifft«, kam es beiläufig zurück. »Ich muss mich nur gelegentlich melden. Wir haben hier in letzter Zeit ein paar marodierende Palästinenser. Da macht sich die Leitstelle Sorgen, wenn sich ihre Wagen nicht regelmäßig melden.«

Dann war wieder Stille. Sie spielte mit der Hand im Fahrtwind. Der Motor brummte. LKWs und Touristenbusse überholten uns.

»Was weißt du von meinem Vater Menachem?« Wie eine Akrobatin hatte sie wieder ihre Beine an sich genommen und sich im Sitz zu mir gewandt.

Was sollte ich dazu, auch noch völlig unvorbereitet, sagen? Ich kroch tiefer in den Rücksitz und tat, als müsse ich überlegen, obwohl ich wusste, dass mir dazu nichts einfallen würde. Menachem hatte sich nach seinen Verletzungen und den ganzen Jahren, die wir uns nicht gesehen hatten, stark verändert. Ich zuckte mit den Schultern. »Er war mein Freund.« Mehr fiel mir nicht ein.

Nathalie rutschte wieder auf den Sitz.

»Schade, ich dachte, du könntest mir vielleicht helfen. Ich weiß nämlich auch nicht, wer er ist.«

Nun krabbelte ich wieder auf die Sitzkante vor und beugte mich auf die Vordersitzlehnen.

»Soll das heißen, dass er nicht dein Vater ist?«

Nathalie versuchte ihre Haare im Fahrtwind zu bändigen und kaute einen Moment auf ihrer Unterlippe herum.

»Ich weiß es nicht. In meinen Papieren steht, dass ich 1970 geboren wurde. Aber nicht, wer meine Eltern sind. Als ich anfing zu denken und die Welt bewusst wahrzunehmen, hatte ich einen Vater ohne Frau und eine Oma Judith. Die hat mich versorgt. Dann war sie plötzlich tot und mein Vater angeblich auch. Ich kam in einen Kibbuz. Wurde ausgebildet. Dann zur Armee. Und da bin ich heute noch ...« Sie schüttelte unwillig den Kopf. »Ach, vergiss es. War nur eine Frage und eine Sentimentalität. In diesem Land ist ohnehin nichts normal.«

Nein, in diesem Land war wirklich nichts normal. Hineingepflanzt durch ein loses Versprechen der damaligen Mandatsregierung der Engländer und einen brennenden Dornbusch, der Moses geheißen hatte, sein Volk hierherzuführen. Wer war der größere Lügner gewesen? Das würde in dieser Konstellation nie Ruhe geben. Und ausgerechnet ich, als Deutscher, musste mittendrin sein. Sollte ein Geheimnis mit mir tragen. Dabei hatten sich schon die zwei Geheimnisse als wertlos erwiesen, die ich dafür gehalten hatte. Die Kapsel, ihr Inhalt und die 12,7-mm. Was um Himmels willen sollte ich denn noch haben? Mir fiel nichts ein. Ich konnte mich anstrengen, wie ich wollte.

Zwei Busse überholten uns. Wie schon die ganze Fahrt. Sie hupten wütend. Einer setzte sich vor uns und verlangsamte die Fahrt. Der andere ließ sich zurückfallen, bis er auf unserer Höhe war. Nathalie begann nervös zu werden. Der vordere Bus wurde langsamer. Der links neben uns schien mit ihm synchron zu fahren. Er passte sich der Geschwindigkeit des anderen so an, dass es für uns kein Entkommen gab, außer wir würden die Straße verlassen und einen metertiefen Graben unbeschadet überwinden. Der Fahrer drosselte die Geschwindigkeit, die von den Bussen bestimmt wurde, bis zum Stillstand. Von nun an ging alles im Sekundentakt. Unser Fahrer schrie etwas auf Nathalie ein. Im gleichen Moment sprangen ein paar Dutzend Männer in israelischen Uniformen aus den Bussen, rissen unsere Türen auf, ich wurde von Fäusten aus dem Sitz gerissen und fühlte nur noch einen dumpfen Schmerz am Hals, dann wurde mir schwarz vor Augen.

Schmerzen weckten mich. Kopfschmerzen und Stimmen, die ich nicht verstand. Gefolgt von einem kalten Wasserstrahl. Ich versuchte meinen Zustand zu erkunden. Das ging nicht. Ich war gefesselt. Mit Handschellen, die in die Haut schnitten, hatte man mich an der Decke befestigt. Eine nackte Glühbirne bleckte mich an. Was sie beleuchtete, war ein nackter Betonraum und einen Mann, der mich mit einem Wasserstrahl bearbeitete.

Eine männliche Stimme außerhalb des Lichtkegels gab einen Befehl. Das Wasser hörte auf.

»Du hast jetzt zwei Möglichkeiten, mir das Versteck der Formel meines Bruders zu verraten ... entweder gemütlich bei einem Whisky oder mit einer Injektion von Sodium-Amytal, auch als Pentothal oder Wahrheitsserum bekannt.«

Menachems Auge sah mich an.

»Du wirst nämlich langsam zu einer Gefahr für die Menschheit, wenn du dich weiter so stur stellst.«

»Mit einem Toten spreche ich nicht ...«, knurrte ich wütend. Alles ein Spiel, nur ein Spiel, gingen mir Menachems Worte durch den Kopf, der sich offensichtlich von meinem Freund zu meinem Todfeind gewandelt hatte.

»Wo ist Nathalie?«

Menachems Lippe verzogen sich zu einem süffisanten Lächeln. »Liebst du sie? Willst du mein Schwiegersohn werden?« Ein fast hysterisches Lachen drang aus seinem Mund. »Dann streng dich an. Sie hängt im Nebenraum. Genau wie du. Nur kann ich nicht für jeden meiner Männer garantieren. Also, wo ist die Formel meines Bruders?«

Wo war diese verdammte Formel? Mir musste etwas einfallen. Jedes Nichtwissen wurde mir ohnehin als Lüge ausgelegt. Da nützte die ganze Wahrheit nichts. Jemand musste das Ding haben. Aber wer?

»Was wollt ihr damit? Ihr bringt doch eh schon jeden mit diesem Ricin um, der euch in die Quere kommt. Deine Mama Judith hat mir befohlen, diesen Irrsinn zu unterbinden ...« Einen Moment war Stille im Raum. Nur der Wasserschlauch tropfte.

»Ach wie schön ... Mama Judith hat befohlen ...«, erholte sich Menachem sehr schnell. »Sie hat also von den Experimenten meines Bruders gewusst? Warum erfahre ich das erst jetzt, dass sie dich eingeweiht hat. Das war so nicht abgemacht.«

»Was war dann abgemacht?« Die Fesseln schmerzten, je mehr ich mich aufregte.

»Ich kann so nicht denken«, murrte ich, mit einer Kopfbewegung auf meine gestreckte Notlage nach oben zum Haken deutend, an dem ich hing.

Menachem kratzte seine Kunsthand und schien unschlüssig zu sein, was jetzt zu tun war.

Gerettet, vorläufig, jubilierte mein Ich.

»Es gibt jetzt nur ein dickes Problem«, nahm er einen Rundgang um mich auf, wie ein Plantagenbesitzer, der sich seine Bananenstaude von allen Seiten besah, bevor er sie pflücken ließ. »Deine Tochter ist in der Hand des Scheichs. Du und sie seid beim BND, und der ist nicht auf meiner Seite. Das tut zwar im Prinzip nichts zur Sache. Aber jemand will dem Staat Israel die weltweiten Morde anhängen, wobei es dein Verlag war, der alles ins Rollen gebracht hat. Ich hatte dich damals vor diesen polnischen Juden gewarnt.«

»Du hast sie also eliminieren lassen, wie man so schön bei euch sagt?«

Menachems Auge sah mich forschend an. Er nickte leicht und umrundete mich weiter.

»Und auch Tante Kolokowski?« Darauf bekam ich keine Antwort.

»Wenn ich mich nicht regelmäßig melde, wird mein Auftraggeber komisch«, versuchte ich einen letzten Anlauf, von den Fesseln freizukommen.

»Reg dich ab. Du bist für die sowieso nur ein Informant, und sie erwarten keine regelmäßigen Berichte«, kam es kalt zurück. »Aber ich könnte dir ein anderes Angebot machen ... und wenn du da nicht spurst, bist du endgültig tot. Nimmst du an? Ja oder Nein?«

»Ich kenne dein Angebot nicht. Was ist, wenn ich Nein sage?«, polterte mein Sturkopf los.

»Bei Nein fällst du in ein paar Wochen von selbst aus den Handschellen. Vertrocknet, verdurstet und verhungert«, kam es knapp zurück.

Er schien es ernst zu meinen und kratzte sich weiter die Kunsthand. Er hatte Probleme.

»Und wie erklärst du meinen Leuten meinen Tod?« *Du übertreibst*, versuchte mich mein Ich zurückzupfeifen.

Menachem lachte. »Du bist noch nicht lange bei dem Verein. Wie bildet man euch denn aus? Ein Agent bekommt kein

Staatsbegräbnis. Ihr seid im Dienst fürs Vaterland gefallen. Mehr nicht. Warum und wieso bleibt Staatsgeheimnis. Also ... Ja oder nein?«

»Wenn ich Ja sage, kann ich dann Nathalie mitnehmen?« Mein allerletzter Versuch, doch noch etwas Positives aus dieser Situation zu machen.

»Liebst du meine Tochter?«

Was sollte ich jetzt sagen? Ich kannte sie kaum. Sie war so alt wie Rebecca.

»Antworte«, fuhr mich Menachem an. Er wurde jetzt wütend und gefährlich.

»Ja, ich denke«, quetschte ich hervor. Diese gestreckte Haltung mochte für Bewegungsübungen gut sein, aber nicht auf die Dauer. Sie nahm mir langsam den Atem.

»Gut. Dann bleibt sie als Pfand hier. Ihr beiden zusammen seid mir zu gefährlich«, murmelte Menachem und gab dem an der Tür wartenden Mann ein Zeichen, mich loszumachen.

Das Sonnenlicht blendete. Wie lange war ich bewusstlos gewesen? Die Gegend kannte ich von der anderen Seite des Zauns. Ein heißer Wind vom Toten Meer und der Negev zerrten an meinen nassen Kleidern. Sie würden in seinem Atem kurz trocknen und sich dann wieder durch meinen Schweiß nässen.

Der Rundgang war geplant, um mich gefügig zu machen.

»Rund zweitausend Insassen, die nur darauf warten, einen Europäer fertig zu machen«, hatte Menachem gesagt. Und ...: »Von denen sterben jeden Tag mindestens zwei, die sich gegenseitig umbringen. Schiiten, Sunniten, einfache Moslems, Hamas, Hisbollah, alles was du willst. Alles Leute, die mit den Gesetzen in Konflikt gekommen sind.« Mehr hatte er beim

Rundgang durch das Lager nicht gesagt. Es war das Lager im Negev, das mir Nathalie angekündigt hatte. Hier würde ich keine Nacht überleben. Die Gefangenen sahen abgerissen und unterernährt aus. Voller Hass. Dass sich darum keine der westlichen Hilfsorganisationen kümmerte, wollte mir nicht in den Kopf. Das Lager stank zum Himmel. Menschenunwürdig war noch übertrieben. Die Menschen lebten in unklimatisierten Baracken. Alles, was sie umgab, war Staub. Was ließ die Weltgemeinschaft nur zu? Um jeden Urwaldbaum wurde eine Werbekampagne gesponnen, um diese Menschen nicht.

»Wo ist Nathalie, und was soll dieses Spiel?«

Menachem nickte. Er hatte eine neue Maske und eine neue Hand.

»Komm mit ...«, murmelte er. »Dich zu fragen, ob du noch mein Freund bist, ist wohl zwecklos. Aber ich bin noch deiner ...«

Das sollte verstehen, wer wollte. Menachem setzte einfach seine Marken wie ein Hund, der sein Revier absteckte. Bis hier hin und nicht weiter. Du bist innerhalb des Zaunes und ich bestimme, wann du mein Revier verlässt. Er trabte über den staubigen Platz, strebte einer Baracke zu, die nur durch ein Sicherungsgatter etwas außerhalb des Zaunes zu erreichen war.

»Lass die Finger vom Zaun. Der steht unter Hochspannung. Bist in Sekunden tot, wenn du ihn berührst«, bemerkte er beiläufig. »Wie im KZ ...«

Ja, wie im KZ. Wir passierten eine Sicherheitsschleuse. Woher wusste er, dass KZs elektrisch gesichert gewesen waren? Gut, er mochte ein paar Jahre älter als ich sein. Aber wissen konnte er das nur von seiner Mutter. Mama Judith. Er plapperte Gehörtes nach.

»Die Tortur muss sein um zu erkennen, wo du hingehörst.

Du kannst mich jetzt zwar nicht mehr leiden. Sorry, das ist nun mal mein Job. Aber wenn du deinen gut machst, hast du die Story deines Lebens und kannst dich endlich auf einem dicken finanziellen Polster ausruhen.«

Er lächelte. Die neue Maske wirkte freundlicher.

»Du lebst doch nicht mehr ...«, versuchte ich die Brücke zwischen uns zu reparieren.

Menachem nickte. »Nein, ich lebe nicht mehr. Kommt nur darauf an, für wen nicht mehr. Und jetzt tust du alles, um das Problem zu lösen. Ich lasse mich nicht von meiner Tochter eliminieren, weil ich ein paar Politikern nicht mehr in den Kram passe. Du haftest jetzt für mich. Los.«

Er stieß mich in einen Raum. Das Gebäude war gemauert, lag aber immer noch in der Umfriedung des Gefängnisses.

Umfriedung ... Bei diesem Wort musste ich lächeln. Das benutzte man seit dem Mittelalter, um umlaufende Wehranlagen zu bezeichnen. Wehr »umfriedete« wen? Hielt man die außen in »Frieden« oder die innen. Auf jeden Fall sollte sich jeder in Frieden wähnen. Nur keinen Ärger machen, sonst ... Anders war dieser Ausdruck nicht zu interpretieren.

Es war ein großer Raum, aber ohne jeden Komfort. Eine Holzpritsche, ein Holztisch, ein Holzstuhl und ein Holzfußboden. Schmale Fenster, knapp unterhalb der Decke. Wie Schießscharten. Das war eine Art Bunker, stellte ich konsterniert fest. Wenigstens bemühte sich ein Ventilator an der Decke etwas, die Luft umzuwälzen.

»Setz dich. Ich lasse dir was zu essen kommen ...«, wies mich Menachem auf den Stuhl. »Toilette und Dusche sind hinter dem Haus.«

Er wandte sich zum Gehen, blieb kurz in der Tür stehen.

»Ich weiß, was du denkst. Vergiss es. Du denkst falsch ...«

Mit einem »Bin gleich zurück ...« verschwand er in der Hitze, und ich sah mich um.

Der Raum war nicht so leer, wie ich ihn, geblendet vom Sonnenlicht, empfunden hatte. An den Wänden führten in Kniehöhe Kabelstränge zu Verteilern, um sich von dort aus wieder im Boden zu versenken.

Hier war das elektrische und kommunikative System des Lagers, fuhr es mir durch den Kopf. Ich rief mir den Keller unseres Verlages auf. Da sah es ähnlich aus. Was konnte ich damit anfangen?

»Vergiss deine Gedanken. Wenn du hier etwas anfasst, ist das dein sofortiges Todesurteil. Hier ist dein Essen.« Menachem schob mir ein Tablett auf den Tisch. Gebratenes Gemüse, kalten Tee und Weißbrot.

»Iss! Wenn du Pech hast und keine Ideen, wird es lange dauern, bis du wieder was bekommst.« Er zündete sich seine Spezialzigarette an, setzte sich auf die Liege und sah mir beim Essen zu.

»Alkohol ist hier verboten. Magst du eine meiner Zigaretten?« Es klang höhnisch. Aber ich aß, weil ich Hunger hatte.

»Komm mir nicht mit deinem Wissen«, tönte er hinter mir, als sei meine Situation nicht schon aussichtslos genug. »Dass meine Mutter sich in Auschwitz durchgeschlagen hat, ist mir bekannt. Wie und warum, darüber kann man heute geteilter Meinung sein.« Es entstand eine kleine Pause. Papiere raschelten hinter mir. »Aber ist dir auch bekannt, wo dein Vater in dieser Zeit war?«

Mir blieb die gegrillte Zucchini im Hals stecken. Nein, das war mir nicht bekannt. Ein Schwachpunkt in meinem Leben. Selbst nach dem Tod meines Vaters hatten meine Mutter und ich keinerlei Unterlagen gefunden, die auf seine Vergangenheit hingedeutet hatten.

»Nein. Wer war er?«, kaute ich betont langsam weiter und wies ihm den Rücken. Die Papiere raschelten.

»Lies selbst.«

Menachem legte mir einen Satz vergilbter Unterlagen neben den Teller und ging hinaus.

Ich las, überflog und kaute weiter. Kaute, besah mir die Unterlagen näher, hörte auf zu kauen. Es waren Dokumente, die zwei Seiten beleuchteten und ... mein Vater schien darin die Hauptperson gewesen zu sein.

Tief durchatmen war angesagt. Verzweifelt versuchte ich Kontakt zu meinem Ich zu bekommen. Diese verfluchte Botschaft abzurufen. Aber »Ich« schien gerade auf Geschäftsreise oder beleidigt zu sein. Es antwortete nicht.

»Und, was soll ich jetzt damit machen?«, folgte ich Menachem nach draußen. »Woher habt ihr das überhaupt?«

Er saß auf einem Stein an die Wand des Bunkers gelehnt und rauchte.

»Schau sie dir an.« Er deutete durch den Zaun auf eine Gruppe Gefangener. »So müssen sich auch unsere Vorfahren gefühlt haben.«

Die Gruppe spielte mit einem zusammengerollten Knäuel Kleider Fußball. Als Tor dienten zwei Stühle. Bei jedem Schritt wirbelte Staub auf, den der Wind durch die Barackenreihen wehte.

»Nur heute seid ihr die Aufseher«, gab ich zu bedenken. »Macht euch das nicht nachdenklich?« Ich ließ mich neben ihm nieder und sah dem bizarren Spiel zu.

Menachem rauchte weiter und kratzte sich die Kunsthand.

»Das ist ein generelles Problem von Siegern und Verlierern.

Israel ist beides. Das ist einzigartig in der Geschichte. Man hat uns Land versprochen, das wir auch noch den Gebern abtrotzen mussten. Und nun, da wir es verteidigen, sind wir schon wieder die Verlierer. Also, Deutscher, was würdet ihr machen? Dein Vater wüsste es ...«

... Mein Vater wüsste es ... na Klasse. So wie ich das verstand, war das unser Vater. Menachem und ich hatten ein und denselben Vater, nur verschiedene Mütter. Wir waren Halbbrüder.

Nur, er verstand die Psychologie der mentalen Kriegsführung besser als ich. Mir kam das Essen hoch. Ich würgte. Er hatte mich in der Hand.

»Trink ...«, hielt er mir einen Flachmann hin. Und ich trank. Es war Whisky. Der tat gut, aber holte mich gleich wieder auf die Ebene, die er bestimmte. Die des Fußballs mit Stofffetzen auf ein Tor mit zwei Stühlen.

»Dass dir irgendwo etwas abhanden gekommen ist, was du ins Kloster hättest bringen sollen, ist allen schon lange klar«, nahm er die leere Flasche an sich und winkte einen Soldaten herbei, sie neu zu füllen. »Es geht letztendlich auch nicht darum, wo, wie und was. Es geht nur darum, dass alle Geheimdienste der Welt versuchen, es zu vertuschen, damit keine Panik aufkommt. Wir aber, wir Israelis sind letztendlich die Dummen. Und deshalb brauchen wir die Formel meines Bruders. Egal, was sie beinhaltet. Selbst wenn sie die Formel ist, um ein Kampfgas aus Ricin zu fertigen, können wir heute daraus Gegenmaßnahmen ableiten. Aber wir brauchen sie. Also, was ist auf dem Weg zum Kloster damals passiert? Bevor dir das nicht einfällt, wirst du das Lager nicht verlassen.«

Sein Auge sah mich an. Er stand auf und klopfte sich den Staub ab.

»Der junge Mann wird dir alles bringen, was du wünschst, außer Weibern. Du hast vierundzwanzig Stunden Zeit. Dann bist du wertlos für uns und für den Rest der Welt. Denk nach. Besauf dich, wenn es dir hilft, dich zu erinnern. Aber tu was.«

Sollte ich jetzt geschockt sein? Ich wusste es nicht und ließ mich auf dem Stein an der Hauswand nieder, sah den kickenden Gefangenen durch den Zaun zu.

»Das ist doch ein Witz, und zwar der übelsten Sorte«, knurrte ich. »Schaust Gefangenen hinter Gittern zu, wie sie ihrer einzigen Freizeitbeschäftigung nachgehen, und sitzt selbst in einer Art Beugehaft, mit Whisky und einem Päckchen Armeezigaretten.«

Der junge Soldat, den mir Menachem als Zofe zugeteilt hatte, anders konnte ich ihn mangels Fluchtmöglichkeit nicht sehen, zog ob meines Selbstgespräches die Augenbrauen hoch, als erwarte er jeden Moment eine Erkenntnis von mir.

Aber meine Gedanken schweiften in eine andere Richtung als die gewünschte. Warum hatte mir Menachem diese vergilbten Blätter gezeigt? Sie trugen den Reichsadler im Briefkopf und das Datum 18. Dezember 1944. Es war die Verfügung eines Majors der »SS« gewesen, 492 »nicht mehr benötigte Arbeitskräfte« zu »entfernen«. Als Entsorgungstag war ausgerechnet der 24. Dezember, Heiligabend, angesetzt worden.

Gez. Major Paul Stösser, Lagerkommandant Auschwitz-Monowitz. Das war das Buna-Lager gewesen, in dem Mama Judith ihre Versuche mit Kampfstoffen gemacht hatte, und ... Paul Stösser war mein Vater gewesen.

Mich fror, obwohl das Thermometer an die vierzig Grad zeigen dürfte.

Nein, schüttelte ich unwillig den Kopf. Männer mit dem Namen Paul Stösser hatte es zu der Zeit wohl mehrere gegeben.

Den Beweis, dass dieser Stösser mein Vater gewesen war, sollte erst mal jemand antreten.

Die Gefangenen spielten noch immer Fußball. Und ich grübelte. Mir wollte nichts einfallen, außer dass es sich hier um ein großes Missverständnis handelte. Man verwechselte mich mit irgendwem.

Menachems Bruder hatte mir vor seinem Tod das Thora-Amulett mit dem Auftrag, es ins Katharinenkloster zu bringen, übergeben. Ich war mit dem Jeep steckengeblieben. Zwei Beduinen hatten mich aus meiner hoffnungslosen Lage befreit. Wobei der jüngere damals heute der Scheich war, der meine Tochter heiraten wollte. Sie hatten mich im Schlaf durchsucht, aber mir alle Gegenstände zurückgegeben und ins Kloster gebracht. Dort hatte ich erfahren, dass einer der Erzbischöfe ein fanatischer Gegner aller biochemischen Kampfstoffe war und eine Art internationaler Selbsthilfegruppe aller daran beteiligter Chemiker ins Leben gerufen hatte. Sozusagen auf neutralem Boden und unter dem Schutz der Kirche.

Jetzt wurde es undurchsichtig. Mit meinem jetzigen Wissen, waren alle Überbringer der erwarteten fünf Kapseln getötet worden. Außer mir. Die anderen vier Kapseln schienen nicht in den technologischen Fortschritt der Zeit gepasst zu haben, und nur meine, die mir von Menachems Bruder übergebene, schien von Interesse zu sein. Aber die war nicht vollständig. Jemand musste sie manipuliert haben. Aber wann und wer? Ich konnte meine Gedanken umschichten, wie ich wollte, es kam nur das Kloster in Frage. Oder doch nicht? Mir kamen Zweifel. Der letzte Erzbischof hatte mir die Kapsel, meine Kapsel, übergeben und mich aus dem Kloster verwiesen. ›Alles ein Spiel‹, hatte Menachem gesagt. Verdammt, was sollte ich denken? In dieser Story war alles verworren. Wer spielte hier mit wem?

Peter, reiß dich zusammen, knurrte mein Ich, es schien aus dem Urlaub zurück zu sein. *Du denkst falsch. Dein Ansatz stimmt nicht.*

Nein, mein Ansatz schien wirklich nicht zu stimmen.

»Ein Telefon. Ich brauche ein Telefon«, rief ich dem wartenden Soldaten zu. Der hob nur die Schultern. Er verstand kein Englisch. Ich kramte meine Hebräischkenntnisse zusammen. Er verstand, nickte und kam wenige Minuten später mit Menachem zurück.

»Du hast eine Idee?« Er ließ sich neben mir auf dem Stein nieder.

Ja, ich hatte eine Idee, aber die würde ich ihm nicht auf die Nase, die keine mehr war, binden.

»Ich brauche mein Handy.«

Menachem sah mich an, als habe ich ihn um den Generalschlüssel des Lagers gebeten.

»Tut mir leid. Das geht nicht«, schüttelte er den Kopf.

»Warum nicht? Anders kann ich die Lösung nicht finden.«

Menachem schüttelte bedenklich mit dem Kopf und kratzte sich wieder seine tote Hand.

»Wen willst du anrufen? Wir müssen mithören können.«

»Dann gebt mir eines von euren verdammten Telefonen und verbindet mich mit dem Verlag«, wurde ich jetzt wütend. Diese Israelis wurden so entschlusslos wie die Araber, die sie bekämpften, wobei langsam keiner mehr wusste, wer wer war. Alle schienen sich nur noch an sich zu reflektieren. Dabei sahen alle nur noch sich selbst. Ein leerer Spiegel war die Folge. Nebulös, wie wir in Hamburg sagten, wenn man bei Tag keine zehn Schritte mehr sehen konnte.

»Was bezweckst du damit?« Menachem passte mein Ansinnen nicht. Er setzte seine schwarze Sonnenbrille auf.

»Ich gehe den anderen Weg als den, den du mit deinem Artikel gegangen bist. Wir drehen den Spieß jetzt mal um«, orakelte ich.

»Verstehe kein Wort«, grübelte er. »So kommst du nicht an die Formel, und die Zeit läuft. Deine Zeit. Also überleg dir was Besseres.«

»Dann such dir die Scheißformel selbst ...« Trotzig ließ ich mich wieder auf dem Stein nieder und zündete eine Zigarette an. Die Gefangenen spielten immer noch Fußball.

Menachem war unschlüssig und zog mit der Schuhspitze Ornamente in den Staub.

»Na schön. Du sollst dein Handy haben. Aber ein falsches Wort über deinen Aufenthaltsort, und wir unterbrechen sofort die Verbindung ...«

Es war, wie ich geahnt hatte. Die Durchwahl im Verlag zu meinem Schreibtisch wurde sofort von Juliette bedient. Sie saß also schon auf meinem Stuhl. *Du spinnst langsam komplett*, rief ich mich zur Ordnung. *Die ist noch nicht mal Journalistin. Also mach mal langsam.*

»Peter?«, trillerte sie. »Wo steckst du? Hier geht alles drunter und drüber ...«

In kurzen, militärischen Befehlen gab ich ihr die Anweisungen, was sie in den nächsten Stunden zu tun hatte. Sie hörte ohne Unterbrechung zu und murmelte das Gesagte als Bestätigung mit.

»Verstanden?«, beendete ich das Gespräch. Einen Moment war nur ein Seufzer zu hören, gefolgt von einem tiefen Durchatmen.

»Verstanden ja, aber nicht begriffen«, kam es zurück. »Wie,

zum Teufel, soll ich das denn auf die Reihe kriegen? Das ist doch Geheimdienstarbeit. Glaubst du, dass die mir so mal einfach diese Infos geben?«

»Du bekommst sie. Schalte den Verleger ein. Erzähle ihm was von der Story des Jahrhunderts. Aber mach schnell. Die Zeit läuft.«

Pause. Juliette dachte nach und atmete schwer. Sie war doch noch keine Konkurrenz für mich.

»Wenn ich ein Ergebnis habe, wohin soll ich das bitte schicken?«

Endlich. Die entscheidende Frage. Ich sah Menachem fragend an, der das Gespräch mitgehört hatte. Der beriet sich kurz mit den Leuten der Funkstation und kritzelte mir eine Nummer auf ein Stück Papier, die ich Juliette durchgab.

»Ist das Telefon oder Fax?«, bestätigte sie.

»Das ist Fax. Du hast vierundzwanzig Stunden Zeit.«

»Ihr spinnt doch alle komplett. Ich glaube, als Apothekenhelferin bin ich besser dran. Werde sehen, was sich machen lässt«, seufzte sie abgrundtief und legte auf.

Menachem lächelte. »Du bist ein schlauer Fuchs. Die Situation von der Seite anzugehen wäre mir nicht eingefallen. Aber es ist vielleicht besser so. Komm. Ich fahre dich ins Hotel. Du bist unser Gast.«

9

JERUSALEM

Er hatte es sich nicht nehmen lassen, mich persönlich zu begleiten. Sein Fahrer brachte uns nach Jerusalem. Das für mich vorgesehene Hotel war das King David. Das renommierteste und geschichtsbelastete Hotel der Stadt. Hier hatte die englische Mandatsregierung residiert und war vom späteren Ministerpräsidenten Israels, Menachem Begin, mit Bomben ausgeräuchert worden. Mehr als 40 Menschen waren damals umgekommen. Es war der Anfang des israelischen Freiheitskampfes gewesen. Und was war es heute? Das Karussell hörte nicht auf sich zu drehen.

»Man hätte euch besser Sizilien versprochen«, knurrte ich angesichts des Hotels. »Dann gäbe es wenigstens dort keine Mafia und blühende Landschaften.«

Menachem lachte.

»Journalist, du bist gut, aber dumm. Geh rein. Du wirst erwartet. Dein Gepäck ist schon auf dem Zimmer. Du hörst von mir.«

Ein Page öffnete die Autotür. Sein Blick tastete meine reichlich verdreckte Erscheinung ab, glitt an der Stretchlimousine entlang, die mich hergebracht hatte, und nickte zufrieden. Wieder so ein exaltierter Europäer, der sich in jedem Aufzug der Welt jeden Komfort leisten konnte. Er hielt die geöffnete Hand hin, die ich übersah.

Journalisten hatten einen, nein, mehrere untrügliche Instinkte. Einer davon war, ohne sich auszukennen, sofort und ohne zu fragen die Hotelbar zu finden. Ein paar Maccabee-Biere belebten meinen ausgedorrten Körper. Nach dem dritten kehrten meine Lebensgeister zurück. Es war Freitag. Schabbat. Die Geschäftsleute hatten nichts zu tun. Sie saßen zu Dutzenden in ihren grauen und blauen Anzügen mit Krawatte an der Bar und führten mehr oder weniger gelangweilte Gespräche. Ich passte in meinem Aufzug nicht ganz in diese Gesellschaft. Wie ein Penner in einer Vorstandssitzung kam ich mir vor. Unrasiert, nach Schweiß riechend. Meine Fingernägel trugen Trauer, meine Schuhe waren die eines Wüstenforschers. Wie ich auf dem Kopf aussah, wollte ich erst gar nicht wissen. Ich hatte nur Durst. Also doch ein Penner. Die Drehstühle an der Bar wandten mir huldvoll den Rücken zu und suchten sich neue Gespräche.

»Dich kann man auch keine Sekunde aus den Augen lassen . . .«

Die Stimme kannte ich. »Nathalie . . .?« Sie umarmte mich wie einen lange nicht mehr gesehenen Freund. Sie sah bezaubernd aus. Fraulich, und sie roch gut. Sehr gut. Die Uniform war einem hautengen, tief dekolletierten weißen Kleid gewichen, das ihre braune Haut richtig zur Geltung brachte. Die Stühle und Rücken drehten sich allesamt wieder mir zu.

»Wo warst du die ganze Zeit?«, lächelte sie. »Ich habe mir schon Sorgen gemacht. Nach dem Einsatz des Sonderkommandos warst du plötzlich verschwunden. Als kleinem Leutnant der

Armee gab man mir keine Auskunft. Aber egal. Du bist ja wieder da. Jetzt haben wir Zeit für uns. Bekomme ich etwas zu trinken?« Sie schnipste den Barkeeper mit den Fingern herbei. Die Stühle und Rücken wandten sich wieder ab. Da war nichts zu holen für sie.

Vorsicht, mein Freund, hob mein Ich den Finger, *... da stimmt was nicht.*

Ich nickte für mich. Da stimmte wirklich einiges nicht. Menachem nach war Nathalie wie ich behandelt worden. Offensichtlich hatte sie aber keine Ahnung von allem. Wer spielte hier falsch? Sie hatte nicht im Nebenraum in Handfesseln an der Decke gehangen. Sie war überhaupt nicht im Lager gewesen. Wer hatte dann mein Telefonat mit Hamburg für Menachem übersetzt?

»Wo warst du die letzten achtundvierzig Stunden nach dem Überfall eures ›Sonderkommandos‹?«

Nathalie zog die Schultern hoch und nippte an einem Glas Champagner.

»Mein Befehl lautete, hier auf dich zu warten. Also habe ich die Zeit genossen, mal ein paar Stunden im Luxus zu leben. Schlimm?« Ihre großen braunen Augen sahen mich fragend an. Das war zwar besänftigend und erotisch zugleich. Aber mich trieb eine Frage um.

»Du weißt also nicht, wo ich die ganze Zeit gewesen bin, nachdem die Busse uns eingekeilt haben?«

Sie schüttelte den Kopf. »Muss ich da was wissen?«

Menachem war ein Schweinehund. Er spielte ein doppeltes Spiel. Da war ich mir jetzt sicher.

»Wie lautete dein Auftrag, als du mich zu dieser alten Dame in Haifa gefahren hast, und von wem war der?«

»Du meinst Frau Kolokowski?«

Ich nickte.

Nathalie dachte einen Moment nach. »Wir haben ihre Wohnung verwanzt. Schon Wochen, bevor du kamst. Sie redete aber nur noch mit sich selbst. Als sie vom Tod ihres Neffen erfuhr, hat sie noch nicht einmal das mehr getan. Sie schwieg beharrlich. Daher lautete mein Auftrag, dich an sie heranzuführen. Mehr weiß ich nicht.«

»Von wem kam der Auftrag?«

Nathalie lächelte. »Ich denke, du bist Journalist und nicht beim Geheimdienst. Was soll die Frage. Die Alte ist tot. Was interessiert dich das noch? Aber wenn es dich glücklich macht... der Auftrag kam von ganz oben. Vom Präsidenten, zu dem ich dich hätte bringen sollen. Warum?«

Ja, warum? Nachdenklich nippte ich an einem Whisky. Das wurde immer verworrener und doch zugleich klarer. Hier hatten sich Fronten aufgebaut, die mit dem Ricin eigentlich nur noch im Vordergrund zu tun hatten. Es ging um viel mehr. Hoffentlich schaffte es Juliette, meinen Auftrag in der festgesetzten Zeit zu erfüllen. Mein Instinkt schien mir die richtige Richtung vorgegeben zu haben. Von jetzt an spielte die Zeit die Hauptrolle. Ich sah auf die Uhr. Es war kurz vor Mitternacht.

»Wo schläfst du?«

Nathalie sah mich mit großen Augen an.

»Wo wohl?« Die Rücken und Barhocker drehten sich wieder um, als wir Arm in Arm die Bar verließen. Der Bettler und die Prinzessin.

»Menachem ist nicht mein Vater ...«

Nathalie sah mich Brötchen kauend über ihre Tasse Kaffee beim Frühstück an.

Ich zerlegte mein Spiegelei mit Speck.

»Warum plötzlich nicht mehr?« Es versprach ein schöner Tag zu werden. Blauer Himmel, und ich hatte keine Lust, mich schon wieder mit Problemen herumzuschlagen. Die Zeit war noch nicht abgelaufen. Wenn Juliette nicht innerhalb dieses gesetzten Limits funktionierte, würde sie in ein paar Stunden auf der Straße stehen und ich keinerlei Schmerzen mehr empfinden, weil tot.

»Weil ich diesen Abstand zur Realität brauche, sonst werde ich verrückt«, sagte sie. »Kannst du dir das vorstellen, deinen eigenen Vater töten zu müssen?«

»Nein. Ich weiß nicht, wer mein Vater ist und will es auch nicht wissen ...«, knurrte ich mit vollem Mund. »Ich weiß nur, dass Menachem Unglück sät. Wer ist er, und warum will ihn die Armee umbringen?«

Nathalie mümmelte an einem Weißbrot mit Käse und zuckte kurz mit den Schultern.

»Er ist ein verbitterter, böser alter Krüppel, der den Regierungsmitgliedern über den Kopf zu wachsen droht. So etwas kann unser Land nicht gebrauchen. Er muss weg. So oder so. Er nutzt gnadenlos eine Sondervollmacht der Knesset aus, die ihm einmal 1974 verliehen worden ist. Es findet sich aber im Senat keine Mehrheit, sie ihm wieder zu entziehen. Also kann er machen, was er will. Keiner in diesem Staat kann ihn dafür belangen. Reicht das?«

Jetzt wurde es interessant.

»Wer hat ihm die verliehen?«

»Sein Duzfreund und damaliger General Mosche Dajan, zusammen mit dem späteren Präsidenten Menachem Begin. Keiner der Nachfolger hat es gewagt, daran zu rühren. Die Ultraorthodoxe Partei, die im Parlament immer das Zünglein an der Waage ist, bestand auf einem harten Krieger wie Menachem, der ihre Ziele durchsetzte. Ein James Bond, mit allen Lizenzen, sozusagen. Die Muslime haben in diesem heiligen Land, ihrer Meinung nach, nichts zu suchen. Und dafür wurde alles getan, um meinen Vater in seiner Sonderposition zu halten.«

»Warum wurde er dann zum Schein vom Scheich getötet? Das gibt doch keinen Sinn.«

Nathalie wog den Kopf hin und her.

»Doch, das gibt einen Sinn. Menachem ist in größter Gefahr. Die Intefada hat ihm schon seit Jahren den Tod angedroht. Jetzt ist er durch einen ihrer Leute getötet worden. Nun geben die wenigstens mal eine Weile Ruhe, und er kann sich auf sein eigentliches Ziel konzentrieren. Andersherum, die Israelis können sich wegen dieses Todes an jedem unbeliebten Palästinenser rächen. So läuft das Spiel hier.«

»Und jetzt wartete er auf den Tod durch seine Tochter? Ihr seid doch alle verrückt. Welche Chance hat er dann noch?«

Nathalie zuckte mit den Schultern und wischte sich das Frühstücksei aus den Mundwinkeln.

»Es geht nicht anders. Er muss weg. Er ist eine unkontrollierbare Gefahr für die gesamte Region.«

Ich hatte einiges in meinem Leben als Kriegsreporter gesehen und gehört, aber das ging weit über mein Verständnis.

Ein paar Stunden verbummelten wir in der Altstadt. Ein schönes Fleckchen Erde, wenn nicht an jeder Ecke ein Soldat argwöhnisch auf einen möglichen Anschlag lauern würde. In der Rechten die Uzi, die Linke immer am Knopf des Sprechfunkgerätes. Belagerungszustand, mehr fiel mir nicht dazu ein.

Nathalie war aufgedreht, wie ein junges Mädchen. In Jeans und T-Shirt sah sie auch wie eines aus. Ich hing lieber meinen düsteren Gedanken nach. Die Nacht mit ihr war schön gewesen. Leicht und unbeschwert. Nichts Kompliziertes, was meinen alten Knochen im Weg gestanden hätte. Sie war natürlich, das war mein Kompliment an sie als Frau. Aber kaum hatte mich der Kaffee munter gemacht, geisterte mir dieser Paul Stösser durch den Kopf und ließ sich nicht vertreiben.

Wenn dieser besagte SS-Offizier mit meinem Vater identisch war, hatte ich ein ernsthaftes Problem und nach Frau Kolokowskis Aussage war Mama Judith mit dem damaligen Lagerkommandanten verbandelt gewesen. Das fehlte mir noch, dass Menachem und ich den gleichen Erzeuger hatten. Ich weigerte mich, das zu glauben.

»Du machst ein Gesicht, als ginge gleich die Welt unter.« Nathalie lachte und zog mich in ein Café am Westtor der Altstadtmauer. »Ist es deine Laune, sind es deine Gedanken oder sinkt einfach dein Alkoholpegel? Gegen Erstes und Letztes lässt sich was machen. Den Mittelteil musst du mir schon erzählen. Ich kann keine Gedanken lesen.«

Nein, das konnte sie wirklich nicht, sonst wäre sie gleich davongelaufen. Denn in mir baute sich etwas auf, was man unter zivilisierten Menschen schlicht und einfach Aggression nannte. Wogegen? Das würde ich noch zu definieren haben. Waren die hier nun alle verrückt, oder ich? Man baute sich durch einen vorgetäuschten Tod einfach einen Gegner auf und schlug dann wild auf den anderen los. Und der Scheich schien die Rolle mitzuspielen ... mein zukünftiger Schwiegersohn. Das würde ich zu verhindern wissen. Den heiratete mir Rebecca nicht! Krebs hin oder her. In Deutschland gab es auch Möglichkeiten.

»Und welche Todesart hast du dir für deinen Vater ausgesucht?«

Sie schlürfte an einem Mokka und zündete sich eine Zigarette an.

»Weiß nicht. Ist auch nicht mein Problem. Ich habe nur den Befehl ...«

Sie hatte nur einen Befehl. Das kannte ich doch. Immer wenn jemand etwas Gesetzwidriges zu tun hatte, berief er sich auf einen Befehl. Alle Befehle waren wider das Gesetz, sonst wären sie keine Befehle, sondern Wünsche gewesen. Jetzt auch noch Nathalie.

»... was für einen Befehl? Von wem, und wie ist sein Wortlaut?«

Nathalie zog nur kurz die Augenbrauen hoch und bestellte einen weiteren Mocca und einen dreifachen Whisky. Der Inhaber schien ein hier gestrandeter Amerikaner zu sein. Er verstand.

»Trink. Nüchtern kannst du die Antwort nicht ertragen«, prostete mir Nathalie mit der Kaffeetasse zu, streifte die Schuhe ab und zog die Beine an sich. Sie igelte sich ein. Umfasste die Tasse mit beiden Händen und sah ins Leere. Draußen war ein Bus angekommen und spuckte fünfzig Touristen aus, mit Kameras, Camcordern, zu kurzen Hosen und Röcken und Krampfadern bewehrten Beinen. Ein lächerliches Volk, befand ich, das sich jetzt dem Fähnlein des Führers folgend – hatten wir das nicht schon mal – die blutrünstige Geschichte Jerusalems anhörte und wohlig schaudernd Stein für Stein abknipste. Dass in jedem Papierkorb, jeder Mülltonne der reale Tod lauern konnte, sagte ihnen der Führer nicht.

»Also ...«, wandte ich mich wieder Nathalie zu. »Wie soll das geschehen? Gift? Erschießen? Überfahren?«

Sie sah mich ganz ruhig an und spielte mit der Tasse zwischen ihren Händen.

»Das bestimmst du …«, kam es noch ruhiger aus ihrem Mund. »Du wirst ihn erledigen.«

»Ich werde *was* …?« Es dauerte ein paar Sekunden, bis mein Gehirn diese Antwort in fassbare Worte gekleidet hatte.

»Warum sollte ich …? Kommt überhaupt nicht infrage«, wehrte ich ab.

Nathalie zuckte wieder mit den Schultern.

»Dann stirbst du vor ihm. So einfach ist das, und jemand anderer macht den Job.« Sie bestellte noch einen Mocca und für mich ein Bier, setzte die nackten Füße wieder auf den Boden und beugte sich zu mir.

»Willst du nicht die Genugtuung, ihn für das zu bestrafen, was er dir im Lager angetan hat? Er hat dir doch mit dem Tod gedroht. Nun hast du sein Leben in der Hand. Nimm es …«

Was lief hier ab? Sie wusste von meinem Lageraufenthalt, obwohl ich ihre Fragen wegen meiner Abwesenheit nicht beantwortet hatte. »Oh, Peter, sei auf der Hut«, stöhnte ich lautlos. Ich war auf dem besten Weg, eine der besten Storys der deutschen Presselandschaft zu produzieren, aber auch gleichzeitig auf dem allerbesten Weg, meinen Kopf zu verlieren. Solch einen engen Grad von »entweder – oder« war ich bisher nie gezwungen worden zu gehen.

»Mache ich nicht. Kommt überhaupt nicht in Frage«, zischte ich. »Ich reise morgen ab. Basta.«

Nathalie verzog die Lippen zu einem Strich.

»Und wie willst du das anstellen? So ohne Pass? Und der bleibt schön da, wo er ist, bis du deinen Auftrag erledigt hast.«

Mein Pass. Das stimmte. In diesem Land verblieb der Pass beim Einchecken bis zur Abreise beim Empfang. Als gültiger Ausweis für Reisende fungierte solange eine Hotelidentifikationskarte, die aber nur innerhalb des Landes gültig war, oder

der Personalausweis, sofern man einen hatte. Ich hatte keinen. Hatte mich geweigert, dieses Mussdokument zu beantragen, da ich nicht einsah, wozu ich für das Muss auch noch zahlen sollte.

›Gefangen, mein Lieber. Du sitzt hier fest‹, stellte ich konsterniert fest. ›Mach es dir gemütlich zwischen den Fronten. Einer wird dich schon aus dem Leben befördern.‹

Meinem Ich schien das Spiel zu gefallen. Ich hörte es förmlich diabolisch lachen. Ihm zu sagen, dass es dann auch ausgelöscht wurde, war wohl zwecklos. Es kannte meine Meinung und ich seine. Die würde wie immer lauten: *Dann suche ich mir einen anderen.*

»Wie soll das, rein theoretisch, vor sich gehen«, versuchte ich die offensichtlich beschlossenen Tatsachen sachlich auf die Reihe zu bekommen.

Nathalie zog kurz die Schultern hoch.

»Das müsstest du eigentlich wissen. Wonach suchen denn alle? Nach dieser Scheiß-Formel. Und erzähle mir jetzt nicht, dass du nicht weißt, wo sie ist. Das glaubt dir hier kein Mensch. Kein Israeli glaubt einem Deutschen. Dieser Hass auf euch ist von Generation zu Generation weiter vererbt worden, wie eurer in den dreißiger Jahren auf uns.«

Sinnlos. Es war einfach sinnlos ihr erklären zu wollen, dass ich nicht die geringste Ahnung hatte. Ich war Deutscher und hatte zu wissen. Mama Judiths Worte fielen mir ein, diesen Wahnsinn zu stoppen und dass wir Deutschen doch immer alle wüssten wie es geht. Der Schweiß drückte aus allen Poren. In was zum Teufel war ich geraten? Langsam kam ich mir vor, als habe ich die gesamte NS-Herrschaft zu verantworten und auszubaden.

Das Ich schien sich einen Jokus daraus zu machen, ausgerechnet jetzt die letzten Müllhalden in meinem Stammhirn zu durchsuchen und mir die Ergebnisse vor meinem inneren Auge zu präsentieren. Mutter ...

Sie war vor acht Jahren gestorben. Hatte nie über ihre Vergangenheit gesprochen und in einem kleinen Häuschen allein gelebt, das ich nach ihrem Tod als einziges Erbe hatte auch nur verkaufen können, weil das Gelände für ein Industriegebiet benötigt wurde. Einen richtigen Kontakt hatte ich nie zu ihr gefunden und war bald meine eigenen Wege gegangen. So hatte ich es auch mit dem Inhalt des Hauses gemacht. Eine Firma für Haushaltsauflösung hatte sich um alles gekümmert. Zurückgeblieben waren einige Koffer und Kartons mit persönlicher Habe. Ich hatte sie achtlos in meinem Keller verschwinden lassen. Hätte ich sie mir vielleicht doch mal ansehen sollen? Langsam beschlich mich das Gefühl, dass ich etwas haben könnte, von dem ich bisher nichts hatte wissen wollen. Ich würde mir in Hamburg den Keller mal genauer besehen.

Aber bis dahin schien es ein weiter Weg zu sein. Nathalie redete schon seit geraumer Zeit auf mich ein. Ich hatte nicht zugehört.

»Du hörst überhaupt nicht zu«, meckerte sie.

»Ja, doch, äh, nein«, schrak ich aus meinen Gedanken hoch. »Um was geht es?«

Nathalie deutete auf ihre Uhr und zum Fenster hinaus. Da stand eine schwarze Limousine, eskortiert von mehreren Motorrädern.

»Dein Termin wartet nicht gerne. Setz deinen Arsch in Bewegung. Ich warte im Hotel.«

Ein Offizier salutierte und hielt mir die Tür auf. Der Konvoi rauschte davon, als sei ich ein Staatsbesuch. Keiner sprach mit mir. Die Motorräder räumten vor uns mit Blaulicht den Verkehr von der Straße. Ich kam mir reichlich hilflos und verlassen vor. Saß in einem klimatisierten Lederpolster. Vor mir ein Fahrer hinter einer Scheibe, die seinen Arbeitsplatz vom Beförderungsabteil trennte. Die Türen würden sich wohl auch nicht von mir öffnen lassen, mutmaßte ich. Es zu probieren, wagte ich nicht.

Die Kolonne hielt in einer Reihenhaussiedlung. Es mochte etwa im Westen Jerusalems sein. Dem Sonnenstand und der Uhrzeit nach. So genau hatte ich nicht darauf geachtet.

Die Tür wurde aufgerissen, der Offizier salutierte wieder und geleitete mich durch einen kleinen Vorgarten.

Ein kleiner, dicklicher Mann mit einem schwarzen Anzug, für dieses Klima viel zu dicker Weste und einem weißen, lichten Haarkranz streckte mir freundlich lächelnd die Hand entgegen.

»Sie sind also dieser Journalist aus Deutschland ... Kommen Sie herein.« Sein Händedruck war fest. Sehr fest und ich nicht darauf vorbereitet gewesen. Sein Deutsch war nahezu perfekt. Er führte mich in einen Salon, der sehr spartanisch ausgestattet war und stellte mich einer sehr dicklichen Frau vor, die mit einem Tablett wartete.

»Meine Frau Ezra. Wie ich hörte, trinken Sie gerne Bier. Bitte bedienen Sie sich und nehmen Sie bitte irgendwo Platz. Ich habe mit Ihnen zu reden.«

Ich nahm das Bier vom Tablett und suchte mir irgendwo einen Platz. Es sah so aus, als gäbe es keinen bevorzugten Sitzplatz des Hausherrn. Also konnte ich auch nicht viel falsch machen.

»Sorry, Sir, mit wem habe ich es zu tun?«, versuchte ich eine

Klärung der Verhältnisse. Der kleine Mann lachte und prostete mir mit einem Glas Wasser zu. »*Le Chaim*. Sie rauchen?« Er öffnete eine Kiste Zigarren und schob mir gleich den Knipser zum Anschneiden des Mundstücks und einen Aschenbecher über den Glastisch.

»Sagen wir mal, die Situation ist für Sie nicht ganz fair. Aber ich bin auch nur ein Mitglied dieses Staates und habe mich seinem Wohl zu widmen.« Er lächelte gewinnend. Die Zigarre war von der teuersten Sorte. Er sah mir genüsslich zu, wie ich den Rauch einsog.

»Sie sind hier, weil ich Sie um eines persönlich bitten möchte ...« Er rief seine Frau herbei, die in die Küche eilte und mit Mocca auf einem Silbertablett zurückkam.

»Ja, wo war ich stehen geblieben ...? Ach ja. Bitten möchte ...«, besann er sich und rückte Zucker und Milch auf dem Tisch zurecht.

»Als Journalist und Kenner der hiesigen Gegebenheiten. Sie waren im Jom-Kippur-Krieg, wie man mir sagte, und der Staat Israel braucht dringend eine vernünftige, wertfreie Berichterstattung. Auf diese Amis können wir uns nicht verlassen. Wenn es nicht ein paar Millionen reiche Glaubensbrüder über dem Teich gäbe, die Amerikaner hätten uns schon längst fallen lassen. Das ist aber keine Lebensversicherung auf Dauer. Die Generationen assimilieren sich, und eines Tages ...« Er sprach nicht weiter und putzte sich die Nase.

»Ja, worauf ich hinaus will, ist, dass wir Probleme ohne Ende haben. Sie sollen im Besitz einer Formel sein, die wir dringend brauchen. Wie viel wollen Sie dafür?«

Nun musste ich erst einmal tief durchatmen. Der Mann gab sich nicht zu erkennen und bot mir Geld für etwas an, das ich nicht hatte. In diesem Land schien wirklich niemand einem

Deutschen zu glauben. Machte es einen Sinn, ihn davon überzeugen zu wollen, dass alles Geld der Welt diese Formel nicht aus mir hervorzaubern konnte? Nein, es machte keinen Sinn.

»Ich will kein Geld. Ich möchte nur meine Story. Und die möglichst ohne Erpressung und Morddrohungen«, ging ich in die Offensive. »Und meinen Pass. Möglichst sofort.«

Der kleine Mann nickte. »Verstehe.« Er rief den Offizier herein und gab ihm ein paar Befehle. Der salutierte wieder wie auf dem Kasernenhof und bellte seine Leute vor der Tür an.

»Schon erledigt. Sie bekommen, was Sie wollen. Und nun?«

Was, und nun? Der Mann verstand es, mich zu verunsichern. Ich zuckte hilflos mit den Schultern. Wusste nicht, was ich sagen sollte.

»Erzählen Sie doch mal einfach von sich. Ich bekomme sonst von meinen Leuten immer nur die allernötigsten Details.« Er lächelte und hieß seine Frau, weitere Getränke und selbstgebackenen Kuchen aufzutragen. Langsam wurde es gemütlich hier. Der Mann verstand es, Atmosphäre zu schaffen. Er knöpfte seine Weste und den Hosenbund auf, zog die Schuhe aus und legte die Beine auf das Sofa.

»Was ist? Erzählen Sie einfach mal drauflos. Solche Tage habe ich höchstens ein-, zweimal im Jahr. Da genieße ich es Geschichten zu hören. Sonst muss ich immer anderen welche erzählen. Plappern Sie los. So kann ich auch meine Deutschkenntnisse wieder verbessern.« Er nahm sich auch eine Zigarre und machte es sich bequem.

Wie viele Stunden ich erzählt hatte, konnte ich nicht nachvollziehen. Meine Uhr war stehen geblieben. Aber, wenn ein Aprikosenstreuselkuchen eine Messeinheit war, dann waren es ein paar Stunden gewesen. Ich hatte den Kuchen ganz allein gegessen, und Ezra hatte gestrahlt. Der alte Herr hatte beim Zuhören keinerlei Müdigkeitserscheinungen gezeigt. Immer wieder zwischengefragt und zufrieden genickt.

»Peter, ... ich darf Sie doch so nennen?«, hatte er sich von der Couch gerollt, die Hose wieder zugeknöpft ... »Wissen Sie, so etwas erzählt man mir nicht. Aber ...«, er kratzte sich in seinem Haarkranz ..., »Sie sollten dieser Nathalie folgen. Ich sehe auch keine andere Möglichkeit das Problem zu lösen. Dieser Menachem ist wirklich ein Ärgernis. Keine Angst, niemand wird Ihnen ein Haar krümmen. Sie stehen unter meinem persönlichen Schutz. Unter einer Bedingung ...«

»Mr. Schtöschscher, you've got a fax from Hamburg.« Wie der Empfangschef es schaffte, die drei »s« in meinem Namen in »sch« zu verwandeln, blieb mir ein Rätsel.

Ich überflog die Listen. Juliette hatte wohl kaum geschlafen, anders konnte ich mir nicht vorstellen, wie sie es geschafft hatte unter dem von mir gesetzten Zeitlimit zu bleiben. Das Deckblatt war der übliche Kommentar des Verlegers, den er sich nie verkneifen konnte, wenn einer von uns auf Reisen war: Halten Sie sich strikt an die vorgegebenen Reisekostenregelungen, sonst ... Es folgten die Spesensätze. Ich musste lächeln. Das King David sprengte schon mit einer Übernachtung den Spesensatz einer ganzen Woche.

»Na, wie war das Gespräch mit dem Präsidenten?«, kam Nathalie auf mich losgeschossen. Sie hatte irgendwo in den ausladenden Sitzgruppen des Foyers auf mich gelauert.

»Welchem Präsidenten?«, gab ich kurz angebunden zurück und strebte der Bar zu.

Sie atmete tief durch und blies die Backen auf. »Na der alte Mann, mit dem du gesprochen hast. Das ist Israels Staatspräsident. Höher geht es nicht ...«

»Hat sich bei mir nicht vorgestellt«, knurrte ich und widmete mich dem Fax. »Kann bei eurem Staatspräsidenten jeder so einfach reinlatschen? Kein Mensch hat mich durchsucht.«

Nathalie lief rot an. War das Scham oder Wut? Ich tippte auf Letzteres.

»Du bist vielleicht ein Ignorant. Natürlich kann nicht jeder so einfach beim Staatsoberhaupt ›reinlatschen‹, wie du dich auszudrücken beliebst. Es ist von besonderer Bedeutung, wenn er überhaupt jemand zu sich nach Hause einlädt. Also, was habt ihr besprochen?«

»Dass ich dich übers Knie legen soll, wenn du Mist machst.« Ich ging die Listen durch. Es war schlimmer, als ich befürchtet hatte. Aber ich war auf dem richtigen Weg. Das war schon mal tröstlich. Und nun? Was sollte ich kleiner Journalist jetzt ausrichten, um die Morde zu stoppen? Die Geheimdienste der Welt schienen sich in die Eiszeit zurückversetzt zu haben. Die Regierungen schwiegen, meine Kollegen der internationalen Presse hatten entweder einen Maulkorb verpasst bekommen, oder sie hatten die Spur überhaupt noch nicht aufgenommen. Was aufs Gleiche herauskam.

»Mistkerl. Übers Knie legen!«, fauchte Nathalie. »Das hat er bestimmt nicht gesagt. Was sind das für Listen?« Neugierig schaute sie mir über die Schulter.

»Lies selbst«, schob ich ihr den Papierstapel hin. Akribisch folgte sie Zeile für Zeile der dreißig Seiten und schüttelte den Kopf.

»Was soll ich damit anfangen? Das ist doch Sache der Geheimdienste und der Polizei. Doch nicht unsere.«

»Unsere ist das schon gar nicht. Höchstens meine. Und du hältst dich ab sofort raus!«, fauchte ich nun. »Das ist der Befehl eures Staatsoberhauptes. Fahr zu deinem Stützpunkt zurück, da wirst du die schriftliche Anweisung vorfinden. Wo ist mein Pass?«

Ich musste wahnsinnig geworden sein. Aber eine Frau an meiner Seite konnte ich nicht gebrauchen. Sie würde nur sich und mich gefährden, auch wenn sie militärisch ausgebildet war. Ihre Macht und Kenntnisse endeten an der Landesgrenze, und die musste ich überschreiten, sonst kam ich dem von mir vermuteten Zentrum der Morde nicht näher.

»Kommt nicht infrage«, fauchte Nathalie zurück. »Eher lass ich mich vom Dienst befreien. Dass du deine Story willst, ist dein Job ... auch wenn er mies genug ist. Aber ich habe einen Auftrag als Offizier der israelischen Armee. Und dabei bleibt es.«

Das hatte ich kommen sehen und zählte die Sekunden auf der Weltuhr am Empfang. Hoffentlich hielt sich der alte Herr an unsere Abmachung. Der Sekundenzeiger sprang auf die volle Stunde. Nathalies Handy gab Laut. Ich beobachtete sie betont unbeteiligt aus den Augenwinkeln. Sie nahm beim Telefonieren Haltung an, als erhielte sie vom General einen persönlichen Befehl. Das Gespräch schien beendet zu sein. Ratlos schaute sie das Display an, dann mich. Ihr Blick verhieß nichts Gutes.

»Du bist ja wirklich der mieseste Typ, der mir jemals untergekommen ist«, fauchte sie. »Weißt du, dass ich gerade vom Dienst suspendiert worden bin? Das hast du mir doch eingebrockt ...« Sie tobte wie ein Derwisch durch die Bar und schimpfte lautstark. Die Bar war noch leer. Nur der Barkeeper polierte Gläser, rollte mit den Augen und zuckte hilflos mit den

Schultern. Er verstand, was sie schimpfte. Ich nicht. Aber ich sah es und grinste.

»Du wolltest dich doch vom Dienst befreien lassen«, frotzelte ich, mit dem Ergebnis, dass ich mich gleich umziehen durfte. Bier und Whisky tropften an mir herab und sickerten in meine Kleider.

»Stopp!« Ich bekam gerade noch ihr Handgelenk zu fassen, bevor sie einen schweren Aschenbecher auf dem Marmorboden zertrümmern konnte.

»Kann es sein, dass bei euch hier einer nicht weiß, was der andere tut?« Ich zwang sie auf den Barhocker.

»Lass mich sofort los?«, gifte sie. »Sonst ...«

»Sonst was ...? Lies das«, reichte ich ihr ein Schreiben, das mir der Präsident mitgegeben hatte. Es war in Hebräisch, er hatte mir vorher den Inhalt erklärt.

»Na, Klasse. Ich hoffe nur, dass davon eine Kopie an meinen Kommandeur geht.« Sie reichte es mir zurück und bestellte neue Getränke für uns.

»Wie hast du das hinbekommen? Du stellst unsere Staatsordnung auf den Kopf. Ich bin ab sofort einem deutschen Journalisten unterstellt. Ich fasse es nicht.«

Dass ihr das nicht passte, verheimlichte sie nicht. Die Beziehung zwischen uns gestaltete sie von sofort an eisig. Die Distanz zwischen uns wuchs von Minute zu Minute. Ihre Gesichtsmuskeln spielten, als habe sie das eben Gelesene Wort für Wort durchzukauen.

»Also, Journalist, wie lauten die Befehle?« Sie hatte sich in den Militärjargon zurückgerettet.

Ich schüttelte innerlich den Kopf. Was war das für ein Land geworden? Emanzipation ja, aber nur bis zum Leutnant. Weiter würde auch sie als Frau in dieser Männerwelt nicht kommen.

»Du überprüfst diese Listen auf jüdische oder israelische Opfer.«

»Und wie? Ich bin beurlaubt«, begehrte sie auf.

»Hiermit.« Ich reichte ihr eine Kontaktadresse, die mir der Präsident gegeben hatte. Telefon, Fax, E-Mail.

»Ihr seid ja dicke Freunde geworden. Und das alles durch mich dumme Kuh.« Sie schwang sich vom Hocker und sah mich fast feindselig an. »Aber wie mein Staatsoberhaupt und mein Herr und Gebieter wünschen ... morgen habt ihr die Auswertung. Aber dann lasst mich bloß in Ruhe. Darf sich eure Sklavin jetzt zurückziehen?«

Ein paar Bier lang musste ich mir bewusst werden, was hier ablief. Nachdem ich dem Präsidenten von meinem Leben erzählt hatte, hatte er mir von seinen Problemen erzählt. Dieses Land war nicht einfach zu steuern. Das musste ich schnell erkennen. Das Abkommen, zu dem er mich genötigt hatte, war zwar nicht ganz in meinem Sinn gewesen, aber er hatte mir keine andere Wahl gelassen. Sehr diplomatisch. Nur hatte ich jetzt sämtliche »Schwarzen Peter«, im wahrsten Sinne des Wortes, die ein Mensch nur haben konnte. Das Staatsoberhaupt hatte sozusagen die gesamten Probleme des Landes mit diesem Kampfstoff auf mich abgewälzt. Das kam mir als Journalisten einerseits gelegen, ich war somit exklusiv an der Story, aber andererseits trug ich die gesamte Verantwortung. Auch für einen Misserfolg. Und die Wahrscheinlichkeit eines solchen überwog die Möglichkeit, hier erfolgreich Licht ins Dunkel zu bringen. Menachem, der ihm offensichtlich allein unterstellt war, hatte er mit keinem Wort mehr erwähnt. Irgendetwas stimmte zwischen den beiden nicht.

»Du bist ein Idiot«, schalt ich mich. »Der Alte hat dich auf Menachem angesetzt. Einfach deine Neugier als Waffe für sich und was auch sonst immer eingesetzt.« Seinen Leuten und einer Frau traute er schon gar nicht. Aber ich konnte nicht anders. Einmal Journalist, immer einer, und da zählten Bedenken nicht. Sonst konnten wir die freie Presse einstampfen. Es würde keine Berichte mehr aus gefährlichen Gebieten, über die Mafia und sonstige bösen Buben geben, wenn wir uns vor dem Risiko scheuten, selbst dabei draufzugehen. Aber daran dachte keiner von uns, wenn er gut war. Was war gut? Die Frage würde ich mal durchdenken, wenn ich vor Langweile nicht mehr wusste, was ich in Rente anfangen sollte.

»Dann mach mal schön, du alter Esel«, prostete ich mir im Barspiegel zu und tastete die Nummer von Kommissar Keller ins Handy. Er war jetzt meine einzige Verbindung in die Heimat.

Der Barkeeper reichte mir das Haustelefon. »Für Sie, Sir.«

Es war Nathalie. »Würde mein Herr und Gebieter mal seinen Hintern aufs Zimmer bewegen? Und zwar sofort.« Dann legte sie auf.

»Ich glaube, ich träume«, deutete sie auf den Bildschirm des Laptops. Meines Laptops.

»Wie hast du den angekriegt. Woher kennst du mein Passwort«, starrte ich entgeistert auf das laufende Gerät.

»Wenn man so blöd ist, seinen eigenen Namen als Passwort einzugeben, schafft es sogar ein kleiner Leutnant der israelischen Armee damit online zu kommen. Aber sieh dir das an ...« Sie schloss das Programm und startete es neu.

»Damit du mir glaubst. Sieh genau hin. Ich gebe jetzt nur die E-Mail-Adresse ein, die du mir gegeben hast. Warte ab, was jetzt passiert ...« Einen Moment geschah nichts. Das Formular zum Schreiben einer Mail tauchte auf und flackerte, verschwand, schien sich neu zu besinnen, flackerte wieder und verschwand, machte einer Homepage Platz. Sie war blau unterlegt, mit gelben Lettern und flackerte nicht. Die Schrift konnte ich nicht entziffern.

»Das ist Arabisch«, kommentierte Nathalie.

»Ja, und?« Ich war verwirrt. Wie sollte das funktionieren? Von einem E-Mail-Programm direkt in eine Webseite. »Kannst du das lesen?«

Nathalie nickte und las. »Ohne Arabisch geht in diesem Land nichts.« Sie wurde hektisch, kramte in den Listen, die ich per Fax bekommen hatte, las, verglich, las und verglich wieder.

»Scheiße, Scheiße«, fluchte sie fast unhörbar vor sich hin und speicherte das Gelesene, als hätte sie noch nie etwas anderes getan, als mit einem Computer umzugehen.

»Merkst du was?«, drehte sie sich mir zu.

Nein. Ich verstand nichts und schüttelte den Kopf.

»Wenn ich eine E-Mail schreiben will, kann normalerweise keine Webseite auftauchen, ohne dass ich mich nicht bei irgendeinem Server unter »www« auf der Welt anmelde. Also ... dieser Server, über den ich im Hotel ins Netz kommen muss, steht hier. Hier im Hotel.«

»Ja und ...?«

»Ja und ...«, äffte sie mich nach. »Mann, seid ihr Deutschen blöd. Diese Homepage beinhaltet genau die Namen deiner Liste und noch mehr. Es werden noch mehr Morde folgen.«

Langsam, ganz langsam begann ich zu begreifen.

»Steht da auch wie, wer und warum?«

Nathalie schüttelte den Kopf. »Kann ich dir nicht sagen. Ich war selbst so erschrocken. Aber das können wir feststellen, wenn du mir hilfst. Nimm einen Stift, die Listen und hake die Namen ab, die ich dir sage.«

Sie rief das Programm erneut auf und begann zu diktieren und ich machte Haken hinter die Namen, die sie mir nannte.

Nach zwanzig Minuten hatten alle Namen auf dem Papier einen Haken, aber Nathalie las weiter vor. Es schien nicht enden zu wollen. Da plante jemand einen Massen-, um nicht zu sagen Völkermord. Wir hatten keinen Drucker um das dokumentieren zu können.

»Können wir das als Link an eine andere Adresse senden?« Ich dachte an den Verlag.

Nathalie schüttelte den Kopf. »Nein. Geht nicht. Jemand will das nicht. Tut mir leid.« Sie schaltete den Computer aus.

Ich verstand zu wenig von diesem Computerkram und dem Internet. Ich musste ihr glauben. Und noch jemandem musste ich mehr Glauben schenken. Mir. Es war noch nicht zu spät.

Es schien eine Ewigkeit zu dauern. Wenigstens war der Anrufbeantworter nicht vorgeschaltet.

»Sie nerven«, meldete sich der Kommissar. »Wir sind gerade vor Ort. Aber Sie scheinen Recht zu haben. Ihr Keller ist aufgebrochen worden. Die Koffer und Kartons sind weg ... genauso wie dieser A. Fröhlich. Was sollte ich jetzt Ihrer Meinung nach tun? Wir haben keine Handhabe gegen ihn. Was soll denn in dem Krempel drin gewesen sein?«

Himmel, wie sollte ich ihm etwas auf die Schnelle erklären, was ich selbst noch nicht verstand?

»Finden Sie heraus, wer er ist und wo er herkam. Er muss aus der DDR gekommen sein. Schnell, sonst gibt es eine Katastrophe ...«

Es wurde Zeit, dass ich aus den verschwitzten und von Nathalies Attacke nach Alkohol stinkenden Kleidern kam. Tun konnte ich heute nichts mehr, außer mir zu überlegen, was sich zurzeit hier und auf dem Rest der Welt für eine Gefahr zusammenbraute.

»Und jetzt?« Nathalie sah mich fragend an und kaute mit vollen Backen eine Pizza.

Wir hatten uns wieder in das amerikanische Lokal am Westtor zurückgezogen und beobachteten, wie die Touristen vor der hereinbrechenden Dunkelheit eilig ihre Busse bestiegen. Die Händler schlossen lautstark die blechernen Rolltore vor ihren Läden. Die Armeejeeps füllten sichtbar die entstandenen Lücken. Nach Sonnenuntergang herrschte Ausnahmezustand in der Stadt. Wir würden ins Hotel zurücklaufen müssen. Kein Taxi traute sich mehr um diese Zeit in die Altstadt.

Und jetzt? Das war eine gute Frage. Listen von Namen getöteter Menschen, die auch noch durch eine dubiose Internetseite bestätigt wurde, von der jemand wollte, dass wir sie zu sehen bekamen. Und nun? Was war damit anzufangen?

»Ich könnte die Liste mit unserem Server auf dem Flugplatz abgleichen«, murmelte Nathalie über einen Mokka hinweg. »Aber dazu müsste ich wieder aufs Gelände. Über den offensichtlich manipulierten Hotelserver hat das wohl kaum Sinn.«

Die Idee war nicht schlecht. Aber ... »Du bist doch momentan außer Dienst. Wie willst du das anstellen?«

Sie zuckte mit den Schultern. »Wenn du deine Verbindungen zum Präsidenten spielen lässt ...«

»Welche Verbindungen? Das ist euer Staatschef. Nicht meiner«, schüttelte ich ihr Ansinnen ab. Der Amerikaner wurde unruhig. Er wollte Feierabend machen und ließ seine Stahlrollos herunter. Wir waren die letzten Gäste.

»Ihr habt ein Problem. Stimmt's?«, ließ er sich bei uns am

Tisch nieder und stellte eine Flasche Whisky und eine Karaffe Soda auf den Tisch.

Nathalie hörte auf zu kauen und schluckte hastig den letzten Bissen hinunter.

»Wie kommen Sie darauf?«, lehnte ich mich lauernd zurück. Der Mann war mir nicht geheuer. Über zwei Meter groß. Seine Unterarme waren mit navalen Tätowierungen versehen. Offensichtlich war er bei der Navy gewesen.

»Ich bin Jack Samson. Meine Freunde sagen einfach Jacky zu mir.« Er streckte uns seine Pranke zum Gruß über den Tisch. »Bin im Jom-Kippur-Krieg hier hängengeblieben. Geheiratet und habe jetzt schon ein gutes Dutzend Enkel.« Er lächelte. »Ihr seid neu hier. Habe euch erst das zweite Mal gesehen. Kann ich irgendwo helfen? Ich wohne gleich um die Ecke ... würde euch nicht raten, jetzt noch allein durch die Gassen zu streichen. Die Arabs lieben die Nacht, und vor allem unbedarfte Touristen. Was ist? Kommt auf einen Drink mit zu mir. Ich rufe euch von da aus ein Taxi. Mein Telefon hier ist kaputt.« Er zuckte entschuldigend mit den Schultern.

Seine Wohnung lag wirklich nur um die Ecke. Kaum hundert Meter in einer kleinen Seitengasse. Eine altersschwache Holztreppe führte knarrend in den zweiten Stock. Der Hausgang hatte bestimmt seit hundert Jahren keine Renovierung mehr erfahren. Nathalie rümpfte die Nase. Es roch nach Essen. Die Ausdünstungen krochen aus allen Ritzen und sammelten sich im Treppenhaus wie in einem Kamin. Kinder schrien und wurden von ihren Müttern übertönt.

»Kommt herein«, öffnete Jacky eine Tür, die nicht verschlossen war. Dahinter tat sich eine andere Welt auf, als das Entrée versprochen hatte. Eine große, saubere Wohnung. Der Boden war mit Steinfliesen ausgelegt. Vom Wohnzimmer, im typisch amerikanischen Stil eingerichtet, Couchtisch, drumherum eine Sitzgruppe, die auf einen Fernseher ausgerichtet war, Stereoanlage, führte eine Tür auf die Terrasse. »Mom. Wir haben Gäste«, scheuchte er eine kleine, schlanke Frau aus einem Korbsessel und stellte sie als seine Frau vor. Die weiteren Anweisungen verstand ich nicht.

»Was sagt er?«, flüsterte ich Nathalie zu.

»Er spricht mit ihr Hebräisch mit amerikanischem Akzent. Seine Frau scheint kein Englisch zu können oder sprechen zu wollen«, flüsterte sie genauso leise zurück. »Sie soll uns etwas zu trinken machen und Chips auftischen.« Nathalies Blicke wanderten durch den Raum. Sie suchte etwas.

»Jacky, haben Sie einen Computer mit funktionierendem Internetzugang?«

Der Riese nickte. »Na klar. Ist doch meine einzige Verbindung zur alten Heimat. Im Nebenraum. Geht der im Hotel nicht? Wo wohnt ihr denn?«

»Im Plaza, aber die Verbindung dort spinnt.«

Im Plaza? Warum verheimlichte sie unser Hotel? Aber ich hielt es für besser, den Mund zu halten. Irgendetwas bezweckte sie damit.

Das Schreibprogramm für E-Mail tauchte auf. Der Cursor blinkte erwartungsvoll und wartete auf eine Meldung. Eine blaue Homepage war nicht zu entdecken.

»Das habe ich mir gedacht«, murmelte Nathalie. »Die Liste ist ausschließlich auf dem Hotelserver. Denk mal darüber nach, was das zu bedeuten hat. Ich habe hier noch eine Kleinigkeit zu tun. Lenke du den Hausherrn ab.«

»Was für eine ›Kleinigkeit‹?«, wurde ich misstrauisch.

»Geh' endlich, sonst empfindet Jacky das als Unhöflichkeit. Tu wenigstens einmal, was ich sage«, zischte sie.

Unser Gastgeber lehnte im Türrahmen, den er wie ein Korken den Flaschenhals ausfüllte.

»Gibt es Probleme?«, schielte er auf den Computer.

»Nein. Jetzt nicht mehr. Meine Assistentin muss nur unbedingt mein Interview mit dem Staatspräsidenten noch heute in der Redaktion haben. Vielen Dank. Sie helfen uns sehr ...«

»Journalist?«

Ich nickte. »... und Jom-Kippur-Veteran ...« Das half. Er gab die Tür frei und bat mich auf die Terrasse zu Whisky und Chips. Nun entspann sich ein lebhaftes Gespräch über die »alten Zeiten« und verschaffte Nathalie die Zeit, die sie, für was auch immer, brauchte. Er war damals bei der 6. Flotte im Mittelmeer gewesen und war der kleinen israelischen Marine als Ausbilder zugeteilt worden. Er war es auch, der das Kommando geleitet hatte, das den weltweiten Blätterwald zum Rascheln gebracht hatte. Die Israelis hatten fünf Schnellboote in Frankreich geordert und bezahlt. Als der Krieg ausbrach, weigerten sich die Franzosen, die Schiffe zu liefern. Kurzerhand wurden die Boote in einer Nacht-und-Nebel-Aktion von einem jüdischen Sonderkommando geklaut.

»Hat alles geklappt«, lächelte Nathalie. »Der Artikel ist gerettet. Können wir jetzt ins Hotel zurück?«

»Warum schickst du das Taxi zum Plaza und nicht ...?«

»Halt den Mund«, fuhr mich Nathalie an. »Du solltest dir merken, dass in Israel mehr Leute Deutsch verstehen, als du glaubst. Sie sprechen es nur nicht mehr. Den Rest erkläre ich dir später.«

Sie zog mich in die hell erleuchtete Hotelhalle und drückte mich in einen Sessel.

»Was wird das, wenn es fertig ist? Was soll das Versteckspiel?«, murrte ich.

»Wir warten, bis das Taxi weg ist«, kam es knapp zurück.

»Aha. Und warum?«

»Weil dieses Ungetüm von Jacky nicht so nett ist, wie er tut ...«

»Du kennst ihn doch nicht. Woher hast du plötzlich diese Information? Mach es nicht so spannend. Wir haben noch was anderes zu tun«, wurde ich jetzt ungeduldig. Ich hasste schon von Berufs wegen Orakel. Es gab nichts Nervtötenderes, als seinem Gegenüber die Würmer aus der Nase ziehen zu müssen.

Es hatte eine halbe Stunde gedauert, bis das Taxi, ohne einen neuen Gast aufgenommen zu haben, in der Dunkelheit verschwunden war. Nathalie hatte alle paar Minuten kontrolliert, ob der Wagen noch vor dem Eingang stand. Sie war nervös.

»So, wir laufen jetzt die paar Meter zum King David. Da hört uns niemand zu und diese Gegend ist sicher ... hoffe ich ...«, hatte sie wenig tröstlich zugefügt. »Bevor du weiter dumme Fragen stellst, ich habe die Informationen über diesen Jacky aus unserem Zentralcomputer. Er wird seit dem 11. September überwacht. Der Mossad ist sich aber nicht sicher, ob er für die CIA oder als Schläfer für Al-Qaida arbeitet. Alles spricht bei seiner Vergangenheit für die CIA. Aber, seine Frau ist keine Sabra. Sie wurde in Jordanien geboren ...«

»Du bist doch vom Dienst suspendiert. Wie kommst du dann in euren Zentralcomputer?«

Sie hakte sich bei mir unter. Die Nacht war schön. Sternenklarer Himmel. Die Zikaden fiepten in den Bäumen. Es roch nach Harz.

»Auch wir haben Bürokratie. Das dauert, bis da etwas passiert. Und ... übrigens, die Datensicherung dieser blauen Homepage habe ich gesichert. Eine ist jetzt auf meinem Arbeitsplatz auf der Basis, und die andere habe ich auf deinen Arbeitsplatz in Hamburg geschickt. Zufrieden, Herr und Gebieter?«

Diese Frau war verrückt und imponierend zugleich. Sie spielte. Sie war Menachems Tochter.

»Wie hast du die Datei von meinem Laptop auf Jackys Computer gebracht?« Nathalie sah mich nur kurz an und winkte mit einer silbernen, in der Straßenbeleuchtung aufblitzenden Scheibe.

»Damit ...«

»Oh nein ...«, stöhnte ich. »Das ist doch nicht die CD aus meinem Laptop?«

»Welche sonst? Irgendwohin musste ich das doch kopieren. War das falsch?«

Ich verkniff mir jeden Kommentar. Und ob das falsch war! Das war meine Speicherdiskette, auf der ich mühsam die Jahre seit Jom Kippur gesammelt hatte. Sie hatte sie überschrieben, mit einer blödsinnigen Liste, mit der bisher eigentlich kaum jemand etwas anfangen konnte, außer die gemeldeten Toten mit ihr zu vergleichen. Nur, niemand schien eine irgendwie geeignete Verbindung zwischen ihnen herstellen zu können, oder zu wollen. Hier Tausende von Toten, die Liste schien langsam keinen Kontinent mehr auszulassen, dort Namen, die offensichtlich als Nächstes dran waren. Keine Erpresserschreiben, keine Forderungen, keine Organisation, die sich zu etwas bekannte, um ihre Anhänger in ihrem Sinne zu motivieren. Es war genau das eingetreten, was ich vor Wochen angedacht hatte ... Es gab keine Vorkoster mehr. Das Gift konnte in jedem Getränk, in jeder Speise sein. Es fehlte nur noch die Luft.

Dann war das Massenvernichtungsmittel perfekt. Und danach schienen einige zu trachten. Es war eine Neutronenbombe aus dem Acker. Keine Sachbeschädigungen. Nur die Menschen wurden entsorgt. Der Rest stand zur freien Verfügung. Ein ganz perfider, aber genialer Trick.

»Ja, das war falsch. Du hast gerade zehn Jahre meiner Arbeit gelöscht.«

Sie löste sich von mir und zuckte mit den Schultern. »Tut mir leid. Es war kein anderes Speichermedium greifbar und ...«, sie trabte neben mir her und atmete schwer, »... und du wirst die letzten zehn Jahre noch mal neu schreiben müssen. Wenn wir das hier überleben, siehst du die Dinge so oder so anders. Du hättest die Diskette ohnehin komplett überarbeiten müssen. Ich finde, dass es dann einfacher ist, von vorn zu beginnen.«

Was sollte ich zu dieser Philosophie sagen? Wahrscheinlich hatte sie recht, und wir trabten weiter in Richtung King David.

Mein Handy brummte in der Brusttasche. Das Display zeigte kurz vor Mitternacht und die Nummer des Verlages an.

»Was, zur Hölle, soll ich mit diesem arabischen Geschreibsel? Ich bin müde. Kannst du nicht auch mal müde sein?« Juliette war wütend.

»Hier wollen dich zwei Männer sprechen. Ich habe jetzt eine Woche Schlafurlaub. Gute Nacht.«

»Peter ...? Ich bin's. Der Verleger. Was sollen wir mit dieser Mail? Und hier ist Kommissar Keller, der will dich noch sprechen.«

Inzwischen hatten wir das Hotel erreicht, aber mein Akku signalisierte einen bedenklichen Leerstand.

»Können wir dich im Hotel erreichen?«

»Nein. Auf keinen Fall. Wir werden abgehört. Ich melde mich, wenn das Handy wieder ...«

Die letzten Worte gingen in der vollständigen Entladung der neuesten Technologie unter. »Scheiß Technik«, fluchte ich. »Ein blöder Rizinusbaum bringt die Welt in Aufruhr, aber wir schaffen es nicht, einen leistungsfähigen Akku zu züchten. Wir sind doch alle bescheuert.«

Nathalie zog die Augenbrauen hoch. »Merkst du das langsam endlich? Dieser ganze technische Kram macht uns nicht frei, wie es die Werbung verspricht. Sie macht uns abhängig. Süchtig und komplett hilflos, wenn sie nicht funktioniert. Gehen wir noch einen trinken?«

Jemand rief mich. Die Stimme kam mir bekannt vor. Jemand rüttelte an mir. Mühsam öffnete ich ein Auge. Es war verklebt. Hatte ich soviel gesoffen? Durch die Vorhänge drang Licht. Es war schon Tag. Ich tastete wie betäubt um mich. Außer mir war niemand im Bett. Der Raum war mein Zimmer im King David. Aber der Mann am Bett gehörte hier nicht her.

»Aufstehen, Journalist. Da wollen dich ein paar Leute sprechen.« Der Mann riss mir die Decke weg und zog mich in die Senkrechte.

»Was, zur Hölle, wollen Sie denn hier?« Ich befühlte mich und sah mein Bild im Spiegel, der neben dem Bett hing.

»Sie gehen jetzt wohl mal besser duschen. Sie stinken wie ein Arab«, brummte der Riese und schob mich ins Bad. »Ich passe auf, dass nichts passiert.«

Jacky schob die Badezimmertür hinter mir zu.

Was war mit mir die Nacht passiert? Nathalie und ich hatten an der Bar noch ein paar Drinks genommen und uns über die weitere Vorgehensweise unterhalten. Menachem war dabei als die graue Eminenz herauskristallisiert worden. Nur er kannte unseren Aufenthalt hier. Nur er hatte die Fähigleiten, den Hotelserver zu manipulieren. Nur er war auf meinen Vorschlag eingegangen, erst einmal den Zusammenhang der Toten in Einklang zu bringen, um von dort aus den oder die Drahtzieher zu analysieren. Alle Opfer schienen in einem Zusammenhang zu stehen. Das war mir nicht gelungen, da sich Nathalie dieser Homepage bemächtigt hatte, bevor ich mir bewusst geworden war, dass es überhaupt eine war. Nein, nein. Das konnte nicht sein, schüttelte ich die Gedanken beim Zähneputzen beiseite. Warum hatte sie dann meinen Verlag informiert? Das ergab keinen Sinn.

»Sagten Sie gestern nicht, dass Ihr Computer hier nicht geht?« Jacky sah sich um. Ich auch. Mein Laptop war weg. Nathalie hatte auch keinerlei Spur hinterlassen. Sie war nie hier gewesen.

»Ich glaube, wir haben ein Problem«, brummte Jacky und nahm meinen Koffer wie einen Geigenkasten unter den Arm. »Das Zimmer ist übrigens bezahlt. Sie gehen durch die Küche zum Hinterausgang. Da wartet ein weißer Rover. Der bringt Sie zu Ihrem Ziel.«

Der Jeep raste mit Blaulicht, dieses Mal ohne Motorradeskorte, durch die Stadt und hielt vor dem Haus, in dem ich schon einmal vor Stunden gewesen war. Nur bewachten jetzt zwei Schützenpanzer und eine Hundertschaft von Soldaten das Gelände.

»Der Präsident erwartet Sie im Garten«, deutete mir Jacky den Weg. »Immer geradeaus.«

Der alte Mann hatte einen Strohhut auf, eine grüne Gärtnerschürze um und stutzte Rosenbüsche. Mein Kommen schien ihn nicht zu interessieren. Er ging weiter seiner Arbeit nach.

»Mr. President … Ihr Gast«, machte ihn Jacky auf meine Anwesenheit aufmerksam.

Der alte Mann richtete sich auf und legte die Gartenschere beiseite. »Ach, Sie sind es. Hatte Sie so schnell nicht erwartet.«

Er streifte die Lederhandschuhe ab und gab mir die Hand. Dieses Mal war ich auf seinen Händedruck vorbereitet und gab ihn zurück.

»Kommen Sie. Meine Frau Ezra hat Ihnen einen Kirschstreuselkuchen gebacken. Der ist nur für Sie. Enttäuschen Sie mich nicht, sonst habe ich nur unnütze Diskussionen. Ezra kapiert nicht, dass die Kinder aus dem Haus sind und sie nicht mehr für ein ganzes Kibbuz backen muss. Aber Sie schaffen das schon. Den Aprikosenkuchen haben Sie auch geschafft. Das hat sie erfreut und wieder an die Jugend glauben lassen. Wer arbeitet, muss gut und viel essen. Danach habe ich auch einen Verdauungsschnaps für Sie. Aber verraten Sie mich bloß nicht. Ich darf nicht mehr trinken. Da, hinter der Rosenhecke habe ich ihn vergraben.«

Der alte Mann war ein Schlitzohr, aber ein charmantes, der es verstand, seinen Kopf und womöglich auch seine Strategie über Zuckerbrot und Peitsche zu verkaufen. Nur welche Strategie fuhr er? Nathalie hatte Jacky nahezu in die Ecke der Feinde Israels gerückt. Nun war sie verschwunden und dieser Riese schien ein Vertrauter des Präsidenten zu sein. Das sollte verstehen, wer wollte. Vielleicht erklärte mir das mal einer in den nächsten Stunden, die ich brauchen würde, den Kirschkuchen, ausgerechnet noch mit Sahne, in mich hineinzustopfen. Ezra strahlte über das ganze Gesicht, als sie ihn mir, bereits in mundgerechte Stücke zerteilt, auf den Couchtisch schob.

»Ich sagte Ihnen doch, dass das Spiel Ihnen gegenüber nicht ganz fair ist«, wartete der Präsident erst gar nicht ab, ob ich den Kuchen oder der mich schaffen würde. »Aber, Sie haben gute Arbeit geleistet. Kompliment. Sie sollten als Chefredakteur der Jerusalem Post anfangen. Wir brauchen gute Leute. Einen neuen Pressesprecher könnte ich zudem gebrauchen ...«

Noch sechs Stücke Kuchen. Hoffentlich reichte der Schnapsvorrat im Rosenbeet.

»Wissen Sie, Peter, womit jeder Staat zu kämpfen hat?« Das Staatsoberhaupt hatte sich eine Zigarre angesteckt, und ich musste eine Pause machen, sonst begann mein Magen zu rebellieren.

»Es sind weniger die äußeren Einflüsse. Da hat man schnell das Volk auf seiner Seite. Niemand verliert gerne etwas. Es sind die inneren Intrigen. Das ist in Ihrem Land nicht anders als in Israel oder den USA. Und wir haben es mit solch einer Intrige zu tun.« Er schwieg und schaute seinen Rauchkringeln nach.

»Diese Leutnant Nathalie ist eine äußerst fähige Person, wie mir ihre Vorgesetzten bescheinigen. Dieser Oberst Menachem hat viel für unser Land getan und ist als brillant zu bezeichnen. Aber ...«, er machte eine Pause, »beide wissen nicht, wohin sie gehören. Einer sagt, Nathalie sei seine Tochter, andere, das sei unmöglich. Wieder andere sagen, er sei Ihr Halbbruder und stamme von einem KZ-Leiter in Auschwitz ab. Alles, was wirklich belegt ist, ist, dass seine Mutter Judith eine begnadete Biochemikerin in eben diesem KZ war.« Er atmete tief und lehnte sich zurück, um gleich wieder auf die Sofakante vorzuschnellen.

»Kennen Sie den Spruch, den wir Juden pflegen?« Ich ahnte, was kommen würde, schüttelte aber, um nicht unhöflich zu sein, den Kopf.

»Wir haben vergeben, aber nicht vergessen. Viele Juden sind damals um ihres Lebens willen gezwungen worden, etwas zu tun, was der menschlichen Natur eigentlich widersprechen müsste. Also haben wir sie nach dem Krieg in dieses Land integriert, aber beobachtet.«

Noch vier Stücke Kuchen, und ich verstand immer noch nicht, worauf er hinaus wollte.

»Menachem und Nathalie sind verschwunden. Stimmt's?«, versuchte ich überhaupt mal etwas zu erfahren, was außerhalb politischer Betrachtungen lag.

Er nickte. »Ja. Wenn Jacky nicht so schlau gewesen wäre, die Hintergrundprogramme seines Computers zu überprüfen, die hat diese Nathalie nämlich vergessen zu löschen, wüssten wir bis jetzt nicht, um was es überhaupt geht. Und deshalb sind Sie hier.«

Der Kuchen schmeckte mir nicht mehr. Hoffentlich bekam ich trotzdem einen Schnaps.

»Was wissen Sie darüber ... und lügen Sie mich nicht an.«

»Und sonst? Bekomme ich dann keinen Schnaps?«, versuchte ich Zeit zu schinden und die Atmosphäre nicht zusätzlich zu vergiften. Jemand legte mich gewaltig rein und benutzte mich als Objekt, das es zu schützen galt, bis diese verdammte Formel aufgetaucht war. Der Präsident hatte mir schon beim letzten Gespräch Geld geboten. Was nun?

»Entschuldigung«, nahm er den Restkuchen mit in den Garten und winkte mir zu folgen. »Ich helfe Ihnen, wenn Sie mir helfen. Machen Sie mit?« Ich wusste zwar nicht, um was es ging, aber ich nickte vorsichtshalber.

»Gut, dann holen Sie die Schnapsflasche, und ich esse den Rest. Darf ich auch nicht. Aber das war immer mein Lieblingskuchen und Sie sind der Held des Tages bei Ezra.«

Wir verkrochen uns wie Lausbuben hinter den Rosenbüschen. Er stopfte die Torte mit den Fingern in sich hinein und ich setzte die Flasche an den Hals. Der Aprikosenschnaps war köstlich.

Er hieß mich im Schatten eines ausladenden Federbaums in einer Sitzgruppe Platz nehmen. Es war heiß. Ezra kam mit kühlen Fruchtsäften und räumte grinsend die Kuchenplatte ab.

Ich war mir sicher, dass sie von den Schnapsvorräten ihres Mannes wusste und auch, dass er den Rest des Kuchens gegessen hatte. Aber sie sagte nichts. Lächelte freundlich und verschwand.

»Peter, wissen Sie … ich bin jetzt seit 65 Jahren in diesem Land. 50 Jahre mit Ezra verheiratet und 20 Jahre Präsident hier. Können Sie sich vorstellen, dass ich schon einiges erlebt habe?«

Ich nickte andeutungsweise. Ich war zwar auch nicht mehr der Jüngste. Aber solche Fragen brachten mich immer in Verlegenheit, da sie voraussetzten, dass man noch weitaus älter als der Fragende war.

»Und deswegen ärgert es mich, wenn man mich zu hintergehen versucht«, fuhr er hoch und stapfte eine Runde durch den Garten. »Ich hatte Ihnen vertraut. Ihnen alle Zugangsdaten zu meinem Büro gegeben, und was machen Sie …? Sie lassen es zu, dass diese blaue Liste bei Ihnen im Verlag und bei der Armee landet. Ich bin enttäuscht.«

Diese Wendung wurde mir unheimlich. Welche Ausrede fiel mir ein, um hier herauszukommen?

»Tut mir leid. Ich kann kein Arabisch. Diese blaue Liste, wie Sie es nennen, hat mich selbst überrascht.«

Stöhnend wischte er sich den Schweiß von der Stirn und ließ sich wieder auf die Bank fallen. »Ja, schon gut. Da hat auch keiner von uns dran gedacht, dass Sie die Sprache nicht lesen und Nathalie es perfekt kann. War auch unser Fehler.«

»Was sollte dann das Spiel?«, fragte ich möglichst devot klingend nach.

Der alte Mann schüttelte den Kopf und stellte den Aprikosenschnaps offen auf den Tisch. »Das ist leider kein Spiel. Aber wir sind bereits in Verhandlungen mit Ihrem Land, dass Ihr Verlag diese Liste niemals nutzen darf. Sie ist echt und sollte nur dazu dienen, hier ein paar Maulwürfe aus ihren Löchern zu scheuchen. Sowohl Israel als auch Ihr Land wird mit Milliardenforderungen überzogen, sonst ...«

Er zuckte mit den Schultern und setzte die Flasche an den Mund.

Meine Gedanken begannen Billard zu spielen. Ich war auf der richtigen Spur. Ich hatte es geahnt. »Die Geheimdienste wissen also davon?«

»Ja, schon lange. Sonst hätte man Sie und Ihre Tochter als Inhaber des Wissens nicht in den BND geholt. Was übrigens Ihr einziger Schutz hier war. Ich hätte Sie sonst umlegen lassen.«

Mühsam stemmte er sich aus dem Sitz hoch und stakste in Richtung Haus. Kurz vor der Terrassentür drehte er sich noch einmal um.

»Wenn Sie nach Hause möchten ... Jacky wird sich um Ihren Rückflug kümmern. Aber denken Sie daran, in Hamburg sind Sie für Ihren Verlag nicht mehr viel wert. Dafür sorgt schon Ihr Geheimdienst. Sie können aber auch hierbleiben. Dann zeigt Ihnen Jacky, wo Sie wohnen werden. Hier sind Sie noch von Nutzen und ... vielleicht ergibt sich doch noch eine brisante Story für Sie ... Leben Sie wohl. Ich habe heute Nachtsitzung in der Knesset. Muss noch ein paar Stunden schlafen.«

Wie betäubt saß ich noch eine ganze Weile im Garten des Präsidenten. Ezra brachte Kaffee und Whisky. Ich merkte es nicht. Die Zigarren schmeckten auch nicht. Jacky wartete dezent, wenn man das bei seiner Größe sagen konnte, hinter der Gardine der Terrassentür. Er wartete auf eine Entscheidung von mir. Ich wusste nicht, was ich tun sollte. Nach Hamburg zurück? Wenn der Präsident recht hatte, würde man mich aus dem Tempel jagen. Die größte Story des Verlages, wie ich es angekündigt hatte, entpuppte sich als die größte Pleite. Kein deutscher Verlag würde mich jemals wieder in die Position eines Chefredakteur hieven. Hier bleiben? Was sollte ich hier? Ich sprach kein Hebräisch. Mir musste etwas einfallen, und dazu brauchte ich Zeit.

»Ist nicht das King David«, murmelte Jacky. »Hat aber Klimaanlage, Dusche und eine Küche, um sich selbst zu versorgen. Und wenn Ihnen danach ist, Sie wissen, wo mein Lokal ist.« Damit hatte er mich in einem Wohnkomplex im Nord-Osten Jerusalems nahe der Westbank untergebracht.

»Meine Frau kommt einmal in der Woche putzen und Ihre Wäsche machen.«

Einmal in der Woche … Ich dachte nicht daran, solange zu bleiben. Vorher musste mir etwas eingefallen sein. Der kleine Fernseher nutzte mir nichts. Er hatte nur zwei Sender in Hebräisch und Arabisch. Ein Telefon war nirgends zu finden. Damit ging das Problem los. Ohne einen Adapter konnte das Handy an keiner Steckdose laden. Diese flachen, dreipoligen Anschlüsse nahmen keinen europäischen Stecker auf.

Unschlüssig sah ich aus dem Wohnzimmerfenster in den Hof hinunter. Kinder tobten um flatternde Wäsche. Das war keine ruhige Wohngegend. Israelische Kinder gingen spät zu Bett. An Schlaf war wohl erst spät nach Mitternacht zu denken.

Was hatte der Präsident gesagt, aber leider nicht präzisiert? Den Regierungen lagen Milliardenforderungen vor. Von wem und warum? Warum wusste das niemand von uns Presseleuten? Und: Die blaue Internetseite sei ins Netz gestellt worden, um Maulwürfe aufzuscheuchen. Die Logik verstand ich nicht.

»Hier, das brauchen Sie noch …« Jacky stand plötzlich wieder im Zimmer, einen Karton auf dem Arm. Inhalt: ein Telefon, das er in die dafür vorgesehene Buchse neben dem Sofa einstöpselte. »Ist eine Staatsleitung. Wenn Sie telefonieren wollen, bitte die ›Null‹ drücken. Die Dame am anderen Ende spricht Englisch und verbindet Sie …« Es wurde also mitgehört.

Ein Adapter, damit ich meinem Gerät endlich wieder Saft geben konnte, ein Zwölferpack Bier, eine Flasche Whisky und Erdnüsse.

»Wasser wird in der nächsten Stunde geliefert. Nicht das aus der Leitung benutzen. Was Sie sonst noch benötigen … um die Ecke ist ein Supermarkt, der hat bis Mitternacht geöffnet, und bevor ich es vergesse, hier sind Sie sicher. In diesen Häusern rundum wohnen nur Angehörige der Armee. Brauchen Sie noch etwas?«

Brauchte ich noch etwas? Das war eine gute Frage, über die ich nachzudenken versuchte.

»Ja, einen Internetanschluss und die Antwort von Ihnen, ob Sie mir helfen werden, wenn ich Sie darum bitte …«

Der Riese wurde unsicher. Er trat von einem Fuß auf den anderen.

»So als Jom-Kippur-Veteran zu Veteran …«, schob ich nach und schlug ihm auf die Schulter. Das älteste und dümmste Zeichen, einen Menschen mit einer ähnlichen Vergangenheit gefügig zu machen.

»In der Parallelstraße gibt es ein Internetcafé. Es hat auch bis Mitternacht geöffnet. Und ob ich Ihnen helfe …? Ich weiß nicht. Das ist nicht mein Job …« Jacky kaute auf der Unterlippe herum. Er rang mit sich. Den Türknopf hatte er sprungbereit in seiner rechten Pranke.

Ein großes Baby, befand ich. Ein großes dummes Baby, das gezielte Aufgaben brauchte. Dann funktionierte es. Ich musste mir nur eine für ihn ausdenken.

»Machen Sie auch Paella in Ihrem Lokal?« Er überlegte, wog den Kopf hin und her. »Wenn Sie es wünschen ... mache ich Ihnen eine. Morgen um fünf Uhr?«

Ich nickte. Es klappte. Das konnte die Lösung werden.

Dieses Viertel war wirklich nur der Armee vorbehalten. Israels Armee war wie die der Schweizer organisiert. Eine Kerntruppe von Offizieren, die das Handwerk professionell betrieben, und Hunderttausende von Zivilisten, die ihre Waffe wie eine Hose oder ein Kleid im Kleiderschrank griffbereit aufbewahrten. Für Männer galt die Wehrpflicht bis zum fünfundfünfzigsten Lebensjahr. Die Frauen konnten sich durch Geburten freikaufen. Nach dem zweiten Kind wurden sie nicht mehr eingezogen. Die Geburt der ersten Stunde war dabei entscheidend. Die Frau, die bis zum 21. Lebensjahr schwanger wurde, brauchte drei Jahre nicht zur Armee. Wenn sie schlau war, bekam sie binnen dieser Dreijahresfrist das nächste Kind. Nach dem 25. Lebensjahr wurde sie dann nicht mehr rekrutiert. Es stand ihr höchstens eine Ausbildung in der »Innenverteidigung«, wie sie es nannten, zu. Als Krankenschwester oder Katastrophenhelferin. Kein direkter Kampfeinsatz.

Die Klimaanlage funktionierte zwar, aber sie machte einen Lärm wie der Diesel eines alten Fischkutters. In dieser Wohnung konnte ich nicht denken und erkundete das Stadtviertel. Es war bereits dunkel. »Offener Strafvollzug«, murmelte ich für mich. Es waren wirklich nur Armeeangehörige hier wohnhaft. Auf den Balkons trockneten Uniformen im Nachtwind, der vom Toten Meer heraufstrich. Jeeps vor den Eingängen überwogen Zivilfahrzeuge. Man hatte mich, unter dem Deckmantel, hier in Sicherheit zu sein, in ein offenes Militärcamp gesteckt, wo mich jeder als Ausländer im Blick behalten würde. War das nun aktive oder passive Sicherheit, und für wen? »Das war überhaupt keine Sicherheit. Am wenigsten für mich«, grummelte ich vor mich. Man ließ mich schmoren wie ein Raubtier, das man auf der Treibjagd in die Enge getrieben hatte. Irgendwer hatte dafür bezahlt, dass genau dieses Tier lebend gefangen werden musste. Was machten die Jäger? Sie legten irgendwo einen unwiderstehlichen Köder aus. Der Rest war nur noch eine Frage der Zeit. Und man hatte mir einen Köder ausgelegt, und ich Rindvieh drohte darauf hereinzufallen. Es war völlig sinnlos, jemandem zu erklären, dass ich nichts wusste. Ich musste etwas wissen, also wusste ich. Meine berufliche Neugier war von ihnen, wer immer *sie* waren, voll mit ins Spiel einbezogen worden. Sie trieben mich in die Ecke, von der sie der festen Meinung waren, dass ich dort und nur dort die Vergangenheit begraben hatte. Dort war der von mir selbst vergrabene Köder. Ich würde sie schon hinführen, wenn man mich in die Enge trieb. Und dabei waren sie gerade.

»Nein. So nicht ...«, schimpfte ich mit mir. Noch brauchte man mich. Und das war mein einziger Spielraum. Abreisen kam nicht infrage. Ich brauchte nur mehr Informationen. Auch das hatten sie geplant. Sie rechneten sogar damit. Warum sonst das Telefon und der Hinweis auf ein Internetcafé?

»Dann spielen wir mal ...« Mit diesem Entschluss betrat ich das Café.

Zwei Stunden später hatte ich, was ich von mir zu geben gedachte. Um mich herum hatten nur junge Soldaten gesessen. Keine Jugendlichen, die irgendwelche Computerspiele trieben. Auch meine Mails waren überwacht worden. Da war ich mir sicher, und es war gut so. »Alles nur ein Spiel«, hatte Menachem gesagt. Und ich hatte für sie den vermeintlichen Joker. Wenn sie sich nicht überzeugen lassen wollten, dass dem nicht so war, dann spielten wir eben »Street Poker« ohne Limit. Voller Einsatz, der sich jedes Mal verdoppelte und zum »Sehen« nahezu unbezahlbar wurde. *Ihr kriegt mich nicht. So nicht*, rumorte es in mir.

Die Nacht verlief so, wie ich befürchtet hatte. Wenn der allgemeine Geräuschpegel der Stadt schlief, taten sich die Mittelmeerbewohner schwer damit, die Ruhe zu akzeptieren. Sie hatten sich bis 5.00 Uhr lautstark bemüht, den Pegel aus eigener Kraft aufrechtzuerhalten. Wann schliefen diese Menschen? Um zehn Uhr hatte ich im Internetcafé auf meiner Mailbox nach Antworten gesucht. Da waren keine. Ich hatte Jerusalem durchstreift und mir einzureden versucht, dass ich ein Urlaubstourist sei, der eine antike Stätte nach der anderen abgeklappert. Gesehen hatte ich nichts. Meine Gedanken waren ganz weit weg und formten sich langsam zu einer Art Hefeteig, der nur noch etwas Zeit zum Gehen benötigte.

Jacky strahlte wenigstens. Er hatte tatsächlich eine Paella gezaubert, die nicht auf seiner Karte stand.

»Die nehme ich ins Programm auf«, grinste er. »Das ist heute schon die zwanzigste, die ich verkaufe. Und ...«, er ließ sich kurz nieder. »Ich habe mir das überlegt. Das mit der Hilfe und so. Woran denken Sie? Würde mich freuen, einem alten Kollegen einen Gefallen zu tun.«

Ich schilderte ihm mein Vorhaben. Er schüttelte bedenklich den Kopf. »Das wird nicht einfach. Haben Sie Geld?«

Nein, das hatte ich nicht. Jeder Gang zu einem Bankautomaten wurde langsam von einer Horrorversion begleitet, dass mir irgendjemand die Auszahlung verweigerte und die Kreditkarte auf Nimmerwiedersehen in ihrem Schlund verschwand.

»Das wird nicht einfach«, brummte der Riese und kratzte sich am Kopf. »Dann müssen wir den illegalen Weg probieren. Aber auf Ihr Risiko ...« Ich nickte. Was blieb mir anderes übrig?

»Kommen Sie morgen bei Einbruch der Dunkelheit zu meinem Haus. Ohne Gepäck. Es wird zwei Tage dauern. Ich muss das vorbereiten. Meine Frau und mein ältester Sohn werden mich solange vertreten. Ich melde mich krank. Telefonieren Sie auf keinen Fall. Auch die Funkfrequenz wird abgehört. Wenn Sie noch was zu erledigen haben, fragen Sie im Internetcafé nach Joshua. Er ist einer meiner Söhne. Er wird Ihnen einen Computer zuweisen, der nicht unter Kontrolle des Mossad steht. Und nun gehen Sie. Ich habe zu tun.«

Die folgende Nacht war noch schlimmer als die letzte. Ein ganzer Clan schien im Hof Geburtstag zu feiern. Um überhaupt ein paar Stunden Schlaf zu finden, mussten meine gesamten Alkoholvorräte herhalten.

Um 10.00 Uhr war ich, nur mit einer Plastiktüte des Supermarkts bewaffnet, der Erste im Internetcafé und fragte nach Joshua. Der junge Mann war genauso ein Bär wie sein Vater. Nur hatte sich seine Physiognomie von europäisch-amerikanisch bereits in den arabischen Stamm verwandelt. Die Figur vom Vater. Das Gesicht und die Haut von der Mutter.

»Mein Vater hat mich informiert. Bitte folgen Sie mir«, ging er voran und deutete auf einen Computer in seinem Büro, das in einem Nebenhaus zu liegen schien.

»Er ist online. Sie können sofort loslegen.« Der junge Mann sprach perfekt Englisch. Diskret verließ er den Raum und zog den Vorhang hinter sich zu.

Ich hatte Post in meiner Mailbox. Endlich, und sie war vom Verlag. Ich überflog sie und nickte zufrieden. Manchmal ging doch nichts über preußische Gründlichkeit und Pflichtbewusstsein. So schwarz, wie der Präsident mir das ausgemalt hatte, schien es doch nicht zu sein. Ich druckte die Information aus, ein anderes Speichermedium würde mir zurzeit nichts nützen. Notfalls konnte ich das Papier noch aufessen. Mit CDs würde es da ein Problem geben. Ich gab weitere Anweisungen nach Hamburg und dass ich mich in nächster Zeit nicht melden könnte, aber dringend meine Konten aufgefüllt werden müssten, um die Kreditkarten weiter nutzen zu können.

Jetzt hoffte ich nur, dass mir nicht irgendein Sturbock im Verlag in die Quere kam und meine Redakteure spurten. Die Zeit lief. Auch für mich.

Bis zum Sonnenuntergang drückte ich mich im Schatten des Altstadtbasars herum. Hier konnte man mir schlecht folgen, wenn man mir denn folgte. Langsam begann sich Paranoia bei mir breitzumachen. Ich trank schwarzen Mokka und heißen süßen Tee in den kleinen arabischen Kaffeehäusern und beobachtete die Kinder, wie sie mit ihren hängenden Tabletts die Getränke im Basar versuchten an die Händler loszuwerden. Ließ mir die Haare schneiden und bei einem uralten jüdischen Uhrmacher eine neue Batterie in meine Uhr einsetzen. Jetzt war ich Tourist, denn ich hatte wieder ein Ziel vor mir, auch wenn es nur eine Idee war. Aber was war im Leben eines Journalisten keine Idee? Die Wahrheit galt es erst zu finden.

Jackies Frau hatte uns noch ein deftiges Abendessen gemacht und Lunchpakete mitgegeben, die für einige Tage reichen würden.

Die Fahrt führte nach Beersheva. Einer Kunststadt der Israelis im südlichen Negev. Auf dem Höhenrücken zwischen Totem Meer und den Mittelmeerniederungen gelegen. Entsprechend pfiff der Wind hier und machte den Sand in der Luft zu einem Dauerärgernis. Eine deutsche Hausfrau würde hier verrückt. Der Staub drang durch alle Ritzen. Ein Kampf gegen ihn war sinnlos. Wir übernachteten bei einem wortkargen Mann, etwas außerhalb der Stadt, den Jacky als seinen Freund bezeichnete. Bei Sonnenaufgang rumpelte sein alter Japaner von der befestigten Straße und suchte sich seinen eigenen Weg. Schilder, die wohl die Piste begrenzen sollten, wiesen das Gelände als Panzerübungsgelände aus, das unter keinen Umständen betreten oder befahren werden durfte, weil scharf geschossen wurde. Jacky schien das nicht zu stören. »Eine Abkürzung«, hatte er nur gemurmelt und seither nichts mehr gesagt. Wir fuhren nach Süden. Ab und zu hallte es in der Ferne. Es jaulte und irgendwo schlug eine Granate ein. Das kam mir bekannt vor. Jacky war schlau. Hier folgte uns niemand, und die Israelis würden höchstens durch einen Fehlschuss ihre eigene Piste zerstören. Hoffentlich saßen keine Neulinge als Richtschützen in den Panzern, die hier übten.

Die Sonne stand im Zenit, als wir Rahat erreichten. Wieder so eine Kunststadt, mit der die Regierung versuchte, die Beduinen sesshaft zu machen. Aber es sah wie ein Beduinenlager mit übriggebliebenen Lehmbauten aus. Das Leben spielte sich vor den Häusern ab, die nur die Funktion zu haben schienen, Fernsehantennen aufrecht in den Himmel zu recken.

»Wir sind jetzt nahe der Grenze«, brummte Jacky. »Von hier

aus wirst du auf Kamele umsteigen müssen. Kannst du damit reiten?« Ich nickte.

»Gut. Dann wirst du dich bei Einbruch der Dunkelheit einem Treck anschließen, der Schmuggelware über die Grenze bringt. Auf der ägyptischen Seite des Sinai erwartet dich mein Freund Akim. Er ist auch Beduine, aber er schuldet mir noch etwas. Gib ihm das ...« Er drücke mir ein Leinenbündel in die Hand und zog einen Schlafsack hinter dem Sitz hervor.

»Das kennst du ja. Mach es gut, Journalist. Und wenn du Erfolg hast, dann lass es mich wissen. Du weißt ja, wo du mich findest.«

Jacky kurbelte das Fenster herunter und winkte eine alte Frau herbei, die die Hand für ein Bakshish aufhielt. Er drückte ihr ein paar Schekel in die Hand und redete eindringlich in Arabisch auf sie ein. Die Alte nickte und schlich davon. »Folge ihr. Sie managt hier alles. Mach's gut Kumpel.«

10

SINAI

Der Wagen verschwand in einer Staubwolke. Die alte Frau humpelte vor mir her und drehte sich von Zeit zu Zeit um. Krächzte mit ihrem zahnlosen Mund, schüttelte den Kopf und winkte mir, ihr weiter zu folgen. Es ging steil bergab. Die Alte war, trotz ihrer Gehbehinderung, schneller als ich. Meine Lungen keuchten, meine Knie zitterten, bis wir die Talsohle und ein kleines Lager erreicht hatten. Sie bedeutete mir, dass ich am Ziel sei und hielt wieder die Hand auf. Ich gab ihr alles, was ich noch an israelischem Geld in den Taschen fand. Für mich hätte es keinen Tag mehr gereicht. Aber sie schien zufrieden zu sein und rief einen jungen Mann herbei.

Der junge Mann war gar nicht mehr so jung, wie er vor mir stand und mir die Hand zum Gruß reichte. Zierlich, von der Sonne gegerbte Haut. Seine Djellaba war etwas verschmutzt, auf dem Kopf trug er einen ledernen Cowboyhut, den ihm ein Tourist vererbt haben musste, an den Füßen das passende Paar Stiefel dazu.

»Hallo, ich bin Akim«, sprach er mich auf Englisch an. »Ich führe die Karawane. Es wird etwa eine Woche dauern, bis wir Ihr Ziel erreicht haben. Sie kennen sich mit Kamelen aus?«

Ich nickte.

»Gut, dann starten wir in einer Stunde. Wir reiten bis in die Nacht und brechen vor Sonnenaufgang auf. Ihre Reise ist bezahlt. Sie sind unser Gast und werden bereits am Ziel erwartet. Sprechen Sie mit niemandem meiner Leute. Haben wir uns verstanden?« Ich nickte wieder. Akim trug eine Waffe unter seiner Kluft.

»Was heißt das, dass ich am Ziel erwartet werde?« Außer Jacky hatte ich niemandem von meinem Vorhaben erzählt. Und das nur vage, ohne den eigentlichen Ort zu erwähnen, den ich gedachte zu erreichen.

Akim wandte sich den Kamelen zu und drehte sich einmal kurz um. Kam ein paar Schritte zurück. »Journalist, frag nicht soviel und rede möglichst noch weniger. Hier hat jeder Stein Ohren. Wenn du dein Ziel erreichen willst, sage gar nichts mehr. Du wirst gejagt, inzwischen auch auf der ägyptischen Seite, und ich gehe mit dir ein verdammtes Risiko ein. Du sagst, siehst und hörst nichts. Ist das klar? Sonst bleibst du hier. Die Israelis warten auf dich. Kennst du deren Gefängnis im Negev?«

Das kannte ich. Warum hatte ich plötzlich das unbestimmte Gefühl, dass Menachem hinter allem steckte? Warum erwähnte dieser Beduine das Gefängnis im Negev?

Wüstenalltag war angesagt. Tagsüber stand die Luft in den Wadis. Nachts sank die Temperatur schnell. Mit jedem Höhenmeter, den wir meinem Ziel näher kamen, wurde es frischer und die Mückenplage größer. Niemand hatte mit mir die letzen vier Tage gesprochen. Akim war nicht greifbar. Er ritt immer einen Tag voraus und hinterließ an Büschen und den vereinzelt herumstehenden Bäumen ein Zeichen für seine Leute. Am nächsten Tag hatte die Ware in den Jutesäcken an den Kamelen gewechselt. Sie tauschten Rauschgift gegen Waffen. Allah würde über diesen Handel verständnislos den Kopf schütteln und die Mitglieder seines Volkes mit dem Bannstrahl belegen, wenn er denn ein Christ im römischen Glauben wäre.

Ich nahm es regungslos zur Kenntnis und fügte mich den Gegebenheiten. Ich war Gast. Mehr nicht und wehrte die Gedanken ab, die mich aufforderten, daraus eine Story zu machen. ›Ein anderes Mal. Du hast vorher noch ein dickes Problem zu lösen‹, schob ich meinen Ehrgeiz in die Ecke. Wenn Akim recht hatte, dann war meine Flucht, und als etwas anderes konnte ich es nicht bezeichnen, bereits bis in das entfernteste Wadi gedrungen. Jagd. Man machte Jagd auf mich.

Dass ich jemals ein Gejagter sein würde, hatte ich mir bisher noch nicht einmal im Alkoholdelirium vorstellen können. Bis hierher war ich immer der Held gewesen, dem irgendwie immer alles gelang. *Auf der Flucht . . .* Ich musste bei dieser Vorstellung laut lachen. Die Bergflanken um mich lachten mit. Sie warfen das Echo tausendfach zurück. Sie waren mein Publikum. Sie applaudierten mir.

Ich hörte auf, aber das Lachen hallte im Wadi weiter. Es war nicht mehr mein Lachen, und dennoch raste es von Bergwand zu Bergwand weiter. Immer weiter. Bis das Wadi enden würde. Mein Atem wurde kürzer, flacher und ging in ein jämmerliches Weinen über. Ich saß hier hoch über einem kurzfristig aufgeschlagenen Lager meiner »Taxileute« und heulte. Die Kamele unter mir blökten kurz, sonst tat sich nichts. Das Lagerfeuer glomm noch vor sich hin. Dann war absolute Stille, wenn ich mein Schluchzen in den Griff bekam.

»Dir fehlt der Whisky, trink«, kam eine Stimme aus dem

Nichts. Du verrätst die Leute mit deinem Krach.« Eine männliche Gestalt rutschte die letzten Meter zu mir hinab und reichte mir einen Flachmann.

»Es ist noch eine Tagesreise für dich. Aber ich brauche dich jetzt. Mein Jeep steht ein paar hundert Meter weiter. Trink, beruhige dich und komm mit. Akim wird dich nicht vermissen und auch keine Fragen stellen.«

Nun hatte ich nichts mehr. Mein Schlafsack, mein Handy und die Kreditkarten waren im Lager geblieben, und wir rumpelten im Scheinwerferlicht eines Geländewagens durch den Sinai.

»Warum brauchst du mich um diese Tageszeit?«, versuchte ich meine Sinne zu sammeln.

»Weil es Rebecca schlecht geht. Sehr schlecht«, kam es knapp zurück. »Aber es hat nicht mit ihrer Krankheit zu tun«, fügte der Scheich sofort hinzu. »Die haben wir zum Stillstand bekommen. Es haben sich keine neuen Metastasen gebildet. Die Chancen auf eine Heilung hätten gut gestanden, aber ...« Er schwieg und konzentrierte sich auf den Weg, der keiner war.

»Aber was?«, streckte ich mich im Sitz und klammerte mich am Rahmen der Windschutzscheibe fest. »Was ist mit meiner Tochter los?« Meine Stimme übertönte den röhrenden Motor. Ich erschrak. Horchte. Aber es kam kein Echo.

»Sie wird sterben«, kam es knapp zurück. »Sie ist ein Opfer deiner Recherchen. Niemand kann ihr mehr helfen. Ich hoffe, dass sie dich noch erkennt, wenn wir im Lager sind.«

Es dauerte einige Kilometer holpriger Piste, bis ich das begriff. Ich war erstarrt. Der Blutdruck schlug mir bis zur Schädeldecke.

»Was soll das heißen? Sie stirbt, und du als Arzt kannst ihr nicht helfen? Was ist hier los? Was macht sie überhaupt im Sinai? Ihr wart verschwunden und ich dachte …«

»Das ist dein Fehler. Du glaubst zu denken. Du vermutest nur. Denken hat was mit Fühlen zu tun. Aber das versteht ihr Europäer nicht.« Der Scheich hatte angehalten und den Motor ausgeschaltet.

»Rebecca und ich haben vor einer Woche geheiratet. Ohne deine blödsinnige Erlaubnis. Somit war ihr Lebensabend gesichert. Die Klinik gehört nämlich mir. Bis du den internationalen Medienmarkt ausgerechnet von Israel aus aufmischen musst.«

Von Israel aus aufmischen? Ich hatte überhaupt nichts aufgemischt. Meine Informationen an den Verlag konnten beim besten Willen noch keine Wirkung gezeigt haben.

»Mal langsam, dass ich mitdenken kann«, legte ich meine Hand auf seine Schulter. Nun war er am Weinen. Ich hatte noch nie einen Araber weinen sehen.

»Ihr habt geheiratet. Na schön, kann ich nicht mehr ändern. Woran ist meine Tochter erkrankt, und warum glaubst du, dass ich daran schuld bin?«

Der Scheich startete den Motor und prügelte den Wagen durch das Wadi.

»Dein Artikel, der in der gesamten Weltpresse veröffentlicht wurde, hat deine Tochter umgebracht. Ich habe ihn auf Englisch und auf Arabisch. Willst du ihn lesen? Wir sind gleich da …«

Eine Staubwolke hüllte uns ein, als er den Jeep kurz vor dem Eingang des Hauptzeltes zum Stehen brachte.

Er sprang aus dem Wagen, bevor ich meine müden Knochen sortiert hatte, um mühsam über die Bordwand zu klettern, und verschwand im Zelt. Ich folgte. Meine Ahnung malte schwarze Wolken in den blauen Himmel. Jemand war dabei, mich zu demontieren. Und das schien ihm zu gelingen. Artikel und in der internationalen Presse. Das hatte ich in meinem ganzen Berufsleben noch nie geschafft. Warum ausgerechnet jetzt? Wer sollte den Artikel geschrieben haben?

Ich betrat das Zelt ... um es gleich wieder zu verlassen. Die Klageweiber hatten ihren Singsang angehoben. Rebecca war tot.

»Soll sie in deinem Land begraben werden?« Der Scheich war zu mir auf den Felsen heraufgeklettert, von dem ich schon einmal das Wadi beobachtet hatte und abgerutscht war.

»Nein. Begrabt sie nach eurer Sitte. Ich glaube, sie wollte es so«, hatte ich so oder ähnlich gemurmelt. Ich war leer und gleichzeitig voll. Voller Hass. Auf wen oder was würde ich noch herausfinden müssen. Wer war mein Gegner?

Der Scheich nickte. »Danke. Wir werden Rebecca morgen bestatten. Das Gesetz der Wüste verlangt es so. Und dann bekommst du als mein Schwiegervater das, wonach alle suchen. Glaube mir, wir haben uns geliebt ...«, hatte er noch hinzugefügt, bevor er mich mit einer Flasche allein ließ. Er hatte mich nie wirklich ernst genommen. Ich trank zu viel.

»Scheiße ...«, brüllte ich mir den Frust von der Seele. Das Wadi antwortete vielfach ohne das »Sch«. Es kannte keine Zischlaute.

Die Zeremonie war einfach gewesen. Fast militärisch. Die Beduinen hatten mühsam ein Loch in den Felsen geschlagen, Rebecca in einem weißen Leinensack hineingebettet, alles mit roter Erde und schweren Steinen bedeckt und einundzwanzig Mal Salut geschossen. Zum Schluss hatte der Scheich ein Holzkreuz in den Steinhaufen gerammt. Es trug keinen Namen. Sein Gesicht war versteinert, meines von Tränen aufgeweicht.

In der Nacht hatte ich noch den Artikel studiert, den ich geschrieben haben sollte und war zu der nicht beweisbaren Erkenntnis gelangt, dass die Geheimdienste ein Opfer suchten. Oder einen Köder, wie meine logische Gehirnhälfte hinzufügte. Ich hatte das Geheimnis, für sie, die Presse, und ich würde es irgendwann einmal herausrücken müssen. Davon waren alle überzeugt. Sie verwendeten meine eigenen Waffen gegen mich.

»Tut mir leid.« Der Scheich setzte sich auf den Hackklotz und nahm mir die *Times* aus der Hand. Warf sie ins Feuer. »Ich habe es gut gemeint. Aber als Arzt konnte ich nicht wissen, was ihr Journalisten für eine Krokodilgemeinschaft seid. Komm. Wir fahren. Du musst die Welt aufklären und den wirklich Schuldigen finden.« Er ließ mir ein Bündel zurück. Es war mein Schlafsack, das Handy, die Kreditkarten. Nur der Beutel für Akim, den mir Jacky gegeben hatte, war verschwunden.

Patriarch Christos blähte sich auf und zeterte. Die Mönche standen hilflos herum und nickten. Sie verstanden nichts. Genauso wenig wie ich. Der Scheich hatte sich höflich im Katharinenkloster angemeldet. Wie immer, außerhalb der Öffnungszeiten. Mit Klopfzeichen am Tor. Ein Mönch hatte geöffnet und sich sofort mit fünfunddreißig bewaffneten Beduinen konfrontiert gesehen, die zielstrebig einem Ort innerhalb der Klostermauern zugestrebt waren. Nun standen an die siebzig Leute um ein paar Quadratmeter herum und diskutierten.

»Schluss jetzt«, befahl der Scheich dem Erzbischof. »Der Dornbusch ist schon öfter ausgetauscht worden. Und wenn dieser eingeht, besorgen meine Leute einen neuen. Los, graben ...«

Die Beduinen gruben den Busch aus. Das war also das Geheimnis. Die Mönche zeterten und flehten den Erzbischof an, den Bann gegen uns zu richten. Der winkte ab und verschwand in seinen Gemächern. Er wusste, was da zutage treten würde. Ich ahnte es nur. Der Busch wurde beiseitegesetzt. Die Touristen würden ihn heute nicht mehr bestaunen können. Das Kloster geschlossen bleiben.

Das Loch wurde immer tiefer, der Aushub immer höher. Die buddelnden Beduinen verschwanden langsam in dem Loch. Der Scheich wurde unruhig und hieß die Leute, die Arbeit einzustellen.

»Diese verdammten Mönche«, knurrte er. »Es ist weg.«

»Was ist weg?«

»Du erinnerst dich noch«, nahm er mich beiseite, »dass mein Vater und ich dich damals im Wadi aufgelesen haben?«

Ich nickte.

»Gut, wir haben dich im Schlaf durchsucht. Du trugst diese Thora-Kapsel. Das war für uns das Zeichen, dass du unbedingt ins Kloster begleitet werden musstest. Du warst für den damaligen Erzbischof so etwas wie ein Geheimagent, wie die anderen vor und nach dir auch, die diese Kapseln trugen.«

»Und die sind tot, wie du mir gezeigt hast«, hieb ich in seine offene Flanke. Hier stimmte alles hinten und vorne nicht. Wie sollte ich das jemals auf die Reihe bekommen und mich gleichzeitig in der internationalen Presse wehren können? Niemand schien mit der wirklichen Wahrheit herauszurücken.

»Rege dich ab und komm mit«, beschwichtigte der Scheich und zog mich in den Garten. Auf der Bank hatte ich schon einmal gesessen. Auch mit meiner Tochter, die jetzt im Sinai unter einem Steinhaufen lag. Die Wüstenmaus wollte sich nicht blicken lassen. Wohl auch unter einem Steinhaufen verschüttet, grübelte ich. Dabei lagen Datteln genug herum, um die sich selbst die Ameisen nicht mehr zu kümmern schienen.

»Der Erzbischof, den du kanntest, Dimitri hieß er, glaube ich, verfügte damals, dass die Inhalte der Kapseln ausgetauscht werden müssen. Er war ein begnadeter Biochemiker, der den Schein und die Verfügung seines Vorgängers, der aus dem Ersten Weltkrieg, zu wahren hatte. Er musste wohl erkannt haben, welche Gefahr in den Forschungen der neueren Chemie steckte. Aber wohin, ohne dass sie verloren gingen? Dann kamst du mit deinem Jeep und hast dich hoffnungslos festgefahren. Das war die Lösung. Das Maschinengewehr. So sind alle Originaldokumente im Verschluss des Gewehres verschwunden, und der wurde unter dem Dornbusch vergraben.«

»Und der ist weg, und ihr habt die Überbringer umgelegt, weil die so dumm waren, ihre Passwörter zu nennen. Stimmt's?«

Der Scheich zog Ornamente mit seiner Schuhspitze in den Sand. »Nein. Nicht so ganz. Wir sind nicht ganz unbeteiligt daran, das gebe ich zu, aber wir haben niemand getötet. Und nun hör zu, Journalist ...« Er zerteilte die umherliegenden Datteln. Es dauerte nicht lange, und eine Wüstenmaus bemächtigte sich der Stücke. Wie lange, lebte solch eine Maus? Wenn das schon die nächste Generation war, dann hatte sie schnell gelernt: »Lass die Touristen meine Arbeit machen.«

»Die blaue Mail, die du im King David bekommen hast, wurde auf meine Veranlassung über das Internetcafé von Jackies Sohn Joshua verschickt. Wir sind sehr alte Freunde. Diese Mail kursierte tatsächlich für sehr kurze Zeit im Web. Höchstens eine Stunde. Dann hatten sie die Geheimdienste ausgefiltert.«

»Und wie bist du darauf gekommen? Du sitzt doch nicht den ganzen Tag vor dem Computer?«

Der Scheich lächelte. Es war ein wehmütiges Lächeln.

»Ich bin überhaupt nicht darauf gekommen. Dazu habe ich keine Zeit. Ich habe Rebecca nur erzählt, was es damals mit den

Thora-Kapseln auf sich hatte ...« Er sah der Maus zu, wie sie ein Stück Dattel nach dem anderen vor den Ameisen zu retten versuchte.

»... und da war sie sofort deine Tochter. Sie war vor dem Computer nicht mehr wegzubekommen. Das war gut so. Das lenkte sie ab, und sie blühte zunehmend auf. Eine Art Therapie. Verstehst du?«

Ich verstand und doch nicht. »Was hat es denn nun wirklich mit den Kapseln auf sich, dass Tausende sterben müssen?«

Der Scheich schüttelte den Kopf und stützte ihn letztendlich in seine Hände.

»Das ist eine eigentlich gut angedachte Geschichte. Sie ist nur schlecht ausgeführt worden.« Er atmete tief und warf Steinchen nach der Maus, die geschickt auswich und sich in den Wurfpausen den Rest der Datteln holte.

»So ist das Leben«, knurrte er. »Jemand wirft dir immer Steine in den Weg. Dein Plan kann so gut sein, wie er will. Über einen wirst du immer stolpern. Also gut, da du mein Schwiegervater bist, bin ich vom Eid des Klosters entbunden. Hör einfach zu und unterbrich mich nicht.«

Gerne hätte ich gewusst, was dieser Eid, von dem ich schon einmal gehört hatte, beinhaltete. Aber ich schwieg.

»Als Journalist weißt du um die Macht der Chemiekonzerne«, hob der Scheich an. »Den ersten Teil meiner Erzählung habe ich von meinem Vater. Er war es, der vom damaligen Erzbischof, der aus dem Ersten Weltkrieg kam, informiert worden war. Mein Vater hatte zwar nicht studiert, aber er war belesen. Der Erzbischof weihte ihn ein, dass dieses Kloster eine Zentrale zur Vernichtung von chemischen Kampfstoffen werden würde und zwar schon im Ansatz. Dafür hatte er weltweit einen Preis ausgesetzt, dass Chemiker, die aus irgendwelchen Gründen gezwungen waren, solche Kampfstoffe zu entwickeln, ihre Urformeln hier hinterlegten. Damals gab es noch keine Computer. Es war seine Idee, dass aus jedem Kampfstoff ein Gegenmittel entwickelt werden konnte. Man musste nur seine Zusammensetzung kennen.«

Er zerpflückte die letzte Dattel, legte sie in seine Handfläche, ging in die Hocke, legte die offene Hand auf den Boden und wartete reglos. Die Maus schien mit ihrer Rechnung durcheinandergekommen zu sein. Wo war die letzte Dattel? Sie schnupperte und kam der Hand näher. Schnupperte wieder und bestieg die Handfläche. Die schnappte zu.

»So geht es uns Menschen. Willst du sie mal streicheln?« Er hielt mir die Faust hin, aus der nur der Kopf der Maus fiepte.

Nein. Ich wollte keine Maus streicheln. Er setzte das Tier wieder auf den Boden, das ohne weitere Beute in irgendeinem Loch verschwand.

»Wir wollen, wenn wir es haben, aus allem noch mehr machen«, nahm er den Faden wieder auf. »Und so erging es dem Kloster auch. Es kamen zwei Kriege in schneller Folge. In einem warst du ja selbst. Zwischen dem Ersten und Zweiten Weltkrieg herrschte hier ohnehin das Chaos. Es kam auch nur eine weitere Kapsel an. Dann kamst du 1973 und dann noch zwei andere.« Er machte eine Pause und holte sich ein Kaktusblatt aus dem Garten. Es sah wie ein Elefantenohr aus und war stachelig. Mit einem Stein entfernte er die Stacheln und biss hinein. »Probier mal ...«, hielt er mir das Gewächs hin. »Es enthält in der Steinwüste, in der wir hier sind, das meiste Wasser. Mit zwei Blättern pro Tag kann ein Mensch überleben. Es ist der Gurke vergleichbar.« Ich biss hinein. Es schmeckte tatsächlich wie eine holländische Salatgurke. Wässrig.

»Wo war ich stehen geblieben ... ach ja. Die sechziger und

siebziger Jahre waren schlechte Zeiten für das Kloster. Heute schrecken die Touristen, Allah sei Dank, nicht mehr vor jedem Scharmützel zurück. Also kam der Erzbischof, den du kennengelernt hast, auf die Idee, die Formeln umzuarbeiten und sie der gesamten chemischen Industrie als Hightech-Sammelsurium anzubieten. Wir Beduinen wussten nichts davon. Er machte es so spannend, dass niemand an das Wissen kam ohne den entsprechenden Zugangscode. Das trieb die Preise in die Höhe. Und zwar gewaltig. Kostete aber auch ein paar ahnungslose Überbringer das Leben.«

»Und ihn letztendlich auch«, knurrte ich dazwischen. »Er hat die Konzerne betrogen, und das lassen die sich nicht gefallen.«

Der Scheich nickte.

»Jetzt stehen wir vor dem Problem, dass die Urformeln nicht mehr da sind, wo sie eigentlich sein sollten. Unter dem brennenden Dornbusch. Und das ist leider dein Problem. Du bist der einzige, dem die wahre Zugangsformel nicht zu entlocken war. Die anderen Formeln erwiesen sich alle als ›fake‹, von jedem heute aus dem Internet herunterladbar. Das bedeutete Krieg. Die Konzerne hatten für etwas ans Kloster bezahlt, was schon bekannt war. Den Rest kannst du dir selbst ausdenken. Alle glauben jetzt nur noch, dass die Kapsel, die wir damals zusammen mit dir ins Kloster gebracht haben, die Formel überhaupt ist, um aus diesem blödsinnigen Rizinusstrauch das Gift der Zukunft zu machen, das die teure Neutronenbombe ersetzen kann. Die wollen ihre Investitionen – oder Bestechungsgelder, nenne es wie du willst – zurückhaben. Wir müssen, um dir überhaupt noch die geringste Chance zu wahren, am Leben zu bleiben, diese verdammten Urformeln finden. Wir müssen sie finden. Aber dieser dicke Erzbischof ist kein Kaufmann. Ich glaube noch nicht einmal, dass er überhaupt von den Geschäften seines Vorgängers weiß.«

Nein. Patriarch Christos wusste nichts von den Geschäften. Sonst hätte er mir nicht einfach die letzte, meine Thora-Kapsel, in die Hand gedrückt, um endlich seine Ruhe zu haben.

»Komm. Ich weiß, wo die Urdokumente sind«, winkte ich dem Scheich, meinem Schwiegersohn, mir zu folgen. Wenn sie nicht unter dem Dornbusch waren, wo sie hätten sein sollen, dann gab es nur noch einen Ort. Einen weiteren Ort, welcher der Allgemeinheit nicht zugänglich war.

Schwiegersohn. Wie sich das anhörte. Ich war plötzlich ohne Tochter und er ohne Frau, und doch waren wir miteinander verwandt.

Die Tür war verschlossen. Man hatte noch ein zusätzliches Vorhängeschloss angebracht.

»Hier?« Er schüttelte den Kopf. »Wie kommst du da drauf?«

»Bekommst du das Schloss auf oder nicht?«, sah ich ihn fragend an.

Sein Blick wanderte zwischen mir und den Schlössern hin und her. »Willst du das wirklich? Wenn die Unterlagen da drin sind, dann bist du auch tot. Weißt du das? Die machen dich als einzigen Überlebenden für alles verantwortlich. Die brauchen ein ›Abschreibungsobjekt‹, wie man in eurer Sprache sagt. Überlege dir das. Wir können es auch sein lassen, und ich bringe dich außer Landes. Ich mag nicht schon wieder ein Grab schaufeln lassen. Das wäre hier sowieso problematisch.«

Warum fiel mir ausgerechnet jetzt, im Angesicht der Schlösser, Menachem ein?

»Wo ist Menachem?«

Der Scheich sah mich an, verkniff die Lippen und nickte bedenklich. »Ihr Europäer seid ein nervtötendes Volk. Ihr geht immer den zweiten Schritt vor dem ersten. Immer wenn ihr nicht weiter kommt, nehmt ihr euch eine andere Aufgabe vor. Kein Wunder, dass bei euch die Papierberge von Unerledigtem in den Himmel wachsen. Menachem ist ein Fall für sich. Er führt seinen eigenen Krieg und braucht manchmal Freiräume, die er sich durch Theater spielen erkauft. Manchmal funktioniert es, manchmal nicht. Aber seine Zeit läuft ab. Er hat nicht mehr lange zu leben. Er ist schwer krank. Einen Monat. Vielleicht auch zwei. Er hat nichts mehr zu verlieren.«

Menachem hatte nichts mehr zu verlieren. Der Artikel in der internationalen Presse, mein Computer, die Diskette, Nathalie. Sie hatte meine gesammelten Daten auf der Sicherungsdiskette nicht überschrieben und mein Lebenswerk an die internationale Presse verkauft. Was bezweckte sie damit als israelische Offizierin?

»Soll ich die Tür nun aufmachen oder nicht?«, riss mich mein Schwiegersohn aus den Gedanken. Ich nickte geistesabwesend.

Zwei Schüsse hallten durch das Tal und hörten sich wie der Angriff einer ganzen Armee an. Die Tür war auf.

»Hoffentlich hast du nicht recht, dass das Zeug hier lagert ...«, murmelte er und zündete die beiden Kerzen am Eingang an. »Sonst beginnt der ganze Ärger von vorne.«

Das war mir inzwischen egal. Die Totenschädel der ehemaligen Klosterbewohner sahen mich gespenstisch im Mischlicht der Kerzen und der Sonne an. Aus der Nische, links vom Hauptstapel, hatte Dimitri damals den Kopf des Urhebers dieser Anti-Chemische-Waffen-Kampagne und späteren Erzbischofs entnommen. Die Tontäfelchen mit den Nummern, die durch eine Kordel um die Stirnbeine baumelten, bewegte sich leicht im Durchzug. Wer von denen war das gewesen?

»Du willst doch hoffentlich nicht alle untersuchen?«, kam es von der Tür. Der Scheich war draußen geblieben. Das war kein Ort für einen Muslim.

Da stand ich nun vor ein paar Dutzend Schädeln, die mich mit ihren dunklen Augenhöhlen und ihren lächerlichen Täfelchen anglotzten.

»Wer von euch hat die Wahrheit in sich?«, murmelte ich und versuchte mit einer der Kerzen zu erkunden, wo die Dokumente steckten. So ging das nicht. Es war nichts zu sehen. Es half nichts. Der menschlichen Logik nach mussten sie in einem der obersten Schädel stecken. Aber der kriminellen Logik nach..?

»Du willst doch jetzt nicht jeden Schädel durchsuchen?«, kam es stöhnend von der Tür.

Es blieb mir nichts anderes übrig. Nach dem fünften Erzbischof hatte ich meinen ethischen Widerstand überwunden ... und wurde in der vorletzten Reihe, dem zweiten Schädel von links, fündig. Das Täfelchen wies ihn als den Erzbischof aus der Kreuzritterzeit um das Jahr 1000 aus. Ein Anthropologe hätte seine Freude an der Vermessung des Schädels gehabt. Mir war mehr an dem Inhalt gelegen. Es war eine Pergamentrolle, mit einem Wachssiegel versehen.

Der Scheich verkeilte die Tür so, dass sie nicht offen stehen blieb. Wir zogen uns in den Schatten der Dattelpalme zurück. Ich wog die Rolle in der Hand.

»Was willst du damit jetzt machen?« Er zog die Stirn in Falten. »Willst du die Wahrheit wirklich wissen? Du richtest damit nur Unheil an.«

»Noch mehr Unheil?«, knurrte ich zurück. »Das geht ja bald nicht mehr. Dein Vater hat doch damals, als ihr mich aus der Wüste gerettet habt, auch den Inhalt *meiner* Thora-Kapsel ausgetauscht.«

Der Scheich schüttelte den Kopf. »Wir haben gar nichts ausgetauscht. Wir sind ein ungebildetes Volk, das mit solchem Kram nichts anfangen kann. Wenn, dann hat das der Erzbischof getan.« Er überlegte eine Weile und vertrieb die Fliegen, die hier eine Plage waren.

»Du musst damit in die Zivilisation zurück. Hier kann dich niemand mehr schützen. Fliege nach Hamburg zurück und schütze dich durch deine Schreibe. Eine andere Möglichkeit sehe ich nicht mehr.«

Ich sah ihn zweifelnd an. »Das glaubst du doch wohl selbst nicht. Dieser Artikel, von wem auch immer geschrieben, hat mir beruflich das Genick gebrochen. Wenn ich wieder an meinen Arbeitsplatz zurückkehre, wenn überhaupt, dann weiß doch jeder Killer, wo und wie er mich erledigen kann. Nein danke. Oder hast du eine Idee, wem ich das jetzt geben könnte, damit mich alle in Ruhe lassen?«

»Du willst wirklich nicht wissen, was da drin ist?« Er nahm mir die versiegelte Rolle aus der Hand und betrachtete sie von allen Seiten. »Gut. Dann gibt es nur zwei Möglichkeiten. Gib mir dein Feuerzeug und es hat sie nie gegeben, oder ...«

»Oder was?«

Er lächelte und gab mir das kleine Bündel zurück. »Du bist und bleibst ein Journalist. Dieses Geheimnis reizt dich. Du würdest es niemals vernichten. Es könnte eine ›Story‹ darin stecken. Also mache eine daraus, indem du dem diese Aufzeichnungen gibst, der sie unbedingt haben will. Gib sie Menachem. Überlasse es ihm und seinen paar Tagen des Lebens, dass er seine Laufbahn noch mit Erfolg krönt. Und du kümmerst dich in deinem Land darum, wer die Drahtzieher hinter allem sind. Einverstanden?«

Lag es am Klima, meiner teilweisen Verzweiflung, nicht zu

wissen, wie es weitergehen sollte, meinem grundsätzlichen Frust, dem Verlust meiner Tochter oder an meiner Sauferei, dass ich, ohne weitere Fragen einwilligte?

»Gut«, nickte mein Schwiegersohn. »Wir müssen nur mal kurz das Land wechseln. Was hältst du von Jordanien? Da habe ich auch eine Klinik.«

Mir war langsam alles egal. Hauptsache weg von hier. Jordanien. Das lag auf der anderen Seite des Roten Meers. Wie wollte er dahinkommen, ohne die israelische Grenze zu passieren, an der ich womöglich schon steckbrieflich gesucht wurde? Ich steckte die versiegelte Rolle ein. Sie war schwer wie eine Million Tote, wenn sie das enthielt, was ich in ihr vermutete.

»Komm. Deine Neugier bringt dich noch um. Du musst nach Hause. Da bist du mehr wert als eine Wüstenmaus.« Er nahm mich in den Arm. »Hier hast du jetzt nichts mehr zu suchen. Komm im Urlaub, besuche das Grab deiner Tochter, meiner Frau, aber versuche nicht, dieses Land zu verstehen. Es wird dir nur Probleme bereiten. Niemand wird jemals uns Araber verstehen können. Ihr Städter bleibt Städter, und wir Wüstenbewohner werden niemals Städter. Du bist meine einzige Hoffnung, dass du das diesen Profitgeiern in deiner Zeitung mal klar machst. Lasst uns einfach in Ruhe. Die Wüste ist kein profitables Gebiet. Ich hoffe, dass im Sinai niemals Öl oder andere ausbeutbare Bodenschätze gefunden werden. Sonst ist auch hier Schluss mit meinem einzigen Rückzuggebiet und dem meines Stammes.«

11

Aqaba

Von Nuweiba, einem ehemaligen Kibbuz und jetzt aufstrebenden Touristenzentrum an der Ostküste, hatte uns ein Schnellboot direkt an die jordanische Küste gebracht. Um die Kontrollen zu umgehen, hatte der Scheich einen Krankenwagen zur Anlegestelle beordert und mit seinem Ausweis als Arzt gewedelt.

»Du fliegst heute Nacht mit dem letzten Flug nach Athen und steigst dann in die Maschine nach Rom um. Von da aus geht einige Stunden später ein Flugzeug nach Frankfurt. Von da nimmst du einen Leihwagen nach Hamburg.« Er hatte an nichts gespart. Die Flüge waren Erster Klasse und der Wagen nicht gerade als Mittelklasse zu bezeichnen. »Mein Brautpreis, wenn du so willst«, hatte er beiläufig gemurmelt und mir ein silbernes Amulett in die Hand gedrückt. Es ließ sich aufklappen. Es enthielt ein Hochzeitsfoto von Rebecca und ihm in Landestracht …

Das Haus, in dessen Hof der Krankenwagen fuhr, war mehr eine Villa als eine Klinik. Ein riesiger Swimmingpool wurde von einem noch größeren Garten mit Palmen eingerahmt.

»Du machst dich jetzt erst einmal frisch. Frische Kleider liegen auf deinem Zimmer. Die Hygiene ... du verstehst.« Damit hatte er mich einer Schwester übergeben, die mich auf das führte, was als Zimmer bezeichnet wurde. Es war eine Wohnung. Ausgestattet mit den erlesensten Möbeln und Kunstgegenständen, die der Orient zu bieten hatte. Es war seine Wohnung. Rebeccas Foto hing in allen Räumen. Er hatte sie wirklich geliebt und ich Idiot hatte es nicht bemerkt, sogar zu verhindern versucht. Die *Times* mit diesem dubiosen Artikel, der angeblich von mir sein sollte, lag auf dem Couchtisch. Ich steckte sie als mögliches Beweismittel für später ein, duschte, zog frische Kleider an, gönnte mir einige Getränke aus der gekühlten Bar. Mein Schwiegersohn war kein armer Mann. Schade, dass ich nicht noch eine Tochter hatte und bekam das heulende Elend. Mir wurde jetzt erst, und das schlagartig, bewusst, dass ich plötzlich ganz allein war. Da war niemand mehr, mit dem ich reden, streiten oder über dessen Nachlässigkeiten ich mich aufregen konnte. In wenigen Stunden würde ich Erster Klasse allein sein und Dritter Klasse den Rest meines Lebens in irgendeinem Verlag fristen. Ein alter verbitterter Mann mit ein paar aufregenden Erlebnissen seiner Vergangenheit. Das sollte es gewesen sein? Nein. So nicht. Kurz entschlossen brach ich das Sigel der Pergamentrolle auf. Es waren fünf von Hand beschriebene Seidentücher. So wie ich es aus meiner Thorarolle kannte. Nur war keines der Tücher in Griechisch. Alle waren, in unterschiedlicher Schreibweise und Handschrift, mit Datum und Verfasser versehen, auf Englisch.

1923, 1943, 1972, 1994, 2001 waren ihre Daten. Die Namen der Verfasser sagten mir nichts, aber sie enthielten die Hinweise auf ihre Entstehungsorte. Deutschland, Deutschland, Israel – England, Frankreich, USA.

Menachems Bruder hatte demnach mit England zusammengearbeitet und das Datum 1943 trug einen Stempel, den ich schon mal irgendwo gesehen hatte ...

»Hast du dich von den Strapazen etwas erholt?«

Ich hatte den Scheich nicht kommen gehört. Er schlich wie ein Puma auf der Jagd.

»Du hast Mut«, kommentierte er die vor mir ausgebreiteten Seidentücher. »Willst du dich wirklich in dieses Abenteuer stürzen? Ich mache dir einen anderen Vorschlag: Gib das, so wie es ist, Menachem und bleibe einfach hier. Ich schenke dir alles, was du siehst. Bei uns ist es üblich, die Familie zusammenzuhalten. Du bist jetzt völlig allein und ich werde auch nie wieder heiraten. Lass mich einfach dein Schwiegersohn sein, der dir deinen Lebensabend erleichtert.« Er machte eine Pause, sah zum Fenster hinaus und wischte sich verstohlen die Tränen aus den Augen. »Was willst du noch in diesem kalten Deutschland? Hier hast du alles, was deiner Tochter und jetzt dir gehört. Hier bist du ein geachteter Mann. In deinem Land bist du ein geächteter Mann ... so sagt man glaube ich, in deiner Sprache.«

Ich schwankte zwischen einem Weinkrampf und einem Wutausbruch. Beides würde nur meine Hilflosigkeit dokumentieren. Der Scheich hatte recht mit jedem seiner Worte. Aber ich hatte Beweisstücke von unwiederbringlichem Wert. Ich war, auch wenn ich es nicht wahr haben wollte, ein Deutscher. Daran hatten die ganzen Aufenthalte in fernen Ländern nichts geändert.

»Kann ich das hier irgendwo kopieren?«, deutete ich auf die Seidentücher.

Der Scheich sah mich an. Er hatte traurige Augen, und nickte nach einer Weile des Nachdenkens. »Ihr gebt wohl nie auf, euren Untergang zu programmieren. Ja. Komm. Mache es aber bitte selbst, damit nicht irgendwelche Missverständnisse auftreten, es sei wieder etwas daran herummanipuliert worden.«

Der Scheich hatte den Kopiervorgang beobachtet.

»Jetzt hast du einen Augenzeugen, den du vielleicht noch dringend brauchst. Komm. Ich bringe dich zu Menachem. Gib ihm nur die Kopien. Nicht die Originale ... und erschreck nicht. Er sieht furchtbar aus.«

Das Zimmer war hell, mit Blick auf den Garten. Menachem hatte keine Maske, nur die Sonnenbrille auf und studierte die *Times*. Er sah kurz auf. »Wird aber auch mal Zeit, dass sich jemand um mich kümmert. Wann kann ich von diesem Apparat los?« Er deutete auf die Schläuche, an denen er hing. Und zu mir: »Hast du diesen Schwachsinn geschrieben? Natürlich hast du das. Du kriegst ja nie den Hals voll genug. Haben die wenigstens ordentlich bezahlt, damit deine Beerdigung für deine Hinterbliebenen nicht so teuer wird?«

»Halt die Schnauze«, fuhr ihn der Scheich an. »Peter ist hier, um dir das zu geben, wonach du seit 1973 suchst. Und damit du es weißt, der Artikel ist von deiner Tochter Nathalie geschrieben worden, nachdem sie Peter reingelegt und bestohlen hat. Und an diesem Apparat bleibst du noch einen Tag. Deine Nieren machen nicht mehr mit. Die Blutwerte werden jeden Tag schlechter. Jede Stunde, die ich dich früher laufen lasse, ist ein Tag weniger in deinem Leben. Jetzt lasse ich euch allein. Habe noch ein paar Patienten mehr.«

Die Tür glitt sanft ins Schloss. Ich zog einen Stuhl heran, nahm Menachem die *Times* aus der Hand und legte ihm die Kopien der Seidentücher auf die Bettdecke. »Lies ...«

Unsicher überflog er die Blätter und blieb bei dem 1973er

hängen. »Das ist die Handschrift meines Bruders. Er hat sogar unterschrieben. Das ist die Formel, die alle suchen. Woher hast du die?«

Ich zuckte mit den Schultern. »Ist das noch von Bedeutung?« Seine Kaumuskeln spielten, das angeschlossene Messgerät schnellte beim Blutdruck und der Pulsfrequenz in die Höhe.

»Nein. Nicht wirklich«, sank er ins Kissen zurück. »Aber es muss sofort zum Präsidenten. Ich habe es ihm versprochen. Kannst du . . .?«

»Nein, ich kann nicht.«

»Warum nicht? Willst du das wieder alles für dich allein haben? Wo sind die Originale? Das sind doch nur Kopien!«, regte er sich schon wieder auf, dass die Messgeräte Alarm gaben und eine Schwester hereingestürzt kam. Er atmete schwer. Stoßweise. Röchelte und fasste sich an die Brust. Die Schwester drückte den Notknopf. Der Scheich schien sich Zeit zu lassen. Es vergingen Sekunden, Minuten, bis er zur Stelle war. Er besah sich die Armaturen, fühlte den Puls und schaltete die Geräte aus. Schickte die Schwester aus dem Raum und zog die Kanülen aus Menachems Körper.

»Das war es«, murmelte er. »Kein Mensch stirbt zweimal.«

Ich saß wie erstarrt auf dem Stuhl und versuchte zu begreifen, was hier vor sich ging. Der Scheich hatte es gewusst, dass Menachem keine Aufregung mehr vertrug und mich daher animiert, ihn mit den Kopien zu konfrontieren, die unwiederbringlich seinen Tod herbeiführen würden. Ich nickte und verstand. Nathalie, Menachems Tochter, hatte mit meinen gestohlenen Dokumenten Rebecca umgebracht. Dies war die ärztliche Rache meines Schwiegersohns gewesen, und niemand würde ihm etwas anhaben können. Menachem war bereits offiziell tot. Dieses Mal würde ihn der Scheich wirklich verbrennen lassen.

Der Scheich hatte mich wortlos zum Flughafen gefahren, mich umarmt, auf die Wangen geküsst und fest die Hand gedrückt.

»Du weißt, wo du zu Hause bist. Komm, wann du willst. Mein Stamm ist immer für dich da«, hatte er mir zum Abschied zugeflüstert, als sei dies das größte Geheimnis der Welt. Und …: »Wer einmal in der Wüste war, kommt immer wieder. Also ärgere dich nicht mit deinesgleichen rum. Erledige, was du glaubst erledigen zu müssen und komm dann an unser Lagerfeuer.«

Wir hatten geweint. Beide zur gleichen Zeit und uns nicht der Tränen geschämt.

Die Flüge waren entspannend gewesen. Den Service der Luxusklasse hatte ich kaum genutzt. Nur geschlafen und von der Wüste, Wüstenmäusen, Datteln, Dromedaren und heißen Winden geträumt. »Ich komme wieder, Schwiegersohn«, hatte ich für mich gemurmelt. »Habe hier nur noch ein paar Dinge zu erledigen, die letztendlich auch dein Volk, nein, jetzt auch mein Volk, schützen.«

Der Wagen, den mir der Scheich bis Hamburg gemietet hatte, sollte wohl so etwas wie die letzte Reminiszenz an die Wüstenschiffe sein. Ein Auto der deutschen Luxusklasse, das ich mir nie würde leisten können.

12

Hamburg

Es war früher Nachmittag, als ich in Hamburg ankam. Mein erster Weg führte mich zu Kommissar Keller. Er schien übelster Laune zu sein und besah mich von oben bis unten.

»Sie scheinen ja wenigstens einen schönen Urlaub gehabt zu haben. In meinem nächsten Leben werde ich auch Mitarbeiter des BND. Ach ja, das sind Sie ja nun nicht mehr, nach diesem unseligen Artikel. Wie kommen Sie nur auf solch einen Blödsinn? Und dann noch nicht einmal in Ihrer Zeitung? Na ja. Ist letztendlich auch nicht mein Problem«, schüttelte er unwillig den Kopf. »Kommen Sie, hier geht mir zurzeit alles auf die Nerven. Wir haben einen Außentermin.«

»Haben Sie eine Ölquelle entdeckt«, bestaunte er den Luxusschlitten, den ich direkt vorm Präsidium und im Halteverbot geparkt hatte.

»Eigentlich wollte ich einen gefeuerten BND-Mann und arbeitslosen Journalisten zum Bier einladen. Jetzt laden Sie mich ein.« Er grinste schadenfroh. Er wusste mehr, als er momentan sagte.

Das Lokal an den Landungsbrücken. War es Absicht oder Zufall. Hier hatte alles mit Silvia angefangen, die mich auf die

Geheimdienstliste gesetzt hatte und die angeblich die Freundin meiner Tochter war. Gewesen war.

Das Wetter war schön, aber für jemand, der gerade aus der Wüste kam, kalt. Alte Frauen schnatterten und verzehrten ihre krümelnden und schlammigen Torten.

»Wenn man den Wagen sieht, dann scheinen Sie ein Hochstapler zu sein, oder Sie sind cleverer als wir alle zusammen.« Der Kommissar deutete auf einen freien Tisch. »Meinen Informationen nach sind Sie pleite«, ging er gleich in den Angriff, bevor ich mich gesetzt hatte. Das wurde keine freundschaftliche Unterhaltung, wie ich gehofft hatte. Das war ein Verhör unter vier Augen.

»Wie kommen Sie darauf?«

Keller nickte und lächelte. Bestellte zwei Bier und zwei Korn. Nickte, wartete bis die Kellnerin beides gebracht hatte, prostete mir zu und lächelte wieder. Er sah mich nur an und sagte eine ganze Weile nichts. Fixierte mich und spielte mit dem leeren Schnapsglas.

»Egal, was Sie mir jetzt erzählen«, hob er endlich die Spannung zwischen uns auf, »ich glaube Ihnen. Man hat Sie reingelegt. Stimmt es?«

Ich nickte. Das konnte nicht schaden.

»Na gut. Dann kommen wir zum eigentlichen, hiesigen Teil.« Er zog eine Rolle Papiere aus seinem Mantel, versuchte sie in eine tischgerechte Form zu glätten, was nicht gelang, die Bögen mussten schon länger in dieser Form in der Tasche verweilt haben, setzte die Brille auf und bestellte noch zwei Schnäpse.

»Die Listen, weiß der Teufel, wie Sie darauf gekommen sind, sind oberste Verschlusssache und existieren für die Polizei somit nicht. Keine Beweismittel möglich. Aber dazu sagen ich Ihnen noch meine persönliche Meinung.« Er prostete mir wieder zu.

Wer würde, wenn das so weiter ging, den Luxusschlitten fahren? Vielleicht hatte er eine Idee und zauberte von irgendwoher ein Blaulicht, das wir auf das Dach setzen konnten.

»Diesen A. Fröhlich hat es nie gegeben. Das macht mir viel mehr Sorgen ...«

»Wie bitte? Der hat doch Jahre im Haus gewohnt ...«, fuhr ich hoch und schlug mit der Hand auf den Tisch. Die alten Frauen hörten auf zu schnattern und Kuchen zu gabeln.

»Kein Aufsehen bitte«, zischte Keller. »Genau da ist der Haken, und den würde ich an Ihrer Stelle nicht so hoch hängen, dass ihn jeder sieht. Würden Sie sich vielleicht mal wieder setzen?«

Ich setzte mich und begann eine Serviette, die neben einer lächerlichen Blumenvase mit einer noch lächerlicheren Nelke lag, zu erwürgen.

»Was soll das heißen?«, zischte ich jetzt in Kellers Stimmlage. »Den Kerl hat es gegeben. Das kann das ganze Haus beschwören.«

Keller hob abwehrend die Hände. »Das tut das ganze Haus auch. Jeder kannte ihn, jeder mochte ihn ... irgendwie, aber keiner weiß über ihn etwas.« Er bestellte jetzt auch eine Sahnetorte. Das konnte zusammen mit dem Schnaps und dem Bier was werden.

»Nachdem Sie mich auf die Hinterlassenschaft Ihrer Mutter hingewiesen haben und dieser A. Fröhlich sich offensichtlich in diesen Besitz gebracht hat, blieb mir nur eine Möglichkeit ...« Er machte eine Pause und schlürfte weiter die Torte. »Ich habe mir mal die Vergangenheit Ihrer Mutter angesehen. Kennen Sie die?« Er verschmierte weiter die Sahne um seine Mundwinkel.

Nein. Die kannte ich nicht. Warum hätte ich mich dafür

interessieren sollen? Sie war da und meine Mutter gewesen. Warum sollte ein Kind das hinterfragen?

»Kosolowski, sagt Ihnen der Namen etwas? Ihre Mutter war eine geborene Kosolowski. Genauso, wie dieser Patachon, wie Sie ihn in der Redaktion nannten, ein Kosolowski war. Hier der Beweis ...« Er schob mir eines der Blätter über die inzwischen von Kuchenkrümeln verdreckte Tischdecke. »Wie wir inzwischen wissen, hatte dieser Patachon eine Tante in Haifa. Ich denke, Sie wissen, wo das liegt. Diese Tante ist spurlos verschwunden. Soweit zum Ausland. Und nun zu Ihrer Mutter ...«

Keller machte eine Pause, sah zum Fenster hinaus und zündete sich eine Zigarre an. Der Rauch waberte durch den Raum. Die alten Damen rümpften die Nasen.

»Hier, das ist die Heiratsurkunde Ihrer Mutter«, schob er mir das nächste Blatt hin. »Sie war Jahrgang 1924 und heiratete am 10. Mai 1945, das war zwei Tage nach der Kapitulation, also im totalen Chaos des sich auflösenden Reiches, einen Generalmajor Stösser.«

Ich überflog das Blatt und schüttelte unmerklich den Kopf. Das Gespräch mit der alten Dame in Haifa schoss mir durch den Kopf. Auschwitz, das Buna-Lager. Das konnte alles kein Zufall sein. Da steckte Methode hinter. Nur wir Marionetten hielten immer nur Bruchstücke des Spiels in der Hand.

»Und weiter?« Meine Frage war rein hypothetisch. Ich ahnte, was Hauptkommissar Keller weiter verfolgt hatte.

»Daraufhin haben wir uns mal in den inzwischen zugänglichen Akten der Nazis umgesehen. War nicht ganz leicht, und ohne meine Verbindungen wahrscheinlich überhaupt nicht möglich gewesen. Aber ...«, er machte eine sehr lange Pause, die wohl die Problematik unterstreichen und sein Vermögen solches zu können, hervorheben sollte.

»Aber was?«, fragte ich pflichtgemäß nach.

»Aber dieser Generalmajor Stösser ist seit 1943 in Russland vermisst. Außerdem stimmen die Geburtsdaten dieses Generalmajors, Ihrem Vater, nicht mit dem einzigen, den es jemals gab, überein. Der wirkliche Generalmajor war Jahrgang 1888 und der, der Ihre Mutter geheiratet hat, war Jahrgang 1918. Was schließen wir daraus?«

Ich schüttelte den Kopf. So schnell bekam ich die Zusammenhänge nicht auf die Reihe.

»1918 geboren. Da war man selbst bei den Nazis 1945 kein Generalmajor. Bestenfalls Hauptmann, Major, wenn man das Ritterkreuz hatte, oder man war in einem Sondereinheitskommando mit besonderen Befugnissen ...«

»SEK? So wie bei unserer heutigen Polizei ...?«

Keller warf die Kuchengabel auf den Tisch. Nun musste die Decke endgültig ausgetauscht werden.

»Was soll dieser Vergleich? Die Namensgleichheit ist rein zufällig. Die damaligen Sonder ... Dingsda waren der SS unterstellt. Deportation, KZs, Beibringung von Vernichtungsmitteln, Entsorgung und wie diese ganze Scheiße hieß. Die hatten andere Ränge, die aber den militärischen vergleichbar waren. Vom Gruppenführer bis zum Obersturmbannführer, bis ... na ja, lassen wir das.«

»Und?«

»Was ja und?«, kläffte Keller zurück. Ich schien ihm langsam mit meiner Begriffsstutzigkeit auf die Nerven zu gehen.

»Ihr Vater muss in den letzten Stunden der Kriegswirren eine neue Identität angenommen haben, unter der er Ihre Mutter heiratete. Und warum nahm man damals einen neuen Namen an? Weil man auf der Flucht war. Aber nicht wie Millionen andere vor den Russen, sondern vor dem Galgen. Ich sage es einfach mal so, wie ich es denke, aber noch beweisen werden muss, Ihr Vater war ein Kriegsverbrecher ...«

»Stimmt«, setzte ich dieses einzige Wort in den Raum. Zu einer anderen Lösung konnte ich bei dieser Sachlage auch nicht gelangen. Meine Mutter war die Schwester der alten Dame in Haifa gewesen. Bei der Evakuierung der Gehfähigen aus dem Lager hatte sie sich irgendwelchen Offizieren angeschlossen, die ein sichereres Fortkommen nach Westen versprachen. Als was, wagte ich nicht zu denken.

Wir hatten ein Taxi mit zwei Fahrern rufen müssen, um die Luxuskarosse zu mir nach Hause zu bekommen. Dann war die Nacht geredet und geredet worden. Hauptkommissar Keller, inzwischen bei mir auf seinen Vornamen Josef geschrumpft, hatte auf der Couch geschlafen.

»Sag', dass ich das alles geträumt habe. Mich haben nur noch Beduinen, Geheimdienste, Kamele und Rizinussträucher verfolgt«, schlich er aus dem Bad und sortierte den von mir reichhaltig gedeckten Frühstückstisch um. Er war und blieb ein Pedant und Beamter. Alles musste seine Ordnung haben.

»Nein, du hast nicht geträumt. Daher wüsste ich von dir gerne deine Interpretation der Liste. Denn darin scheint mir die einzige Lösung zu stecken.«

Er pellte ganz vorsichtig ein weich gekochtes Ei ab, wie er es bestellt hatte, und knurrte.

»Du gibst wohl nie auf? Wenn ich mir deine Geschichte, die mich die Nacht als Albtraum heimgesucht hat, Revue passieren lasse, dann witterst du immer noch die große Story darin.« Er schlürfte das Ei und kratzte den Rest mit dem Löffel aus. Verteilte ihn mit Pfeffer und Salz auf einem mit Käse belegten

Schwarzbrot und garnierte alles mit ein paar Anchovis, die ich noch irgendwo im Kühlschrank, kurz vor ihrem Verfallsdatum, oder war es schon überschritten, gefunden hatte. Hoffentlich waren die Dinger noch gut. Ich rührte sie nicht an, obwohl mir mein Brummschädel dazu riet.

»Nein«, schüttelte er den Kopf und verschlang die, hoffentlich, verdorbenen Anchovis. »Du wirst mir erst die Seidentücher mit den Formeln geben. Du erwähntest einen Stempel auf dem Tuch dieses Bruders. Der wird uns weiterbringen als jede vage Kombination von mir.«

»Kommt nicht infrage«, wehrte ich ab und köpfte mein Ei mit einem Hieb.

»Du bist wirklich ein Sturkopf, und ich werde dich unter Polizeischutz stellen lassen. Du machst keinen Schritt mehr ohne meine Leute ... bis du mit uns kooperierst. Und denk daran ... du musst deinen Verleger noch davon überzeugen, dass er dich wenigstens noch als Parkwächter beschäftigt.«

Der Kommissar war sauer. Ich war sauer. Wir hatten uns beide von einem »Brüderschaftsaufen« mehr versprochen. Aber keiner von uns wollte nachgeben. Ich hatte alles in der Hand, wenn ich im Augenblick auch nicht wusste, was ich damit anfangen sollte. Er hatte die Macht ... und mein Verleger ... Das Gespräch stand wirklich noch an und konnte mich nicht nur meinen Job, sondern auch mein ganzes, in Jahrzehnten erarbeitetes Renommee, in der Branche kosten. Und wieder bot mir jemand »Schutz« an. Polizeischutz, wie das in diesem Land hieß, wenn man jemanden total überwachen wollte.

»Vergiss deinen Scheiß-Polizeischutz. Das hat schon in Israel nicht funktioniert. Ich rufe dir ein Taxi.« Damit hatte ich ihn hinauskomplimentiert. Nicht sehr höflich, nach einer gemeinsam durchzechten Nacht.

Er hatte sich meine Ausladung nickend angehört, mit den Kaumuskeln gespielt und die Wohnung verlassen. Auf dem oberen Treppenabsatz hatte er sich noch einmal umgedreht und war in die Wohnung zurückgekehrt, bevor ich die Tür schließen konnte.

»Peter, mach keinen Mist. Ich lasse dich auch ohne deinen Willen überwachen. Du läufst in deinen Tod. Du bist vor lauter Story blind. Diese Listen sind getürkt. So viele Tote hat es nie und nimmer gegeben. Sie täuschen etwas vor, was es vielleicht geben soll, aber ohne diese Rezeptur nicht geben kann. Hör auf mich. Gib mir das, was du mitgebracht hast.« Er hielt die Hand auf, als erwarte er, dass ich jetzt klein beigab.

»Raus. Ich will keinen Polizisten sehen, weder in Uniform noch in Zivil. Ich rieche sie alle. Lasst mich in Ruhe.« Damit hatte ich die Tür hinter ihm zugeschlagen.

»Diese Listen, für die du dir so viel Mühe gibst, sind wahrscheinlich auch gefälscht. Denke an mein Angebot«, hatte er im Hausflur herumgebrüllt. »Ohne unseren Apparat wirst du nie die Wahrheit wissen.«

Ich hörte das bekannte Geräusch, wie die Türen der Nachbarn aufgingen, sie die Nasen hinaussteckten und betont laut, weil nicht genug Informationen zu erhalten waren, wieder zuschlugen.

»Tut mir leid.« Das Mädchen hinter dem Computer schüttelte mit dem Kopf. »Der Wagen ist nicht bei uns gemietet worden. Solche teueren Wagen haben wir nur auf Anfrage im Programm.«

Gemäß den Papieren, die ich im Handschuhfach gefunden hatte, war der Wagen, den mir der Scheich gemietet hatte, heute und hier abzugeben. Und nun wollte ihn niemand.

»Wir müssen bei Wagen über fünfzigtausend Euro Neuwert schon in der Zentrale nachfragen. Dann wird der Kunde von dort aus auf seine Bonität geprüft«, fuhr sie fort und versuchte verzweifelt die Daten zu überprüfen, die in den Mietpapieren das Fahrzeug identifizieren sollten.

»Nein. Dieser Fahrzeugtyp liegt bei über dreihunderttausend Euro. Den müssten selbst wir beim Hersteller mieten. Die Kaution liegt beim Neuwert. Wer macht denn so etwas? Dann kann der Kunde sich den Wagen gleich selbst kaufen.« Sie schüttelte den Kopf.

Über dreihunderttausend war diese Blechlawine vor der Tür wert? Und niemand wollte sie wiederhaben? Das war ein schönes Häuschen im Grünen, grübelte ich. Was sollte das denn? Der Neuwert war gleich der Kaution. Was hatte sich der Scheich dabei gedacht? Ich steckte die Papiere ein und wimmelte eine Politesse ab, die um dieses Einfamilienhaus auf Rädern herumschlich und keinen Ansatzpunkt für ihr Knöllchen fand. Die Scheibenwischer waren unter dem Wulst der Motorhaube verborgen und für Ordnungshüter nicht greifbar. Es gab auch keine Antenne, auf die man notfalls die Bußgeldbescheide hätte stecken können. Vielleicht war der Wagen deshalb so teuer? Er machte sich dadurch bezahlt, dass man ihn nicht abstrafen konnte.

Das Display im Armaturenbrett blinkte und zeigte mir an, dass jemand über das Bordtelefon angerufen hatte. Eine Nummer war nicht ersichtlich. Ich konnte nicht zurückrufen. Vielleicht war es auch besser so. Bei diesen Preisen war das Telefonieren wohl auch mit einer Luxussteuer belegt.

»Was soll das denn?«, hielt ich dem Mädchen am Empfang meine Zugangskarte hin. Sie funktionierte nicht mehr. »Zugang verweigert« hatte mir der Computer signalisiert. Ich hatte keinen Zutritt zu den Redaktionsräumen mehr.

Das Mädchen tippte die Daten in den Computer. »Ach, Sie sind es, Herr Stösser. Nein, die Karte wurde gesperrt. Bitte nehmen Sie einen Moment Platz. Der Chef möchte Sie persönlich sprechen.«

Einen dreihunderttausend Euro teueren Wagen in der Tiefgarage, aber keinen Zugang zu meinem Arbeitsplatz mehr. Das ging über meinen Verstand. Jetzt fehlte nur noch, dass mir das Empfangsmädchen einen Kaffee anbot. Wie einem einfachen Besucher. Sie tat es nicht und wies einer Gruppe von arabisch aussehenden Männern die Fahrstühle zu. Mit eigens für sie ausgestellte Codekarten.

Ruhig, mein Freund, meldete sich mein Ich. *Du ahnst, dass hier etwas an allen Ecken stinkt. Aber bleibe ruhig, sonst lässt dich jemand ins Messer laufen.* Dann war es wieder weg. Schwieg, als sei es beleidigt.

Ich wartete. Eineinhalb Stunden. Die würde mir der Verleger sicher auch noch vom Gehalt abziehen, wenn er mir die fristlose Kündigung geruhte mit ein paar versöhnlichen Worten zu überreichen.

Es war zum Verzweifeln. Warum hatte Nathalie meine Diskette benutzt? Sie hatte nichts weiter enthalten als meine Gedanken seit 1973. Gedanken, Schlagwörter, Vermutungen, auch Namen, die ich in den letzten Wochen gehört und gesprochen hatte. Aber nichts, was jemals so hätte gedruckt werden dürfen. Es war einfach eine Art Tagebuch oder Zettelkasten gewesen, in dem ich meine Eindrücke gesammelt hatte. Zur späteren Verwendung. Und genau das war so, ohne Kommentar in der internationalen Presse erschienen. Was hatte sie damit bezweckt, außer mich zu ruinieren? Hatte sie mich gefügig machen wollen? Wozu? Ihren schwachsinnigen Auftrag, ihren Vater zu eliminieren, doch noch auszuführen? Sie hatte durch den Befehl ihres Staatspräsidenten erfahren, dass ich das Kommando leitete und nicht im Traum daran dachte, Menachem zu töten. Was hatte sie dann damit bezweckt? Und diese komische Internetseite, die angeblich meine Tochter Rebecca entdeckt hatte, bevor sich die Geheimdienste ihrer bemächtigt hatten. Woher hatte Rebecca gewusst, dass sie, wenn sie es denn getan hatte, diese Seite ausgerechnet ins King David hatte umleiten müssen? Das stank alles zum Himmel, und nichts passte zusammen.

»Technisches Embryo ...«, meldete sich mein Ich. »Diese blaue Internetseite mit der gelben Schrift war an deine E-Mail-Adresse geschickt worden. Nathalie hat es nur so aussehen lassen, als sei sie plötzlich von selbst aufgetaucht. Du solltest mal einen Computerkurs belegen.«

»Herr Stösser ...« Ich schrak aus meinen düsteren Gedanken auf. »Der Chef erwartet Sie jetzt ...«

Ich erhielt einen Besucherchip und die blödsinnige Frage, ob ich mich hier auskenne oder einen Führer brauche? Ich war mit diesem Verlag groß geworden. Hatte hier gelernt, an seinem Aufbau und letztendlich an diesem Glaspalast, der er nun seit ein paar Jahren war, mitgearbeitet. Bis der Gründer starb. Nun war eine neue Führungsebene am Ruder und ich zu alt für dieses raue Geschäft. Ich machte Fehler, und die konnte sich ein solcher Verlag nicht leisten. Ich musste weg. Na ja, tröstete ich mich. Du hast ja noch die Wüste und irgendwie wirst du die 300 000 Euro Blech auch ohne Kfz-Brief gewinnbringend losschlagen.

Der Schreibtisch des Verlegers sah nicht vielversprechend aus. Die gesamte internationale Presse, die mich unerlaubterweise abgedruckt hatte, war auf der sonst so aufgeräumten Tischplatte ausgebreitet.

»Schön Sie mal wieder zu sehen«, lächelte der Verleger. »Sehen Sie, was Sie hier angerichtet haben?« Er sortierte die Konkurrenz um. Hielt mir jedes einzelne Exemplar vors Gesicht.

Ich nickte. »War nicht meine Absicht.« Mehr brachte ich als Entschuldigung nicht vor.

Der Verleger sah mich prüfend an und trommelte mit den Fingern seiner rechten Hand auf den Tisch. Das war kein gutes Zeichen, wie ich aus Redaktionskonferenzen wusste.

»Ich weiß. So blöde Mitarbeiter beschäftige ich nicht.« Er stand auf und sah über die Alster. »Unter der *Times* liegt eine Mappe. Schlagen Sie die auf und unterzeichnen Sie einfach.« Er sagte das, ohne sich umzudrehen. Ich suchte unter der *Times*. Eine grüne Mappe. Ich schlug sie auf. Es war nur eine Seite auf Direktionspapier. Er hatte links bereits unterzeichnet. Ich unterschrieb die für mich vorgesehene Zeile und schlug die Mappe zu, stand auf und legte sie auf die *Times*. Rückte den Stuhl möglichst leise an seinen Platz zurück und wandte mich zum Gehen.

»Peter?«, kam es vom Fenster zurück. »Wo wollen Sie hin? Ich glaube, Sie werden alt. Man klaut Ihnen Ihre Daten, und Sie lesen noch nicht einmal, was Sie unterschrieben haben? Ich fürchte, das muss ich mir noch mal überlegen.«

Etwas unschlüssig stand ich mit der Türklinke in der Hand. Ich hatte wirklich nicht gelesen, was ich unterschrieben hatte. Meine Kündigung. Was sonst? Er hatte recht. Ich wurde alt. Es war Zeit, dass ich in die Wüste kam.

Die Tür wurde mit Gewalt aufgestoßen. Ein Horde Menschen, meine Redakteure und Mitarbeiter drängten herein …

Die nächsten Stunden schienen der Verlag und mein Verstand stillzustehen. Der Datenklau von meinem Laptop war in der internationalen Presse als genialer Marketingtrick interpretiert worden. Und ich plötzlich stellvertretender Verlagsleiter, der das international auszubauen hatte. Mein neues Büro lag direkt neben dem des Verlagsinhabers. Meine Sekretärin konnte ich mir aussuchen. Den nachfolgenden Chefredakteur zu bestimmen, überließ man mir. Keine Spesenbestimmungen mehr. Meine einzige Aufgabe war, die Auflage in dieser, meiner Richtung zu steigern. Mein Gehalt war ... ins Gigantische gestiegen, aber immer noch nicht dem Wagen in der Tiefgarage adäquat. Die neue Wohnungseinrichtung war mit einem Schlag abbezahlt. Sollte ich mich glücklich schätzen? Ich wusste es nicht. Eine Nacht in der Wüste, mit einer Flasche Whisky, wäre mir jetzt lieber gewesen, wie ich mir eingestand. Ich war jetzt so etwas wie ein Scheich des Verlages. Mit einer großen Verantwortung.

»Juliette, wo hatten Sie die Listen so schnell her, um die ich Sie gebeten hatte?«

Ich hatte mich in meiner neuen Umgebung in der Chefetage schnell eingelebt, den Wagen in der Tiefgarage nicht mehr angerührt und Juliette schien als Sekretärin des stellvertretenden Verlagsleiters über sich hinauszuwachsen.

Sie zog die Augenbrauen hoch und mir die Unterschriftenmappe weg. »Woher schon? Die habe ich in Ihrer Mailbox gefunden. Musste sie Ihnen nur noch als Fax an die angegebene Adresse senden. Sonst noch was, Chef? Sie haben in einer halben Stunde Konferenz.« Dann war sie wieder weg.

War sonst noch was? Ich sah zum Fenster hinaus. Hoch über der Alster. Ja, da war noch was. Der Kommissar hatte sich nicht mehr gemeldet, und die Originaldokumente der Biochemiker lagen in meinem Tresor. Niemand schien sich mehr dafür zu interessieren. Alles ein genialer Werbetrick. So stellten wir es heraus und verkauften die Zusatzinfos häppchenweise zu horrenden Preisen an die internationale Konkurrenz. Damit blieb die Neugier der Leser erhalten. Aber gleichzeitig sank das Interesse der Organisationen, die diese Formeln unbedingt haben wollten. Sie würden unweigerlich in das Licht der Öffentlichkeit gezerrt werden. Das war ein gewisser Schutz vor Missbrauch. Eine Art verbaler Comic, an dem sich die Leser, Käufer unserer Medien, schaudernd aufgeilten und auf die nächste, von uns konstruierte Veröffentlichung warteten. Ein Science-Fiction-Roman, der jede Woche mit neuen Veröffentlichungen aufwartete, die jeder Basis der Wahrheit entbehrten. Und alle internationalen Kollegen spielten mit. Jeder verdient gut dabei. Und das gab mir zu denken. Kein Licht, das nicht auch einen Schatten warf. Irgendwo im Untergrund rumorte es. Ich fühlte das. Aber wo war dieser Untergrund? Die Aussage des Scheichs schien zu stimmen, dass Rebecca als einzige die Mail mit den Namen aus dem Internet gefischt hatte, bevor die Filter der Geheimdienste eine weitere Verbreitung verhindert hatten. Aber das war nicht so einfach, eine solche Mail ungezielt zu finden. Das war reiner Zufall. Aber … Rebecca war beim BND. Sie hatte von dieser Liste gewusst.

Silvia. Ich musste Silvia wieder finden, die angebliche Freundin Rebeccas. Wie hatte ich sie kennengelernt? Über diese blödsinnige Karte mit dem Mikro, und eine Anzeige, die mich letztendlich in Nathalies Arme gespült hatte.

»Juliette …«, rief ich über die Wechselsprechanlage …

Einen Tag später.

Juliette schüttelte den Kopf, schlug die Beine übereinander und ihren Notizblock auf.

»Ich bin allen Anzeigen mit der Erkennung ›Rose‹ persönlich nachgegangen. Soll ich Ihnen auflisten, was ich alles getroffen habe? Ich könnte damit ein Bordell für Senioren aufmachen ...«

»Dachte ich mir schon. Du hast heute frei. Höre dich mal privat im Umfeld von Hauptkommissar Keller um ...«

»Noch 'ne Mumie?« Juliette schüttelte unwillig den Kopf. »Nur mit Sonderspesen. Der kennt mich doch und dazu muss ich eine Vertrauensperson heranziehen und bezahlen.«

»Von mir aus. Bring mir die Quittungen. Aber mach ...«, willigte ich in ihre kleine Erpressung ein. Aber ohne sie schien ich nicht weiterzukommen. Überhaupt schien man mich, wer immer das auch war, weggelobt zu haben.

Was Juliette erlebt hatte, konnte ich mir vorstellen. Fakt blieb, dass ich so nicht an den BND kam. Meine telefonischen Versuche waren alle ins Leere gelaufen. Eine Silvia war nicht bekannt. Ich auch nicht, und meinen Auftrag hatte es schon überhaupt nicht gegeben. Dass man gerade mal zugab zu wissen, wo Israel liegt, war mehr ein höfliches Zugeständnis an jemanden wie mich, den man nicht weiter auf die Palme bringen wollte. Und da war ich gerade.

»Du spinnst komplett«, meckerte mein Ich. »Du bist schon wieder dabei, eine junge Frau ins Unglück zu treiben ... Glaubst du, dass dich als stellvertretenden Verlagsleiter Pullach so einfach zum dem oder der durchverbindet, die dich mit deinem übertriebenen Ehrgeiz geködert haben? Denen reicht schon der

Name ›Verlag‹. Dann machen die dicht. Ruf Juliette zurück. Sofort. Wenn du schon Polizeiarbeit machen willst, dann tue es selbst.«

Zu spät. Juliette hatte meine Anweisung benutzt, um sofort den Verlag zu verlassen.

Es machte keinen Sinn, mich schon wieder einen Idioten zu nennen. Aber ich war einer. Das Tagesgeschäft fraß mich auf und hielt mich von dem ab, was ich eigentlich war. Ein Journalist. Jetzt führte ich stellvertretend einen Verlag. Damit war ich nicht aufgewachsen. Es überforderte mich und brachte mich langsam an den Rand meiner Physis. Wo war die Wüste? Sie war hier. Mitten in Hamburg. Eine menschliche Wüste, die gelegentlich noch von Springfluten, Orkanen, Überschwemmungen überrascht wurde. Aber eben nur überrascht. Der Rest war geplant. Und dass ich hier auf diesem verdammten Posten saß, war auch geplant.

Juliette war dabei, in die Falle zu laufen, in der ich saß. Sie war meine einzige neutrale Verbindung zur Außenwelt. Das wurde mir schlagartig bewusst. Kein Verlagsinhaber der Welt machte einen Versager wie mich zu seinem Stellvertreter. Es waren die Dokumente aus dem Kloster, hinter denen alle her waren. Verzweifelt versuchte ich Juliette auf ihrem Handy zu erreichen. Ich sprach ihr auf die Mailbox. Aber was sollte ich ihr sagen, ohne dass meine Botschaft in falsche Hände geriet? Ich gab ihr einfach meine Nummer im Wagen und eilte in die Tiefgarage. Da stand dieses seit Tagen nicht mehr benutzte »Einfamilienhaus«. Das Bordtelefon zeigte mehrere Anrufe. Alle ohne eine Nummer, die ich hätte zurückrufen können. Bei meinem Privatwagen wäre die Batterie schon längst leer gewesen. Hätte keinen Ton mehr von sich gegeben. Diese Festung von Auto sprang klaglos an.

»Festung?«, murmelte ich vor mich hin, als ich den Betonbunker verließ und mich in den fließenden Verkehr einreihte. Dieser Wagen war eine Festung. Mir war kein Wagen dieser Klasse, die zwar nur in Einzelstücken gefertigt wurde, bekannt, der soviel Geld kostete.

»Verdammte Scheiße«, fluchte ich. Diese Dame in der Leihwagenfirma wusste mehr als ich. »Solch einen Wagen müssen selbst wir beim Hersteller bestellen ...«, hatte sie gesagt, ich aber nicht verstanden. Ich fuhr einen Panzerwagen. Kugelsicher. Warum hatte der Scheich mir einen gepanzerten Wagen bestellt, den ich niemandem zurückgeben konnte?

»Ich möchte diesen Wagen zurückgeben.« Die Autovermietung am Flughafen war dieselbe. Aber das Mädchen nicht. Sie studierte die Mietpapiere, die die ganze Zeit im Handschuhfach gelegen hatten. Tippte im Computer herum und schüttelte den Kopf. »Sie müssen sich in der Vermietung irren. Solche Fahrzeuge haben wir nicht im Programm. Tut mir leid.« Sie schob mir die Unterlagen kopfschüttelnd zurück. »Das ist ein Sonderfahrzeug. So etwas muss Wochen vorher bei uns beantragt werden. Und ...«

»Und was?«, griff ich diesen kleinen Strohhalm einer möglichen Information auf.

Sie zuckte mit den Schultern und sah erst auf den Computerbildschirm und dann mich mit ihren blauen Augen an.

»Solche Wagen werden unter den Autoverleihern gegenseitig weitergereicht. Für eine Firma sind sie zu teuer. Nur hohe Politiker oder gefährdete Konzernbosse ordern ein solch gepanzertes Fahrzeug. Aber …«, sie schüttelte mit dem Kopf. »Dieses Fahrzeug gibt es bei keinem der europäischen Verleiher. Bitte sehen Sie selbst …« Sie drehte mir den Bildschirm zu. »Solche Fahrzeuge haben einen einheitlichen Code. Daran sehen wir immer, wo welches verfügbar sein könnte.«

Was da auf dem Bildschirm stand, hätte ich ohnehin nicht verstanden. Aber ich glaubte ihr.

Eine Politesse versuchte wieder verzweifelt eine Anbringungsmöglichkeit des Knöllchens zu finden. Die »Tresortür« des Wagens schlug zu. Das Fräulein vom Amt klopfte an die Scheibe um ihren Dienst zustellen zu können. Es klang wie in einem Tresor.

War ich nun sicher oder frei?

Die Gedanken kreisten. Wo konnte ich Juliette auftreiben, um sie vor meiner blödsinnigen Anweisung zu retten? Ich wusste nicht, wo Hauptkommissar Josef Keller aufzutreiben sein konnte. Juliette wahrscheinlich schon. Wieder ein Fehler von mir.

Fuhr ich oder der Wagen? Warum schlugen wir oder er dann den Weg zu den Landungsbrücken ein?

Das Bordtelefon fiepte.

»Schwiegervater, du machst Fehler über Fehler.« Es war die Stimme des Scheichs. »Seit Tagen versuche ich dich zu erreichen. Die Zeit wird knapp. Sehr knapp. Was glaubst du, warum du in diesem Kontrollzentrum von Auto steckst?«

Ich schüttelte den Kopf. Aber das konnte er nicht hören.

»Verstehe kein Wort«, murmelte ich kleinlaut zurück.

»Du bist auf dem Weg zu den Landungsbrücken. Das ist gut. Das ist sogar sehr gut. Du bist auf der Suche nach dieser Silvia …« Es entstand eine Pause. Die Leitung knisterte, drohte zusammenzubrechen.

»Hörst du mich wieder? Wir sind in Ägypten noch nicht ganz so weit ...«, kam es knisternd und baute sich wieder in normaler Lautstärke auf. »Hör zu. Ich werde dich jetzt in ein paar Dinge einweihen, die du bitte genau befolgst. Sonst bleibt der Tod deiner Tochter, meiner Frau, ungesühnt. Versprichst du mir das?«

Das Lokal war wie immer besetzt. Alte Frauen, Kaffee und Kuchen. Ich sah mich um und machte einen Schritt rückwärts hinter die Garderobe. Die roch nach Mottenkugeln. Woher hatte der Scheich das gewusst? Wenn er nicht im Kofferraum meines Panzerwagens saß, dann musste hier noch jemand sein, der ihn online informierte.

Wie sollte ich mich jetzt verhalten? Verschwinden? Ging nicht. Dafür war der Wagen zu auffällig. Jemand vom Personal würde ihn gesehen haben. Hier warten, was die Situation ergab? Auch Schwachsinn. Ich war kein Spanner. Also ... tief durchatmen und ... Angriff ...

Ich sah mich um. Rechts von mir war die Essensausgabe. Hinter der Luke stand ein Blumenstrauß mit roten Rosen. Jemand vom Personal schien Geburtstag zu haben. Zehn Euro und zwei der Rosen wechselten den Besitzer.

»Welche ein Zufall. Darf ich die Damen zu etwas einladen?«, trat ich an den Tisch. Beide Frauen rissen erschrocken die Augen auf. Silvia hatte sich schneller im Griff. Juliette verschluckte sich an ihrem Kakao und prustete eine braune Spur über den Tisch.

»Du musst komplett wahnsinnig sein. Was hast du dir dabei gedacht?« Hauptkommissar Josef Keller war wütend und lief um mich herum, wie ein Plantagenbesitzer um seine Bananenstaude.

»Du hast uns ins Handwerk gepfuscht und den ganzen Einsatz zum Kippen gebracht. Woher wusstest du, dass deine Juliette, auf die du solche Stücke hältst, mit Silvia zusammenarbeitet?«

Ich sagte nichts, da ich es nicht gewusst hatte.

»Diese Silvia ist vermutlich eine Doppelagentin. Aber um ihr das beweisen zu können, haben wir dich nun wirklich nicht gebraucht«, wütete Keller weiter. »Denn nun gibt es ein dickes Problem ...«

Er zündete sich eine Zigarre an. Überall im Gebäude wiesen Schilder darauf hin, dass Rauchen verboten war.

»Welches?«, knurrte ich. »Darf ich darauf hinweisen, wer ich bin?«

»Ja, schon gut, Herr Stellvertreter. Ich weiß ...«, hob er abwehrend die Hände. »Wenn wir Mist bauen, steht es sofort in euren Blättern. Baut ihr welchen, waren wir schuld. Nein, mein Freund, dieses Mal nicht.« Er tobte wie ein Clown im Raum herum. Fegte Akten von den Regalen und vom Schreibtisch. Setzte sich endlich und kaute auf der Zigarre herum.

»Du, deine Zeitung, diese Juliette und Silvia seid in ein ganz mieses Spiel verwickelt. Vor lauter Sensationslust merkt ihr das nicht mehr. Aufdecken, aufdecken. Die Wahrheit an den Tag bringen. Dabei verliert ihr jedes Realitätsgefühl. Nichts davon stimmt. Man benutzt euch in eurem Wahnsinn, und ihr merkt es nicht einmal ...«

»Wo sind Juliette und Silvia jetzt?«, versuchte ich den Aufenthalt der beiden Frauen, die ich mit meinen Rosen kompromittiert und aus alten, Kuchen mümmelnden Damen zu Agentinnen im Einsatz hatte werden lassen, zu erkunden.

Keller tappte wieder im Raum umher.

»Frei. Zu Hause. Wo sonst? Ich kann nicht gegen den BND anstinken. Aber sie sind vom Dienst suspendiert.«

Vom Dienst suspendiert? Was hatte Juliette damit zu tun?

Keller sah mir meine Gedanken an. »Ja, auch deine Sekretärin. Sie ist oder war auch bei dem Haufen. Sie hat nur versagt. Ich sagte doch, dass du einer gigantischen Fälschung aufgesessen bist. Also hör auf, an diesen Blödsinn mit diesem Gift zu glauben. Ihr macht euch langsam alle lächerlich. Nimm deinen gigantischen Schlitten und harre der Dinge. Ohne Strafe kommst du dieses Mal nicht davon.«

Ich blieb sitzen. »Wo ist A. Fröhlich?«

Meine Gedanken jagten sich gegenseitig. Entweder war ich einem gewaltigen Schwindel aufgesessen, oder jeder log mehr als der andere. Der Scheich? Was hätte er für ein Interesse, außer Rebecca zu rächen? Aber er ließ mich offensichtlich über- und bewachen. Der BND? Der log ohnehin und hatte jedes Interesse von Fakten abzulenken, die über die Presse das Volk beunruhigen konnten. Der Kommissar? Er kannte die Listen, weigerte sich aber seinen Kommentar zu geben. Juliette? Eine Agentin in meiner Nähe. Auch sie hatte die Liste gesehen. Seltsam, alle die mit diesen Informationen in Berührung gekommen waren, wurden plötzlich kaltgestellt. Bei meiner Tochter im wahrsten Sinne des Wortes. Nur Nathalie schien noch frei herumzulaufen.

»A. Fröhlich?« Der Kommissar stöhnte und kratzte sich am Hinterkopf. »Wenn nicht alle Hausbewohner schwören würden, dass es diesen Mann gegeben hat, könnte man an Gespenster glauben. Wir haben die Wohnung auf den Kopf gestellt. Nichts, was darauf hindeutet, dass da mal jemand gewohnt hat.

Nicht einmal Fingerabdrücke. Der Kerl muss die ganze Zeit Handschuhe getragen haben.«

»Keine Fingerabdrücke?« Dazu fiel mir etwas ein.

Es hatte keine Stunde gedauert, bis die Spurensicherung meine Wohnung auf den Kopf gestellt hatte. A. Fröhlich hatte mir beim Einrichten geholfen. Und das ohne Handschuhe. Der Kommissar hatte mit den Händen in den Hosentaschen dabei gestanden und genickt. »Gut, dass dir das noch eingefallen ist. Jetzt können wir nur hoffen, dass wir vergleichbare Abdrücke im Computer haben. Sonst glaube ich langsam wirklich an Gespenster.«

Ich glaubte nicht an Geister. Dieser A. Fröhlich hatte nicht jahrelang umsonst hier gewohnt. Juliette war nicht mal so nebenbei als Agentin in den Verlag eingeschleust worden. Sie hatte auch nicht per Zufall die Listen in meiner Mail-Box gefunden und ... meine Tochter hatte die auch nicht per Zufall im Internet entdeckt. Das war eine wohl organisierte Informationskette. Aber was bezweckte sie?

»Du wolltest mir noch deine Meinung zu der Liste erzählen«, nahm ich Keller beiseite. »Und komme mir jetzt nicht damit, dass alles ein Schwindel ist. Das glaubt kein Mensch, bei dem Aufwand, den ihr betreibt und ... seit wann arbeitet die Kripo für den BND?«

Keller zog die Stirn in Falten und sah mich fragend an. Nur für eine Sekunde, dann wanderten seine Augen durch den Raum. Er hielt meinem Blick nicht stand.

»Los, ich will es jetzt wissen. Sonst ...«, schüttelte ich ihn. Die Männer von der Spurensicherung blickten kurz auf.

»Sonst was?«, entwand er sich meinem Griff. »Willst du mir

drohen, noch mehr von euren erfundenen Artikeln in die Welt zu setzen und dabei meinen Namen zu erwähnen?« Er wandte sich zum Gehen, blieb auf dem Treppenabsatz stehen.

»Na schön. Komm mit. Hier kann ich nicht reden.«

Wir fuhren ziellos durch die Gegend. Wie viel fasste der Tankinhalt dieses Wagens? Die Nadel neigte sich bedenklich gegen leer. Hoffentlich reichte mein Gehalt für die Tankfüllung.

»Zu deiner letzten Frage«, äußerte sich Keller nach einer Stunde aus dem Fenster guckend.

»Der BND hat momentan nicht genug Leute, um auch noch im Inland tätig werden zu können. Also sind wir kleinen Kripoleute gehalten, Amtshilfe zu leisten. Die Listen ...«, er machte eine Pause und suchte den Aschenbecher.

»Hier wird nicht geraucht«, wies ich ihn auf das Schild am Armaturenbrett. Einen Aschenbecher gab es nicht in diesem Wagen.

»Dann nicht«, knurrte er. »Das gewöhnt man uns sowieso bald ab. Also zu den Listen ... dir sagt der Name IG-Farben etwas?« Ich nickte.

»BUNA-Werke, Auschwitz?« Ich nickte wieder.

»Du bist weiter, als ich dachte«, nickte er und sah wieder der Landschaft zu, die am Fenster vorbeiflog.

»Was ich dir jetzt sage, hat absolut unter uns zu bleiben. Wenn ich davon nur ein Wort höre oder bei euch lese, mache ich euch fertig. Und dahinter steht die gesamte Bundesregierung. Haben wir uns verstanden?«

Ich verstand und steuerte eine Tankstelle an. Der Bordcomputer schien besser als die Tanknadel informiert zu sein. Er gab mir nur noch fünf Kilometer mit dem verbliebenen Tankinhalt.

»Du musst einen reichen Gönner haben, oder der steigert seinen Ölumsatz, indem er solche Autos verleiht«, grunzte Keller vergnügt. »Zweihundert Liter … Wo tut diese Karre die hin? Sitzen wir auf einer Bombe?«

»Halt die Schnauze«, fuhr ich ihn an. »Was ist mit den Listen, und warum sollte ich mit unserer Regierung Probleme bekommen? Das stinkt doch alles zum Himmel.«

Keller nickte. »Ja, da stinkt einiges zum Himmel. Die Listen sagen die Wahrheit. Die Anzahl der Toten stimmt. Hier, wie in den anderen Ländern. Aber das darf niemals bekannt werden. Es sind alles alte Leute, die den Tod ohnehin vor Augen hatten. Und du machst eine ungewöhnlich gute Arbeit mit deinen Scheinartikeln. Du hältst uns die wahren Drahtzieher vom Hals und vermittelst ihnen gleichzeitig das Gefühl durchschaut zu sein. Wirklich genial der Trick.«

»Die Listen. Was ist damit?«, wurde ich jetzt nervös. Keller drohte schon wieder auszuweichen. »Was haben die mit den IG-Farben zu tun?« Keller sah weiter zum Fenster hinaus und versuchte die Scheibe herunterzulassen.

»Das ist Panzerglas. Die lassen sich nicht öffnen.«

»Ach ja?«, drückte er weiter den Knopf. Aber die Scheibe rührte sich nicht vom Fleck. »Wer hat dir diesen Wagen vermittelt? Das ist ja wie ein Gefängnis?« Er begann zu schwitzen. »Halt an. Ich muss eine rauchen.«

Ich steuerte die nächste Parkbucht an. Keller stieg aus und zündete sich ein Zigarillo an. Ging auf und ab. Er war nervös.

Das Bordtelefon piepte.

»Schau dich jetzt nicht um …« Es war der Scheich. »Der Kerl, den du bei dir hast, ist bei eurem Geheimdienst ganz oben angesiedelt. Er horcht dich nur aus, weiß aber nichts. Lass dich nicht reinlegen. Alles, was er über deine Tochter sagt, stimmt nicht. Ich weiß, dass sie vom BND angeheuert war. Die Listen sind nur eine Warnung. Es hat ein paar hundert Tote gegeben, aber das ist ein Ablenkungsmanöver. Die Leute mussten ohnehin weg. Pass auf dich auf, mein Dicker. Wir sehen uns im Lager wieder.« Damit war das Gespräch beendet.

Keller schwang sich auf seinen Sitz. »Was Wichtiges?« Er deutete auf das Telefon.

»Nein. Nur Geschäfte, um den nächsten Tank bezahlen zu können«, startete ich und schlug die Richtung Hamburg ein. Ich musste Keller loswerden. Aber wie? Ohne die Identität von A. Fröhlich zu kennen, war ich auf ihn angewiesen. Hier schien das wahre Geheimnis zu liegen. In den Unterlagen meiner Mutter und den Formeln aus dem Katharinenkloster. A. Fröhlich. Er hatte es gewusst und Jahre geduldig gewartet. Er hatte Mutter gekannt. Aber woher? Und woher hatte er Zusammenhänge gekannt, an die ich mich langsam, zu langsam, heranarbeitete?

Kosolowski. Die alte Dame in Haifa. Das Kloster als Geheimbund für verschrobene Wissenschaftler. Judith, Menachems Mutter und Biochemikerin. Meine Mutter eine geborene Kosolowski. Die Nazis. Auschwitz und die Buna-Werke. Die Todeslisten. Die chemischen Formeln in meinem Tresor, die ich nicht verstand.

»Worüber denkst du nach?«, riss mich Keller aus meinen Gedanken. Noch vierzig Kilometer bis Hamburg.

»Weiß es nicht«, knurrte ich zurück. »Das stinkt an allen Enden.«

Keller nickte. »Stimmt. Gib mir einfach diese Seidentücher, und du kannst dir diesen Wagen aus der Portokasse leisten.« Nun war es heraus. Mein Schwiegersohn hatte recht. Ihm sollte ich vertrauen und fuhr auf einen Parkplatz …

Keller würde ein paar Probleme haben. Er hatte sein Handy

im Wagen liegen lassen und noch vierzig Kilometer bis Hamburg. Und das auf einem Parkplatz an der Autobahn. Im Rückspiegel sah ich ihn, wie ein Jo-Jo wütend auf und ab springen und mit geballten Fäusten fuchteln.

Und wie willst du jetzt an seine Informationen kommen?, fragte mein Ich. *Du bist sauer. Verstehe ich. Aber musst du den Kommissar deswegen auf einem Autobahnparkplatz vor die Tür setzen? Du wirst Ärger ohne Ende bekommen.*

»Habe ich schon genug. Auf einen mehr oder weniger kommt es nicht mehr an«, versuchte ich mein schlechtes Gewissen ruhig zu stellen. »Er will schließlich auch was von mir. Und jetzt halt die Klappe ...«

Das Ich, ich spürte es förmlich, lächelte. Ich konnte es nicht loswerden. Und das war seine Stärke. Es war mein Gewissen. Ob gut oder schlecht. Es war unlösbar mit mir verbunden und würde mir in jeder Situation ein unbestechlicher Gesprächspartner sein. Ein Spiegel, der meist sehr unangenehm wurde. Wer bist du? Warum tust du das? Was bezweckst du damit? Es stellte nur Fragen und bot keine Lösungen.

Der Mensch hat zwei Gehirnhälften. Er nutzt sie, ohne darüber nachzudenken. Was schon ein Paradoxon in sich ist. Dass beide Hälften des menschlichen Gehirns bei Problemen zwei verschiedene Lösungen anboten, das wurde uns nicht klar. In der Handlung, die wir ausführten, waren wir eins.

Und genau da hatte ich jetzt ein Problem.

Ich hatte den Kommissar auf dem Parkplatz, vierzig Kilometer vor Hamburg, ohne Handy, aus dem Wagen gesetzt. So schlimm würde das für ihn nicht sein. Auf jedem Parkplatz gab es Notrufsäulen. Aber sein Ego war verletzt. Und das würde er mir heimzahlen. Nur ... ich hatte die Dokumente, an die er wollte, und schon wieder ein Problem.

Wem konnte ich jetzt noch vertrauen, der mir diese einzige Formel, die von Menachems Bruder, in eine für Laien verständliche Form kleiden konnte, ohne dass ich gleich wieder sämtliche Geheimdienste der Welt auf dem Pelz hatte? Welches der Formeltücher, die ich im Gebeinhaus des Klosters aus dem Schädel eines tausend Jahre alten Mönches gezogen hatte, war wirklich verwendbar? Welches war echt? Jeder meiner so hoffnungsvollen Versuche, die Wahrheit ans Licht zu bringen, war schlicht gescheitert. Und da steckte eine Methode hinter, die sich mir nicht öffnen wollte. Ich wurde gesteuert. Aber von wem?

»War keine gute Idee von dir. Das mit den Rosen.«

Ich hielt auf dem Treppenansatz inne und atmete tief durch. Es war schon weit nach Mitternacht. Ein paar Bierchen hier, ein paar dort. Zum Abspannen.

»Willst du mir schon wieder ein Geschäft vorschlagen?« Ich erklomm die letzten Stufen.

»Nein. Nur einfach mit dir reden.«

»Und wenn ich nicht will?« Ich schloss die Wohnungstür auf.

Silvia folgte mir unaufgefordert. »Dann hast du ein ernsthaftes Problem«, ließ sie die Tür ins Schloss fallen. Es gab wohl keine Möglichkeit, sie einfach hinauszuwerfen.

»Welches Problem gibt es denn nun noch, das ich nicht kenne?«

Silvia hatte es sich genau auf meinem Stammplatz gemütlich gemacht. Sie sah so aus, als würde sie hier nicht wieder gehen, bis nicht alles in ihrem Sinn geklärt war.

»Du denkst falsch«, kam es nach dem ersten Glas Rotwein, den sie, als wohne sie bei mir schon seit Jahren, in der Abstellkammer gefunden hatte. »Juliette und ich sind zwar beim BND. Ein mickriges Gehalt. Nur als Informanten und ... einige von uns heuern Informanten an.«

»Solche Rindviecher wie mich?«

Sie nickte auch noch.

»Ohne solche, wie du sagst: Rindviecher, geht es nicht. Du bist immerhin in einer leitenden Position. Das kann der Geheimdienst gebrauchen.« Sie besah sich den Rotwein im Licht. Schwenkte ihn leicht im Glas und schlürfte.

»Nein, so war das nicht gemeint.« Sie setzte das Glas hart auf den Tisch. »Es gibt ein paar Interessengruppen, die weitaus besser zahlen.«

»Du bist also doch eine Doppelagentin?«, versuchte ich das von Kommissar Keller Gesagte möglichst schnell umzusetzen.

Silvia schwenkte das Rotweinglas wieder lasziv und lächelte süffisant. »Wenn du so willst? Aber du auch.«

Ich verstand nicht.

»Mache nicht so ein blödes Gesicht. Das steht dir nicht«, lachte sie.

»Du bist von mir unter Vertrag genommen worden. Aber von wem wirst du bezahlt?«

Ich verstand langsam. Zu langsam. »Vom Scheich?«

»Du hast wirklich eine lange Leitung.« Sie goss sich nach. Hoffentlich wollte sie sich nicht so betrunken trinken, dass sie bei mir übernachten musste.

»Ja. Deine Tochter, ich, du und Juliette stehen beim Scheich auf der Gehaltsliste ... mit der ausdrücklichen Genehmigung der CIA. Kapierst du das langsam? Der BND ist zu unterbezahlt, um solch ein Projekt zu stemmen. Dazu verbünden die sich mit jedem Geheimdienst der Welt. Was hätte sonst ein kleiner Kripobeamter wie Keller darin zu suchen?«

»Wo ist Juliette jetzt?«, versuchte ich die Richtung zu ändern, bevor meine Gedanken ihre eigenen Richtungen gingen. Und die drohten sich mal wieder augenblicklich selbstständig zu machen. Der Scheich als Drahtzieher. Der Empfang der Geheimdienstchefs in der Wüste. Alles spulte sich in meinem Kopfkino ab. Steckte er hinter allem? Auf der Gehaltsliste, hatte Silvia gesagt. War mein Gehalt dieses gepanzerte Ungeheuer vor der Tür?

»Juliette wird dir morgen wieder im Verlag zur Verfügung stehen. Niemand kann ihr etwas vorwerfen. Wenn überhaupt, bist du das Opfer. Gute Nacht.« Sie trank das Glas Rotwein aus und schlug die Tür hinter sich zu. Ich war allein mit meiner Flasche Bier und einem Wust von Gedanken.

»Hier scheint jeder mit dir machen zu können, was er will«, fluchte ich und machte mir Spiegeleier mit Speck. Um drei Uhr morgens.

War der Verleger auch bei diesem Komplott? Möglich war es. Wer als Verlagsinhaber machte sonst mal soeben seinen Chefredakteur zum faktischen Mitinhaber seines hundert Jahre alten Verlages, der nach dem Krieg durch einen Trick des Seniorchefs von den Alliierten eine der ersten Genehmigungen bekommen hatte, wieder drucken zu dürfen?

Die Dokumente. Sie waren im Verlag, fiel mir siedend heiß ein. In meinem Tresor. Aber wer noch dazu alles Zugang hatte, wusste ich nicht. Wer konnte mir diese Dokumente wertfrei entziffern und übersetzen? Das war jetzt mein wirkliches Problem. Schon wieder ein Institut, die schon wieder die Kripo und damit den Geheimdienst auf den Plan riefen?

Ein Promille? Zwei Promille? Es war mir egal. Es würde

schon irgendwo dazwischen liegen. Ich erreichte den Verlag unbeschadet, fühlte mich stocknüchtern und angriffsbereit wie seit Jahrzehnten nicht mehr, und die Dokumente waren noch da …

Ich schien denen, wer sie auch waren, endlich mal einen Schritt voraus zu sein.

»Wer sind Sie?« Der alte Mann sah mich misstrauisch an. »Wissen Sie, wie viel Uhr es ist?« Ich wusste es. 7.00 Uhr in der Frühe. Ich hatte ein paar Stunden in meinem Panzerwagen geschlafen und mich richtig sicher gefühlt. Nun stand ich vor einem alten Mann, vor einer alten Villa mit einem noch älteren Garten und musste wohl wie ein Penner aussehen.

»Ich brauche Sie, Professor. Ganz dringend«, versuchte ich meinem ehemaligen Hochschullehrer zu erklären, dass ich sein Fach auf der Uni nicht so richtig kapiert hatte und deshalb in die Journalistik gewechselt war. Von Chemie zur Analyse der Buchstaben. Mutter hatte damals nur den Kopf geschüttelt, aber nichts gesagt und mir weiter Geld zugesteckt, das mein Vater sich als Chemiearbeiter verdiente. Ich hätte auch einer werden sollen. Aber einer der obersten Laufbahn. Ein Dipl.-Ing. war das Mindeste, was man von mir erwartet hatte. Besser gleich ein promovierter Sohn, mit Aussicht auf einen Lehrstuhl. In ihren Augen hatte ich versagt. Keiner von beiden hatte wohl jemals damit gerechnet, dass es noch Menschen geben würde, die ihre Geschichte kannten. Aber ich trug ihre Erbanlagen, und die hatten mich offensichtlich zu nachtschlafender Zeit mit ein paar Dokumenten wieder zu meinem alten Professor zurückgetrieben.

Der Professor hatte sich nach wenigen Minuten von mir

bequatschen lassen. Er führte mich ins Wohnzimmer. Er war sehr gutgläubig. Ich hätte auch ein Einbrecher sein können.

»Ich erinnere mich an Sie. Sonst hätte ich Sie nicht hereingelassen«, bot er mir Platz an. »Sie waren, wie wir damals sagten, impertinent. Sie hätten nie das Gymnasium besuchen dürfen. Eine Lehre in einem handwerklichen Beruf, das wäre was für Sie gewesen. Aber es scheint als Journalist ja noch was aus Ihnen geworden zu sein. Also ... um was geht es? Ich muss meiner Frau gleich das Frühstück machen.«

Er studierte die Kopien der Seidentücher. Verglich, kochte Kaffee, schmierte frisch aufgebackene Brötchen, verglich wieder, presste Pampelmusen aus, ordnete alles sorgsam auf einem Tablett und trug es die Treppe hoch. »Sie verzeihen, meine Frau ist bettlägerig. Ich bin gleich zurück. Sehr interessant ... nicht weglaufen ...«

Es dauerte fast eine Stunde, bis er wieder zurück war. »Entschuldigen Sie bitte. Ich musste meine Frau noch waschen. Eine Hilfe will sie nicht. Und für mich alten Mann ist das auch nicht mehr so einfach. Aber wo waren wir stehen geblieben?« Er besah sich die Blätter nochmals und ging zu seiner Bücherwand. Seine Finger tasteten sich an den Buchrücken entlang und zogen letztendlich drei Folianten heraus.

Erschöpft ließ er sich wieder in den Sessel fallen und blätterte in den Büchern.

»Die Idee, Ricin als Gift zu verwenden, ist nicht neu. Die haben die Ägypter schon vor viertausend Jahren umgesetzt. Sehen Sie selbst ...« Er drehte mir zwei aufgeschlagene Seiten hin. Ich überflog sie, konnte damit aber nicht viel anfangen.

»Alle haben damit herumexperimentiert. Es hatte nur die unangenehme Eigenschaft, sehr schnell zu wirken. Der Mörder hatte kaum Möglichkeit zur Flucht. Wie bei einer Kugel. Also ist man auf das altbewährte Mittel Arsen zurückgekommen. Daran stirbt man nur langsam. Der Mörder, der dies verabreichte, war nahezu nicht auffindbar. Das Opfer starb über Wochen und Monate. Die Engländer haben in den Sechzigern mit allem Möglichen herumgeforscht. Auch mit Ricin. Es gab sogar eine japanische Sekte, die es fast geschafft hätte, Ricin als Gas zu verwenden. Aber das Zeug war unkontrollierbar und somit für den militärischen Einsatz nicht verwendbar. Die haben wenigstens daraus gelernt, dass Gas von der Windrichtung abhängig ist. Aber diese Formel ...« Er hielt das Blatt drei hoch, mein Blatt, das ich von Menachems Bruder im Jom-Kippur-Krieg kurz vor seinem Tod erhalten und ins Kloster gebracht hatte.

»... Diese Formel gibt mir zu denken. Die könnte funktionieren.« Er dachte einen Moment nach. Schenkte sich und mir Kaffee ein. Studierte weiter. Murmelte vor sich hin, als gliche er die Formeln mit seinem Wissen ab und schüttelte mit dem Kopf.

»Nein. Sie funktioniert nicht. Es fehlt ihr ein entscheidendes Moment.« Er schüttelte nochmals energisch den Kopf, als ärgere er sich über die Dummheit eines Schülers, der einfach nicht begreifen wollte, wie man eine Linearfunktion auflösen konnte.

»Und warum funktioniert sie nicht?«, wagte ich leise nachzufragen.

»Weil diese Formel nicht zu Ende gedacht ist«, wurde er wieder der Professor. »Sehen Sie sich doch mal den Stempel an, der dieses Dokument beglaubigt. Die Formel ist seit 1945 nicht mehr weiterverfolgt worden. Und die Nachfolgegesellschaft der Buna-Werke, die IG-Farben, hat einfach alle ihre Patente verkauft. Jetzt versuchen sich diverse Gruppen, da mechanische Waffen immer teurer werden, billigere Kampfmittel zu besorgen. Aber so geht das nicht. Nicht mit dieser Formel. Da treibt jemand ein ganz böses Spiel. Würden Sie mich jetzt bitte entschuldigen? Ich muss mich um meine Frau kümmern. Sie wissen, wo die Tür ist?«

Nein. Das konnte es nicht gewesen sein, warum um dieses Dokument solch ein tödlicher Wirbel gemacht wurde.

»Einen Moment noch, Professor. Was fehlt Ihrer Meinung nach an dieser Formel, um sie zur Waffe machen zu können, oder könnte man sie, so wie sie ist, als Gegenmittel zu einer biochemischen Waffe, sozusagen als Heilmittel, verwenden?«

Der Professor sah auf die Standuhr in der Ecke und seufzte. »Ich muss meiner Frau die Medizin geben.« Einen Moment war er unschlüssig, setzte sich aber wieder und studierte das Blatt noch einmal.

»Wenn Sie sich als mein Student damals solch eine Mühe gegeben hätten, wäre aus Ihnen noch ein guter Chemiker geworden. Na ja, lassen wir das. Es muss auch Journalisten geben.«

Eine Stunde verging. Der Professor schien seine Frau vergessen zu haben. Ein Buch nach dem anderen wanderte aus dem Regal auf den Tisch. Blätter rauschten. Mit einer Leselupe studierte er Abhandlung über Abhandlung. Er machte sich Notizen, als sei es ganz allein seine Aufgabe, die Formel funktionsfähig zu machen.

Die zweite Stunde war bald vergangen. Schwer atmend betrachtete er seine Aufzeichnungen, sah auf die Uhr.

»Himmel, meine Frau. Bleiben Sie hier. Ich gebe ihr nur eben Ricin ... quatsch ...«, verbesserte er sich. »Ich meine ihre Herz-, Magen- und Darmpillen und was sie sonst noch alles schlucken muss. Ein totaler Schwachsinn, einen Menschen, der ohnehin sterben will, auf diese Weise am Leben zu halten.« Er zuckte mit den Schultern und ging Tabletten in einer nach Stunden des Tages aufgeteilten Plastikschachtel sortieren.

»So, jetzt«, ließ er sich wieder auf den Stuhl fallen. Wenn ich meine Studienzeit und mein Alter in Anrechnung brachte, musste der Professor schon über Neunzig sein. »Jetzt könnte ich ein Kreislaufmittel vertragen. Trinken Sie eins mit?«

Was immer es sein würde, in dieser Situation konnte ich nicht Nein sagen und nickte. Es war zehn Uhr morgens.

»Dann greifen Sie mal hinter sich. Da, auf dem Barwagen stehen Gläser und eine Flasche. Geben Sie die mal her.«

Ich griff hinter mich. Da stand nur eine Flasche mit einem Totenkopfetikett. »Genau die. Geben Sie schon her«, nickte er und schenkte zwei Gläser mit einer braunen Flüssigkeit voll.

»In meinem Alter kann man nichts mehr falsch machen«, lächelte er und prostete mir zu. Es war ein uralter Whisky.

»Ich lasse mir davon alle drei Monate vier Gallonen aus Irland schicken. Aber davon darf meine Frau nichts wissen«, flüsterte er und legte konspirativ den Zeigefinger über die Lippen. »Sie hasst Alkohol. Deswegen ist sie jetzt auch sterbenskrank. Ich kenne mehr alte Alkoholiker als alte Ärzte.« Er lächelte und genoss jeden Tropfen, als ließe er sich die köstlichsten Pralinen der Welt auf der Zunge zergehen. »Es kommt immer auf das Maß an. Und damit sind wir beim Thema.« Er ging noch einmal seine handschriftlichen Extrakte der Formeln durch und nickte zufrieden.

»Das grundsätzliche Problem bei Toxinen, und dazu gehört Ricin, ist seine Verabreichung. Man muss es irgendwie in den menschlichen Blutkreislauf bekommen. Daher eignen sie sich eigentlich nicht als Massenvernichtungswaffe. Wenn ...« Er zog die Stirn in Falten und schob die Unterlippe vor. »Wenn man es nicht schafft, diese Substanzen in irgendeine Form von Gas zu verwandeln. Giftgase gehören eigentlich nicht zu den biologischen Kampfstoffen. Sie werden unter der Rubrik ›Chemische Waffen« geführt, die man in irgendeinem Labor zusammenmixt. Es gibt aber auch keine Messmethoden, biologische Kampfstoffe sofort zu erkennen. Und das macht Ricin so gefährlich, wenn es jemandem gelingen würde, dieses Zeug als Aerosol zu produzieren. Billig herzustellen, leicht handhabbar. In jeder Haarspraydose oder sonstigen Sprühflasche zu transportieren und überaus effektiv. Eine kleine Mundsprayflasche würde ausreichen, um im Umkreis von hundert Metern jedes atmende Lebewesen zu vernichten. Und genau da ist das Problem.« Der Professor schlürfte genussvoll an seinem Glas. »Sie haben nicht zufällig eine Zigarre oder so etwas dabei? Das würde mir sehr beim Denken helfen.« Er sah mich über seine Lesebrille hinweg an, wie ein Erpresser. ›Entweder du hast, oder du bekommst keine Infos mehr.‹

Ich taste meine Taschen ab und lächelte. Ich hatte. Der Kommissar stand auch noch ohne seine Zigarillos auf dem Parkplatz.

»Sie versüßen mir den Tag«, strahlte der Professor und sog begierig den Rauch ein.

»Wissen Sie, Peter, man bräuchte diese ganzen Kampfstoffe nicht, wenn man die Menschen nicht künstlich am Leben halten würde. Alles ein mieses Geschäft. Jedes Lebewesen in der Natur hat seinen Zyklus. Nur wir Menschen glauben, ihn auf unsere Weise chemisch verbiegen zu müssen. Die einen hält man am Leben, und auf der anderen Seite ersinnt man solche Formeln, um andere vorzeitig aus Selbigem zu befördern. Alles Schwachsinn. Könnte man sich alles sparen und dem Volksvermögen zuschlagen. Das kostet alles Milliarden, um sich stark zu machen. Das ist genauso bescheuert wie die Werbung: Ich kann alles besser. Kauf mich ...« Er sah zum Fenster hinaus und schwenkte das Glas. Zog am Zigarillo.

»Na schön, philosophieren können wir ein anderes Mal. Das Problem, dieses Ricin als Waffe verwenden zu können, ist, es so einzusetzen, dass es räumlich begrenzt bleibt. Und das geht nur unter bestimmten Umständen, die in dieser Formel zwar angedacht, aber eben nicht fertig gedacht wurden. Ich vermute mal, dass sich die Nazis das ausgedacht haben, weil ihnen zu jener Zeit die chemischen Grundstoffe knapp wurden. In begrenzten Gaskammern war das noch kontrollierbar, aber nicht auf den Schlachtfeldern, für die es wohl erdacht war. Da halfen auch keine Gasmasken. Wer mit dem Zeug in Berührung kam, schleppte es als Kontaminierung weiter und weiter und übertrug mit jedem menschlichen Kontakt das Gift auf den nächsten. Das war nicht kontrollierbar. Zur damaligen Zeit. Heute ...« Er machte wieder eine Pause und zog die Standuhr in der Ecke auf. Kam zurück und schob mir die Blätter und seine handschriftliche Formelsammlung über den Tisch.

»Heute ist das nicht mehr das Problem. Nicht mit unserem chemischen Fortschritt. Hätten Sie Chemie zu Ende studiert, so könnten Sie damit etwas anfangen. Es geht um den Halbzeitwert, den jedes chemische und biologische Produkt hat. Der ist berechenbar. Es kommt nur darauf an, wie man den Kampfstoff verpackt. In was man ihn einlagert. Als Trägersubstanz sozusagen. Somit ist Ihre Frage berechtigt, ob man diese Formel auch als Gegenmittel benutzen könnte. Man könnte. Da ist meine verbesserte Formel. Machen Sie als Journalist das Beste daraus. Sie wissen jetzt mehr als die anderen. Denken Sie dabei an die Verantwortung, die Sie damit übernehmen. Und nun entschuldigen Sie mich. Mein Tagesablauf droht zu kippen. Und das ist alles, was mich noch am Leben hält. Ordnung. Und ... Peter ... enttäuschen Sie mich nicht schon wieder ...« Er begleitete mich zur Tür. Es versprach ein schöner Tag zu werden.

»Denk an deine Verantwortung, Junge …«, hatte er mir noch nachgerufen. Und: »Ich will in deiner Zeitung lesen, was du daraus gemacht hast.«

Dann fiel die gepanzerte Tür des Wagens ins Schloss und unterband jeden weiteren verbalen Kontakt.

Das Bordtelefon fiepte, ohne eine Nummer des Anrufenden zu zeigen.

»Was für eine Verantwortung hast du jetzt, und was soll in deiner Zeitung stehen?« Es war der Scheich. Woher wusste er das? Ein paar Sekunden schlossen sich alle Synapsen in meinem Kopf zusammen. »Ich habe auch noch einen normalen Job. Recherche. Sonst nichts.« Ich legte auf. Der Wagen, er hatte ihn Informationszentrum genannt. Dieses Schlachtschiff aus Blech hatte Richtmikrophone. Auch darüber hatte ich vor langer Zeit mal geschrieben. Diese Dinger waren in der Lage, über mehr als hundert Meter Distanz Gespräche mitzuhören. Das verstand der Scheich also unter Kommunikationszentrum. Der ganze Wagen schien eine einzige Abhöranlage zu sein. Hatte Silvia doch recht? Ich, wir standen auf der Gehaltsliste eines Scheichs? Dann … so schoss mir ein Gedanken durch den Kopf, dann arbeitete er nicht mit den Geheimdiensten zusammen, und Rebecca war nicht von irgendwem umgebracht worden. Er, mein Schwiegersohn, war der Mörder. Genauso, wie sein Stamm die Überbringer der Kapseln getötet hatte. Ein sauberes Spiel, das er mit mir trieb, um den Verdacht auf andere zu lenken. Menachem war ihm auf die Spur gekommen. Hatte dabei nur seine Krankheit nicht in Betracht gezogen, die der Scheich als Arzt und sein Freund dazu benutzt hatte, ihn aus dem Weg zu räumen. Auch der damalige Erzbischof des Klosters hatte seinen Beduinen nicht mehr getraut und die Seidentücher vorsorglich in einem Schädel versteckt.

»Und nun?«, fragte ich mich. »Was machen wir jetzt mit diesem Wissen?« Ich wusste es nicht. In meiner Tasche knisterte ein Papier mit einer Formel, die mir ein Professor, mal so eben, ausgearbeitet hatte, die Milliarden wert sein konnte. Für die, die sie haben wollten. Aber wer waren die? Auf der anderen Seite hatte ich eine Verantwortung übernommen, die ich schon meinem Berufszweig schuldig war. Eine Scheiß-Zwickmühle, befand ich. Und wer A. Fröhlich war, wusste ich immer noch nicht. Keller anzurufen hatte keinen Sinn. Sein Handy war bei mir. Ins Präsidium fahren, ihm alles erzählen? Hatte auch keinen Sinn. Das war meine Formel, und die würde ich so schnell mit niemandem teilen. Noch war ich stellvertretender Verlagsleiter. Also in den Verlag und nie wieder diesen Wagen besteigen, der Augen und Ohren hatte.

»Chef, haben Sie eine Sekunde Zeit?« Juliette war betont dezent gekleidet. Sie hatte alles an Kleidern vermieden, was ihre Reize hätte hervorheben können. Sie sah fast wie eine schwarze Witwe aus.

»Was ist das?«, meinte ich zu dem Kuvert, das sie mir hinschob.

»Meine Kündigung«, hauchte sie.

»Abgelehnt. Mach die Tür zu und setz dich«, schob ich das Papier zurück. »Du wirst mir jetzt helfen und mit niemandem, hörst du, mit keinem Menschen, darüber sprechen.« Es war an der Zeit, dass ich mal wieder einen Leitartikel schrieb. Einen der ganz anderen Art. Und Juliette schrieb mit. Es gab keine weiteren Aufzeichnungen, als diese paar Blätter Papier, die sofort nachdem sie die Druckerei übernommen hatte, im Schredder verschwanden. Anonym. Als Reißer von jemand Unbekannten aufgemacht. Unsere Redaktion druckte dies nur als durchleitendes Organ, als Leserbrief ab, der ausdrücklich nicht der Meinung der Redaktion entsprach.

»Wenn das mal gut geht. Kommt das raus, gehen wir beide in den Knast«, hatte Juliette gestöhnt, und sich an die Arbeit gemacht.

Ja, wenn? Dieses Wort ging mir auf die Nerven. Wenn ... wenn. Ich saß auf diesem Sessel, weil mich ein glückliches Missverständnis dahin gespült hatte. Und das gedachte ich auszunutzen. Die internationale Presse war durch meine stark frisierten Berichte über mögliche Giftanschläge durch den internationalen Terrorismus bereits sensibilisiert. Irgendjemand würde mit diesem »Leserbrief« etwas anzufangen wissen. Dann sahen wir weiter. Jemand würde jetzt einen Fehler machen und sich verraten. Da war ich mir sicher.

Zwei Tage später.

Unsere Wochen-Illustrierte war auf dem Markt, und ich hatte dieses Überwachungs- und Abhörgerät von Auto nicht mehr angerührt. Es stand in der Tiefgarage des Verlages und verstaubte langsam, mit 380 Euro Benzin im Tank. Das war meine halbe Miete.

Das Telefon weckte mich. Es war erst 6.00 Uhr.

»Peter, äh, Chef, ich würde Ihnen dringend raten, sofort in den Verlag zu kommen. Eine Katastrophe ...« Juliette rang nach Luft und Contenance. Sie war aufgeregt. »Der Artikel hat Wirkung gezeigt. Es gibt Hunderte von Toten. Ein Anschlag. Der Verleger ist sauer, wenn Sie nicht sofort auf der Matte stehen ...«

»Wo?«, knurrte ich ins Telefon. Was sollte ich im Verlag? Der Tatort war mein Arbeitsgebiet.

Juliette raschelte mit Papieren. »Hauptbahnhof Nord. Ausgerechnet im Berufsverkehr.«

6.00 Uhr? Das war noch nicht der Berufsverkehr. Wenn es sich um einen Anschlag handelte, dann war es eine Warnung. Trotzdem. Ich musste hin.

»Du fehlst mir noch in der Sammlung«, knurrte Keller und winkte mich durch die Absperrung. »Eigentlich sollte ich dich als Urheber dieses Chaos verhaften lassen.«

»Was ist los?« Ich war noch nicht wach. Meine Fragestellung war dilettantisch.

»Was hier los ist?« Der Kommissar lachte gequält und hielt mir unsere Zeitung hin. »Das ist los. Sind Sie nun zufrieden? Sie scheinen es vorausgesehen zu haben. Das hat ein Nachspiel. Das verspreche ich Ihnen.« Er siezte mich plötzlich wieder.

Männer in ABC-Schutzanzügen trugen Menschen aus dem U-Bahn-Aufgang. Der Katastrophenschutz war auf dem Platz. Ein Messwagen der Bundeswehr fuhr rückwärts an die Treppe. Wo kam der so schnell her? Hatte es eine Vorwarnung gegeben? Wo war der Einsatzleiter dieses Durcheinanders?

»Was ist passiert?«, hielt ich einen der Maskenträger an. Der zuckte mit den Schultern. »Irgendein Giftgasanschlag da unten. Wir wissen noch nichts. Wird erst noch analysiert.« Dann schleppte er sein Atemgerät zur Aufladung.

Die Messung. Der Professor hatte gesagt, dass Messungen bei biochemischen Waffen sinnlos seien. Ich musste den Einsatzleiter finden. Sofort. Ich fragte mich von Einsatzwagen zu Einsatzwagen durch. Womöglich war ich selbst schon kontaminiert.

»Sie Armleuchter schon wieder«, knurrte mich Keller an. Er

saß in einem Funkwagen und versuchte die ein- und ausgehenden Meldungen zu koordinieren. In einer Funkpause zündete er sich ein Zigarillo an.

»Stösser, ich weiß, dass ihr das allergrößte Interesse an solch einem Vorfall habt. Aber geht mir besser aus dem Weg. Ich leite dies hier nur kommissarisch, bis sich die wirklich Zuständigen einschalten.«

»Die Leute in den ABC-Anzügen müssen dekontaminiert werden ...«, schrie ich. »Sie tragen das ganze Zeug an die Oberfläche. Ihr werdet mit euren ganzen Messmethoden nichts finden. Nur in den Leichen. Schließt sofort den U-Bahn-Schacht.«

Keller sah mich an, und ich wusste, dass er mir nicht glaubte. Ich stand selbst kurz davor, abtransportiert zu werden. Seine Blicke sagten alles. »Eure Sensationsgier reicht jetzt. Schafft mir diesen Mann aus den Augen ...«, rief er zwei Beamte herbei, die nicht zimperlich waren, mich hinter die Absperrung zu komplimentieren.

Was konnte ich jetzt noch tun? Irgendwie musste ich an das Bundeswehr-Messfahrzeug kommen. Die Behörden trauten ihren eigenen Möglichkeiten nicht. Jetzt fehlte noch ein ABC-Spürpanzer, der, wenn meine Vermutung stimmte, auch nichts ausrichten konnte.

Unschlüssig, was ich jetzt tun sollte, um an Informationen zu kommen, lief ich wie ein Tiger um den abgesperrten Platz herum. Das Fernsehen war auch inzwischen wach geworden und richtete seine Teleobjektive auf den U-Bahn-Aufgang. Blonde Reporterinnen mühten sich einen Betroffenen zu finden, dem sie ein paar Worte entlocken konnten. Warum mussten die immer blond sein? Die Schutzmacht war stärker. Niemand kam mehr als hundert Meter an den Bereich heran, und immer noch strömten Einsatzkräfte herbei.

»Hallo ...«, zupfte mich jemand am Ärmel. Ich sah an mir hinab. Ein Knirps von höchstens fünf Jahren sah mich mit seinen großen braunen Augen an. »Sind Sie Herr Stösser?« Ich nickte. »Dann soll ich Ihnen das geben und bekomme von Ihnen dafür fünf Euro ...« Er hielt mir beide Hände hin. Eine enthielt einen gefalteten Zettel, die andere wartete auf das Geld.

Ich faltete den Zettel auf. Er war in einer krakeligen Handschrift und in Englisch.

»Wenn du nicht in dreißig Minuten im Wagen sitzt, wo ich dich erreichen kann, dann wird es am Jungfernstieg den nächsten Anschlag geben.« Keine Unterschrift. Nichts, was den Absender identifizierte. Aber Wagen ... das konnte doch nur dieser Panzer sein, der in der Verlagsgarage stand. Der Scheich ...

Sollte ich jetzt Keller warnen? Das war sinnlos. Man suchte immer noch nach chemischen Waffen. Und wo wollte man an der U-Bahnstation Jungfernstieg jemanden auftreiben, der zufällig eine Spraydose mit sich hatte, von der eine tödliche Gefahr ausging? Jede zweite Frau würde so ein Ding mit sich führen. Um die alle zu überprüfen, reichte die Zeit hinten und vorne nicht. Hamburg würde in einem Chaos versinken. Die Einsatzkräfte waren schon mit dieser einen Station überfordert.

In all dem Durcheinander schaffte ich es, einen Taxifahrer zu überreden, mich in vierzig Minuten zum Verlag zu fahren. Für den doppelten Preis, der sich noch um einiges erhöhen würde, wenn ich meinen abgeschleppten Wagen auslösen durfte, der dort stehen geblieben war, wo ich ihn abgestellt hatte. Im Halteverbot. Ein reines Verlustgeschäft bisher.

Das Bordtelefon fiepte bereits.

»Schwiegervater, du bist spät dran.«

»Wo bist du?«, versuchte ich eine Ortung.

»Wo wohl? In Kairo. Was soll ich in eurem kalten Land?«

»Woher weißt du, verdammt noch mal, immer wo ich bin?«, brüllte ich in den Hörer.

»Das weiß ich nur, wenn du in diesem Wagen bist«, kam es sehr ruhig zurück. »Deshalb wirst du jetzt auch mit diesem Wagen zum Flughafen fahren. Einer meiner Mitarbeiter wird dich dort in Empfang nehmen.«

»Woran erkenne ich ihn, und wie geht es weiter?«

Ich hörte den Scheich lächeln. »Menachem hatte mit seinem Artikel schon eine gute Idee. Aber deine war genial, und gefährlich. Wie du heute gesehen hast. Ich glaube, du solltest ein paar Hintergründe wissen.«

»Was ist mit dem Anschlag auf den Jungfernstieg?« Meine Stimme steigerte sich ungewollt zum Diskant.

Es entstand eine Pause. Der Scheich atmete schwer.

»Kann ich leider nicht verhindern. Komm zum Flughafen.« Dann war das Gespräch beendet, und ich saß wieder in dieser Kommandozentrale von Auto.

Was war jetzt zu tun? Was musste jetzt als Erstes getan werden? Fieberhaft versuchte ich mir meine weitere Vorgehensweise und ihre Konsequenzen vorzustellen. Erst der Verlag. Ich beorderte zwei meiner Kollegen zum Jungfernstieg. Erklärte ihnen kurz die Sachlage und die Vorsichtsmaßnahmen, die zu treffen waren. Sie benötigten einen Vorsprung von fünfzehn Minuten. Die musste ich warten. Dann rief ich die Notrufnummer »110«. Die glaubte mir nicht. Der Beamte versuchte mich abzuwiegeln und ... außerdem sei man schon überlastet.

»Verdammte Scheiße«, fuhr ich ihn an. »Jetzt ist Berufsverkehr. Sehen Sie zu, wie Sie die Menschen aus der U-Bahn bekommen.«

»Ist das eine Erpressung? Wer sind Sie? Geben Sie sich erst

einmal zu erkennen! Name, Anschrift und wo wir Sie erreichen können.« Das war alles, was dieser Komiker am anderen Ende der Leitung zu tun gedachte. »Dann nicht«, legte ich wütend auf. Sollten die doch sehen, wie es wirklich um unseren viel gepriesenen Katastrophenschutz bestellt war. Was hatte der Scheich gesagt? In dreißig Minuten. War das meine Zeit, die er mir gegeben hatte, oder die des Anschlages gewesen? Im Autoradio suchte ich den Lokalsender. Verdammt, auf welcher Frequenz war der? Automatischer Suchlauf. Dieses Ding fand ihn nicht, oder ich war zu blöd, es zu bedienen. Wahrscheinlich beides. Ich brauchte die Handynummern der Kollegen am Jungfernstieg. Juliette meldete sich. »Wo bist du, Chef?«

»In der Tiefgarage.«

»Bleib da. Ich komme sofort. Ich will auch mit.« Sie hatte sich noch nicht einmal die Mühe gemacht, ihren Hörer aufzulegen.

»Du spinnst komplett«, fuhr ich sie an. »Wohin willst du mit?« Den Fahrstuhl hatte sie sicher nicht genommen. Es hatte keine drei Minuten gedauert, um vom fünften Stock in die Garage zu kommen. Sie war außer Atem.

»Am Jungfernstieg hat es noch einen Anschlag gegeben«, keuchte sie. »Die Kollegen berichten von einem Chaos ohnegleichen.«

»Hast du die Handynummern der Kollegen dabei?«

Sie nickte und hielt ihr Handy hoch. »Alles eingespeichert. Fahren wir jetzt dahin?«

»Nein«, murrte ich. Das fehlte noch. Die Konkurrenz würde uns als mögliche Drahtzieher ausmachen. Gleich vier Reporter eines Verlages an einem Unglücksort, das war missverständlich und würde dem Verlag einigen Ärger durch Rückfragen der anderen Blätter bescheren.

»Wo kann ich dich absetzen?«

Juliette sah mich fassungslos an. »Was heißt hier absetzen? Ich bleibe jetzt dran. Ohne es zu wissen, bin ich Mitglied im deutschen Geheimdienst. Meine beste Freundin Silvia entpuppt sich als Anwerberin des BND. Meine Wohnung nimmt man auseinander, an meinem Auto zersticht man alle Reifen, und da soll ich jetzt irgendwo aussteigen? Kommt überhaupt nicht infrage. Ich werde jetzt Journalistin. So oder so. Denen werde ich es zeigen.«

Sie hatte sich so in Rage geredet, dass es schon wieder ein Schauspiel für sich war. Aber sie hatte recht. Ich hatte sie nicht wirklich ernst genommen. Es gab nichts Älteres, als die Zeitung von gestern. Und so handelten, dachten und lebten wir Journalisten. Immer am Limit des Machbaren. Wer es schaffte, dieses Limit für Sekunden zu überschreiten, die Story seines Lebens vorauszusehen oder zu ahnen, der war der König in dieser Mistbranche. Er hatte es geschafft. Konnte sich den Verlag und sein Einkommen aussuchen. Wir waren alles Huren der Buchstaben und Bilder.

»Was ist jetzt? Bleibe ich nun in diesem Luxuswagen, oder werde ich an der nächsten Bushaltestelle rausgesetzt?«, quengelte Juliette.

Ich hatte für eine journalistische Amateurin die Verantwortung. Eigentlich wäre es meine Pflicht, sie jetzt wirklich an einer Haltestelle rauszusetzten.

»Frag mal bei den Kollegen nach, wie es am Jungfernstieg aussieht.«

»Beschissen«, kam es nach ein paar Minuten zurück. »Die Einsatztruppen vom Katastrophendienst haben nichts mehr unter Kontrolle. Es sind vier bis acht Sprengkörper gezündet worden. Überall Blut ...«

»Sprengkörper?«, fragte ich ungläubig nach. »Nichts von Giftgas oder ähnlichem?«

Juliette schüttelte den Kopf. »Davon haben die Kollegen nichts gesagt. Nur von Sprengkörpern, die den halben U-Bahnhof verwüstet haben. Wohin fahren wir eigentlich?«

Ja, wohin fuhren wir eigentlich? Der Flughafen kam in Sicht, und mein Instinkt sagte mir, dass mit Juliette etwas nicht stimmte. Aber was?

»Du wirst dich am Meeting Point aufhalten und auf mich warten. Halte Kontakt zu den Kollegen.«

»Ich gehe mit. Wetten?«, protestierte Juliette. »Sie waren doch in Vietnam. Stimmt's?«

Ich nickte.

»Dann kennen Sie das.« Ich blickte in die Mündung einer 9-mm-Automatik.

»Da nützt der ganze Panzerwagen nichts, wenn man den Feind hineinlässt.« Sie lachte und drückte mir die Waffe in die Weichteile. »An der Tankstelle machen wir mal kurz Halt«, befahl sie. »Und bitte keinen Blödsinn. Das Ding ist geladen, und ich bin damit ausgebildet.«

Ich sagte das, was jeder in der Situation tat: »Was soll der Quatsch?« Und steuerte die Tankstelle an.

»Du bist ein Trottel. Mach jetzt einfach, was ich sage ...«, drückte sich die Mündung fester in mein Fleisch. »Der Anschlag auf den Jungfernsteig findet erst in fünf Minuten statt. Du hast also genau fünf Minuten, mir die Formel zu geben. Sonst sterben wieder einige Dutzend Menschen und deine Kollegen auch. Wie wollen die sich sonst gegen biochemische Waffen schützen? Vielleicht hinter ihren Kameras? Ihren Aufnahmegeräten? Oder hinter ihren Parkscheinen, die sie sich als brave Bürger gezogen haben?«

»Du hast keine Chance, hier herauszukommen.« Ob diese Warnung einen Sinn hatte, wusste ich nicht. Aber einen Versuch war es wert. »Warum dieser ganze Schwachsinn? Ich habe einen Termin im Flughafen.«

Sie nickte. »Weiß ich. Darum bin ich hier.«

»Und jetzt?«, versuchte ich keine Distanz aufkommen zu lassen.

»Wir warten hier.« Die Waffe wechselte von ihrer rechten in die linke Hand. Aber der Druck der Mündung ließ nicht nach. Mit flinken Fingern tastete sie eine Nummer in ihr Handy. »Er ist soweit. An der Tankstelle.« Mehr sagte sie nicht und drückte das Gespräch weg.

»Soll ich deinen Kollegen jetzt noch sagen, dass sie die U-Bahn-Station sofort verlassen sollen? Dann bleiben wenigstens die übrig.« Sie hielt das Handy hoch und lachte. Was war das für eine Frau, und was war ich für ein Trottel? Der Scheich hatte den Anschlag auf die zweite Station angekündigt. Der Notruf hatte ihn nicht ernst genommen, und ich sah eine Waffe auf mich gerichtet. Wenn man das Ordnung nannte, dann war ich im falschen Land.

»Ich frage jetzt noch mal. Was soll der Scheiß. Ich kann euch, wer ihr auch immer seid, nicht helfen.«

Juliette gähnte. »Ist nicht meine Aufgabe, dir das zu erklären. Bleib einfach ganz ruhig. Dann passiert dir nichts.« Sie sah auf ihre Uhr. Die Borduhr im Armaturenbrett konnte sie nicht sehen. Es war neun Uhr.

Die hintere rechte Tür wurde aufgerissen. Aus den Augenwinkeln konnte ich nur erkennen, dass es ein Mann war, der zustieg.

»Nimm diese verdammte Waffe weg«, herrschte er Juliette an. »Und du fährst. Aber sofort.«

Juliette steckte die Automatik weg. Stieg aus. Ging um den Wagen herum. Öffnete meine Tür. »Dein Platz ist jetzt hinten«, meinte sie und übernahm das Steuer.

»Seid ihr jetzt alle komplett verrückt geworden?«, fuhr ich den neuen Fahrgast an. Der sah mich nur an und nickte dann. »Ja. So ziemlich alle. Du hast irgendwo eine Wanze im Pelz und ich auch. Bevor wir die nicht finden, kommen wir kein Stück weiter.« Er hieß Juliette, endlich zu fahren. Er sah auf seine goldene Uhr. »Der Anschlag müsste jetzt stattgefunden haben. Eure Behörden sind so was von stur. Lieber opfern sie einige hundert Menschen, als einer Forderung nachzugeben. Jeden mickrigen Touristen kaufen sie aus allen möglichen und unmöglichen Urlaubsländern frei. Aber in eurem Land ... da gibt es keine Erpressung. Es darf sie einfach nicht geben. Wie spät ist es in New York? Tokio? Los Angeles? Singapur? Shanghai?«

Juliette nannte ihm die Zeitunterschiede, als habe sie die Zeitzonen auswendig gelernt.

»Gut. Dann werden die sich noch überlegen, was passiert, wenn bei denen um neun Uhr morgens die Giftgasbomben in den U-Bahnen hochgehen. Ach, die im Jungfernstieg konnte ich noch abwenden. Dank Juliette. Tut mir leid für deine Leute. Sie waren umsonst da. Aber ihr habt ja immerhin noch die Katastrophe am Hauptbahnhof. Und jetzt fahren wir zu deinem Termin im Flughafen. Mach keinen Mist. Meine Tochter ist mit der Waffe sehr geschickt und schnell.« Er deutete auf Juliette.

»Du hast noch eine Tochter? Was ist mit Nathalie?«

Menachem lachte. »Seit Mama Judith weißt du nichts mehr von mir. Nathalie leitet die ganze Organisation. Und stell mir jetzt keine Fragen, warum ich zweimal gestorben bin und immer noch lebe. Darüber reden wir mal, wenn das alles vorbei ist.«

»Was vorbei?« Das war heute meine bisher dümmste Frage und ich schüttelte den Kopf. »Vergiss es. Wir reden darüber . . .«

Menachem kratzte sich seine Kunsthand, und ich stieg aus. Wir waren am Flughafen. Hoffentlich war der Wagen wirklich das Kommunikationszentrum, für das ich ihn hielt, und der Scheich zog seine Konsequenzen aus diesem Gespräch. Oder wusste er mehr, als er vorgab? Alles ein Spiel, hatte Menachem gesagt. Und es schien ein Spiel zu sein. Im Jom Kippur war er für tot erklärt worden. Zwei seiner vermeintlichen Tode hatte ich selbst miterlebt, und er war immer noch auf der Welt und schien einen Plan zu verfolgen. Einen Plan, der für alle Seiten sein Verschwinden von diesem Planeten erforderte. Der Scheich schien sein Spielpartner zu sein. Was die Sache nicht gerade durchschaubarer machte. Trotzdem. Der Anschlag am Bahnhof war kein Spiel gewesen, und der Professor war auch nicht der Mensch, der Spielen zugeneigt zu sein schien. Obwohl . . . konnte ich seinen neuen Formeln trauen? Das war alles sehr schnell und glatt gegangen. Zu schnell, für meinen Geschmack. Aber ich hatte es auf meine chemische Begriffsstutzigkeit geschoben, dass ein ehemaliger Lehrstuhlinhaber einfach schneller sein musste als ich abgebrochener Chemiestudent.

»Alles zum Kotzen«, fluchte ich für mich und strebte den Terminals zu. Terminal eins oder zwei? Egal. Der Scheich hatte gesagt, dass mich jemand erkennen würde. Und Menachem schien darüber informiert zu sein. Also würde es schon stimmen.

Mein Ich schwieg, als ich Terminal 2, betrat. Ich hatte ihm die letzten Stunden genügend Informationen gegeben. Aber es schwieg. Mein Instinkt war wie weggeblasen. Keine Informationen, die mich vor etwas warnten oder schützten. Dieser Flughafen schien ein luftleerer Raum zu sein, in dem sich zur Morgenstunde schon Hunderte an den Schaltern drängten. Weg hier, schien diese Menge von sich zu geben. Und ich war hier. Wusste nicht einmal, was ich hier sollte. Draußen wartete eine schießwütige Amazone, wenn sie nicht schon längst mit ihrer Waffe hinter mir war, und hier sollte mich jemand erkennen, von dem ich nicht die geringste Ahnung hatte, wer er sein konnte.

Ich suchte mir einen Gastronomiebetrieb, in dem Raucher keine Außerirdischen waren, und bestellte ein Bier. Es verging eine Stunde. Zwei Stunden. Langsam musste ich auf Kaffee umsteigen, um nicht vor Mittag betrunken zu sein. Nichts tat sich. Einige Reisende entschuldigten sich, wenn sie mich mit ihrem üppigen Gepäck anrempelten. Sonst machte niemand Anstalten, mich anzusprechen.

»Auftrag erledigt. Wir können gehen«, sprach mich nach 12.00 Uhr eine weibliche Stimme an. Ich fuhr herum. Es war Juliette. »Komm. Wir fahren. Der Wagen steht vor der Tür, und Menachem hat seine liebe Mühe, die Ordnungshüter abzuwehren.« Schnellen Schrittes strebte sie dem Ausgang zu.

»Was heißt hier Auftrag erledigt?«, ließ ich mich in den Rücksitz fallen.

Ein leises Lächeln spielte um Menachems Mund. Er sah auf der mir abgewandten Seite zum Fenster hinaus. »Erledigt ist erledigt.« Mehr war ihm nicht zu entlocken.

»Juliette ...«, ich rüttelte sie an der Schulter. Sie wehrte ab. »Lass mich in Ruhe. Ich muss fahren. Wie Menachem sagt, erledigt ist erledigt. Du kannst jetzt wieder ruhig deinem Job nachgehen. Meine Kündigung hast du ja schon.«

Es hatte keinen Sinn. Die beiden wollten mir nichts sagen. Ich rief den Verlag an. Keiner von ihnen machte Anstalten, mir das zu verbieten. Der Verleger war sofort am Apparat.

»Klasse, mein Lieber. Wir haben einen Anschlag auf die U-Bahnstation Jungfernstieg verhindert. Den Artikel über den Anschlag auf die Hauptbahnhofstation haben wir auch bald fertig.« Er machte eine Pause. Es schmauchte. Er zündete sich eine Pfeife an. »Aber was wir nicht ganz verstehen, ist ein Päckchen, das ziemlich alt aussieht und mit Ihnen zu tun hat. Könnten Sie sich das bitte mal heute noch ansehen?«

Wir hatten einen Anschlag verhindert. Wie sich das anhörte? Hätte es überhaupt einen gegeben? Das wusste nur der Teufel und die Presse, und das waren wir. Aus einer Drohung wurde Wahrheit gemacht. Hauptsache, die Auflage stimmte. Mit dem Gegenbeweis konnte sich die Konkurrenz herumschlagen.

»Von nun an fährst du wieder selbst.« Menachem und Juliette stiegen am Bahnhof Altona in ein Taxi um und ließen mich grußlos allein.

Und allein war ich auch auf meinem Posten. Mein Vorzimmer war leer, und niemand schien sich darüber Gedanken zu machen. Als müsse es so sein. Der Panzerwagen stand wieder auf seinem Platz in der Tiefgarage. Wo meine eigene Dreckschleuder war, darum musste ich mich noch kümmern. Die Behörden würden sie irgendwohin abgeschleppt haben.

In der Mitte meines Büros stand ein Paket, besser gesagt ein Umzugskarton, der die Inschrift eines hiesigen Spediteurs und eine Banderole der Staatsanwaltschaft trug. Ein kleiner Klebezettel erklärte dieses Behältnis für »Freigegeben« vom heutigen Tag.

Ich zerriss die Binde. Obenauf lag ein Umschlag. Er trug meinen Namen.

»Ja, mein Lieber. Das ist deine Vergangenheit. Sieht nicht gut für dich aus.« Die Stimme kannte ich und fuhr hoch. Es war Keller. Hauptkommissar Keller, der mir süffisant zusah. Eine Zigarre im Mundwinkel, die gerade einen Teil ihrer Asche zu verlieren drohte.

»Wir haben A. Fröhlich identifiziert und gefunden. Das war auch bei ihm.« Er deutete auf den Karton am Boden.

»Was soll das heißen? Identifiziert und gefunden?« Ich ließ Karton Karton sein und fiel auf meinen Sessel.

Keller zog einen Besucherstuhl heran und streifte die Asche im Papierkorb ab.

»Vorgestern konnten wir ihn anhand seiner Fingerabdrücke in deiner Wohnung identifizieren. Er war Jude und gleichzeitig Verbindungsoffizier zur SS. Eine seltene Kombination. Er war sozusagen ein Spitzel in zwei Richtungen. Dann war er bei der Stasi und nach der Wende beim BND. Wenn das keine Karriere ist?« Er lachte trocken.

»Ja und? Was hat das mit dem Karton da zu tun?«, deutete ich auf das Behältnis im Raum. Wie alt war dieser A. Fröhlich gewesen? Ich hatte ihn auf Ende sechzig geschätzt.

»Vor zwei Stunden haben wir A. Fröhlich, der eigentlich ganz anders hieß, mit einem sauberen Kopfschuss in der Toilette des Terminals 2 im Flughafen gefunden. Wie es aussieht ... aufgesetzt, Schalldämpfer. Neun Millimeter. Aber das wird noch die Obduktion erbringen. Hast du dazu nicht eine Idee?« Jetzt duzte er mich wieder und deutete auf den Karton.

»Sollte ich?«, gab ich trotzig zurück. Dieser Karton störte irgendwie mein Wohlbefinden. Ich würde ihn ungesehen wieder irgendwo verschwinden lassen. Was interessierten mich mögliche Informationen, die kein Mensch vermisste, also auch nicht mehr brauchte.

»Was ist die Ursache des Anschlages, und wie viele Opfer hat es geben?«, lenkte ich ab. Das war etwas, was die Leser interessieren würde. Nicht alte Kamellen aus meiner Familienchronik.

»Ist noch nicht offiziell. Daher darf ich dir das eigentlich nicht sagen.« Keller druckste herum und suchte einen Aschenbecher.

»Aschenbecher gegen Informationen. Ich kann sie ohnehin erst nächste Woche bringen. Wie du weißt, sind wir ein Wochenmagazin.«

»Wie ich weiß ... wie sich das anhört?«, lachte Keller zynisch. »Wie ich weiß, schert euch das einen Dreck, mal eben eine Sonderauflage zu drucken. Also. Wo ist der Aschenbecher?«

Der Anschlag war nicht mit Ricin erfolgt. Warum beruhigte mich das? Der oder die Täter hatten »nur« Sarin verwendet. Ein leicht flüchtiges Nervengas, das zu den chemischen Kampfstoffen gezählt wurde, daher mess- und analysierbar war. Die Luftverwirbelung durch Lüfter und fahrende Züge hatte dafür gesorgt, dass sich die Gaskonzentration knapp unterhalb der tödlichen Grenze von 0,75 mg hielt und nur wenige Todesopfer, aber dafür mehrere Hundert Fahrgäste mit Übelkeit, Erbrechen und Muskelkrämpfen forderte, die die Notdienste weit über die Grenze ihrer Leistungsfähigkeit beansprucht hatten.

»Es gibt eine Forderung ...« Mit Aschenbecher schien sich Keller hier wohlzufühlen.

»Information gegen Whisky?«, trieb ich das Spiel weiter. Keller zog die Augenbrauen hoch und nickte. »Ist die Flasche frei von irgendwelchen Giften, außer dem, was der Hersteller da reingetan hat?«

Die Flasche war noch verschlossen. Um ihn zu beruhigen, nahm ich den ersten Schluck.

Keller nippte, schmeckte und kippte das ganze Glas hinunter. »Nein, mein Lieber. So einfach ist das nicht. Die Information wirst du dir verdienen.« Er setzte das leere Glas demonstrativ neben die Flasche.

»Und wie?« Ich schenkte uns nach. Das Spiel war auch nicht neu. Es gehörte zum Alltag unserer Berufsgruppe, dass wir manchmal etwas schneller an Informationen kamen, als es die Polizei erlaubte.

»Indem du mir sagst, was du auf dem Flughafen in Terminal 2 zu suchen hattest. Und leugne es nicht ab. Du bist auf den Überwachungsvideos zu sehen. Und noch jemand. Wo ist eigentlich deine Sekretärin Juliette? Seither ist sie nicht mehr gesehen worden.«

»Sie hat gekündigt«, murmelte ich kleinlaut.

»Bei dir würde ich auch keinen Tag bleiben«, grinste Keller. »Aber die gute Nachricht ... für deine Versicherung ... man hat deinen Wagen gefunden. Ausgebrannt, als wären wir noch in den Sechziger Jahren mit Studentenrevolten.«

Das war keine schlechte Lösung. So ersparte ich mir das Auslösen beim Abschleppdienst. Ich hatte einen Wagen. Ein wenig teuer im Verbrauch, aber offensichtlich noch versichert und versteuert.

»Das scheint dich nicht sonderlich zu schrecken?« Keller bediente sich weiter an der Flasche.

»Das Problem ist nur«, fuhr er fort, »dass man darin eine Leiche gefunden hat. Und wie es aussieht, war das deine Sekretärin.«

»Kann nicht sein«, antwortet ich spontan. »Sie wollte zu ihrer Mutter, und ich habe sie selbst zum Bahnhof gefahren.«

Keller schüttelte den Kopf. »Ich könnte dich jetzt festnehmen. Du versuchst mich für blöd zu verkaufen. Du hast das Mädchen, zusammen mit einem männlichen Begleiter, vom Flughafen zum Altonaer Bahnhof gefahren. Und bevor du wieder dumme Fragen stellst, auch dort gibt es Überwachungskameras. Also, wer war der Mann, und ich sage dir, wer diese Juliette war?«

»Keine Ahnung. Irgendein Verwandter, den wir auf dem Weg aufgegabelt haben. Er hatte eine Autopanne. Was ist mit den Forderungen?«, versuchte ich einen Ausweg zu finden.

Aber Keller war nicht zu beeindrucken. Meinen Rauswurf auf der Autobahn zahlte er mir Cent für Cent zurück.

»Vorbehaltlich der Obduktionsergebnisse«, hob er wieder an, »war deine Sekretärin eine der meistgesuchten Killerbienen der Welt. Scharfschützin und Auftragsmörderin. Und die war hier beschäftigt? Ihr seid mir vielleicht Entdeckungsjournalisten.«

Ich verstand nicht, oder ich wollte nicht verstehen.

»Und wer schafft es, eine solche ›Killerbiene‹, wie du dich ausdrückst, mal so eben umzubringen?« *Angriff. Peter, du musst auf Angriff bleiben*, tobte mein Ich, das sich die ganze Zeit dezent im Hintergrund, um nicht zu sagen, im Nichts, aufgehalten hatte.

Der Kommissar zuckte mit den Schultern. »Wenn du es nicht warst, dann war es der zweite Mann in deinem Schlitten. Wer war der?«

Menachem. Wie sollte ich ihn erklären? Es gab ihn schon das zweite Mal nicht mehr.

»Keine Ahnung. Er wurde mir nicht vorgestellt. Was ist jetzt mit Forderungen zu dem Anschlag?«

Keller verzog das Gesicht. Er war sauer, dass er so nicht weiterkam. »Weißt du was? Ich verhafte dich jetzt einfach. Dann werden wir doch mal sehen, ob dir nichts einfällt.«

»Das kannst du nicht«, protestierte ich.

»Oh doch. Du siehst nicht genug Krimis. Dann wüsstest du,

dass ich das kann.« Er stand auf: »Peter Stösser, wegen Verdunklungsgefahr in einem Mordfall sind Sie hiermit vorläufig festgenommen. Folgen Sie freiwillig oder muss ich Kollegen zur Hilfe holen?«

»Spinnst du jetzt komplett?«, fuhr ich hinter dem Schreibtisch hoch.

»Ist das jetzt eine Beamtenbeleidigung? Dann habe ich sie überhört. Also, was ist? Benötige ich Handschellen?«

Keller hatte das vorbereitet. Unter dem dezenten Getuschel des ganzen Verlages wurde ich in einen ausgerechnet vor dem Haupteingang wartenden Streifenwagen verfrachtet. Die Handschellen hatte er mir erspart.

»Ich höre«, sagte er, als er neben mich auf den Rücksitz kroch, »du wolltest keinen Polizeischutz. Dann muss ich eben andere Mittel anwenden, damit du nicht in den nächsten Stunden irgendwo als Leiche angespült wirst.«

»Und der ganze Verlag muss dabei zusehen? Wäre das nicht einfacher gegangen?«

Er schüttelte den Kopf. »Nein. Ich hatte dich gebeten, den Inhalt des Kartons zu lesen. Aber du wolltest nicht. Deine neugierigen Kollegen und vor allem dein Chef haben schon jedes Detail gelesen. Es war ein Fehler der Justiz, dieses Ding in die Redaktion zu schicken ... aber es ist nun mal passiert. Und du Rindviech willst nichts damit zu tun haben. Na ja. Wenn du meinst? Schläfst du eben mal ein paar Stunden hinter Gittern. Vielleicht fällt dir dann was ein, mit dem ich etwas anfangen kann, außer dass A. Fröhlich mal Kosolowski geheißen hat.«

Ich sagte nichts. Dieser Name schien mich zu verfolgen. Schon wieder ein Kosolowski. Der Karton. Mitten in meinem

Büro, und ich hatte ihn ignoriert. Jeder meiner Kollegen hätte seine Neugier daran ausgelassen, und ich wusste von nichts.

»Seit wann weißt du, dass Juliette eine Killerin ist?«

Keller schob das Kinn vor und die Stirn in Falten.

»Eigentlich darf ich dir das nicht sagen. Seitdem du dieses ›Dornbuschsyndrom‹ hast und nur noch von diesem Gift träumst, bist du für uns normale Bürger ein Spinner geworden.« Er machte eine Pause, biss das Mundstück einer neuen Zigarre ab, spuckte es in den Streifenwagen und zündete sie an. Er zog die Rauchschwaden ein und blies sie von sich.

»Es war vor ein paar Monaten«, begann er stockend. »Du hattest befürwortet, dass diese Juliette bei euch als Sekretärin eingestellt wurde. Ihre Zeugnisse waren gut. Sie war attraktiv. Da hast du doch wieder mit dem Schwanz gedacht. Stimmt's?« Er lächelte noch nicht einmal und zog an der Zigarre. Er meinte es ernst.

»Zur gleichen Zeit hast du deiner Tochter Rebecca einen Job bei euch besorgt. Sie war als Ärztin natürlich in einem Verlag nicht so vielseitig einsetzbar wie diese Juliette, die immerhin Referenzen vorweisen konnte. Was du nicht wusstest, war, dass deine Tochter auf diese Juliette angesetzt war, die bis dahin, so vermuten die Geheimdienste, schon zehn Morde auf dem Gewissen hatte. Alles Leute, die irgendetwas in Führungspositionen der internationalen Chemie zu tun hatten.« Er kurbelte das Fenster ein Stück weit auf und warf den angerauchten Stummel hinaus.

»Hier beginnt das Problem. Es tauchten plötzlich Forderungen auf, die sich, von Staat zu Staat, in mehr oder weniger hohen Milliardenforderungen bewegten. Zahlt oder ... Von nun an wurden die Geheimdienstaktivitäten auf volle Stufe hochgefahren. Aber die mussten bald erkennen, dass ihre Personaldecke nicht reichte. So kamen wir kleinen Kripoleute ins Spiel.«

Ich versuchte mir die Situation vorzustellen, in der sich die Behörden befanden. Es war auch nahezu nachvollziehbar und eine Sonderausgabe wert. Aber ... was hatte ich damit zu tun? Juliette ... eine Killerin. Meine Tochter hatte sich beim BND Geld dazuverdient. Auch mal was anderes, als in der Kneipe zu jobben. Ein solch gigantisches Informationszentrum wie ein Verlag war für den Geheimdienst mit einem Chefredakteur und einer permanent in Geldnot befindlichen Tochter das gefundene Fressen. Auch noch nachvollziehbar. Aber was hatte das mit meinem »Dornbuschsyndrom« zu tun wie Keller es bezeichnete.

Der Wagen hielt. Eine Straße vor meiner Wohnung. »Du solltest mal ein wenig schlafen und nachdenken«, grinste der Kommissar. »Vielleicht fällt dir dann doch noch was ein. Raus jetzt.«

Einer der beiden Beamten öffnete die Tür, die von innen mit einer Art Kindersicherung gegen flüchtige Verbrecher versehen war. Mir wurde mulmig. Was sollte ich jetzt zu Hause? Keller spielte jeden Kilometer aus, den ich ihn seit dem Autobahnparkplatz gekostet hatte. Und dieser Karton stand immer noch mitten in meinem Büro. Zur allgemeinen Bedienung meiner neugierigen Kollegen. Ich war ein Arschloch und hatte mich überschätzt.

»Um neun Uhr Ortszeit gehen mehrere biologische Bomben in allen Großstädten der Welt hoch.« Ich verließ den Wagen. Der Beamte schloss die Tür, die er sofort durch ein Geschrei aus dem Innenraum wieder öffnete.

»Was hast du da gerade gesagt?« Keller übertrumpfte sich und sein Gewicht und schoss wie eine Kugel auf mich zu. »Wiederhole das noch mal«, zerrte er an meiner Jacke. »Welche Großstädte? Weißt du die? Von wem? Wann und wie?«

»Wie lautet die Forderung und von wem kommt sie?« Jetzt wurde ich stur. Ich brauchte die Story, sonst war ich nach dem Desaster mit Juliette meinen Job los.

»Scheißkerl«, ließ Keller los und ließ sich wieder auf den Rücksitz fallen. Er atmete schwer. Seine Backenmuskeln waren dabei, sich selbst zu zertrümmern.

»Hör zu. Wir machen ein Geschäft«, rang er sich durch. »Du sagst mir, was ich wissen muss, und ich dir, was du wissen willst.«

»Nein.« Ich schüttelte den Kopf. »Umgekehrt. Du sagst mir, was ich wissen will und du, Kriminalhauptkommissar und Leiter einer Sondereinheit des BND, die sich ›Brennender Dornbusch‹ nennt, wirst von mir erfahren, was ich für nötig halte.«

»Na, das nennt man bei uns Geheimhaltung. Woher weißt du das?« Er schlug sich wütend auf die Schenkel.

Ich schüttelte den Kopf. »Erst stelle ich die Fragen. Also wie viel?«

»Eine schwachsinnige Summe. Kein Staat der Welt geht darauf ein. Darum ist es eigentlich unnötig, mit dir dieses Geschäft einzugehen.«

»Wie viel?«

»Zwei Milliarden Euro«, kam es gepresst aus ihm.

»Wie und wohin zahlbar?«

Er zuckte mit den Schultern. »Keine Ahnung. Die Regierung hat die Verhandlungen an sich gerissen. Bis zum Anschlag vom Hauptbahnhof waren es eine Milliarde. Es liegen weitere Drohungen vor, die Dosis ihrer ›Kampfstoffe‹, wie sie es nennen, zu erhöhen.«

Der Anschlag auf die U-Bahnstation Hauptbahnhof war also

so und nicht anders geplant worden. Dass dabei ein paar ältere Menschen zu Tode kamen, war mit einkalkuliert. Es war eine Warnung gewesen. Und von wem kam dann die Information, dass es fast zeitgleich einen Anschlag am Jungfernstieg gegeben hatte, der keiner war?

»Zwei Milliarden Euro. Das ist doch ein Schwachsinn. Wie sollen denn die transferiert werden?«, sinnierte ich. »Die bringen doch jedes Bankensystem ins Wanken.«

Keller nickte. »Dachten wir auch. Daher haben wir das nicht ernst genommen. Also, wo sollen die nächsten Anschläge sein?«

»Wie kam diese Forderung?«

Keller machte langsam einen sehr genervten Eindruck. »Wie wohl? Heute kommt doch alles per E-Mail. Keine Sau kann den Absender ausfindig machen.«

»Und wohin sollte das Geld transferiert werden?«, hieb ich nach. Das war die Story, jubilierte ich.

Keller machte nur eine müde Bewegung. »Nicht bekannt. Wir sollten nur die Mail mit einem klaren ›Ja‹ beantworten. Der Rest würde uns danach mitgeteilt. Also, wo soll der nächste Chemiezauber steigen?«

Ich nannte ihm die Städte, die Menachem erwähnt hatte. Das war ich, wem auch immer, schuldig.

»Wo willst du hin?«, rief mir Keller nach. »Wenn du nicht langsam den Karton aus deinem Büro schaffst, bist du der nächste Aufmacher in eurem Blätterwald. Aber dieses Mal für die Konkurrenz.«

Wir hatten in einem abgelegenen Stadtviertel in einer noch abgelegeneren Kneipe zu Abend gegessen und auf die Dunkelheit gewartet. Da ich einen Generalschlüssel zum Verlag besaß, musste ich warten, bis der Sicherheitsdienst seine Runden gezogen hatte. Keller hatte mir sogar beim Transport des Kartons geholfen. Nun stand der in meinem Wohnzimmer und dieser Panzerwagen wieder vor der Tür.

»Lass dir was zu dem Inhalt einfallen«, hatte er mir fast freundschaftlich auf die Schulter geklopft. Er schien die Akten und Papiere bereits studiert zu haben. Zu einem weiteren Gespräch plus Getränke war er nicht zu überreden gewesen. Grußlos hatte er mich nur kurz angesehen und die Flurtür hinter sich zugezogen. New York, Tokio, Los Angeles und die anderen Städte warteten auf eine Vorsorge gegen die angekündigten Angriffe. Wie Keller noch nach einigem Herumtelefonieren von meiner Büroleitung erfahren hatte, lagen in diesen Staaten noch höhere Forderungen vor. Bei zwanzig Milliarden Dollar lag die Hauptforderung an die jeweilige Regierung.

»Die Zentrale muss irgendwo in Europa, sogar in Deutschland liegen«, hatte er noch gemurmelt. »Niemand hat so viel Erfahrung mit solchen Kampfstoffen. Du wirst schon sehen. Aber wir kommen nicht dahinter, wer es sein könnte.«

Warum hatte ich diese Unterlagen ungesichtet Jahre im Keller gehabt? Sorgfältig studierte ich ein Blatt nach dem anderen. Es waren getippte und handschriftliche Aufzeichnungen, die für sich schon eine ganze Wochenausgabe unserer Illustrierten wert waren. Ein Teil davon musste auf Nimmerwiedersehen verschwinden, beschloss ich, und ließ sie durch den Reißwolf laufen. Irgendwo hatte die Vergangenheit ein Ende. Egal, wer das schon gelesen hatte, es war alles vor meiner und seiner Zeit gewesen. Dass mein Vater, möglicherweise, Lagerkommandant im Buna-Lager gewesen war, konnte mir jetzt auch dokumentarisch mehr schaden als nützen. Wie viele Tausend Menschen er in den Tod geschickt haben sollte, brachte mich persönlich auch nicht weiter. Ich war nicht danach gefragt worden, von wem ich gezeugt werden wollte. Ich war einfach da und musste verhindern, dass die Konsequenzen weiter um sich griffen. Der Umschlag. Ich hatte ihn als Letztes geöffnet. Keller musste ihn gelesen haben. Nun las ich den Inhalt und verstand nur so viel, dass er mir seltsam bekannt vorkam. Eine chemische Formel.

Ich hatte mich beeilt, vielleicht doch noch etwas zu retten. Aber die blauen Signalleuchten vor dem Haus bedeuteten mir, dass ich diesen verdammten Umschlag zu spät aufgemacht und gelesen hatte. Ich setzte den Wagen zurück, bis ich aus der Straßenbeleuchtung war. Das Bordtelefon fiepte.

»Schwiegervater, du machst langsam zu viele Fehler. Menachem hat meinen Informanten umlegen lassen, der dich eigentlich schützen sollte. Wenn er sich bei dir meldet, sage ihm, dass ich seine Tochter Nathalie habe und sie in zwölf Stunden sterben wird. Genauso, wie er Juliette umgebracht hat.« Dann brach das Gespräch ab.

Mir wurde schlecht und ich hatte keinen Magenbitter dabei. Menachem hatte A. Fröhlich eliminieren lassen, der mir die Unterlagen gestohlen hatte, um mich zu schützen? Was hatte in den Papieren gestanden, die ich vernichtet hatte? A. Fröhlich war demnach der Bruder meiner Mutter gewesen. Er hatte überhaupt zur Familie der alten Dame aus Haifa gehört. »Idiot, verdammter«, verfluchte ich mich. Juliette war beim BND gewesen und nicht die Tochter von Menachem. Sie hatte nur eine Rolle gespielt und war dabei umgekommen.

Und Menachem hatte nichts zu befürchten. Es gab ihn einfach nicht. Und weil es ihn nicht gab, konnte er jeden, der ihm auf den Fersen war, an sich binden und, wenn er ihn nicht mehr benötigte, eliminieren. Es gab ihn ja nicht. Der Scheich würde als Arzt jeden Eid schwören, dass dem so war. Sehr schlau. Sehr geschickt. Alle jagten ein Phantom. Jeder wusste, dass es in irgendeiner Form noch existierte. Aber niemand, in welcher. Dass er Agentinnen auf seine Spur lockte und sie dann einfach umdrehte, darauf musste man erst einmal kommen.

Die Leute vom Geheimdienst hatten keine Chance. Sie waren froh, das Vermeintliche gefunden zu haben, und spielten mit. Dass sie seine Waffe wurden, damit konnte kein Ausbilder der Welt rechnen.

Aber ... er musste einen Helfer haben. Gerade weil es ihn nicht mehr gab, musste jemand für sein Dasein sorgen. Er reiste. Er hatte alle Bedürfnisse eines lebenden Menschen. Wer konnte das sein? Und dieser Umschlag ...

Ich fuhr nach Hause und verbarrikadierte mich, so gut es ging. Mein einziges Messer, das scharf genug war, da ich es nie benutzte, mein Fleischmesser, legte ich neben das Bett. Hoffentlich trat ich da heute Nacht, auf dem Weg zur Toilette, nicht hinein.

»Was und wer waren jetzt noch übrig?«, sinnierte ich im Einschlafen. »Der Scheich und Arzt? Hauptkommissar Keller? Oder ...?« Warum hatte ich daran nicht gedacht. Menachem hatte einen Helfer. Der Scheich aber auch. Und beide mussten ganz in meiner Nähe sein. Dann zwang mich der Schlaf in sein Reich.

Niemand hatte mich überfallen, stellte ich schlaftrunken fest, und dass es bereits Mittag war und ich gründlich verschlafen hatte. »Nun gut«, krabbelte ich aus dem Bett und vermied es in den Spiegel zu sehen. »Noch bist du Stellvertreter und nicht jedem Idioten im Verlag Rechenschaft über dein Kommen und Gehen schuldig.«

Was hatte ich die Nacht geträumt? Das Schreiben aus dem Umschlag im Karton war identisch mit ... Wo war das Ding? Ich hatte es gut zwischen meinen Büchern versteckt. Aber in welchem? »Peter, du wirst alt«, murmelte ich ratlos vor meinen Bücherregalen. Ich konnte doch jetzt nicht jedes Buch umdrehen. Dann kam ich heute nicht mehr in den Verlag. Ratlos stand ich vor den Buchrücken. Ich wurde langsam wirklich alt. Wo hatte ich die Formel vom Professor versteckt? Mehr aus Gewohnheit, wenn ich allein zu Hause war, und das war ich in den letzten Jahren immer häufiger, stellte ich den Fernseher an. Er gab mir das Gefühl nicht so ganz allein zu sein.

»... wurde heute Morgen, 9.00 Uhr Ortszeit, in der Tokioter U-Bahn ein Giftgasanschlag verübt. Die Behörden haben noch keinen Überblick. Aber man vermutet, dass mehrere Hundert Reisende umgekommen sind. Die U-Bahn-Schächte sind zurzeit nicht betretbar. Die Polizei wartet auf Spezialeinheiten ...«, sagte meine blonde Kollegin vom Ersten Programm.

Ich wurde fiebrig. Wo war diese Scheißformel vom Professor? Tokio. Welche Stadt war als nächste dran? Die Sonne ging im Osten auf. Dann waren Shanghai und Hongkong als Nächstes dran, wenn Menachems Äußerungen stimmten. Dann Singapur. Das würde eine Katastrophe ohnegleichen geben.

Wo war diese verfluchte Formel? Da war sie. Ausgerechnet im Alten Testament. Was hatte ich mir dabei gedacht? Ach ja, der brennende Dornbusch. War doch logisch.

Mit fliegenden Fingern verglich ich die beiden Texte. Die Formel aus dem Umschlag, der Hinterlassenschaft meiner Mutter und die des Professors, der diese vor wenigen Tagen vor meinen Augen aufgeschrieben hatte, waren identisch.

»Und jetzt? Was mache ich damit?«, knurrte ich mich an. Dazwischen lagen mehr als sechzig Jahre und beide, meine Mutter und der Professor konnten sich nicht gekannt haben. Oder doch? Nein. Das war nicht möglich. Eine einfache Arbeiterfrau von damals hätte sich niemals mit einem Professor getroffen. Also ... da war noch jemand dazwischen. Aber wer? Meine Gedanken rasten hin und her. Irgendetwas stimmte hier nicht. »Langsam. Denke nach«, zwang ich mir zur Ruhe.

Der Scheich hatte gewusst, dass Keller nicht das war, was er vorgab. Ein einfacher Kripobeamter. Er hatte von Toten gesprochen, bevor der Anschlag auf die U-Bahn in der Stadt geschehen war. Also gab es bereits Morde, von denen andere, aber nicht die Presse wusste. Was wurde hier gedeckelt? Und von wem? Da war jemand hinter allem, der uns allen überlegen war. Wie konnte das sein, ohne nicht mehr Informationen als alle anderen zu haben? Welche Informationen? Und wer?

Ruhelos trabte ich durch die Wohnung. Hin und her, auf und ab. Es war einfach nicht zu ertragen, dass mir jemand überlegen war. Wo war mein Schwachpunkt? Was wusste ich nicht? Wozu überhaupt das Ganze? Milliardenforderungen an die Staaten. So ein Schwachsinn. Kein Staat der Welt würde sich solchen Forderungen beugen. Lieber ließ er ein paar Tausend seiner Bürger umkommen. War das der Plan? Widerwillig schüttelte ich den Kopf. Kein Erpresser mit diesen Mitteln würde solch ein Schwachkopf sein. Und er schien über die geeigneten Mittel zu verfügen, die Welt in Panik zu versetzen. »Himmel, denk schneller«, verfluchte ich mich. Ließ die letzten Stunden an mir vorbeipassieren.

Aber ich konnte denken, wie ich wollte, mir fiel immer nur eine Wüstenmaus ein, die versuchte eine Dattel in ihr Loch zu bringen, die viel zu groß für die Öffnung ihres Baus war.

»Du bist der größte herumlaufende Idiot«, fluchte ich lautstark. Genau das war das Problem. Die Beute war zu groß für das Loch. Oder anders gesagt, die ganze Dattel war das Wissen um die chemische Formel des Ricins. Der oder die kannten die Formel. Die Formel war nicht das Problem. Aber, wie der Professor gesagt hatte, sie war nicht zu Ende gedacht. Jemand musste sie in einzelne, nachvollziehbare Arbeitsschritte zerlegen. So wie ich die Dattel für die Maus zerlegt hatte, damit sie in den Bau passte. Und Menachem war gerade dabei, die Formel zu zerlegen. Oder der Scheich? Oder der Kommissar? Aber keiner arbeitete ohne Auftrag. Hier lief ein Spiel ab. Langsam bekamen Menachems Worte einen Sinn. »Alles nur ein Spiel.«

Jemand im Hintergrund zog die Fäden, und ich wusste von keinem wirklich etwas. Rebecca, meine Exfrau, und Rebecca, unsere Tochter, hatte man mir genommen. Juliette hatte man mir genommen. Wer war noch übrig? Silvia? Nathalie?

Vielleicht. Aber da war noch jemand, an den ich ungern dachte ... An den aber niemand dachte.

»Was willst du um diese Tageszeit hier? Du bist betrunken. Verschwinde, sonst rufe ich die Polizei.«

»Die wartet nur darauf«, versuchte ich ein Lächeln. Ob es mir gelang, war ich nicht sicher. Ich schob Erika beiseite.

»Wer ist da?«, kam es aus dem Wohnzimmer. »Erika? Ist was los?«, wiederholte sich die männliche Stimme.

»Du kannst hier nicht rein«, stellte sich Erika mir in den Weg. »Wir haben Besuch. Das geht so nicht.«

Ich hatte noch nie eine Frau geschlagen, aber nun war es nötig. Erika ging zu Boden, und ich roch förmlich, was und wer hier war.

Ein schneller Blick durch das Zimmer hatte genügt, um mir meine Ahnung zu bestätigen.

»Wo willst du hin, wo du schon mal da bist?«, kam es scharf aus dem Raum. »Ich möchte fast sagen, dass ich es gerochen habe, dass du Schnüffler hier auftauchst.«

Eine Waffe wurde durchgeladen. Ich blieb mit dem Rücken zum Raum stehen. Mich jetzt zu verfluchen war sinnlos. Ich war eigentlich da, wo ich hin wollte.

»Komm, setz dich.«

Erika hatte sich vom Boden aufgerappelt und spuckte mich an. »Du bist und bleibst ein Versager«, fauchte sie mich an.

»Das würde ich so nicht sehen«, kam es aus einem der Sessel. »Er hat etwas, was uns Milliarden einbringt. Wir könnten ihn beteiligen. Wer hat schon bezahlt?«

»Japan, Hongkong und Singapur haben Bereitschaft signalisiert«, kam es aus dem anderen Sessel.

»Aber, wir kämpfen langsam mit stumpfen Waffen. Diese Chemie-Waffen sind zu flüchtig und zu schnell ortbar. Wir brauchen die Originalformel«, kam es aus einer anderen Ecke.

Keiner von denen hatte die Formel. Die richtige Formel. Ich drehte mich um. Sollten sie mich erschießen. Dann hatte ich wenigstens etwas in meinem Leben geleistet.

»Das habe ich mir gedacht. Ihr drei versucht die Welt zu erpressen. Nicht mit mir«, fauchte ich in den Raum, um mich gleich ein »Arschloch« nennen zu lassen. Mehr sagte mein Ich nicht. Keiner hatte die Formel. Weder die aus dem Kloster, noch die verbesserte vom Professor, noch die aus dem Umschlag stimmte. Wo war sie dann?

»Du lebst nur noch, weil bei dir irgendwo diese Formel sein muss«, sagte Menachem. Hauptkommissar Keller und A. Fröhlich nickten zustimmend. Ein Spiel, es war alles nur ein Spiel.

Jetzt fehlten nur noch Juliette und meine Tochter. Dann war ich reif für eine geschlossene Anstalt. Es war wie auf einem Jahrmarkt. Einem Rummelplatz, der nur eine Scheinwelt vorgaukelte. Ein Panoptikum aus Zerrspiegeln und Geisterbahn. Nichts war real und doch tödlich. Wer dachte sich so etwas aus? Und wo sollte ich die wirkliche Formel haben? Gab es sie wirklich, wenn offensichtlich alle anderen nicht funktionierten? Diese Formel musste es geben. Alle schienen davon überzeugt zu sein. Aber wo?

»Whisky gefällig?«, setzte mir Keller ein Glas hin, und Menachem spielte mit der Neun Millimeter Automatik. War das die, mit der mich Juliette bedroht hatte? Ich wollte es nicht wissen. Hier wurde gelogen, was die menschliche Phantasie hergab. Die Thora-Kapsel hatte sich als Flop oder manipuliert herausgestellt. Danach hatte mir Menachems Mutter, Judith, das 12,7-mm-Geschoss gegeben, dessen Inhalt sich auch als unbrauchbar herausgestellt hatte. Was blieb da noch?

Ich schüttete den Whisky hinunter. Wenn schon sterben, dann mit einem Rausch. Und lebend würden die drei mich hier nicht mehr raus lassen. Dafür hatten sie zu viel zu verlieren. Außer Menachem. Den gab es nicht. Aber Hauptkommissar Keller und A. Fröhlich würden einiges zu erklären haben. Konsequenz ... ich durfte nichts mehr erklären können. Warum auch? Wenn die Japaner, Hongkong-Chinesen und Singapur jeweils eine Milliarde gezahlt hatten, dann war die wirkliche Formel auch nicht mehr von Bedeutung. Eine Milliarde. Für mich eine unvorstellbare Summe. Ich musste schon einen Kredit aufnehmen, um mir ein paar Möbel zu kaufen. Und A. Fröhlich hatte die alten auf der Suche nach der Formel aufgeschlitzt. Mein langjähriger Nachbar, der mich jetzt, im Bewusstsein eines Sieges, seines Sieges, was immer der auch sein mochte, hämisch anlächelte. Das war kein Kosolowski. So etwas taten unsere Vorfahren nicht. Sie waren Opfer und keine Täter gewesen. Soweit das meine neuen Informationen zuließen.

Kosolowski. Haifa. Die alte Dame. Das 12,7-mm-Geschoss als Türklopfer. Ich war ein Idiot. Wie kam ich jetzt hier weg? Ich musste Nathalie erreichen. Sie schien die einzige zu sein, die die Wahrheit gesagt hatte, aber dazu kam ich nicht mehr.

Die Haustür wurde eingetreten, eine Tränengasgranate kullerte in den Raum, und irgendjemand schrie, dass wir uns nicht bewegen sollten. Zwei Schüsse fielen, irgendwo ging Glas zu Bruch, dann versetzte mich ein Schlag in tiefe Dunkelheit.

Wie spät war es? Es war schon Tag, und jemand rüttelte mich. »Herr Stösser. Würden Sie bitte mitkommen?«

Ich sah um mich. Ich war in einer Zelle. Mein Kopf schmerzte. Irgendetwas hatte mich im Nacken getroffen. Ich befühlte die Stelle. Sie war verbunden.

Der Polizist wartete in der geöffneten Tür. »Bitte. Der Kommissar möchte Sie sprechen. Sie haben nur noch ein Protokoll zu unterschreiben, dann können Sie gehen.«

»Tut mir leid«, empfing mich ein älterer Herr. »Ich bin Kommissar . . .« Er nannte mir einen Namen. Aber ich hatte keine Lust mehr, mir noch von irgendeinem Kommissar den Namen zu merken. Sie logen alle.

»Unterschreiben Sie bitte das Protokoll. Dann können Sie gehen.« Er hielt mir einen Kugelschreiber hin. Nein. So nicht. Bevor ich noch mal etwas unterschrieb, wollte ich es lesen. Mühsam konzentrierte ich mich auf das Blatt.

»Unterschreibe ich nicht«, schob ich das Blatt von mir.

Der Kommissar zuckte mit den Schultern. »Dann nicht.«

»Kann ich jetzt trotzdem gehen?«

Der Kommissar nickte. »Natürlich. Es liegt ja nichts gegen Sie vor. Ist nur eine reine Formalität, dass Sie das unbeteiligte Opfer eines von der Regierung angeordneten Einsatzes waren und dass Sie keine Regressansprüche erheben werden. Und Formalitäten sind nun mal nötig. Gerade wenn es sich um einen Journalisten handelt. Aber wenn Sie nicht wollen. Bitte. Da ist die Tür. Gehen Sie. Oder soll Sie einer meiner Streifenwagen nach Hause bringen?«

Einen Moment überlegte ich und setzte mich wieder.

»Wenn ich das unterschreibe, dann ist doch Ihre Dienststelle entlastet? Können wir ins Geschäft kommen?«

13

Tel Aviv – Haifa – Jerusalem – Sinai

Erika war bei dem Einsatz des SEK ums Leben gekommen. Sie hatte versucht zu schießen. A. Fröhlich war schwer verletzt worden und noch nicht ansprechbar. Keller war schon wieder, auf Anordnung von oben, auf freiem Fuß. Menachem war entkommen. Wie, wollte mir niemand sagen. Oder durfte nicht. Erika, grübelte ich auf dem Flug nach Tel Aviv. Sie hatte ein Reisebüro. Und was war die Aufgabe von Reisebüros? Möglichst billig und unauffällig Personen von »A« nach »B« zu bringen. Und das weltweit. Ein gutes Reisebüro lebte von seinen Verbindungen an den Zielorten. Das war sein Kapital, und was hatte der israelische Präsident gesagt? Beim Aprikosenschnaps und Ezras Kuchen? »In Ihrem Land und in Ihrem Verlag sind Sie nicht mehr viel wert. Bleiben Sie hier. Hier können wir Sie gebrauchen. Ihre Geheimdienste haben Sie schon längst fertig gemacht. Sie wissen es nur noch nicht. Sie sind ein unbequemer Journalist. Ein sehr unbequemer.« Dann war er ins Haus gegangen. Ich hatte es nicht glauben wollen. Und nun war ich wieder auf dem Weg ins »heilige Land«, da ich in meinem Land nur noch etwas sah, über das zu schreiben sich schon nicht mehr lohnte. Kein Mensch glaubte mehr, dass so etwas möglich war.

Korruption, Mord, Täuschung, Anschläge. In Deutschland, in meinem Heimatland, in dem alles so sauber und ordentlich sein sollte. Aber gerade deshalb. Vermutlich.

Ich atmete tief durch und schaute auf die Welt vierzehntausend Meter unter mir. Sie war schön. Von hier oben. Da unten machten sich gerade ein paar Leute Gedanken, wie sie sich diesen Planeten für sich selbst verschönern konnten. Verschönern konnten? Ich schrak aus meinen Gedanken hoch. Genau das war das Thema. Warum war ich blöder Hund nicht gleich darauf gekommen? Diese Formel musste her. Hoffentlich hing diese 12,7-mm noch als Türklopfer in der Straße am Hügel in Haifa.

Es dauerte ein Vermögen, bis wir alle Straßen in diesem Viertel abgeklappert hatten. Ein Haus sah wie das andere aus. Mein Taxifahrer schmunzelte nur und plapperte vor sich hin. Ich verstand ihn nicht. Der Fahrpreismesser sprach seine eigene Sprache. »Stopp. Da ist es«, brüllte ich ihn an und sprang aus dem Wagen. Da war die Eingangstür mit dem Geschoss als Türklopfer. Das war eindeutig das Haus der alten Dame Kosolowski. Nur eine Klingel von den zweien trug einen Namen. Und das war noch immer ihrer. Ich schwitzte. Was wollte ich überhaupt hier? Das Geschoss. Sonst nichts. Aber das war ohne Werkzeug nicht zu entfernen, und der Taxifahrer sah mir zu. So ging das nicht. Mir musste etwas einfallen, bevor der Fahrpreis noch höher wurde. Ein Stein oder ein anderer Gegenstand, mit dem ich dieses Ding losschlagen konnte. Ich sah mich um. Da war nichts, was sich eignete, eine Metallkette zu lösen.

»Du hast eine Idee?«, sprach mich eine weibliche Stimme an.

Ich fuhr herum.

»Glaubst du, dass hier jemand ins Land kommt, ohne dass wir das wissen? Schalom. Ich wusste, dass du ganze Arbeit leistest.« Nathalie fiel mir um den Hals. Sie war in Uniform. Also offiziell. Ihre Schulterklappen wiesen sie jetzt als Hauptmann aus. Sie war die Treppe des Militärs hinaufgefallen.

»Warum hast du mich damals bestohlen und meine Aufzeichnungen ins Internet gestellt?« Mehr fiel mir zur Begrüßung nicht ein. Ich war noch nie gut bei Überraschungen gewesen. Vor allem nicht bei weiblichen. Nathalie lachte und nahm mich bei der Hand. »Komm. Bevor dein Taxi mehr kostet, als ich verdiene. Du hast sicher Durst, und den Preis für deine Flucht bist du mir auch noch schuldig.« Sie hatte herzhaft gelacht. Als sei alles ein Spiel.

»So gut habe ich schon lange nicht mehr gegessen«, seufzte sie. Ich hatte auf chinesischer Küche bestanden. Die einheimische war stark gewöhnungsbedürftig.

»Warum ich dir damals deine Aufzeichnungen geklaut habe? Ganz einfach, weil du zu kompliziert denkst. Es musste etwas geschehen. Und zwar schnell. Bis ihr Germanen mal in die Hufe kommt, ist die Welt untergegangen. Und? Was willst du noch mehr? Es hat doch alle aus den Löchern gescheucht.«

»Bis auf Menachem«, gab ich zu bedenken. »Der ist wieder in seinem verschwunden.«

Nathalie schüttelte den Kopf. »Du denkst einfach zu kompliziert. Die Anschläge mit diesem chemischen Zeug haben ein paar Milliarden gebracht. Aber die haben die Attentäter noch nicht. Die wissen auch ganz genau, dass sie diese nicht so einfach bekommen werden. Ein Spiel. Also? Wo ist das Ende des Spiels?«

Da gab es nicht viel zu denken. »Sie haben die Welt sensibilisiert.« Ich verstand. Es ging ihnen nicht um die Erpressung.

Jeder Anschlag mehr würde ihnen noch mehr Geld in die Kassen spülen als diese paar Milliarden, die sehr schwer zu transferieren sein würden. Aber das hatten sie bedacht und vorausgesehen. Um an das ganz große, dauerhafte und offizielle Geld zu kommen, brauchten sie nur eines ...

»Was schlägst du vor?« Nathalie machte ein ernstes Gesicht. Zu ernst.

»Deine Idee, wie ich an ein bestimmtes Objekt komme, ohne gleich wieder verhaftet zu werden.«

»Welches?«

»Sage ich erst, wenn ich mit eurem Präsident gesprochen habe und mir Ezra einen Kuchen gebacken hat.«

Nathalie sah mich kurz an, zog die Augenbrauen hoch und brach in ein lautstarkes Lachen aus. »Du bist ein Schlitzohr. Ein ›Pschakrev‹, wie die polnischen Juden sagen. Ein Gauner. Ich will versuchen, was sich machen lässt. Fahren wir ins Hotel?«

»Ich habe keinen Laptop dabei.«

Sie lachte wieder. »Du bekommst einen von mir. Deinen.«

Es war schon wieder hell. Meine Uhr zeigte mir, dass schon Mittag vorbei war. Das Bett neben mir war leer, aber das Zimmer kam mir bekannt vor. Ich war im King David.

»Hat mein Herr und Gebieter ausgeschlafen?«, stürmte Nathalie herein. »Eine gute und schlechte Nachricht. Welche hätten wir denn gerne?« Sie war nicht in Uniform sondern in Jeans und einer unter der Brust geknüpften Bluse. »Ich komme gerade vom Präsidenten. Er hat leider keine Zeit für dich. Aber ...«, sie winkte mit einem Bündel Papieren, »er verzeiht dir deine Flucht. Du bist rehabilitiert. Aber ich soll dich fragen, wenn dir Ezra jede Woche einen Kuchen backt und ihr beiden ein Schnäpschen im Rosenbusch trinkt, ob du dir vorstellen könntest hierzubleiben?«

»Und wo ist die gute Nachricht?«, schwang ich mich langsam aus dem Bett. »Du bist ein Mistkerl«, hieb sie mit dem Kissen auf mich ein. »Das war meine Frage. Kapiert ihr Germanen alle so langsam? Willst du Arschloch mich heiraten oder nicht?«

Was sollte ich jetzt sagen? Ich kannte sie doch gar nicht. Ich schwieg. Vielleicht zu lange.

»Na gut. Dann kommt die schlechte Nachricht. Hier sind unsere Genehmigungen, um in den Sinai zu fliegen. Und wehe, deine Theorie stimmt nicht. Dann kannst du in Ägypten um Asyl bitten. Unser Flug geht in einer Stunde. Ich warte unten.«

Ich und Nathalie heiraten, überlegte ich auf dem Flug. Sie war jung. Zu jung eigentlich. Aber ich war schon zweimal mit einer Jüdin verheiratet gewesen, einmal ohne es zu wissen. Mit Erika. Menachems Halbschwester. Und was die angerichtet hatte, musste ich erst noch herausfinden. Diese Frauen hatten einen seltsamen Charme, der gleichzeitig anzog, aber auch Angst machte. Was sie wollten, nahmen sie sich, was nicht, schien sofort mit einem Verfallsdatum gekennzeichnet zu werden. Angriff oder Verteidigung schienen die einzigen Parameter dieses Volkes zu sein. Manchmal verstand ein Außenstehender noch nicht einmal den Unterschied zwischen beidem. Verteidigten sie sich gerade, oder griffen sie aus Verteidigungsgründen an?

»Wo fliegen wir hin?«

Nathalie sah zum Fenster der kleinen Maschine hinaus. Zwei Kampfflugzeuge der Israelis begleiteten uns. Wir waren zu langsam für sie, sodass sie ihre Kreise zogen und alle paar Minuten mal tragflächenwackelnd vorbeischauten. Nathalie sah auf die Uhr. »Wir werden gleich von ägyptischen Flugzeugen übernommen, die uns nach Scharm El-Scheich bringen. Bis dahin kannst du es dir noch mit dem Asyl überlegen.«

»Was soll das?«, polterte ich los. »Wird das schon wieder eine Erpressung? Ich bin das jetzt leid. Jede meiner Frauen ist bisher gestorben. Kapierst du das nicht? Ich bringe nur Unglück. Ich kann dich nicht heiraten.« Nun war es raus.

Wir überflogen gerade Masada. Dieser gewaltige Felsklotz am Toten Meer, der wie ein gestrandeter Flugzeugträger hoch aus der Ebene ragte. Nahezu uneinnehmbar. Die Sommerresidenz Herodes', die die Zeloten als Widerstandskämpfer und erbitterte Gegner Roms nach der Zerstörung des Tempels von Jerusalem als letzte Rückzugsmöglichkeit gewählt hatten. Erfolgreich hatten sie sich sieben Jahre gegen die Belagerung der Besatzer gewehrt. Im Jahr 73 n. Chr. hatten sich die verbliebenen tausend Verteidiger, Männer, Frauen und Kinder, durch kollektiven Selbstmord dem Ansturm der Römer entzogen. Die von den Römern in jahrelanger Arbeit aufgeschüttete Rampe, um überhaupt das Plateau stürmen zu können, war nach fast zweitausend Jahren noch zu sehen und eine Touristenattraktion.

Nathalie nahm meine Hand. »Schon gut. Ich sage jetzt nichts mehr. Ich will nicht, dass du noch eine Frau verlierst.« Sie zog etwas aus ihrer Bluse. »Deswegen bist du doch gekommen. Hier ...« Sie legte mir den Gegenstand auf den Schenkel.

»Ich hoffe, dass er jetzt wirklich das enthält, wovon alle träumen. Darauf hätten wir auch kommen müssen. Aber so ist das Leben nun mal. Was einem vor der Nase baumelt, das sieht man zuletzt. Niemand von uns hat das Ding geöffnet. Also bete, dass es die richtige Spur enthält.« Dann sagte sie nichts mehr.

Wir überflogen Eilat. Die Kampfmaschinen drehten ab. Wir waren jetzt im Sinai. Ägyptischem Sperrgebiet. Vier Kampfflugzeuge der Ägypter übernahmen unseren Begleitschutz. Wozu eigentlich? Waren wir so gefährdet? Was hatte Nathalie mit dem Präsidenten ausgemacht?

Ich drehte den Türklopfer der alten Dame nachdenklich in der Hand. Nach Nathalies Aussage hatte niemand versucht, das 12,7-mm-Geschoss zu öffnen. Es war demnach unberührt. Ich wog es in der Hand. Es war leicht. Es war kein Pulver im Treibsatz.

»Ich bin schwanger.«

»Freut mich«, nickte ich geistesabwesend und drehte am Projektil. Es war mit einem Gewinde präpariert. Also niemals dazu bestimmt gewesen, als Geschoss in einem Maschinengewehr benutzt zu werden.

»Du hörst wohl schlecht«, kam es von Nathalie. »Ich bin schwanger. Und das von dir.«

»Wirklich?«, murmelte ich und schraubte das Projektil von der Hülse. »Seit wann?«

»Ich frage dich nicht umsonst, ob du mich heiraten willst. In Israel sind auch Frauen wehrpflichtig bis zum fünfunddreißigsten Lebensjahr. Außer sie sind schwanger und verheiratet und ihr Mann ist wehrpflichtig.

»Na prima«, knurrte ich und nahm das Geschoss auseinander. »Dann heiratet doch ... Moment mal ... von mir? Woher weißt du das?« Mir wurde vor lauter Geschoss jetzt erst bewusst, was Nathalie gesagt hatte.

»Du bist wirklich ein Macho.« Sie zog die Beine an sich und schaute wieder zum Fenster hinaus. Unter uns war nichts. Nur Wüste und ein Küstenstreifen zum Roten Meer.

»Wann soll das bitte passiert sein?«, versuchte ich mich langsam an etwas zu erinnern. Das Gewinde ging leicht auf. Das Projektil gab den Hohlraum der Kartusche frei.

»Beim Laptopklau, wenn du dich noch erinnerst.« Nathalie war wütend.

Meine Erinnerungen spülten ein paar schöne Stunden hoch. Versiegten aber bald wieder. »Und, wie soll das jetzt weitergehen?« Einen Mann zu verunsichern war für eine Frau kein Problem. Umgekehrt hatte ein Mann immer ein schlechtes Gewissen. Vor allem, wenn er sich nicht sicher war, ob er sie mochte oder noch nach einem Vorwand suchte, warum er sie nicht leiden konnte, da er im Urgestein seiner Herkunft noch glaubte, dass diese Frau immer noch nicht das war, was ihm die Vorsehung prophezeit hatte.

Nathalie zuckte mit den Schultern. »Entweder ist in diesem blöden Geschoss jetzt das, was du suchst. Dann bist du tot. Ist es nicht drin, dann bist du auch tot. So einfach ist das. Aber vorher hätte ich gerne unserem Nachwuchs einen Namen gegeben. Ist das so schwer zu verstehen?«

Ja, das war schwer zu verstehen. Ich konnte rechnen, wie ich wollte. Selbst mit meinem marginalen Verständnis von Befruchtung und dem Ergebnis daraus stimmte das nicht. Keine Frau der Welt konnte in den paar Tagen, die ich in Hamburg gewesen war, feststellen, dass sie schwanger war und von wem. Das war doch schon wieder ein übles Spiel. *Menachems Tochter*... schüttelte ich innerlich den Kopf und versuchte mich auf das Geschoss zu konzentrieren. Warum sollte die besser als ihr Vater sein? Alles war nur auf Manipulation aus. Womöglich war diese 12,7-mm auch wieder so ein Produkt der Familie.

»Ich weiß, was du denkst«, kam es von Nathalie. »Nein, das Kind ist nicht von dir. Aber es kostet mich den Job, wenn das rauskommt. Das Kind braucht aber einen Namen und einen Vater.«

»So?«, knurrte ich und versuchte das Papier aus der Kartusche zu bekommen. »Wenn ihr nicht heiraten könnt, dann lass es doch einfach abtreiben. Das dürfte doch heute kein Problem mehr sein.«

»Doch. Genau das ist das Problem.« Sie fuhr im Sitz hoch, kramte in ihrer Tasche und reichte mir eine Pinzette. »Probier es mal damit. Du brauchst in unserem Land eine Sondergenehmigung zur Abtreibung. Und das erfordert eine Sonderkommission. Es ist nicht wie bei euch. Soziale Indikation, oder wie das Zeug heißt ...«

Mit der Pinzette funktionierte es. Das Papier war schon sehr morsch. Ich musste vorsichtig sein.

»Verstehe. Israel braucht Soldaten. Hatten wir das nicht schon mal?«

»Du bist genauso ein Ignorant wie alle anderen«, fauchte sie.

Ich hatte das Papier endlich aus der Kartusche und sah sie an.

»Du kannst mich beleidigen, wie du willst. Euer Volk ist von allen gepeinigt worden, seit es besteht. Mein Volk hat es geschafft, noch einen obendrauf zu setzen. Dafür haben Millionen von uns bitter bezahlt. Jetzt ist aber Schluss. Wende dich an eure Gerichte oder sonst wen. Ich kann nicht der Vater deines Kindes sein. Ich bin steril, Spätfolge von Vietnam. Rebecca war alles, was ich noch zustande gebracht habe. Und die liegt unter einem Steinhaufen in irgendeinem Wadi.«

Die Motoren der Maschine brummten. Das Flugwetter war schön. Die Sicht gut. Mehr aber auch nicht. Das Papier aus der Patrone war in Hebräisch. Ich konnte es nicht lesen, und Nathalie heulte tonlos vor sich hin. Sie war so alt wie Rebecca. Was sollte ich um Himmels willen jetzt machen? Sie mitsamt dem Kind adoptieren? Sie mit dem Kind eines Unbekannten heiraten?

»Übersetz mal«, reichte ich ihr den Zettel, um überhaupt

noch ein Gespräch führen zu können. Sie schniefte und putzte sich die Nase.

Es dauerte ein paar Minuten. Sie reichte mir den Zettel zurück und nickte.

Der Transfer war perfekt organisiert. Kaum waren wir gelandet, wartete ein Helikopter mit laufenden Rotoren.

Die Tür war kaum geschlossen, hob die Maschine ab. Nathalie hatte nach der Übersetzung nur noch am Telefon gehangen. Sie tat alles, was Passagieren der Airlines verboten war: elektrische Geräte während Start und Landung an Bord einzuschalten oder zu benutzen. Ich verstand sie nicht. Aber sie war erregt. Vielleicht sollte ich mich doch mal mit der hebräischen Sprache befassen. Aber sie war schon vom Schriftbild her abschreckend. Wie hatten die ganzen Einwanderer in Palästina jemals eine Verständigung zustande gebracht? Oder sprach Nathalie momentan Arabisch?

»Wo fliegen wir jetzt hin?«, versuchte ich mich mal wieder bemerkbar zu machen.

»Wohin du wolltest«, kam es kurz angebunden zurück.

Die Richtung stimmte. Die Topografie kannte ich. Wir flogen in Richtung Katharinenkloster. Nach fünfzehn Minuten kreisten wir über der Oase. Die Zelte schienen weniger geworden zu sein. Nathalie kniff die Lippen zu einem Strich zusammen und gab dem Piloten eine Anweisung. Und die war in Arabisch. Der zog die Maschine hoch und drehte kurz über den Bergrücken des Wadis ab.

»Was wird das? Wir wollten mit dem Scheich sprechen«, protestierte ich. Seinen Pick-up hatte ich vor dem Hauptzelt stehen sehen. Er war da. Warum ließ mich Nathalie nicht zu ihm? Der Pilot steuerte den Helikopter in eine Felsspalte, die kaum noch Platz für die Rotoren ließ. Wir waren sozusagen verschwunden, wenn man den Lärm außer Betracht ließ, der als tausendfaches Echo reflektiert wurde.

»Wir warten. Es kommt noch Besuch«, brüllte mir Nathalie über die Kopfhörer zu und durchsuchte ihre Umhängetasche. Förderte einzelne kleine Metallteile zutage und setzte sie zusammen, als tue sie sonst nichts anderes. Eine solch kleine UZI hatte ich noch nicht gesehen.

Sie nickte dem Piloten zu. Wir verließen die Felsspalte.

Das Wadi und seine Oase war nicht mehr so, wie vor ein paar Minuten. Ein Helikopter der Luxusklasse hatte sich vor dem Hauptzelt breitgemacht. Nathalie nickte zufrieden und hieß den Piloten, sich einen Landeplatz zu suchen. Ein Ladestreifen glitt in das Magazin der Waffe, der garantiert nicht der Genfer Konvention entsprach. Hochgeschwindigkeitsgeschosse in der untersten Millimeterklasse. Dann verschwand die Waffe wieder in den Tiefen einer Frauentasche.

Es schien ein längeres Gespräch zu werden. Unser Pilot schaltete die Rotoren aus. »Was ist? Du wolltest es so. Also mach. Du hast jetzt alle Macht der Welt in deinen Händen«, forderte mich Nathalie auf, das Fluggerät zu verlassen. Sie lud die Waffe in ihrer Tasche hörbar durch. Das roch nach Ärger. Neunzig Schuss vom Kaliber 2 Millimeter im Magazin einer UZI waren keine gute Verhandlungsbasis. Mir war mulmig. War das noch eine Story wert?

»Geht es dir nicht gut?« Der Scheich öffnete die Tür des Hubschraubers. »Hier trink das.« Er reichte mir einen Tonkrug. Es war Whisky.

»Komm«, hakte er sich bei mir unter. »Ich hoffe, dass du alles hast, um die da drin an die Wand zu nageln. Mit denen hatte ich so schnell nicht gerechnet. Aber sie haben nun mal die besseren Kommunikationsmittel. Entweder die oder wir beide. Dazwischen gibt es jetzt nichts mehr.« Er winkte Nathalie, langsam zu folgen, und führte mich ins Zelt. Es war genauso ausgestattet wie bei dem Besuch der Geheimdienstleute. Spartanisch.

»Hast du wieder diesen Tee serviert?«

Der Scheich nickte. »Ja. Lange hält von denen keiner durch. Komm. Du bist jetzt die Hauptperson. Bist du vorbereitet?«

War ich das? Eigentlich schon, aber ... bei dem, was ich als Zuhörer sah, war ich mir nicht mehr so sicher. Ich war mir ganz und gar nicht sicher. Der Scheich hatte keinen seiner Leute abgestellt, die mit ihren Waffen eine freundlichere Diskussionsbasis darstellten. Ich war allein. Allein mit Menachem, dessen Auge mich anglotzte, Hauptkommissar Keller, der Zigarre rauchte und sich zwischen den Schenkeln kratzte und ... meinem Verleger, der noch weitere dubiose Gestalten in seinem Schlepptau zu haben schien, die aussahen, als habe sie ein Vorstandsbeschluss mal eben zwischen Los Angeles und Tokio hier zwischenlanden lassen. Die Wüste war auf keinen Fall ihr Spezialgebiet. Versicherungen oder Banken, riet ich mal.

»Hallo Peter. Ich wusste, dass ich mich auf Sie verlassen konnte«, hob der Verleger die Hand zum Gruß. Der Scheich hatte sich da niedergelassen, wo ich schon einmal gesessen hatte. Am Stützpfeiler des Zeltes. Er war hier offensichtlich nicht mehr der Hausherr. Der schien mein Verleger zu sein. Er saß dort, wo eigentlich der Scheich hingehörte.

»Wie wir über Funk hörten, besitzen Sie endlich die Formel, um zukünftigen Anschlägen mit Ricin begegnen zu können.

Reife Leistung. Das bringt unserem Verlag einige Hundert Millionen.« Er lachte und sah sich in der Runde um. Die nickte zustimmend. »Wir haben uns von diesen Herren die Exklusivitätsrechte gesichert. Sie bekommen natürlich auch Ihren Teil ab. Die Anschläge gehen solange weiter, bis jede Regierung der Welt bereit ist, in diese Formel zu investieren. Die Herren um mich sind alle Vertreter der gesamten chemischen Industrie. Verstehen Sie?«

Und wie ich verstand. Sie hatten alle Verbrecherorganisationen, mit Hilfe der Kripo aller betroffenen Länder, angeheuert, um mit chemischen Kampfstoffen Anschläge zu verüben, um mit meiner Formel ein vermeintliches Hilfsmittel zu produzieren. Gefördert von allen Staaten der Welt und allen Banken und Versicherungen. Wirklich ein Milliarden-Deal. Und nicht zu übertreffen. Welcher Staat wollte sich nachsagen lassen, dass er im Fall der Fälle nicht sofort alles für seine Bürger tun konnte? War das die neue Art der Weltkriege? Dann hatten die Terrororganisationen ausgedient. Über diese Macht des Kapitals verfügte niemand von denen. Hauptkommissar Keller lächelte süffisant. »Dürfen wir jetzt die Formel haben, die du endlich gefunden hast? Wir müssen jetzt mal als die Retter auftreten.«

Menachem kratzte sich seine nicht vorhandene Hand.

Ich nickte, zog die 12,7-mm aus meinem Hemd und sah den Scheich an, der ungerührt an seinem Pfosten dem Spiel zugehört hatte. Der nickte. Aber nicht in meine Richtung. Sein Blick ging von diesem Platz auf den Zelteingang. Und da stand dieses kleine Blechding von UZI und spuckte den Raum voll. Der Scheich nickte zufrieden.

»Jetzt ist endgültig Schluss. Ich werde für niemanden mehr einen Totenschein ausstellen. Übergebt sie alle den Israelis«, hatte er befohlen.

»Hast du dir es überlegt? Ich mache auch keine Probleme. Und Hebräisch ist auch nicht so schwer, wie es aussieht«, hatte Nathalie auf dem Rückflug gesagt. »Denk an den Kuchen von Ezra und den Schnaps im Rosenstrauch. Vielleicht kannst du den Präsidenten auch auf Whisky umstellen. Er macht jeden Scheiß mit.«

Jerusalem

Drei Jahre später

»Papi, Papi! Rebecca hat schon wieder in die Hose gemacht.« Müde sah ich auf die Uhr. Es war erst sechs, und ich hatte nach einer Nachtsitzung gerade mal drei Stunden geschlafen. Joshua gab keine Ruhe und kroch unter meine Bettdecke. Seine Zwillingsschwester Rebecca folgte augenblicklich ihrem Bruder. Sie roch streng.

»Wo ist Mami? Ihr solltet doch schlafen. Es ist Schabbat.«

»Mami ist zum Dienst«, fiepte Rebecca. Sie roch streng. Ausgerechnet am jüdischen Wochenende. Wo sollte ich heute einen Arzt auftreiben? Ihr Durchfall machte mir langsam Sorgen. Nathalie sah ich kaum noch. Sie war die Rangleiter der Armee noch weiter hinaufgefallen.

»Komm, wir duschen.« Anders war dem Malheur nicht beizukommen.

»Papi«, strahlte sie mich danach an. Ich verstaute die Wäsche in der Waschmaschine. Wasser war knapp in diesem Land. Aber ich konnte nicht warten, bis die ganze Wohnung danach roch. »Warum hat Mamis Geburtstagskuchen fünfunddreißig Kerzen gehabt und deiner nur eine? Bist du schon so alt, dass nicht mehr alle Kerzen auf den Kuchen gehen?«

Nein. Es gingen wirklich nicht mehr alle drauf, murmelte ich für mich und begann Frühstück zu machen. Hebräisch war wirklich nicht so schwer, und das Wetter war hier besser.

Der Präsident hatte Gefallen an Whisky gefunden und Ezra begriffen, dass meine, unsere Kinder, den Kuchen lieber als ich aßen. Das hatte sie beflügelt, zu jedem Schabbat eine neue Kreation zu entwerfen.

War ich nun Vater oder nicht?

Epilog

Die ägyptische Regierung hatte mit Absprache der Israelis die Leichen verschwinden lassen. Der Tourismus war gefährdet, wenn dieser Anschlag in die Presse kommen würde.

Es hatte diese Leute nie gegeben. Alles, was geblieben war, war der 12,7-mm-Türklopfer der alten Dame aus Haifa. Und der stand auf meinem Schreibtisch im Ministerium. Die Formel in seinem Inneren hatte ich durch eine alterungsbeständige Kopie ersetzt und das Original der Universität von Jerusalem zur weiteren Verwendung geschenkt.

Irgendwann würde sich ein kluger Kopf finden, der aus einem biologischen Kampfstoff ein biologisches Heilmittel machte. Erst dann würde ich mich wieder von der Presse benutzen lassen, um darüber zu berichten. Bis dahin war ich das Sprachrohr des Präsidenten und verbog die Tatsachen auf andere Weise.

Danksagung

Auch bei diesem Buch waren wieder viele gute Geister an seiner Entstehung beteiligt.

Danke an alle und ganz besonders an die Mönche des Katharinenklosters, die mich mit ausgezeichnetem Material und Hintergrundwissen versorgt haben.

Das Kloster ist wirklich eine Reise wert.

Danke an meine Frau Ulla. Sie hatte dieses Mal besonders schwer zu leiden.

Danke an meinen Lektor Dr. Helmut Pesch. Er möge mir erhalten bleiben. Ohne ihn und seine Geduld mit mir wäre ich manchmal verzweifelt.

Danke an meinen Freund und, wie immer im Vorfeld, Chefkritiker Ludger Tüschen und an meinen Spannungsbogenprüfer Lothar Pilka.

Herzlichen Dank euch allen. Bis zum nächsten Roman.

Hef Buthe